I0681501

LE
MOIS DU SACRÉ-CŒUR
DE JÉSUS

PAR

Le P. Henry RAMIÈRE

DE LA COMPAGNIE DE JÉSUS

Ouvrage revu, complété et mis en ordre par un Père
de la même Compagnie

TOULOUSE

CHEZ LE DIRECTEUR DU *Messager du Cœur de Jésus*
16, Rue des Fleurs, 16

1890

D

LE

MOIS DU SACRÉ-CŒUR

DE JÉSUS

82296

APPROBATION

De Son Éminence le Cardinal DESPREZ

ARCHEVÊQUE DE TOULOUSE

Nous applaudissons à l'heureuse pensée de recueillir les meilleurs articles publiés dans le *Messager du Cœur de Jésus* par le P. Ramière, de vénérée mémoire, et d'en composer un *Mois du Sacré-Cœur*. Nous en permettons l'impression et en recommandons la lecture aux fidèles de notre diocèse.

✝ FLORIAN, Card. DESPREZ, Archev. de Toulouse.

Toulouse, 30 mai 1890.

LE

MOIS DU SACRÉ-CŒUR

DE JÉSUS

PAR

Le P. Henry RAMIÈRE

DE LA COMPAGNIE DE JÉSUS

Ouvrage revu, complété et mis en ordre par un Père
de la même Compagnie.

TOULOUSE

CHEZ LE DIRECTEUR DU *Messager du Cœur de* JÉSUS

16, Rue des Fleurs, 16

1890

PRÉFACE DE L'ÉDITEUR

Le vénéré Père Ramière avait assurément reçu du Ciel mission spéciale de promouvoir le culte du sacré Cœur, et de hâter son Règne dans les âmes et dans les sociétés. Le *Messager du Cœur de* JÉSUS, qu'il a créé, et la *Ligue du Cœur de* JÉSUS, qu'il a fondée et propagée dans l'univers, en sont une preuve manifeste et péremptoire [1].

Aussi DIEU lui avait-il largement départi les qualités requises pour un si noble apostolat.

Doué d'une activité prodigieuse, il suffit lui seul jusqu'au dernier jour de sa vie à un travail

---

[1] Le *Messager du Cœur de* JÉSUS a vingt-quatre éditions, dont vingt-trois étrangères. Le *Petit Messager* en a cinq, dont quatre étrangères. La Ligue du Cœur de JÉSUS, que Sa Sainteté Léon XIII a nommée « catholique » dans le sens propre du mot, c'est-à-dire universelle, compte déjà *quarante-cinq mille centres d'agrégation* répartis dans le monde entier.

Le centre général de la Ligue est à Toulouse, rue des Fleurs, 16.

multiple, ardu, que plusieurs réunis auraient
même trouvé absorbant. D'un esprit pénétrant, il saisissait, de prime abord, le nœud d'une
difficulté, la portée d'une question, et sa vive
intelligence la lui faisait aussitôt contempler
sous ses différents aspects. Sa mémoire était
des plus heureuses ; aussi, sans beaucoup de
travail, parvint-il à pouvoir prêcher en anglais,
en allemand, en italien, en espagnol.

Toutes ces qualités naturelles étaient relevées
par une humilité de bon aloi, qui ravissait tous
ceux qui entraient en rapport avec lui. Son
abord était facile, sa simplicité charmante. Il
se livrait tout entier, et tout, dans sa manière
d'agir, témoignait d'un homme ennemi des ar-
rière-pensées.

Son humilité n'avait d'égale que sa douceur.

C'était bien le vrai disciple du Maître, qui a
dit : Apprenez de moi que je suis doux et humble de Cœur.

Le Cœur de Jésus fut, en effet, son modèle,
disons mieux, la passion de sa vie. Reproduire
les vertus de ce Cœur divin, s'en approprier les
sentiments, en faire rayonner autour de lui
et au loin la sereine beauté, révéler à tous ses
trésors de bonté et de tendresse, lui gagner
l'amour des hommes, tel fut l'idéal qu'il pour-

suivit jusqu'à complet épuisement de ses forces ; car il est mort à la peine. Dès le principe, il imprima cet esprit au *Messager du Cœur de Jésus* :

« Mon Révérend Père, lui écrivait le Révérend Père Chevalier, Supérieur général des Missionnaires d'Issoudun, je saisis avec bonheur cette circonstance pour vous dire toute la satisfaction que j'éprouve de la publication du *Messager du Cœur de Jésus*. Vous réalisez ce que j'avais toujours imaginé. Vous faites du Cœur du divin Maître le centre où tout converge, dans l'ancien comme dans le nouveau Testament ; le pivot sur lequel tout roule dans le catholicisme, le soleil de l'Église, l'âme de nos âmes et le foyer de notre amour, le berceau de notre sainte religion, la source de nos mystères, l'origine de nos sacrements, le gage de notre réconciliation, le salut du monde, le remède à tous nos maux, l'arsenal du chrétien. C'est ainsi que je comprends la dévotion au sacré Cœur de Jésus ; elle embrasse tout, elle répond à tout. »

Pour faire comprendre et mettre en évidence ce rôle du Cœur de Jésus dans l'Église, le Père Ramière a beaucoup prié, beaucoup prêché, beaucoup écrit. Ses prières, ses prédications, ses écrits ont contribué immensément à la vraie in-

,telligence comme aussi à la diffusion universelle de la dévotion au Cœur de Jésus. Il fut constamment fidèle à sa mission.

Nous avons pensé qu'il serait glorieux au Cœur de Jésus et salutaire aux âmes de rendre de nouveau accessible, à un grand nombre de prêtres et de laïques, la lecture des excellents écrits du Père Ramière, insérés dans les volumineuses collections du *Messager* et des *Études religieuses.*

Pour cela, nous avons collationné et coordonné les nombreux articles que le Père Ramière a publiés dans ces revues. Leur collection fournira amplement matière à quatre volumes qui, joints à ceux qui ont été publiés du vivant de l'auteur, formeront comme une théologie du sacré Cœur.

Dès aujourd'hui, nous offrons aux amis du Cœur de Jésus ce premier volume [1]. Comme

---

[1] Pour former des premiers articles du P. Ramière un Mois du Sacré-Cœur complet, nous avons dû ajouter quelques pages écrites par nous ; mais afin d'éviter toute équivoque, nous avons eu soin de signaler, par des renvois au fond des pages, le commencement et la fin des articles du P. Ramière. Les *histoires* citées à la fin de chaque chapitre sont extraites, pour la plupart, du *Messager du Cœur de* Jésus et du *Petit Messager du Cœur de* Marie.   (*Note de l'Éditeur.*)

tous les écrits de notre pieux auteur, il s'adresse à tous, aux pasteurs aussi bien qu'aux plus humbles fidèles, car tous y trouveront une grande élévation de pensées et de sentiments, rendue dans un style simple, absolument étranger à toute recherche dans l'expression ; une doctrine large et sûre, qui leur fera envisager la dévotion· au sacré Cœur sous son vrai jour, c'est-à-dire comme une dévotion basée sur un amour ferme et sérieux, sur la conformité parfaite de nos sentiments avec ceux de Jésus, sur le dévouement le plus absolu à la cause de ce divin Cœur, dévouement poussé jusqu'au sacrifice de nos satisfactions, de nos intérêts, de notre vie.

Daigne le Cœur de Jésus, notre Roi et notre Maître, bénir cet ouvrage et lui faire atteindre son but : la plus grande gloire de Dieu et le salut des âmes.

INTRODUCTION

La dévotion à MARIE et à JOSEPH conduit à la dévotion
au Cœur de JÉSUS.

Invenerunt MARIAM, *et* JOSEPH, *et Infantem.*

Ils trouvèrent MARIE, et JOSEPH, et
l'Enfant. (Luc, 2, 16.)

I

Les premiers adorateurs du Verbe incarné,
ceux qui les premiers sentirent les battements de
ce Cœur divin dont les flammes devaient allumer
sur la terre un feu tout nouveau, ce furent les
bergers. Or, ce n'est pas sans un dessein tout
particulier que le Saint-Esprit nous fait remarquer qu'avant de trouver l'Enfant, ils rencontrèrent d'abord et la Mère et le Père. DIEU voulait
nous faire comprendre, par l'exemple de ces premiers adorateurs, que, d'après une loi toute miséricordieuse de sa providence, le moyen infaillible et nécessaire pour arriver au Cœur de JÉSUS
était de s'adresser à MARIE et à JOSEPH.

Si nous établissons bien ce fait, notre dévotion,

1

mieux éclairée, embrassera dans son objet ces trois personnes bénies : JÉSUS, MARIE, JOSEPH, ne séparant pas ce que la sainte Trinité a uni. Notre amour pour MARIE, notre amour pour JOSEPH, loin de nuire à notre amour pour le sacré Cœur, formeront avec lui comme un triple lien de charité que rien ne pourra rompre : *funiculus triplex difficile rumpitur.*

La gracieuse figure de MARIE rayonne dès le berceau de l'humanité et ne cesse de briller en tous les temps. A peine Adam et Ève ont-ils péché que DIEU leur fait entrevoir un Rédempteur et, avec lui, la Mère qui doit engendrer ce Rédempteur, cette femme dont le pied immaculé doit écraser la tête du serpent infernal. A travers les siècles qui précèdent la naissance du Christ, dans toutes les espérances des peuples attendant le Rédempteur, on voit apparaître la Vierge Mère dont les chastes flancs doivent donner au monde le salut. De sorte qu'à ne considérer que les temps qui ont précédé l'Incarnation, on pourrait déjà dire cette parole si profonde de saint Jean : « *Et erat Mater* JESU *ibi !* Et la Mère de JÉSUS était là. » Car partout où apparaît le Christ, apparaît aussi sa Mère !

Ne nous arrêtons pas davantage à cette considération, qui a fourni matière à des travaux si intéressants, mais hâtons-nous de constater que c'est surtout depuis la naissance de Notre-Seigneur JÉSUS-CHRIST que cette union de la Mère et du Fils éclate plus merveilleusement.

DIEU, dit un grand docteur, ayant une fois décrété que le CHRIST JÉSUS viendrait au monde par MARIE, ce décret reste immuable et se réalise chaque jour de nouveau dans le monde surnaturel, où chaque jour MARIE donne JÉSUS aux âmes. Les annales de l'Église et la vie des saints confirment cette vérité, et saint Cyrille affirmait déjà, au concile d'Éphèse, que c'était par MARIE que les nations infidèles avaient été converties à la foi.

MARIE daigna elle-même manifester à sainte Gertrude, d'une manière fort touchante, cette sage et maternelle disposition de la Providence. Gertrude adressait un jour à MARIE la belle prière de l'Église, le *Salve Regina*. Quand elle arriva à ces mots : « Tournez vers nous vos yeux miséricordieux », elle vit la Bienheureuse Vierge tenant dans ses bras le divin Enfant. MARIE dirigea vers Gertrude et ses compagnes le visage et les yeux de JÉSUS. « Les voici, dit-elle, mes yeux très miséricordieux ; ce sont les yeux de mon Fils, et je puis en diriger les regards vers tous ceux qui m'invoquent pour le salut éternel et la sanctification de leurs âmes. »

L'Église laisse assez entendre cette puissance de MARIE sur son divin Fils lorsqu'elle lui applique, dans sa liturgie, les paroles du livre des Proverbes qui s'adressent proprement à la Sagesse incréée. « Avec moi sont les richesses, la gloire, l'abondance des biens et la justice. Le fruit que je produis est supérieur à l'or. Le Seigneur m'a eu en vue de toute éternité, dans les temps les plus reculés, avant que la terre existât. Heureux l'homme qui m'écoute et qui chaque jour veille à ma porte ; car celui qui me trouvera, trouvera la vie et puisera le salut du Seigneur. Venez, mangez mon pain et buvez le vin que je vous ai préparé. »

Quel est ce pain, sinon le pain des Anges, le froment des élus ? Quel est ce vin, sinon le vin délicieux qui réjouit le cœur de l'homme, le vin généreux qui fait germer les vierges ? Et c'est MARIE qui distribue ce pain, qui distribue ce vin, c'est donc Elle qui donne JÉSUS-CHRIST, le vrai pain, le vrai vin des âmes.

C'est une doctrine que développe éloquemment Grignon de Montfort, dans son beau livre de la *Vraie dévotion à* MARIE. Voici quelques-unes de ses paroles : « DIEU le Fils veut se former et, pour ainsi dire, s'incarner tous les jours, par sa chère Mère, dans ses membres, et lui dit : *In Israël hæreditare.* Ayez Israël pour héritage. » C'est-à-dire, vous aurez pour héritage et possession les prédestinés figurés par Israël ; comme leur bonne Mère vous les enfanterez, les élèverez, et, comme leur souveraine, vous les conduirez, gouvernerez et défendrez.

Un homme et un homme est né en elle, dit

le Saint-Esprit, *homo et homo natus est in ea.*
(Ps. 86, 5.) Selon l'explication de quelques Pères, le premier homme qui est né en MARIE est
l'Homme-DIEU, le second est un homme pur,
enfant de DIEU et de MARIE par adoption. Si
JÉSUS-CHRIST, le chef des hommes, est né en
elle, les prédestinés, qui sont les membres de
ce chef, doivent aussi naître en elle par une
suite nécessaire...

De plus, JÉSUS-CHRIST étant à présent, autant
que jamais, le fruit de MARIE, comme le ciel et la
terre le répètent mille fois par jour — « Et le fruit
de vos entrailles est béni » — il est certain que
JÉSUS-CHRIST est, en particulier, pour chaque
homme qui le possède, aussi véritablement le
fruit du sein de MARIE que pour tout le monde
en général ; en sorte que si quelque fidèle a JÉSUS-
CHRIST formé dans son cœur, il peut dire hardi-
ment : « Grand merci à MARIE ; ce que je possède
est son effet et son fruit, et sans elle, je ne l'aurais
pas. »

II

MARIE dispose donc de JÉSUS ; elle dispose surtout de son Cœur, qui est le foyer de l'amour de
JÉSUS pour les hommes, et voilà pourquoi l'Église
a approuvé cette nouvelle invocation : « Notre-
Dame du Sacré-Cœur, » qui exprime le pouvoir

maternel dont jouit MARIE sur le Cœur de son divin Fils [1].

« MARIE est l'unique voie qui mène au port sacré du Cœur de JÉSUS. JÉSUS, la divine fleur de Nazareth, JÉSUS repose sur l'odorante tige de Jessé, la Vierge MARIE. Voilà pourquoi, comme dit saint Bonaventure, on ne peut trouver JÉSUS,

---

[1] C'est à Paray-le-Monial qu'en 1846 furent prêchés, durant six jours, le titre et le culte alors nouveaux de Notre-Dame du Cœur de Jésus, et c'est au tombeau de la B. Marguerite-Marie que furent aussi posées les espérances de cette dévotion. Ce titre et ce culte avaient tout d'abord été conçus à Dôle, par le R. P. de Saint-Angel, de la Compagnie de Jésus, et lui-même nous dit :

« C'est à Dôle, en méditant au milieu des ruines de l'antique sanctuaire de Mont-Roland, que, pour la première fois, le nom de Notre-Dame du Cœur de Jésus me vint à l'esprit. »

A dater de ce jour, le P. de Saint-Angel nourrit le dessein de relever de ses ruines le fameux sanctuaire de Mont-Rolland, pour le dédier à Notre-Dame du Cœur de Jésus. Dans ce but, en 1846, avec l'autorisation de son supérieur, il vint à Paray-le-Monial pour fixer en ce lieu, non le sanctuaire, « mais les racines et les espérances de son œuvre », et il se mit à parcourir plusieurs cités et monastères, prêchant et quêtant en faveur de la future église de Mont-Rolland.

Mais, non content de prêcher en public le titre et le culte de Notre-Dame du Cœur de Jésus, il intéressait encore à son œuvre les particuliers de vive voix ou par écrit, et quand, exilés de leur patrie, les jeunes Jésuites italiens vinrent se réfugier à Dôle, le P. de Saint-Angel leur inculqua sa dévotion favorite. A ce propos, le R. P. Vasco, S. J., nous a écrit de Turin, à la date du 20 novembre 1886 :

« Très certainement, en 1849, pendant que j'étais à Dôle, le P. de Saint-Angel me parla beaucoup de la dévotion à MARIE sous le titre de Notre-Dame du Cœur de Jésus. C'est alors que je me mis

si ce n'est avec MARIE et par MARIE. *Nunquàm invenitur Christus, nisi cum* MARIA, *nisi per* MARIAM.

« MARIE, Notre-Dame du Sacré-Cœur, est la première et la meilleure maîtresse de l'aimable dévotion au Cœur de Jésus. Cette dévotion au sacré Cœur commença avec MARIE, sur le Calvaire,

à invoquer, sous ce titre, la Bienheureuse Vierge MARIE, et voici la prière que je continue à réciter maintenant encore : « Quæ est « ista, quæ progreditur quasi aurora consurgens, pulchra ut « luna, electa ut sol, terribilis ut castrorum acies ordinata? Hæc « est humilis MARIA, immaculata Virgo, DEI Genitrix, *Domina* « *Cordis* JESU, Regina mundi, Gloria Jerusalem, Lætitia Israel, « Honorificentia populi nostri, quæ sola cunctas interemit hæreses « in universo mundo. »

Nous avons, en outre, deux lettres qui nous fournissent des témoignages émanés de Paray-le-Monial et prouvent qu'en 1871 les Sœurs anciennes se souvenaient encore fort bien des prédications faites par le R. P. de Saint-Angel, en 1846, sur Notre-Dame du Cœur de Jésus.

Cependant, au cours de ses pérégrinations apostoliques, en 1846, le P. de Saint-Angel avait recueilli des aumônes, et il donna plus de quarante mille francs pour l'érection du temple futur.

Mais, à cette époque, le titre et le culte de Notre-Dame du Cœur de Jésus parurent trop nouveaux, et le sanctuaire de Mont-Rolland fut simplement replacé sous son ancien vocable.

Il était réservé aux Pères d'Issoudun de dresser le premier autel à la gloire de Notre-Dame du Sacré-Cœur. C'est en 1855 que ce nom s'offrit à leur pensée et, en 1857, ils conçurent le dessein de dédier l'autel de la Vierge, dans leur nouvelle église, à Notre-Dame du Sacré-Cœur. En 1860, ce projet reçut son exécution.

On sait la grande part qu'eurent le *Messager* et l'Apostolat dans la propagation de cette ŒEuvre. (*Histoire abrégée du Messager du Cœur de Jésus et de l'Apostolat de la Prière.*)

lorsque la cruelle lance de Longin perça le côté de l'Agneau sans tache, envahi déjà par le froid de la mort, et découvrit son Cœur sacré aux yeux de sa Mère abîmée de douleur. MARIE, instruite des conseils de DIEU, vit d'abord que son Fils, mort sur la croix, ne permettait ce dernier outrage à sa divine personne que pour faire comprendre aux hommes combien son amour dépasse les marques extérieures qu'il leur en a données, puisque ses souffrances ont eu des limites et que son amour n'en connaît pas. « Votre Cœur a été blessé, dit saint Bernard parlant à Notre-Seigneur, afin que par cette blessure visible nous pussions voir cette blessure invisible de l'amour. Pouviez-vous, en effet, nous témoigner mieux cet ardent amour, qu'en permettant à la lance de blesser, non seulement votre corps, mais aussi votre divin Cœur? Cette blessure visible montre la blessure de l'âme. » (S. Bern., Serm. 3, *de Pas. Christi.*)

« MARIE a vu, la première, ce mystère d'amour, et c'est elle aussi qui a offert à ce Cœur déchiré les premiers hommages et les premières adorations [1]. »

Le Cœur de JÉSUS est le centre d'où s'échappent les rayons lumineux qui éclairent tout homme venant en ce monde ; MARIE en est donc la Sou-

---

[1] Lettre pastorale de Mgr l'Archevêque de Reggio.

veraine puisqu'elle est la Mère de la divine connaissance. *Ego Mater agnitionis.*

Le Cœur de Jésus est le plus ferme appui de notre espérance, MARIE en est donc la Souveraine puisqu'elle est la Mère de la sainte Espérance. *Mater sanctæ spei.*

Le Cœur de Jésus est la source de toutes les grâces, MARIE en est donc la Souveraine puisqu'elle est la Mère de la grâce. *Mater gratiæ.*

Le Cœur de Jésus est le foyer le plus ardent de l'amour, MARIE en est donc la Souveraine puisqu'elle est la Mère du bel amour. *Mater pulchræ dilectionis.*

Aussi un jour que la sœur Saint-Martinien, si extraordinairement favorisée des grâces du Cœur de Jésus, manifestait le vif désir qu'elle avait de pénétrer dans l'intérieur de ce Cœur, Notre-Seigneur se contenta de lui faire entendre ces simples paroles : « MARIE *est la porte de mon Cœur!* » voulant lui faire comprendre que ce serait une illusion que de vouloir acquérir ce trésor inappréciable autrement que par le secours de MARIE.

Cela ressort mieux encore de la célèbre révélation que rapporte la B. Marguerite-Marie dans une lettre à la Mère de Saumaise : « Il me fut représenté, dit-elle, un lieu fort éminent, spacieux et admirable en sa beauté, au centre duquel il y avait un trône de flammes, dans lequel était l'aimable Cœur de Jésus avec sa plaie, laquelle jetait des

1.

rayons si ardents et si lumineux que tout ce lieu en était éclairé et échauffé. La très sainte Vierge était d'un côté, notre Père saint François de l'autre avec le saint Père de la Colombière ; et les filles de la Visitation paraissaient dans ce lieu, leurs bons anges à leur côté, qui tenaient chacun un cœur en main. La sainte Vierge nous invitait par ces paroles maternelles : « Venez, mes filles bien-aimées, approchez-vous, car je vous veux rendre dépositaires de ce précieux trésor que le divin soleil de justice a formé dans la terre vierge de mon Cœur... Il faut que non seulement celles qui composent votre Institut s'enrichissent de ce trésor, mais encore qu'elles distribuent cette précieuse monnaie de tout leur pouvoir avec abondance, en tâchant d'en enrichir tout le monde sans craindre qu'il défaille, car plus elles y prendront, plus il y aura à prendre. »

Et puis se tournant vers le bon Père de la Colombière, cette Mère de bonté lui dit : « Et vous, fidèle serviteur de mon divin Fils, vous avez grande part à ce précieux trésor, car s'il est donné aux Filles de la Visitation de le faire connaître, aimer et distribuer aux autres, il est réservé aux Pères de la Compagnie d'en faire voir et connaître l'utilité et la valeur, afin qu'on en profite, en le recevant avec le respect et la reconnaissance dus à un si grand bienfait. »

Dans cette révélation, dont nous n'avons cité

que les principaux traits, le rôle de MARIE est clairement indiqué. Elle y apparaît comme la révélatrice, la trésorière et l'apôtre du Cœur de Jésus, le dispensant à qui il lui plaît, et excitant les âmes pieuses à répandre partout la connaissance et l'amour de ce Cœur adorable.

Dès lors que nous reste-t-il à faire ? A nous approcher avec confiance du trône de la miséricorde. *Adeamus ergo cum fiducia ad thronum misericordiæ.* La miséricorde, c'est le Cœur de Jésus ; son trône, c'est le sein de la Bienheureuse Vierge Marie. Oh! âmes fidèles qui voulez croître dans la connaissance et l'amour de ce divin Cœur, approchez-vous de MARIE : elle est votre Mère, elle est la Mère de Jésus. Elle fera rayonner en vos intelligences de nouvelles clartés, elle enflammera vos volontés d'ardeurs plus vives, elle fera de vous de véritables adorateurs du Cœur de Jésus.

III

Avant de trouver Jésus, les bergers ne rencontrèrent pas seulement MARIE, ils rencontrèrent aussi JOSEPH : comprenons par là que dans les desseins de Dieu ce n'est pas seulement MARIE, mais aussi saint JOSEPH, qui doit nous introduire auprès du Cœur de Jésus. Nous en serons, je l'espère, bien convaincus, si nous voulons, suivant la vérité, envisager saint JOSEPH comme le

maître légitime et, en même temps, comme le
fidèle disciple du Cœur de Jésus.

Il en fut le légitime maître[1]; qui pourrait le
nier? Le corps très pur de MARIE, cette terre
bénie dans laquelle le Cœur de Jésus fut formé
par la vertu du Saint-Esprit, n'appartenait-il pas
à JOSEPH, en vertu du plus légitime et du plus
irrévocable des contrats? MARIE n'était-elle pas
son épouse aussi réellement qu'Ève était l'épouse
d'Adam, quand celui-ci, la recevant des mains de
DIEU, dans sa virginale pureté, s'écria : « Celle-ci
est l'os de mes os et la chair de ma chair! » Mais
si le Cœur de Jésus a été formé du plus pur sang
de MARIE, et si le corps virginal de MARIE appartient tout entier à JOSEPH en vraie propriété,
comment JOSEPH ne serait-il pas le légitime maître du Cœur de Jésus?

C'est ce que saint François de Sales nous fait
comprendre par une gracieuse comparaison. « Si
une colombe, portant en son bec une datte, la
laissait tomber dans un jardin, ne dirait-on pas
que le palmier qui en viendrait appartient à celui
de qui est le jardin? Or, si cela est ainsi, qui
pourra douter que le Saint-Esprit, comme une
divine colombe, ayant laissé tomber cette divine
datte dans le jardin clos et fermé de la très
sainte Vierge, lequel appartenait au glorieux

[1] *Messager du Cœur de* Jésus, t. III, p. 108 à 120.

saint JOSEPH, comme la femme ou l'épouse à l'époux, qui pourra dire que ce divin palmier n'appartienne lui-même au glorieux saint JOSEPH? »

Le ciel, du reste, a authentiquement sanctionné le droit du saint Patriarche; car le Cœur de JÉSUS avait à peine commencé de battre dans le sein de MARIE, qu'un ange descend du ciel pour faire connaître au chaste époux de cette chaste Vierge le mystère qui vient de s'accomplir en elle. JOSEPH était effrayé par ce mystère, dont il soupçonnait la sublimité sans en pouvoir expliquer la nature. Mais l'envoyé céleste dissipe ses craintes et le comble de joie : « JOSEPH, fils de David, ne craignez point de prendre MARIE sous votre toit et de la considérer comme votre fidèle épouse. Ce qui est né en elle est l'œuvre du Saint-Esprit. Vous n'avez donc rien perdu de vos droits sur elle; mais ces droits ont reçu au contraire un divin accroissement, puisqu'ils s'étendent désormais sur le fruit divin de son sein virginal. Et, comme reconnaissance authentique de ces droits, sachez que lorsqu'elle aura mis son fils au monde, quand il faudra lui donner un nom qui exprime les vertus de son Cœur et la mission qu'il a reçue de son Père céleste, c'est vous qui lui donnerez ce nom et qui l'appellerez JÉSUS. »

Tel est le sens des paroles de l'Ange, et saint JOSEPH ne les comprit pas autrement. Dès cet instant, il se regarda comme investi par DIEU

même d'un droit inaliénable sur le Verbe incarné. Ce droit n'était pas comparable sans doute
à celui de MARIE; mais il était incomparablement plus réel que l'autorité purement extérieure
et conventionnelle du tuteur sur son pupille, et
du père nourricier sur son nourrisson. Nous nous
servons quelquefois de ces noms, parce que le
langage humain ne nous en fournit pas d'autres;
mais ce serait étrangement se tromper que de
prétendre exprimer exactement, par là, les liens
intimes qui unissaient JÉSUS à JOSEPH. Seule,
sans doute, MARIE avait donné sa propre substance au Fils de DIEU fait homme; mais cette
substance dont le Verbe divin s'était revêtu, elle
appartenait à JOSEPH par le contrat sacré qui a
pour effet, suivant la parole de DIEU, de faire de
l'homme et de la femme une même chair. Saint
JOSEPH pouvait donc et il peut encore revendiquer, sur la nature humaine du Verbe incarné, un
droit de domaine et de propriété; il peut dire
du Cœur divin, qui est la partie la plus excellente
de cette adorable nature : Ce Cœur est à moi.

Aussi pouvons-nous croire que dans cette bienheureuse nuit où s'accomplit le mystère figuré
dans le jardin de délices, lorsque MARIE eut mis
au monde ce nouvel Adam, elle se hâta de remettre entre les bras de son chaste époux ce fruit
miraculeux de leur virginale union. Et JOSEPH,
en le recevant dans une extase de bonheur plus

douce encore que celle de notre premier père, ne put s'empêcher sans doute de redire ces prophétiques paroles : Voici l'os de mes os et la chair de ma chair. Et, de son côté, le divin Enfant reconnut par ses caresses, et mieux encore par les dispositions intérieures de son Cœur, les droits de saint JOSEPH sur lui. Jamais vassal ne fit à son seigneur un hommage plus soumis et plus volontaire que ne fut l'hommage rendu, dès ce premier instant, par le Cœur de JÉSUS à saint JOSEPH.

Et cet hommage n'a sûrement pas été révoqué. De même que le divin Sauveur n'a jamais perdu cette chair qu'il avait puisée dans le sein de MARIE, ainsi il n'a jamais aliéné le titre sur lequel se base le pouvoir de saint JOSEPH sur son Cœur. Un trait que nous lisons dans la vie de saint Ignace de Loyola nous permettra de tirer de cette considération, si glorieuse au saint Patriarche, des conclusions bien capables de consoler notre filial amour envers lui.

IV

Saint Ignace de Loyola eut un jour, en offrant le saint Sacrifice, une révélation qui le pénétra de la plus douce joie. Il lui fut révélé que le Verbe incarné ayant toujours conservé la chair qu'il avait prise dans le sein de MARIE, les chrétiens, en recevant cette chair divine dans la sainte Eucharistie, communiaient à MARIE en même temps qu'à JÉSUS. Chaque communion resserre donc les liens qui nous unissent à la mère aussi bien qu'au fils; chaque communion rend plus physique, en quelque sorte, la maternité de MARIE à notre égard, et lui donne sous ce rapport un notable avantage sur les maternités humaines. Celle-ci, en effet, après avoir établi entre la mère et l'enfant une parfaite communauté de vie, voit diminuer peu à peu et enfin se perdre entièrement, dans celui-ci, tout ce qu'il avait réellement emprunté à celle-là; entre MARIE et nous, au contraire, l'union qui n'était formée d'abord que par le lien tout spirituel de la grâce, est resserrée chaque jour par un nouveau lien tout à la fois matériel et divin, par la chair de JÉSUS-CHRIST, qui est la chair de MARIE, et qui devient dans la sainte communion notre propre chair. Chaque fois que nous nous approchons de la sainte Table, nous rentrons en quelque sorte dans le sein de cette divine Mère.

Cette considération, si propre à augmenter notre filiale tendresse envers MARIE, est bien propre aussi à accroître notre amour et notre reconnaissance à l'égard de saint JOSEPH. Ne l'oublions pas, en effet, la chair virginale de MARIE, où JÉSUS a pris le corps divin qu'il nous donne en nourriture, cette chair est la propriété de JOSEPH. Quand donc nous venons nous agenouiller au pied de l'autel, pour recevoir le pain céleste, c'est à JOSEPH aussi bien qu'à MARIE que nous demandons l'aumône ; c'est à eux qu'il appartient de nous faire part de ce pain, dont DIEU les a faits dépositaires, et dont ils ont fourni les éléments : MARIE, en donnant pour cela sa propre substance, JOSEPH, en donnant la substance de MARIE.

Chaque communion nous unit donc plus étroitement à saint JOSEPH et accroît nos obligations à son égard ; et si nous comprenions bien nos devoirs et nos intérêts, nous ne recevrions pas une seule fois ce sacrement auguste sans remercier ce glorieux saint, et sans le prier de nous apprendre à nous en approcher dignement.

V

Saint JOSEPH, en effet, mieux que tous les autres saints, pourra nous enseigner le grand art de nous unir au Cœur de JÉSUS. Car il n'a pas été seulement le maître légitime de ce divin Cœur ; il en a été encore le fidèle disciple. Il n'a pas cru pouvoir faire un meilleur usage du domaine qu'il exerçait sur cette source de toute lumière et de toute grâce, qu'en faisant tous ses efforts pour s'éclairer de ses clartés et se nourrir de ses célestes enseignements. Il a commencé à se mettre à l'école du Cœur de JÉSUS le jour même où ce divin Cœur s'est soumis à sa paternelle autorité. Nous disions que jamais vassal ne fit à son seigneur un hommage aussi respectueux que l'hommage rendu à saint JOSEPH par le Cœur de JÉSUS, le jour même de la naissance du Sauveur ; nous pouvons ajouter que jamais le disciple le plus ignorant n'apporta, à l'école du plus savant de tous les maîtres, une docilité comparable à celle avec laquelle saint JOSEPH étudia, dès ce premier jour, les leçons du Cœur de JÉSUS.

Vous êtes étonné peut-être de l'obscurité au sein de laquelle la vie du saint Patriarche demeure ensevelie. Vous ne comprenez pas qu'il reste muet, alors qu'il possède le Verbe de DIEU ; qu'il continue à raboter des planches, après qu'un ange est descendu du ciel pour lui annoncer qu'il allait devenir le premier coopérateur, après MARIE, de la grande œuvre de la Rédemption du monde. Saint Pierre, appelé à l'apostolat, quitte sa barque et ses filets ; pourquoi saint JOSEPH, devenu bien plus qu'apôtre, continue-t-il à manier, depuis le matin jusqu'au soir, sa hache et son ciseau ? Pourquoi ne pas sortir de cette obscurité, pour faire connaître aux Juifs et aux Égyptiens le Sauveur, qui était au milieu d'eux et qu'ils méconnaissaient ? Être l'Époux de la Reine du monde, le possesseur du Cœur de son DIEU, et vivre jusqu'à la mort dans la condition d'un pauvre ouvrier : cela se conçoit-il ? Est-ce là comprendre sa dignité ? N'est-ce pas enfouir le talent reçu du ciel ?

Non ; c'est au contraire donner à ce talent céleste toute sa fécondité. C'est pratiquer la sagesse suréminente qui s'apprend à l'école du Cœur de Jésus. Bien avant que les lèvres du divin Maître ne se fussent ouvertes pour dire aux hommes : « Apprenez de moi que je suis doux et humble de Cœur, » saint JOSEPH avait entendu sortir de son Cœur cette même leçon. Il avait compris que c'était là le résumé des enseignements de son divin Fils : la douceur, qui est l'expression de l'amour, et l'humilité, qui est la manifestation du renoncement ; la douceur, qui nous dispose à accueillir avec joie tout ce que DIEU nous envoie, et l'humilité, qui détourne de la recherche inquiète de ce qu'il ne lui plait pas de nous donner. Douceur et humilité, c'est-à-dire abandon complet et amoureux de soi-même entre les mains de celui qui est, tout à la fois, le souverain Seigneur et le plus tendre des Pères. Voilà ce que le Cœur de JÉSUS enseigna à saint JOSEPH, par les anéantissements de son Incarnation, de sa Nativité et de son Enfance. Saint JOSEPH ne crut pas avoir trop de sa vie entière pour pratiquer cette leçon, et pour la redire aux générations à venir. Si nous en comprenons l'importance et la difficulté, nous ne nous étonnerons pas que le premier disciple du Cœur de JÉSUS n'ait pas voulu en apprendre d'autre, et que sa vie tout entière ait été consacrée à nous la répéter.

VI

Mais comment nous faire une idée de la perfection avec laquelle ce fidèle disciple a compris, et mis en pratique, la grande leçon de renoncement et d'amour qui forme tout l'enseignement du Cœur de Jésus?

Pendant vingt ans et plus, il fut, avec sa divine Épouse, le seul ou presque le seul écolier du divin Maître. Quel progrès ne dut pas faire, pendant un temps si long, un écolier si bien disposé, enseigné par un si habile précepteur! Comme un cristal très pur, placé vis-à-vis du soleil, en reçoit la clarté dans toute sa plénitude, et réfléchit si bien ses rayons qu'il semble tout entier transformé en sa substance, ainsi le cœur de saint Joseph, constamment placé en regard du Cœur de Jésus, en recevait sans cesse, et dans toute leur plénitude, les divines influences. Quel courant de lumière, d'amour, de vertu, allait sans cesse de l'un à l'autre de ces deux cœurs! Tous les sentiments du Cœur de Jésus passaient dans celui de saint Joseph; les désirs, les craintes, les joies, les douleurs, tout leur était commun; le Maître et le disciple n'avaient qu'une même pensée.

VII

Maison bénie de Nazareth, première école du Cœur de Jésus, combien il est doux aux disciples de ce divin Cœur de se transporter par le souvenir dans vos murs ! Combien ils aiment d'assister en esprit à ces leçons qu'un Dieu, devenu petit enfant, donnait à ceux dont il s'était fait le sujet !

Quel merveilleux renversement et pourtant quel ordre parfait ! Ce sont les disciples qui commandent et c'est le maître qui obéit ; le maître enseigne en obéissant, et les disciples apprennent en commandant. Le silence enseigne autant et plus que les paroles, et l'exercice d'un art mécanique donne à l'esprit des lumières que les plus sublimes théories n'auraient jamais pu lui donner. A cette école de Nazareth, l'enseignement n'était jamais interrompu. La prière, le travail, les repas, le sommeil, tout était leçon. Les récréations ne manquaient pas sans doute ; mais ces récréations toutes divines, en délassant le corps, éclairaient l'esprit et enflammaient le cœur. Le soir, quand Jésus voyait son père bien-aimé accablé par la fatigue, il l'invitait à prendre du repos. Alors on s'asseyait autour du foyer, et Jésus laissait couler avec abondance de son Cœur ces enseignements divins, ces suaves épanchements qui, plus tard, tenaient pendant des jours entiers les foules suspendues à ses lèvres. Mais combien il était plus prodigue de ces trésors envers Marie et envers Joseph ! Avec combien plus de liberté et de suavité son Cœur devait se répandre dans des cœurs aussi bien disposés ! Si les cœurs des disciples d'Emmaüs, ces cœurs que le divin Maître taxa lui-même de folie et d'incrédulité, furent pourtant embrasés par une seule conversation, de quelles ardeurs ne devaient pas brûler Marie et Joseph, de quelles lumières ne devaient-ils pas être inondés, pendant les longues années durant lesquelles ils reçurent les plus abondantes communications du Cœur de leur divin Fils !

Il est dit dans l'Évangile que l'Enfant-Dieu « croissait en sagesse, en âge et en grâce devant Dieu et devant les hommes. » Quels sont ces hommes qui partageaient avec Dieu la joie de contempler les accroissements de grâce qu'acquérait le Cœur de Jésus, en même temps que l'âge développait et fortifiait ses membres ? Ce n'étaient pas les profanes, aux yeux desquels le divin Soleil voilait encore sa clarté. Ceux-là pouvaient bien juger des accroissements extérieurs de l'âge ; mais cet épanouissement extérieur de la sagesse et de la grâce, qui en contemplait le ravissant spectacle, sinon ceux qui seuls avaient la clef de l'intérieur de Jésus, Marie et Joseph ? Suivant le sentiment commun des docteurs, la sainte âme du Sauveur n'a été susceptible en elle-même d'aucun accroissement de grâce ; et elle a pu seulement manifester davantage la grâce qu'elle possédait, dès l'origine, dans toute sa plénitude ; ainsi le soleil possède, dès son lever, tout l'éclat dont il brillera à son midi ; mais cet éclat, qui en lui-même ne change jamais, ne se répand pourtant que par degrés. Quand donc l'Écriture nous dit que Jésus croissait en sagesse et en grâce, aussi bien qu'en âge, elle veut nous faire entendre que ce divin soleil, à mesure qu'il s'avançait vers son midi, illuminait et échauffait davantage ceux qui avaient le privilège de contempler les rayons de sa sagesse et de recevoir les épanchements de sa grâce, c'est-à-dire MARIE et JOSEPH.

VIII

C'est ainsi que saint JOSEPH alla profitant de plus en plus à l'école du Cœur de JÉSUS, jusqu'à ce que le moment fut venu pour lui d'aller redire aux ancêtres du Sauveur, détenus dans les limbes, les enseignements qu'il avait appris à cette école. Quelle lumière et quelle joie dut apporter à ces saints Patriarches la venue de cet illustre fils ! Avec quel empressement ils accoururent au devant de lui, pour écouter les heureuses nouvelles qu'il avait à leur apprendre, et recueillir de sa bouche tous les détails de l'enfance du Sauveur !

Avec quel bonheur les Prophètes apprirent de lui la réalisation de tout ce qu'ils avaient vu et annoncé en énigme ! Avec quelle solennité l'Église ancienne tout entière proclama saint JOSEPH son docteur et son maître ! Avec quel amour tous ces glorieux personnages, qui devaient bientôt servir de cortège au Sauveur ressuscité, se plurent à reconnaître pour leur chef celui qui avait été choisi pour commander à leur DIEU !

Nous aussi, nous serons heureux de reconnaître en lui notre maître, notre précepteur et notre père. Si nous voulons profiter à l'école du Cœur de JÉSUS, personne ne peut mieux que lui nous en faire comprendre les divins enseignements. Si nous voulons acquérir la possession du Cœur de JÉSUS, nul n'a plus de pouvoir que lui pour nous faire acquérir ce trésor. Il lui appartient en commun avec MARIE ; et il partage l'ardent désir qu'éprouve cette tendre Mère de le communiquer à tous ceux qui le demanderont [1].

La B. Marguerite-Marie peut ici nous servir de modèle, car à sa grande dévotion pour le sacré Cœur elle joignit un ardent amour pour MARIE et JOSEPH. Dans le premier oratoire élevé au Cœur de JÉSUS dans son monastère, elle fit placer un tableau, que l'on conserve encore, et dont le dessin était ainsi conçu : Au sommet, le Père éternel

---

[1] V. *Messsager du Cœur de* JÉSUS, t. III, p. 108 à 120.

environné d'Anges déroule une banderolle qui porte ces mots : « C'est le Cœur de mon Fils bien-aimé. » Plus bas, du côté droit, la sainte Vierge l'indique du geste et du regard en disant : « Aimez-le, il vous aimera. » Saint JOSEPH tient d'une main son lis, et de l'autre montre le Cœur de JÉSUS en disant : « Venez, il est ouvert à tous. »

A l'exemple de cette fidèle servante de JÉSUS, aimons tendrement MARIE, JOSEPH, et par eux nous trouverons le Cœur sacré de leur divin Fils. Conjurons-les dès aujourd'hui de prendre sous leur haut patronage ce mois béni qui commence, afin que chaque jour de ce mois nous fasse progresser dans la connaissance et dans l'amour du Cœur de JÉSUS [1].

---

[1] Voici l'origine du mois du Sacré-Cœur. — Angèle de Sainte-Croix, dont Louis Veuillot a raconté la vie et la mort édifiantes, était élève au monastère dit des Oiseaux, qu'habitaient les religieuses de la Congrégation de Notre-Dame. Un matin, pendant l'action de grâces qui suivait une fervente communion, elle exposait à Notre-Seigneur les désirs qu'elle avait de travailler à la gloire de son divin Cœur, lorsque tout à coup une pensée traversa son esprit : « Pourquoi, se demanda-t-elle, n'y aurait-il pas *un mois du Sacré-Cœur*, comme il y a *un mois de* MARIE ? » Elle va soudain faire ses confidences à la Mère Saint-Jérôme. Celle-ci, qui était toute consumée d'amour pour le Cœur de JÉSUS, accueillit avec joie cette ouverture enfantine. Une occasion favorable se présenta bientôt de réaliser le pieux dessein.

Le 29 mai 1835, Mgr de Quélen, archevêque de Paris, était venu célébrer la sainte Messe dans la chapelle des enfants de MARIE. Le bon pasteur était encore entouré de toute la famille, lorsque Angèle s'avance respectueusement vers Monseigneur et

1..

lui expose avec simplicité le grave sujet de sa requête. Le prélat, profondément ému, répondit à l'enfant : « Nous le ferons pour la conversion des pécheurs et pour le salut de la France, et nous suivrons la coutume d'honorer par trente-trois jours de prière les trente-trois années de la vie de Notre-Seigneur. Un numéro, tiré au sort, assignera à chacune un jour spécial pour être sanctifié par toute sorte de bonnes œuvres. Je permets le Salut du Saint-Sacrement tous les vendredis de ce mois. Tenons-nous-en là pour cette année, car plus tard, qui sait ?... »

Cette dernière parole qui, dans la pensée de Monseigneur, signifiait, « qui sait si cette dévotion ne deviendra pas générale ? » était prophétique, comme le prouvent les faits. Pour donner une forme à ce nouveau mois, la Mère Saint-Jérôme s'empressa de préparer le *Mois du Sacré-Cœur*, petit livre qui fait encore aujourd'hui tant de bien.

Telle est l'origine de cette pieuse pratique, qui s'établit de plus en plus dans les paroisses et opère, partout où elle existe, des fruits merveilleux de salut.

PREMIER JOUR

Origine de la dévotion au Cœur de JÉSUS.

I

DIEU voulant nous montrer l'excès de son amour et, en même temps, nous ouvrir un asile où nous puissions toujours nous réfugier, permit que la lance du soldat Longin ne transperçât pas seulement le côté du Sauveur, mais atteignit le Cœur même de JÉSUS-CHRIST et y fit une large ouverture.

De tout temps, dans l'Église, cet asile divin a été connu, et plus d'une âme, à l'exemple de saint Augustin, est entrée dans ce refuge de la Miséricorde et s'y est reposée, sans crainte des ennemis qui font rage au dehors. Saint Bernard, du haut de sa chaire abbatiale, disait à ses religieux : « Puisque nous sommes enfin arrivés au très doux Cœur de Jésus et qu'il fait bon pour nous d'y demeurer, ne nous en laissons plus si facilement séparer. « Nous nous approcherons de vous, nous « tressaillerons et mettrons en vous notre joie, « nous souvenant de votre Cœur. » Oh ! qu'il est

bon, qu'il est doux d'habiter en ce Cœur. Quel riche
trésor, quelle perle précieuse est votre Cœur, ô
bon Jésus. Qui pourrait ne pas la vouloir, cette
perle! Oh! je donnerai plutôt tout ce que j'ai pour
l'acheter, et je tournerai toutes mes pensées vers
le Cœur du Seigneur Jésus. Dans ce temple, dans
ce sanctuaire, dans cette arche d'alliance, j'ado-
rerai, je louerai le nom du Seigneur, je dirai avec
David : J'ai trouvé mon Cœur pour prier mon
Dieu. J'ai le Cœur de mon Roi, de mon Frère, du
doux ami Jésus, et je n'adorerais pas! Oui, je
prierai, son Cœur est à moi, je le dis sans crainte ;
car si Jésus est mon chef, comment ce qui est à
mon chef ne m'appartiendrait-il pas? Puisque j'ai
trouvé votre Cœur et le mien, ô très doux Jésus,
je vous prierai, ô mon Dieu; accueillez donc mes
prières dans le sanctuaire de cette bonté qui les
exauce ; bien plus, attirez-moi tout entier dans
votre Cœur. O Jésus, aimable entre tous ! Lavez-
moi de plus en plus de mes iniquités, et purifiez-
moi toujours davantage de mes péchés, pour que
je mérite d'habiter dans votre Cœur tous les jours
de ma vie. Car c'est bien pour nous donner une
entrée que votre côté fut transpercé ; si votre Cœur
fut blessé, c'est bien pour nous offrir une demeure
en lui, en vous, loin de toutes les inquiétudes. Il
a été ouvert pour nous faire connaître, par cette
blessure visible, la blessure invisible de l'amour.
Comment pouvait-il nous montrer mieux l'ardeur

de son amour, qu'en laissant transpercer non seulement sa poitrine, mais encore son Cœur par le fer de la lance ? Qui ne trouverait tout son bien dans un Cœur ainsi blessé ? Un Cœur qui aime avec tant d'ardeur, qui ne l'aimerait pas en retour ? Qui n'embrasserait un Cœur aussi pur ? Nous donc qui vivons ici-bas, aimons-le de toutes nos forces, aimons-le en retour, embrassons ce blessé, notre blessé à qui des bourreaux impies ont déchiré les pieds, les mains, le côté et le Cœur ; entourons-le, pour qu'il daigne enchaîner dans les liens de son amour et blesser de ses traits notre cœur si dur, notre cœur qui connaît si peu la douleur du repentir. »

Les paroles qu'écrivait plusieurs siècles après saint Bernard, le vénérable Lansperg, ne sont pas moins admirables : « Excitez-vous avec ardeur à la dévotion au très aimable Cœur de Notre-Seigneur Jésus-Christ, cette source débordante d'amour et de miséricorde, et mettez votre ferveur et votre zèle à l'honorer, vous efforçant de l'embrasser et d'y entrer en esprit. Offrez par lui vos prières et vos exercices, puisqu'il est le trésor de tous les dons et la porte par laquelle nous allons à Dieu et Dieu vient à nous. Nous nous approcherons de Dieu et Dieu s'approchera de nous. Placez donc une image du Cœur de Notre-Seigneur en un endroit où vous avez fréquemment à passer, pour vous rappeler plus facilement votre dévotion et produire aussi plus souvent des actes d'amour de DIEU.

Vous pourrez également, si la dévotion vous y convie, baiser cette image, ce Cœur du Seigneur Jésus, y pénétrer par la pensée, comme dans le vrai Cœur de DIEU, puisque c'est le Cœur du Seigneur Jésus que vos lèvres couvrent de leurs baisers, ce Cœur où vous voulez imprimer le vôtre, où vous désirez plonger et absorber votre esprit; représentez-vous alors que de ce Cœur si rempli de grâces, vous attirez en votre propre cœur son esprit et ses vertus, et tout ce qui vous est salutaire, car le Cœur de Jésus est une source surabondante de tous ces biens. C'est en même temps un grand profit et la marque d'une grande piété d'honorer dévotement le Cœur de Jésus, où vous pourrez vous réfugier dans toutes vos nécessités, puiser toute consolation et tout secours, car si le cœur de la créature vous manque et vous trompe, soyez sans crainte, ce Cœur très fidèle ne saurait vous tromper ni vous abandonner. »

II

En parcourant les écrivains spirituels et la vie des Saints, il nous serait facile de recueillir bon nombre de passages aussi tendres, aussi affectueux envers le Cœur de Jésus, et qui prouvent qu'à toutes les époques ce Cœur sacré a compté des serviteurs dévoués [1]. Cependant cette dévotion n'était alors que le partage de quelques âmes privilégiées, elle ne devait devenir universelle qu'à partir du dix-septième siècle.

A cette époque (1673) vivait dans le monastère de Paray-le-Monial une fille de saint François de Sales, qui ne se faisait distinguer de ses sœurs que par son plus grand esprit d'humilité et de souffrance. C'était l'humble instrument dont Notre-Seigneur allait se servir pour faire connaître et aimer par toute la terre son divin Cœur. Dans une suite de soixante-dix révélations, Notre-Seigneur se plut à l'initier au grand mystère de son amour et à lui dévoiler toutes les richesses enfermées dans son Cœur. Contentons-nous de citer les révélations qu'on est convenu d'appeler les trois grandes révélations, et laissons parler la Bienheureuse elle-même.

1° « Une fois, étant devant le Saint-Sacrement, me trouvant un peu plus de loisir, car les occupations que l'on me donnait ne m'en laissaient guère, je me trouvai tout investie de cette divine présence, mais si fortement, que je m'oubliai de moi-même et du lieu où j'étais, et je m'aban-

---

[1] Parmi ces dévoués serviteurs, il convient de citer surtout le Vén. P. Eudes. Ce saint prêtre travailla toute sa vie, avec une ardeur infatigable, à propager la dévotion au sacré Cœur : il fut le digne précurseur de la B. Marguerite-Marie.

donnai à ce divin Esprit, livrant mon cœur à la force de son amour. Il me fit reposer fort long-temps sur sa divine poitrine, où il me découvrit les merveilles de son amour et les secrets inex-plicables de son sacré Cœur, qu'il m'avait tou-jours tenus cachés jusqu'alors; il me l'ouvrit pour la première fois, mais d'une manière si effec-tive et si sensible qu'il ne me laissa aucun lieu d'en douter, pour les effets que cette grâce pro-duisit en moi, qui crains pourtant toujours de me tromper... Et voici comme il me semble la chose s'être passée :

Il me dit : « Mon divin Cœur est si passionné d'amour pour les hommes et pour toi en particu-lier, que ne pouvant plus contenir en lui-même les flammes de son ardente charité, il faut qu'il les répande par ton moyen, et qu'il se manifeste à eux pour les enrichir de ses précieux trésors que je te découvre, et qui contiennent les grâces sanctifiantes et salutaires nécessaires pour les retirer de l'abîme de perdition; et je t'ai choisie, comme un abîme d'indignité et d'ignorance, pour l'accomplissement de ce grand dessein, afin que tout soit fait par moi. »

2° « Une fois, entre les autres, que le Saint-Sacrement était exposé, après m'être sentie reti-rée toute au-dedans de moi-même, par un re-cueillement extraordinaire de tous mes sens et puissances, JÉSUS-CHRIST, mon doux Maître, se

présenta à moi, tout éclatant de gloire avec ses
cinq plaies, brillantes comme cinq soleils ; et de
cette humanité sacrée sortaient des flammes de
toutes parts, mais surtout de son adorable poitrine, qui ressemblait à une fournaise ; et s'étant
ouverte, me découvrit son tout aimant et tout aimable Cœur, qui était la vive source de ces flammes. Ce fut alors qu'il me découvrit les merveilles
inexplicables de son pur amour, et jusqu'à quel
excès il l'avait porté d'aimer les hommes, dont il
ne recevait que des ingratitudes et méconnais-
sances : « Ce qui m'est beaucoup plus sensible,
me dit-il, que tout ce que j'ai souffert en ma Passion ; d'autant que s'ils me rendaient quelque
retour d'amour, j'estimerais peu tout ce que j'ai
fait pour eux, et voudrais, s'il se pouvait, en faire
davantage ; mais ils n'ont que des froideurs et du
rebut pour tous mes empressements à leur faire
du bien. Toi, du moins, donne-moi ce plaisir de
suppléer à leur ingratitude autant que tu en
pourras être capable. »

Et lui remontrant mon impuissance, il me
répondit : « Tiens, voilà de quoi suppléer à tout
ce qui te manque. » Et en même temps ce divin
Cœur s'étant ouvert, il en sortit une flamme si
ardente que je pensai en être consumée, car j'en
fus toute pénétrée, et ne pouvais plus la soutenir.
Lorsque je lui demandai d'avoir pitié de ma faiblesse : « Je serai ta force, me dit-il, ne crains

rien, mais sois attentive à ma voix et à ce que je te demande, pour te disposer à l'accomplissement de mes desseins. Premièrement, tu me recevras dans le Saint-Sacrement autant que l'obéissance te le voudra permettre, quelques mortifications et humiliations qui t'en doivent arriver, lesquelles tu dois recevoir comme des gages de mon amour. Tu communieras de plus tous les premiers vendredis de chaque mois; et, toutes les nuits du jeudi au vendredi, je te ferai participer à cette mortelle tristesse que j'ai bien voulu sentir au jardin des Olives; laquelle tristesse te réduira, sans que tu la puisses comprendre, à une espèce d'agonie, plus rude à supporter que la mort. Pour m'accompagner dans cette humble prière que je présentai alors à mon Père parmi toutes mes angoisses, tu te lèveras entre onze heures et minuit, pour te prosterner pendant une heure avec moi, la face contre terre, tant pour apaiser la divine colère, en demandant miséricorde pour les pécheurs, que pour adoucir en quelque façon l'amertume que je sentais de l'abandon de mes Apôtres, qui m'obligea à leur reprocher qu'ils n'avaient pu veiller une heure avec moi; et pendant cette heure tu feras ce que je t'enseignerai. »

3° « Étant une fois devant le Saint-Sacrement, un jour de son octave, je reçus de mon Dieu des grâces excessives de son amour, et me sentis touchée du désir de quelque retour et de lui rendre amour pour amour ; il me dit : « Tu ne peux m'en rendre un plus grand, qu'en faisant ce que je t'ai déjà tant de fois demandé. » Alors me découvrant son divin Cœur : « Voilà ce Cœur qui a tant aimé les hommes, qu'il n'a rien épargné jusqu'à s'épuiser et se consumer pour leur témoigner son amour ; et, pour reconnaissance, je ne reçois de la plupart que des ingratitudes par leurs irrévérences et leurs sacrilèges, et par les froideurs et les mépris qu'ils ont pour moi dans ce sacrement d'amour. Mais, ce qui m'est encore le plus sensible est que ce sont des cœurs qui me sont consacrés qui en usent ainsi. C'est pour cela que je te demande que le premier vendredi d'après l'octave du Saint-Sacrement soit dédié à une fête particulière pour honorer mon Cœur, en communiant ce jour-là, et en lui faisant une réparation d'honneur par une amende honorable, pour réparer les indignités qu'il a reçues pendant le temps qu'il a été exposé sur les autels. Je te promets aussi que mon Cœur se dilatera pour répandre, avec abondance, les influences de son divin amour sur ceux qui lui rendront cet honneur et qui procureront qu'il lui soit rendu. »

« Et répondant à cela que je ne savais comment pouvoir accomplir ce qu'il désirait de moi depuis tant de temps, il me dit de m'adresser à son serviteur, qu'il m'avait envoyé pour l'accomplissement de son dessein. »

Ce serviteur était le P. de la Colombière, homme d'une éminente sainteté et que le Saint-Esprit conduisit à Paray-le-Monial. Tandis qu'il adressait la parole à la communauté, la Bienheureuse entendit une voix intérieure qui lui dit : « Voilà celui que je t'envoie. » Elle lui ouvrit entièrement sa conscience et lui manifesta le choix que le sacré Cœur avait fait de lui pour établir et propager son culte. Le vénérable P. de la Colombière accueillit avec humilité et reconnaissance la mission que Dieu lui confiait, et s'y dévoua jusqu'à la mort.

III

Mais bientôt les difficultés, les contradictions, qui président toujours à la naissance des œuvres de Dieu, se levèrent redoutables. La Bienheureuse ne s'en effraya pas, elle les avait prévues : « Notre-Seigneur, avait-elle dit, m'a fait entendre que la dévotion et le règne de ce sacré Cœur ne s'établiraient que par des sujets pauvres et méprisables et parmi les contradictions, et que, malgré toutes les oppositions et les difficultés que l'on y formerait, il se ferait connaître et aimer... Satan suscite des contradictions à cette aimable dévotion, enragé qu'il est que par ce moyen salutaire il perdra bien des âmes qu'il croyait déjà tenir, et que ce moyen lui en a déjà ravi et lui en ravira bien davantage par la toute-puissance de celui qui, dans le temps qu'il s'est proposé, fera tourner toutes ces oppositions et contradictions à sa gloire et à la confusion de cet ennemi... N'ai-je pas trop de plaisir, parmi mes amertumes, de voir cette dévotion s'insinuer et se soutenir d'elle même, malgré les contradictions que Satan y suscite de toute part pour s'y opposer? Dieu régnera malgré ses ennemis, et il se rendra le maître et le possesseur de nos cœurs. Car c'est là la fin principale de cette dévotion, savoir, *de convertir les âmes à son amour!* »

Avant sa mort, la Bienheureuse eut la consolation de voir cette dévotion déjà répandue hors du monastère de Paray-le-Monial. Après sa mort, la dévotion au sacré Cœur prit des développements considérables; on grava ses images, on lui éleva des chapelles, on érigea des confréries en son honneur, au point que, dès l'année 1733, le P. de Gallifet en comptait trois cent quatre-vingts.

La France, que Notre-Seigneur venait d'honorer en fixant dans son sein le berceau de la dévotion à son divin Cœur, donna l'exemple. Marseille, Aix, Avignon et bien d'autres cités se consacrèrent solennellement au sacré Cœur.

En 1765, à la prière de la pieuse reine Marie Leckzinska, tous les évêques, réunis à l'assemblée générale du clergé de France, délibérèrent unanimement d'établir dans leurs diocèses respectifs la dévotion et l'office du sacré Cœur de Jésus, et

2

invitèrent par une lettre-circulaire les Évêques du royaume d'en faire autant, dans les diocèses où cette dévotion et cet office n'étaient pas encore établis.

Les Pontifes romains, secondant avec bonheur la piété des fidèles, autorisèrent cette dévotion par des Brefs et des Indults, et l'enrichirent de nombreuses indulgences ; et, de nos jours, nous avons eu l'immense consolation de voir l'Église entière, fidèle à la voix des Pontifes, se consacrer solennellement au sacré Cœur.

Aujourd'hui, le sacré Cœur de Jésus, marchant de victoire en victoire, *exiit vincens ut vinceret*, a triomphé de toutes les difficultés, a renversé tous les obstacles, et, partout où pénètre la religion, là aussi pénètre en même temps la dévotion au divin Cœur. A la vue de ce triomphe si consolant, répétons avec la B. Marguerite-Marie :

L'amour triomphe ; l'amour jouit ;
L'amour du saint Cœur réjouit.

HISTOIRE [1]

Le R. P. Batut, Directeur de l'École apostolique de Bordeaux, nous écrit :

« Mon Révérend Père, — Voudriez-vous me

---

[1] Les histoires placées à la fin de chaque jour n'ont pas été écrites par le P. Ramière ; mais elles sont extraites, soit du *Messager du Cœur* de Jésus, soit du *Petit Messager du Cœur* de Marie.

donner un coin du *Messager,* pour l'acquit d'un vœu que je viens de faire au sacré Cœur? Voici le fait :

« Samedi, 1ᵉʳ octobre, je suis invité par une personne pieuse à visiter une jeune femme du voisinage, dangereusement malade. Elle refuse obstinément tous les secours de la religion, et ne veut pas entendre parler du prêtre.

« J'offre très volontiers mes services. Mais au moment où j'allais mettre les pieds sur le seuil de la porte indiquée, la personne qui m'avait appelé est là pour me dire : « Mon Père, n'entrez pas; « la malade est très mal disposée, et il y aurait du « scandale. » Je dus me retirer, la tristesse dans le cœur. Le jour suivant, fête du Saint-Rosaire, vers onze heures du matin, je suis encore appelé. «La malade décline sensiblement, me dit-on, et « approche du terme. Il serait temps de faire une « tentative. » Je me rends à l'instant même auprès de l'infirme; je lui présente le crucifix, qu'elle baise affectueusement une première fois. Mais un instant après, comme si elle regrettait l'acte qu'elle vient d'accomplir, elle entre dans un accès de fureur. Elle proteste qu'elle ne veut ni religion, ni prêtres. Elle me signifie d'avoir à quitter sa maison au plus vite. Elle agite violemment ses deux poings, aussitôt que je fais signe d'approcher. Nous prions tous ensemble au pied du lit, nous jetons de l'eau bénite. Tout fut inutile!

L'heure de la miséricorde n'avait pas encore
sonné. Je dus encore me retirer. Vers six heures
du soir, on m'appelle pour la troisième fois. « Mon
« Père, me dit-on, la malade est à l'extrémité. Venez
« l'administrer. — Quoi donc! répondis-je, vou-
« lez-vous me faire administrer les sacrements à
« une personne en délire, après qu'elle a opposé
« un refus si énergique, il y a quelques heures!...
« La chose n'est pas possible. Toutefois, précédez-
« moi auprès de la mourante. Je vais vous sui-
« vre. » Je me rendis immédiatement auprès de
mes quarante-huit apostoliques, pour leur faire
connaître l'urgence du danger. « Allez de suite,
« leur dis-je, vous mettre tous en prières. Il s'agit
« ici d'une œuvre éminemment apostolique : arra-
« cher une âme à l'enfer! Récitez en commun le
« chapelet du Sacré-Cœur, pendant que je me
« rends auprès de la mourante. C'est du Cœur
« divin qu'il faut attendre le prodige de la misé-
« ricorde! » Chemin faisant, je fais vœu de faire
publier la faveur dans le *Messager*, si le sacré
Cœur de Jésus amollit cette âme obstinée. J'arrive à la maison de Marie (c'était le nom de la
malade). « Marie, lui dis-je en lui présentant mon
« crucifix, voici le Jésus de votre première com-
« munion. Ne le reconnaissez-vous pas? Il vient
« vous visiter encore, vous attirer à lui, vous em-
« mener au ciel. N'est-il pas bon et miséricor-
« dieux, ce Jésus de votre première commu-

« nion?... » La mourante me regardait avec éba-
hissement. Elle possédait l'usage libre de toutes
ses facultés... « Baisez le crucifix, chère en-
« fant, lui dis-je... » Aussitôt, rapprochant ses
deux lèvres, elle baise pieusement le crucifix...
« Répétez avec moi : JÉSUS... MARIE... JOSEPH ! »
Elle répéta tout distinctement, et elle prononça
les mêmes invocations jusqu'à six ou sept fois. Je
la disposai de mon mieux aux sacrements de
Pénitence et d'Extrême-Onction, que je lui admi-
nistrai séance tenante.

« Je la laissai dans une paix parfaite. J'avais
hâte de porter, à ma jeune famille, la précieuse
nouvelle de cette conquête du Cœur de Jésus,
qu'ils venaient d'obtenir par leurs ferventes prières. Jugez si nos petits apôtres furent fiers de cet
exploit.

« La malade rendit le dernier soupir le jour suivant, vers midi. — Loué soit à jamais le Cœur
miséricordieux de Jésus ! »

DEUXIÈME JOUR

Objet et but de la dévotion au Cœur de JÉSUS [1].

Ignem veni mittere in terram et quid volo, nisi ut accendatur.

Je suis venu apporter le feu sur la terre, et qu'est-ce que je veux, sinon qu'elle en soit embrasée. (Luc, XII, 49.)

I

On entend par dévotion en général un certain ensemble de pratiques pieuses, par lesquelles les chrétiens honorent spécialement quelqu'une des manifestations particulières de l'amour de DIEU envers nous. D'après cette définition, on voit qu'une dévotion est, par rapport à la religion, ce qu'une partie est par rapport au tout. La religion est l'ensemble des manifestations de l'amour de DIEU à l'égard des hommes et de l'amour des hommes à l'égard de DIEU. Les dévotions particulières, soit de précepte, soit de surérogation, sont les différents moyens par lesquels peut se réaliser ce merveilleux commerce entre l'amour de

[1] *Messager du Cœur de Jésus*, t. V, p. 245 à 258.

la créature et celui du Créateur; en elles-mêmes, elles sont les formes spéciales que l'amour des hommes peut revêtir pour se manifester envers Dieu. Chacune d'elles a pour objet l'une des formes particulières que l'amour de Dieu a revêtues dans ses manifestations à l'humanité.

Quel est l'objet de la dévotion au sacré Cœur? Cette dévotion a un double objet : un objet matériel et sensible, qui est le Cœur de chair du Dieu-homme, et un objet spirituel, qui est l'amour de ce divin Sauveur.

Dans cette dévotion, il n'y a rien de substantiellement nouveau, car, de tout temps, les chrétiens ont dû honorer l'amour de leur Sauveur, et rendre à son cœur de chair le culte d'adoration qu'il mérite en vertu de son union avec la divinité.

La seule nouveauté dont était susceptible cette dévotion consistait dans la forme sous laquelle ce double objet devait être honoré par les chrétiens, et que Notre-Seigneur nous a enseignée par l'entremise de la B. Marguerite-Marie.

Il a voulu que les chrétiens honorassent d'un culte particulier l'organe spécial de son amour; le représentassent, par la peinture ou la sculpture, sous la forme qu'il a lui-même indiquée, et que, par ces représentations touchantes, ils se rendissent plus sensible et plus constamment présent l'amour immense dont il brûle pour nous. Il veut que cet amour ineffable, symbolisé par son Cœur,

devienne l'objet de toutes nos pensées, le mobile
de toutes nos actions, le modèle de toute notre
conduite. En nous mettant sans cesse sous les
yeux la plaie ouverte de ce divin Cœur, il désire
nous exciter à y entrer, à pénétrer dans son *intérieur*, et à nous approprier tous ses sentiments.

II

L'on doit donc toujours avoir présent ce double
objet matériel et spirituel. Toutefois, en parlant
du premier, c'est-à-dire du Cœur de chair du
divin Sauveur, il ne faut pas oublier qu'il était
animé par sa sainte âme ; en parlant du second,
c'est-à-dire de l'amour ineffable de Jésus, il ne
faut pas oublier qu'il s'est rendu sensible dans un
cœur de chair semblable au nôtre. Mais puisque,
dans sa condescendance, notre bon Maître, pour
toucher nos âmes charnelles, a voulu, de son
cœur de chair et de son âme aimante, ne faire
qu'un seul composé tout à la fois spirituel et
sensible, il nous a donné le droit de désigner
de ces deux choses par un même mot : le Cœur
Jésus !

Mais vers quel objet devons-nous surtout diriger notre attention ? Ici, nous sommes assurés de
nous conformer aux intentions bien évidentes du
divin Sauveur, en affirmant que notre attention

doit surtout se porter vers l'objet spirituel, c'est-à-dire vers cet amour ineffable dont le cœur de chair n'est que le symbole. Comment supposer, en effet, qu'en révélant la dévotion à son Cœur sacré, Jésus ait eu principalement en vue d'obtenir de nouveaux hommages pour un organe particulier de son corps, considéré en lui-même? Comment croire surtout qu'au culte de cet organe, ainsi considéré, il ait pu attacher de si magnifiques promesses, qu'il ait pu en faire dépendre la sanctification des âmes, la rénovation des familles et des maisons religieuses, la régénération de la société entière?

Ah! sans doute, il a demandé un culte pour ce cœur de chair, et il a promis ses grâces à ceux qui l'honoreraient en lui-même et dans ses images; mais c'est à la condition que dans ces images et dans le cœur qu'elles représentent, nous honorerions son amour, ses sentiments, ses souffrances, ses vertus; que la contemplation plus constante de cet amour ranimerait notre propre amour, que la vue de ses souffrances stimulerait notre générosité, que l'étude de ses sentiments nous porterait à nous les approprier; en un mot, que l'étude de ce Cœur, qui est le siège de la vie morale et surnaturelle de l'Homme-Dieu, nous porterait à sortir de nous-mêmes pour vivre de cette vie divine. C'est de là que dépend la régénération des âmes et de la société entière; elle

dépend de l'incorporation de plus en plus complète des chrétiens à JÉSUS-CHRIST ; c'est là aussi
le but véritable de la dévotion au sacré Cœur.

Du reste, comment douter de la prééminence
de l'objet spirituel sur l'objet matériel dans la
dévotion au sacré Cœur? Il n'est pas une seule
des révélations faites à la B. Marguerite-Marie
dans laquelle Notre-Seigneur n'ait exprimé, avec
toute la clarté désirable, ses intentions à ce
sujet. La première fois qu'il lui montra son Cœur
environné de flammes, avec la couronne d'épines,
la croix et la plaie entr'ouverte,-« il me fit connaître, dit la servante de DIEU, que ces instruments
de sa passion signifiaient que l'amour immense
qu'il a pour les hommes avait été la source de
toutes les souffrances et de toutes les humiliations
qu'il a voulu souffrir pour nous... Il me fit connaître ensuite que le grand désir qu'il avait d'être
parfaitement aimé des hommes lui avait fait former le dessein de leur manifester son Cœur, leur
ouvrant tous les trésors d'amour, de miséricorde,
de grâces, de sanctification et de salut qu'il contient. » Et, plus tard, quand il ordonna l'institution d'une fête en l'honneur de son Cœur divin,
sous quel aspect le présente-t-il à notre vénération? « Voici, dit-il, ce Cœur *qui a tant aimé
les hommes* qu'il n'a rien épargné, jusqu'à s'épuiser et se consumer, pour leur témoigner son
amour. »

Ainsi, c'est bien son amour que JÉSUS-CHRIST a prétendu nous manifester en nous montrant son Cœur, et c'est bien notre amour qu'il a voulu obtenir comme fruit de cette manifestation.

L'Église, cette interprète infaillible, n'a pas compris autrement les intentions de son divin Époux. Aussi dans les deux offices qui ont été approuvés pour la fête du Sacré-Cœur est-il beaucoup moins question du Cœur matériel que de l'amour immense du divin Sauveur pour nous. Les oraisons et les invitatoires qui renferment toujours la formule la plus nette de l'objet et du but des différentes solennités font ressortir l'amour de JÉSUS bien plus que son Cœur de chair.

Il n'est donc pas permis d'en douter, l'objet *principal* de la dévotion au sacré Cœur est l'amour du Verbe incarné pour les hommes, quoique son objet *spécial* soit le Cœur de chair qui a été l'organe spécial de son amour.

III

La dévotion au sacré Cœur est *spéciale*, en ce sens que le Cœur matériel du Sauveur, ce Cœur qui donne à cette dévotion son nom et son individualité propre, est distinct des autres manifestations de l'amour de DIEU à notre égard. Mais comme l'amour de JÉSUS-CHRIST qui est *l'objet spirituel* de cette dévotion est le principe de toutes les institutions dont la religion se compose, cette dévotion peut à juste titre être appelée *universelle*, ou si l'on veut *dévotion centrale*.

En effet, son objet est, par rapport aux objets des autres dévotions, ce qu'est le centre par rapport aux rayons, le foyer par rapport à la sphère qu'il éclaire et qu'il échauffe. Le centre est distinct des rayons, sans doute; et pourtant il les contient tous en quelque sorte et tous se réunissent en lui. Le foyer est distinct de la sphère qu'il pénètre de sa chaleur, et pourtant cette chaleur dont la sphère est remplie n'est autre que la chaleur du foyer.

L'amour du Cœur de Jésus n'est pas un amour purement naturel. Dès l'instant de sa création, sa sainte âme a été unie très intimement à l'esprit de Dieu, en même temps qu'elle a été unie hypostatiquement au Verbe de Dieu. Aux flammes déjà ardentes de son amour humain se sont jointes les flammes infiniment plus ardentes de l'amour divin, et son cœur est devenu le foyer où ces deux flammes brûlent ensemble. Ce n'est pas avec mesure, mais sans mesure que les grâces du divin Esprit ont été répandues dans ce Cœur; et Dieu le Père avait décrété qu'aucune créature ne pourrait recevoir la moindre parcelle de ces grâces, qu'elle ne l'eût puisée à cette source. Aussi l'on peut dire en toute vérité que le Cœur de Jésus est pour les hommes la source de la vie surnaturelle. C'est de sa plénitude que nous recevons tout ce qui nous rend agréables à DIEU. Il n'y a rien dans l'Église de la terre, rien dans l'Église du ciel qui mérite notre culte, en dehors de DIEU lui-même, sinon ce qui a jailli de ce divin Cœur ou qui a été produit en vue de lui. Sans doute, c'est à l'amour divin que nous devons nos premiers hommages. Mais ce divin amour, nous ne pouvons le trouver et nous unir à lui que dans le Cœur de JÉSUS. *Charitas* DEI *in Christo* JESU. C'est en lui seul que DIEU nous a aimés, c'est par lui seul que nous pouvons aimer DIEU. La bonté paternelle de DIEU pour les hommes ne s'est complètement révélée aux hommes que lorsque le Fils de DIEU a commencé à les aimer avec un cœur de chair semblable au leur, et alors seulement les hommes ont commencé à aimer DIEU d'un amour vraiment filial.

Il suit de là que le Cœur de JÉSUS est la première et la plus complète manifestation de l'amour de DIEU le Père comme il est la plus complète manifestation de l'amour de l'Homme-DIEU. Nous n'avons donc rien dit que de fort juste, lorsque nous l'avons représenté comme le foyer dans lequel s'est concentrée toute l'ardeur de la charité divine, et d'où elle a rayonné sur la terre. Il est pour la vie divine de l'Église ce qu'est notre cœur de chair pour la vie physique de notre corps.

Il est pour le firmament spirituel ce qu'est le soleil pour le monde planétaire, le principe de la lumière, de la chaleur, du mouvement.

S'il en est ainsi, on ne peut pas douter que la dévotion au sacré Cœur ne soit vraiment la dévotion centrale, fondamentale, suréminente; et qu'elle mérite parfaitement la belle définition qu'en a donnée Mgr Pie quand il l'a nommée « la quintessence de la religion. »

IV

L'unité est le cachet que DIEU a imprimé sur tous ses ouvrages. Cette unité si admirable dans le monde des corps, si admirable dans le monde des esprits, doit se retrouver dans les objets de notre culte. Là surtout doit régner l'ordre le plus parfait, l'ordre de la charité. Si nous nous laissons troubler par la multiplicité de nos dévotions, c'est que nous n'avons jamais bien contemplé cet ordre merveilleux, qui ne permet pas à la multiplicité de produire la confusion.

Les objets de notre culte forment comme une grande pyramide, au sommet de laquelle est placée la divine Trinité. Au bas est l'Église militante avec sa hiérarchie, sa doctrine, sa morale, ses sacrements. Au-dessus, l'Église souffrante, plus rapprochée de DIEU. Plus haut, l'Église triomphante avec ses différents chœurs de vierges, de confesseurs, de docteurs, de martyrs, d'apôtres; plus haut, les anges avec leurs diverses hiérarchies; au-dessus MARIE, la Reine des hommes, des bienheureux et des anges. Mais au-dessus, comme dans le point central, comme lien entre la Trinité incréée et les esprits créés, entre les anges et les hommes, entre l'Église du ciel, du purgatoire, de la terre, se trouve JÉSUS-CHRIST, Homme-DIEU, par le Cœur duquel l'amour divin, la vie divine, la divine sainteté et la divine béatitude se répandent sans cesse sur les anges et sur les hommes. Toutes nos dévotions descendent donc du Cœur de JÉSUS, toutes doivent remonter à lui, afin d'atteindre par lui DIEU.

Telle est la grande unité établie par DIEU. Ne craignons donc pas que la dévotion au sacré Cœur puisse jamais nuire aux autres dévotions; elle ne peut que les vivifier, de même que les autres dévotions, bien comprises, bien loin de détourner de la dévotion au sacré Cœur ne peuvent au contraire que la fortifier. L'universalité, en effet, de cette dévotion, est l'universalité de la source qui, demeurant distincte de ses divins écoulements, les alimente, bien loin de les supprimer. Il faut de toute nécessité que tout ce qui est bon, saint, capable de nourrir la piété ait sa source dans le Cœur de JÉSUS. Tout cela, par conséquent, doit s'allier avec la dévotion au sacré Cœur et trouver dans cette dévotion son plus ferme appui [1].

V

Nous connaissons l'objet de la dévotion au sacré Cœur, mais quel en est le but principal [2]? La Bienheureuse Marguerite-Marie, dans sa douzième lettre à la Mère de Saumaize, nous l'indique. « Dieu, dit-elle, règnera malgré ses ennemis, et il se rendra le maître et le possesseur de nos cœurs, car c'est là la principale fin de cette dévotion, savoir, *de convertir les âmes à son amour.* » Elle développe cette pensée dans les instructions qu'elle donne à ses novices, dans les pratiques qu'elle leur indique pour honorer ce divin Cœur. Ces instructions, ces pratiques, nous ont été conservées en partie, et toutes ont un même but : faire aimer le Cœur de Jésus, porter les âmes à s'unir à lui, à imiter les vertus dont il nous donne l'exemple, à s'approprier ses sentiments, à offrir à Dieu ses mérites en dédommagement de nos misères, à établir, en un mot, entre les chrétiens et Jésus-Christ une complète fusion. La réparation des outrages dont ce divin Cœur est accablé n'est sûrement pas oubliée par sa généreuse

[1] *Messager*, t. V, p. 245 à 258.
[2] *Messager*, t. VI, p. 11 à 25.

amante; mais cette réparation n'est présentée nulle part comme la fin exclusive de la dévotion dont ce divin Cœur est l'objet : elle a sa place parmi les autres manifestations de l'amour dont nous lui sommes redevables; mais partout elle est subordonnée à cet amour. On voit évidemment qu'aux yeux de la B. Marguerite-Marie, l'amour seul a la suprématie dans la dévotion au sacré Cœur; seul il est la fin à laquelle toutes les autres pratiques particulières se rapportent comme autant de moyens.

L'Église ne comprend pas autrement la fin de la dévotion au Cœur de Jésus. Toutes les prières, en effet, qu'elle met dans la bouche de ses ministres, soit à la messe, soit dans l'office, n'ont d'autre but que de répandre dans les cœurs des hommes l'amour du Cœur de Jésus, et de les mettre en état de puiser aux sources du Sauveur.

Un regard d'ensemble jeté sur la dévotion du sacré Cœur va suffire pour faire saisir la vérité de cette doctrine. Si cette dévotion a vraiment pour objet l'amour de Jésus, rendu sensible par son Cœur, comment pourrait-elle avoir d'autre fin que d'exciter dans les cœurs un amour réciproque? L'amour n'a-t-il pas pour fin propre et essentielle d'exciter l'amour, comme le feu a pour fin essentielle de communiquer sa chaleur? Et comment pouvons-nous être portés à réparer les outrages faits à ce divin Cœur, si ce n'est parce que nous l'aimons? La sympathie pour les douleurs d'une personne affligée, le zèle pour la réparation des injures qu'elle reçoit, peuvent-ils être autre chose que le résultat de l'amitié; et pour obtenir ces résultats, ne faut-il pas, avant tout, faire naître l'amour dans le cœur? Supposé même que les exercices de réparation puissent naître d'un autre principe que l'amour, répondraient-ils alors au désir du Cœur de Jésus? Non, sans doute. Ils ne peuvent lui être agréables qu'autant qu'ils sont des manifestations de l'amour. C'est par un redoublement d'amour qu'il faut surtout le dédommager de la froideur et de l'ingratitude des hommes. C'est donc vraiment l'augmentation de notre amour pour Jésus qui est la fin principale de la dévotion au sacré Cœur, comme l'amour de Jésus pour nous en est l'objet principal.

Toutefois, on ne peut nier que l'amour des chrétiens de la terre pour leur Sauveur doit nécessairement revêtir la forme de la compassion et de la réparation; car, en présence des injures dont les hommes l'accablent, notre amour pour lui doit nécessairement nous porter à souffrir pour lui, et à réparer de si monstrueuses injustices. Au ciel, les saints s'unissent aux joies du Cœur de Jésus; sur la terre, nous nous unissons surtout à ses douleurs.

Mais cette pratique n'est pas tellement propre à la dévotion au sacré Cœur qu'elle puisse exclure les autres pratiques. Aimons Jésus et alors cet amour produira à un plus haut degré tous les autres résultats inséparables de tout amour véhément. L'admiration de ses grandeurs, la complaisance dans sa félicité, le désir de son triomphe, le zèle de sa gloire, la diligence dans l'imitation de ses propres exemples ; ce sont là autant de fins propres à la dévotion au sacré Cœur, autant d'effets que cette dévotion produit essentiellement.

HISTOIRE [1]

Un père de famille était, par ses désordres, le fléau de sa maison. Sa femme, ses enfants le conjurèrent, avec larmes, de vouloir bien prendre part aux exercices d'une Mission qui se donnait dans la paroisse ; mais le malheureux refusait opiniâtrement. La Mission s'acheva sans qu'il mit les pieds à l'église. Cependant, on venait de bénir solennellement une image du Sacré-Cœur, qui se trouvait exposée dans l'église. Alors, inspirée sans doute par cette parole de Jésus : « Les pécheurs trouveront dans mon Cœur un océan de grâce et de pardon, » la femme de notre endurci se hasarde à lui dire : « Venez au moins voir la belle image de Jésus, tout le monde la trouve si belle ! — Oh ! pour cela, dit-il, je le

[1] *Messager*, t. VI. p. 11 à 25.

veux bien ; » mais il se proposait de regarder cette image comme on regarde les tableaux d'une galerie de peinture. Le voilà devant la sainte image. A la vue de cette plaie d'amour ouverte par ses péchés, des larmes coulent sur ses joues, le repentir a pénétré dans son âme. Un prêtre se trouvait au confessionnal, il va le trouver, raconte sa vie et sort purifié. Le lendemain, il s'approchait de la sainte Table, le Cœur de Jésus s'unissait à lui, et le cœur de ce pécheur insensible est devenu le cœur d'un enfant de Dieu, le cœur d'un époux dévoué, d'un père aimant et exemplaire.

TROISIÈME JOUR

De l'objet spirituel dans la dévotion au Cœur de JÉSUS[1].

Dilexit me !
Il m'a aimé. (Gal., II, 20.)

I

Hier, nous avons dit que l'objet spirituel de la dévotion au Cœur de Jésus était son amour ; mais ces mots : « amour du Cœur de Jésus » demandent une explication : ils peuvent, en effet, avoir plusieurs sens, parce que dans ce Cœur sacré il y a plusieurs amours. Il y a d'abord l'amour éternel et incréé, cet amour qui appartient au Verbe aussi bien qu'au Père, et que le Verbe a communiqué, avec une plénitude incomparable, à la nature humaine avec laquelle il s'est personnellement uni. De plus, la sainte âme du Sauveur étant douée d'une volonté raisonnable et libre, a, par conséquent, un amour humain, fruit de cette volonté, et créé comme elle ; et ce second amour peut lui-même être divisé, suivant les objets vers lesquels il se porte, en amour de Dieu et en amour des hommes.

[1] *Messager du Cœur de* Jésus, t. XIV, p. 273 à 282.

Lequel de ces divers amours est l'objet propre de la dévotion au Cœur de Jésus? Est-ce l'amour divin et incréé par lequel a été sanctifiée, dès sa création, l'âme du Sauveur, ou l'amour humain qui est le fruit de son activité propre? Et si c'est l'amour humain et créé, est-ce l'amour par lequel Jésus aime Dieu son Père, ou celui par lequel il nous aime?

Ces questions sont d'une haute importance, et leur examen peut nous servir, non seulement à mieux connaître le Cœur de Jésus, mais peut-être à nous former sur l'Incarnation, qui est le point capital de notre foi, des notions plus exactes et moins confuses.

II

Nous disons que l'objet propre de cette dévotion est son amour humain et créé. L'amour éternel, incréé, n'est assurément pas étranger à la dévotion au sacré Cœur. En effet, l'âme de Jésus a été, dès sa création, sanctifiée par cet amour, et son amour humain en a été pour ainsi dire compénétré. Le Cœur de Jésus a palpité, dès le premier instant de sa vie, sous l'influence de ces deux amours : il a été le commun foyer où ont brûlé ces deux flammes, désormais inséparables; et si, dans la dévotion à ce Cœur sacré, l'amour humain est l'objet direct de nos homma-

ges, le second amour, l'amour incréé, est le motif
qui les ennoblit et les rehausse.

III

Mais, dira-t-on, puisqu'il en est ainsi, pourquoi
distinguer ces deux amours? Et si on les distingue, pourquoi fixer de préférence nos regards
sur celui des deux qui, fini et créé par sa nature,
est incomparablement inférieur à l'autre? Cette
question a une portée beaucoup plus grande qu'il
pourrait sembler au premier abord. Elle revient
à demander pourquoi, dans la personne du Verbe
fait chair, ce divin Sauveur lui-même affecte d'attirer surtout notre attention sur sa très sainte humanité, en se nommant presque toujours le Fils
de l'homme; pourquoi, à son exemple, les Apôtres nous parlent si souvent de lui comme d'un
homme agréable à DIEU, comme d'un homme
établi médiateur entre DIEU et les autres hommes;
en un mot, pourquoi le Saint-Esprit paraît prendre
à tâche de nous rappeler l'humanité de JÉSUS plus
encore que sa divine nature? Voici le vrai motif
de cette conduite.

L'Incarnation est, par dessus tout, une œuvre
de miséricorde et d'amour, et, ce qui dans ce
mystère fait resplendir avec plus d'éclat la divine
miséricorde, c'est que, sans cesser d'être DIEU, le

Verbe est devenu homme semblable à nous en toutes choses, à l'exception du péché. Voilà pourquoi notre bon Sauveur insiste si fortement sur la vérité de cette nature humaine qu'il a prise par un excès d'amour. Comme ce n'est point sa majesté et sa puissance qu'il tient surtout à nous manifester, mais sa bonté et son amour, il affecte de laisser dans l'ombre ce qui l'élève au dessus de nous, pour faire paraître uniquement ce qui le rend notre égal. C'est comme Dieu qu'il est grand et qu'il faut le craindre, mais c'est surtout comme Dieu fait homme qu'il montre sa bonté et conquiert l'amour. Or, comme nous devons le servir et nous attacher à lui bien plus par amour que par crainte, n'oublions pas sans doute qu'il est Dieu, mais fixons tout particulièrement nos regards sur sa très aimable humanité.

IV

D'ailleurs, le Verbe est venu sur la terre, non seulement pour nous révéler l'immense amour de Dieu envers nous, mais pour nous apprendre aussi à pratiquer, en l'aimant, toutes les vertus qui se résument dans cet amour. Il n'est pas seulement pour nous la *vérité*, il est la *voie*. Or, si comme Dieu il est notre fin, c'est en sa qualité d'Homme-Dieu qu'il est le chemin qui nous y

mène. En lui, nous voyons la nature humaine
élevée dans l'ordre moral à sa plus haute perfection, et ainsi nous trouvons dans ses exemples
les moyens les plus puissants de nous sanctifier
nous-mêmes, et de rapprocher de plus en plus
notre nature de la nature même de DIEU.

V

Enfin le Verbe est pour les hommes la *vie*, c'est-
à-dire la source d'où la vie de DIEU doit se répandre sur nous. Or, cette troisième prérogative,
comme les autres, bien qu'elle ait son principe
dans la divinité du Sauveur, appartient cependant en propre à son humanité et s'exerce par
elle. Saint Augustin, ou plutôt JÉSUS-CHRIST même
nous l'affirme; et lorsqu'il nous dit : « Je suis le
cep de la vigne, et vous êtes les sarments, » il
parle de lui-même, non pas en tant que DIEU, mais
en tant qu'homme, puisque le cep et les sarments sont de la même nature. De même, quand
saint Paul nous représente si fréquemment le Fils
de DIEU comme le chef du grand corps dont nous
sommes les membres, c'est à son humanité sainte
qu'il attribue cette fonction, en vertu de laquelle,
suivant le Concile de Trente, JÉSUS-CHRIST répand sans cesse dans les âmes justifiées la vertu
qui les rend capables de faire des œuvres surnaturelles.

2..

VI

Tels sont les motifs qui doivent nous porter à nous-adresser de préférence à l'humanité de Jésus-Christ, et voilà précisément aussi les raisons qui nous engagent à faire de l'amour humain du sacré Cœur l'objet spécial des hommages que nous lui rendons. C'est, en effet, par son Cœur et par l'amour humain de son Cœur que Jésus remplit, de la manière la plus parfaite, les trois fonctions que nous venons d'indiquer.

Et d'abord, c'est par là qu'il nous révèle avec plus d'éclat l'amour infini de Dieu pour les hommes. L'amour a trois grands effets, trois aspirations souveraines, dont la réalisation plus ou moins complète donne la mesure de sa force : il aspire à se donner, à s'unir, à se sacrifier. Plus la donation est généreuse, plus l'union est intime, plus surtout le sacrifice est absolu, plus l'amour triomphe et manifeste glorieusement son énergie. L'Incarnation du Verbe de Dieu est le suprême triomphe de l'amour, précisément parce que, dans ce mystère, Dieu s'est donné pleinement à nous, s'est uni parfaitement avec nous, s'est sacrifié entièrement pour nous. Mais si, dans la personne du Verbe incarné, nous cherchons le point où la donation a été plus complète, l'union plus intime,

le sacrifice plus généreux, nous n'aurons pas de
peine à le comprendre, ce point culminant du
mystère, ce nœud de la divine union, ce théâtre
privilégié du grand sacrifice, ce centre plus lumineux, plus ardent, du foyer de toute lumière et de
toute chaleur, c'est le très aimable Cœur de Jésus.
Oui, ce qui nous révèle, plus que tout le reste,
l'ineffable mystère de l'amour de Dieu, c'est qu'il
ait pris un Cœur semblable au nôtre, un Cœur
passionné pour notre bonheur, compatissant à nos
misères et infiniment désireux de partager avec
nous toutes ses richesses. Comment donc serions-
nous surpris que Jésus ait fait, de ce cœur humain
et de l'amour humain qui l'anime, l'objet spécial
d'une dévotion destinée à manifester, avec une
splendeur incomparable, l'amour infini que Dieu
nous porte?

VII

Ce n'est pas tout : notre bon Maître ne nous a
révélé l'amour de Dieu que pour nous exciter à
lui rendre, ainsi qu'il est juste, amour pour
amour. L'objet principal de sa mission est de
nous apprendre à accomplir ce grand précepte
qui renferme tous les préceptes, à pratiquer cette
royale vertu dont toutes les autres forment nécessairement le cortège. Mais, pour accomplir ce
précepte, pour pratiquer cette vertu et avec elle

toutes les autres, où trouverons-nous un modèle
à la fois souverainement parfait et parfaitement
accessible, sinon dans le Cœur de Jésus et dans
l'amour humain du Cœur de Jésus ?

Sans doute, l'amour éternel de Dieu est l'idéal
de toute charité, de toute justice ; mais cet idéal est
trop élevé au-dessus de nos conceptions ; il se cache
dans une lumière inaccessible, où nos yeux, obs-
curcis par les nuages des sens, ne voient que ténèbres. Rassurons-nous : dans le Cœur de Jésus, cet
idéal descend au niveau de notre nature ; l'amour
divin s'y allie avec toutes les passions légitimes,
avec toutes les faiblesses non coupables de l'humanité ; il s'incarne dans un cœur humain et
s'accommode à toutes les conditions de notre
existence terrestre. Si donc il est vrai que le Cœur
est le siège de toutes les vertus, ne pouvons-nous
pas dire que c'est dans son Cœur, et par l'amour
humain de son Cœur, que Jésus est devenu pour
nous le modèle de toutes les vertus, comme il en
est le terme et la récompense ?

VIII

Enfin, la vie divine résulte en nous, comme en
Jésus lui-même, de l'union du Saint-Esprit avec
l'âme ; mais si ce divin Esprit nous est donné, ce
n'est que par la communication que nous en fait

le Cœur de Jésus. C'est là ce qui ressort avec
évidence des principes indubitables que nous
avons établis; car, puisque l'humanité du Sauveur est, par rapport aux justes, ce qu'est le chef
pour les membres et le cep de la vigne pour les
sarments, on ne saurait douter que la communication qu'elle leur fait de sa vie et de sa sève ne
soit, de sa part, un acte d'amour, et par conséquent le résultat de la libre impulsion de son
Cœur. C'est bien librement, en effet, que Jésus-
Christ est mort pour nous, et c'est aussi bien
librement qu'il nous applique les fruits de sa
mort. Ce qui le pousse à vivifier ses membres, ce
n'est pas un aveugle instinct dont il n'ait pas conscience; son instinct, c'est son amour; c'est l'amour
seul qui le porte à les faire vivre de sa vie. Nous
ne saurions en douter : cette continuelle influence
qui, suivant le Concile de Trente, vivifie les âmes
justifiées, c'est du Cœur de Jésus qu'elle part;
oui, ce sont les pulsations du Cœur de Jésus, les
élans de son amour humain qui font couler ce
fleuve de grâce dans les veines de la sainte
Église, comme les pulsations de notre cœur font
ruisseler dans nos membres le sang qui les vivifie.

Nouveau motif qui nous autorise à fixer nos
yeux sur cet amour, et à en faire l'objet spécial
de notre dévotion et de nos hommages. Ce culte,
loin de nous faire oublier l'amour incréé, nous
aidera à le mieux connaître, à l'imiter de plus

près, à recevoir plus abondamment ses influences ; et, de même que, dans le Cœur de Jésus, l'amour humain est inséparable de l'amour divin, ainsi, dans ses véritables amis, le culte de l'amour humain dont il brûle aura pour conséquence infaillible la possession plus parfaite du divin amour.

HISTOIRE [1]

Voici ce que nous écrivait naguère un brave ouvrier :

« Ayant reçu une très grande grâce du sacré Cœur, je ne crus pas pouvoir mieux acquitter ma dette qu'en travaillant à établir, dans notre ville, les trois Degrés de l'Apostolat. Je m'adressai à M. le curé, qui me répondit : « Commencez, plus « tard je verrai. » Comment vous dire toutes mes difficultés ? j'ai été seul pendant cinq ans pour établir et diriger l'Apostolat, et je ne suis qu'un simple ouvrier cordonnier, sans influence et sans autorité. Cependant, après cinq ans d'efforts, voici où nous en sommes. J'ai réuni pour le premier Degré trois cent soixante Associés ; pour le second, trois cent trente ; pour le troisième, avec communion *mensuelle*, trois cent trente ; avec communion *hebdomadaire*, quarante-deux.

« Enfin, aujourd'hui, j'ai la joie de voir s'établir

---

[1] *Messager*, t. XIV, p. 273 à 282.

officiellement l'Apostolat. Quel bonheur pour moi, pauvre Zélateur ouvrier ! Le Directeur local sera le Directeur du collège, un homme dont je réponds de son dévouement... J'ai fait mes adieux au Conseil que, naturellement, ce n'était plus mon devoir de diriger ; quant à moi, je suis un serviteur inutile. Voilà, Monsieur le Directeur, où j'en suis avec mon cher Apostolat.

« Un mot pour finir. Que mes frères les ouvriers se mettent à l'œuvre, ils réussiront aussi ; le sacré Cœur nous aidera. »

Un mot à nous aussi pour finir. Prêtres de Jésus-Christ, créons-nous, par l'Apostolat de la Prière, des *apôtres laïques* qui soient nos aides et nos éclaireurs. Ils aplaniront bien des difficultés, et ces apôtres du sacré Cœur ramèneront au bercail plus d'une brebis égarée qui, placée hors de nos atteintes, eût sans cesse échappé à nos poursuites. — Ainsi la paroisse, renouvelée par cet ouvrier, compte maintenant *deux mille* Associés, dirigés par dix Zélateurs et quarante Zélatrices. En 1890, on nous écrivait : « L'Apostolat de la Prière est toujours ici en grande prospérité. En voici quelques fruits : Mois du sacré Cœur mieux célébré, assistance quotidienne à la sainte Messe, fréquente communion, vocations religieuses, consécration des familles, belles fêtes religieuses. A mon avis, l'*Apostolat*, quand il est *bien dirigé*, est une *mission perpétuelle*. »

QUATRIÈME JOUR

De l'objet spirituel dans la dévotion au Cœur
de JÉSUS (*Suite*) [1].

*Sicut dilexit me Pater, et ego dilexi
vos.*

Comme mon Père m'a aimé, ainsi je
vous ai aimés.　　　(Jean, xv, 9.)

I

Nous avons déjà reconnu, dans le Cœur de
Jésus, deux amours parfaitement distincts, quoique indissolublement unis; deux flammes qui
confondent leurs ardeurs dans ce divin foyer,
mais dont l'origine est très différente. Créée pour
nous, quoique élevée, au moment de la création,
à une dignité divine, l'âme sainte du Sauveur
possède d'abord un amour créé, qui est son acte
propre; mais elle possède aussi, dès le premier
instant de son existence, l'amour incréé, le divin
Esprit que le Verbe, en s'unissant à elle, lui a
donné, comme un royal époux donne à son épouse
un vêtement d'or destiné à relever sa beauté.
Nous avons compris que ces deux amours appar-

[1] *Messager du Cœur de* Jésus, t. XIV, p. 341 à 350.

tiennent à la dévotion au Cœur de Jésus, mais que le premier seul, quoique bien moins excellent, est l'objet propre de cette dévotion.

Il faut maintenant que notre étude fasse un pas de plus. Dans l'amour créé du Cœur de Jésus sont renfermés plusieurs amours, distincts les uns des autres, non plus par leur origine, mais par leur objet. Jésus aime, avant tout et par-dessus tout, Dieu son Père ; il aime ensuite toutes les créatures qui portent la ressemblance de Dieu, et qui sont destinées à partager son bonheur : les Anges et les hommes ; il étend même son amour aux créatures irrationnelles, en qui reluisent quelques traits de la bonté divine. Il aime la loi de Dieu, l'ordre qu'il a établi dans la société, la beauté de la vertu. Tous ces différents amours sont-ils également l'objet de la dévotion au Cœur de Jésus ; et si, entre eux, il faut faire un choix, lequel choisirons-nous ? Ne sera-ce pas le plus excellent d'entre eux ? N'est-ce pas surtout son amour pour son Père, principe et terme de toutes les affections de son Cœur, que le divin Sauveur a voulu nous faire honorer, quand il nous a révélé la dévotion à ce divin Cœur ?

Que si nous donnions, au contraire, comme objet spécial à cette dévotion, l'amour du Cœur de Jésus pour les hommes, ne condamnerions-nous pas, par là même, tous ceux qui, dans l'exposé qu'ils en font, donnent une place aussi large

à l'amour dont ce divin Cœur a brûlé pour Dieu ;
tous ceux qui nous parlent de l'humilité du Cœur
de Jésus, de son détachement et de toutes ses
autres vertus? Du moment que ces vertus ne sont
pas renfermées dans l'amour de ce divin Cœur
pour les hommes, elles ne sauraient proprement
appartenir à la dévotion dont cet amour serait
l'unique objet. On le voit : cette seconde question
n'est pas moins importante que la première,
puisque, des diverses solutions qu'on lui donnera,
peuvent résulter des manières très différentes
d'envisager la dévotion au Cœur de Jésus.

II

La vraie solution nous paraît être celle-ci : des
deux amours que nous venons de distinguer, ce
n'est pas le premier, c'est-à-dire l'amour dont le
Cœur de Jésus brûle pour Dieu, qui est l'objet
spécial de cette dévotion ; c'est l'ineffable charité
qui l'a porté à se sacrifier tout entier pour nous
et à se donner à nous sans réserve : mais son
amour pour Dieu est pourtant loin d'être étranger
à la dévotion au Cœur de Jésus, puisque, inséparable par son essence même de l'amour que Jésus
a pour nous, il est le terme de cette dévotion, et
le fruit principal qu'elle doit produire dans nos
cœurs.

III

Que l'objet spécial de la dévotion au Cœur de Jésus soit son amour pour les hommes, c'est ce que le Sauveur nous fait lui-même très clairement comprendre, par les paroles dont il se sert pour révéler cette dévotion à la B. Marguerite-Marie. Voici en quels termes il lui annonce, pour la première fois, l'établissement de cette dévotion : « Mon divin Cœur est si passionné d'amour pour les hommes, lui dit-il, que, ne pouvant contenir en lui-même les flammes de son ardente charité, il faut qu'il les répande par ton moyen. » Un an plus tard, il expose plus clairement son dessein, il découvre son Cœur à la Bienheureuse en lui disant : « Voilà ce Cœur qui a tant aimé les hommes, qu'il n'a rien épargné, jusqu'à s'épuiser et se consumer pour leur témoigner son amour. Et pour reconnaissance, je ne reçois de la plupart que des ingratitudes... C'est pourquoi je te demande que le premier vendredi après l'octave du Saint-Sacrement soit dédié à une fête particulière pour honorer mon Cœur. » Rien n'est plus évident : l'amour que Jésus propose à nos hommages et pour lequel il demande nos expiations, c'est son amour pour les hommes, amour aussi cruellement outragé par nos ingratitudes qu'il a été pour nous prodigue de bienfaits.

L'Église n'a pas compris autrement la pensée du Sauveur; aussi, quand elle a établi la fête du Cœur de Jésus, s'est-elle attachée à mettre en lumière, dans toutes les parties de sa liturgie, les marques d'amour que Jésus nous a données. Elle nous rappelle, surtout, ces deux immolations par lesquelles son Cœur semble avoir voulu dépasser toutes les bornes : son sacrifice sanglant sur la croix et son immolation sans cesse renouvelée sur l'autel. L'Épître de la messe est tirée de ce beau cantique dans lequel Isaïe annonce, à la nouvelle Sion, qu'un jour viendra où le Saint d'Israël se rendra présent au milieu d'elle, et où ses enfants pourront se désaltérer aux sources du Sauveur.

L'Évangile nous raconte le dernier mystère de la Passion, l'ouverture du Cœur de Jésus par la lance du soldat, qui en fit jaillir l'eau et le sang. La préface est celle de la croix. Mais entre les diverses parties de la liturgie, il en est deux surtout où l'objet et le but de chaque fête sont plus clairement exprimés : c'est l'Invitatoire de Matines et la Collecte de la messe. Or, si nous lisons l'office du Sacré-Cœur, nous reconnaîtrons que, dans l'une et l'autre de ces deux formules, ce n'est pas vers l'amour de JÉSUS-CHRIST pour DIEU, son Père, que l'Église dirige nos regards, mais vers son amour pour nous : « Venez, nous dit-elle, dans l'Invitatoire, venez et adorons JÉSUS-CHRIST qui a souffert pour nous. » Et dans la Collecte :

« Accordez-nous, dit-elle, ô Dieu tout-puissant, qu'en nous faisant gloire d'honorer le très saint Cœur de votre Fils bien-aimé, et de célébrer la mémoire des principaux bienfaits dont son amour pour nous l'a porté à nous combler, nous goûtions tout à la fois et leur action et leur fruit. »

IV

Il nous paraît inutile d'insister davantage. Mais gardons-nous de tirer de ce fait indubitable des conséquences fausses, qui, en rétrécissant arbitrairement la largeur de cette admirable dévotion, la priveraient de ses fruits les plus précieux. De ce qu'elle a pour *objet spécial* l'amour du Cœur de Jésus pour nous, ne concluons pas qu'on s'éloignerait de l'esprit qui lui est propre en honorant l'amour dont ce divin Cœur brûle pour Dieu, et en se proposant l'imitation des vertus dont cet amour est le principe. Autant vaudrait dire que, parce que le fruit n'appartient pas à l'essence même de l'arbre, il est étranger à l'arbre, et qu'en plantant l'arbre on ne doit pas se proposer, pour but principal, la production du fruit. L'amour du Cœur de Jésus pour son Père constitue la vie même de son divin Cœur; c'est à la fois le principe, le motif, la forme, la fin, la raison d'être, en un mot, de l'amour dont il brûle pour nous.

3

Si ce dernier amour est l'objet spécial du culte qu'il désire voir rendre à son Cœur, la communication du premier est le fruit principal que ce culte doit produire dans nos cœurs. Nous sommes donc certains d'entrer d'autant mieux dans l'esprit de cette dévotion, que nous ferons plus d'efforts pour lui faire produire ce fruit.

V

Nous ne pourrons avoir à ce sujet aucun doute, si nous nous rappelons que l'amour de Dieu et l'amour surnaturel du prochain ne constituent pas deux vertus, mais une seule et même charité, dont Dieu est le motif et l'objet principal, tandis que le prochain en est la matière et l'objet secondaire. Ce qui est vrai par rapport à nous est vrai, à plus forte raison, par rapport à Jésus-Christ. Bien mieux que nous, il sut voir et aimer, dans les hommes pécheurs et misérables, la Bonté infinie de son Père.

Bien mieux que la nôtre, sa charité réalisa la touchante image dont il se sert plus d'une fois dans l'Évangile, d'une source d'eaux vives qui jaillit dans le ciel, et qui se répand sur la terre avec d'autant plus d'étendue, qu'elle est montée vers Dieu avec plus de force. Si vous séparez, même par la pensée, l'amour qu'il a eu pour nous de celui qu'il a eu pour DIEU, vous le dénaturez complètement; vous le privez de son harmonie et de sa puissance, vous lui ôtez tout ce qui en fait un amour de vraie charité, tout ce qui le rend digne d'un DIEU et salutaire aux hommes. Comment la dévotion au Cœur de JÉSUS pourrait-elle diviser ainsi ce qui est uni par le plus indissoluble de tous les liens? Sans doute, dans les hommages qu'elle lui adresse, elle considèrera spécialement l'aspect que le divin Sauveur lui-même s'est attaché à mettre dans un jour plus éclatant, son dévouement généreux et son ineffable tendresse à notre égard; mais elle se gardera bien de séparer jamais ces sentiments du motif qui les fait naître et de la flamme qui entretient leur ardeur, à savoir de l'amour du Cœur de JÉSUS pour DIEU.

Bien loin de là, elle nous proposera cet amour comme objet principal d'imitation, et, dans tous les hommages qu'elle rend à la charité dont JÉSUS a brûlé pour nous, elle aura surtout en vue de répandre dans nos cœurs l'amour dont il a brûlé pour son Père. Ainsi elle réalisera les désirs de ce divin Sauveur, et elle atteindra le but qu'il s'est proposé en établissant cette dévotion salutaire. Lui supposer un autre dessein, serait méconnaitre la tendance la plus essentielle de cet amour que la dévotion au Cœur de JÉSUS se propose de nous faire honorer.

VI

Qu'est-ce qu'aimer, sinon vouloir le bien de celui que l'on aime? Et aux yeux de JÉSUS, quel est le bien suprême des hommes, sinon l'amour de DIEU? N'est-ce pas cet amour qui fait notre vie dans le temps, et qui est le gage de notre gloire durant l'éternité? N'est-ce pas la perte de cet amour qui nous avait condamnés à la mort, et, quand le Fils de DIEU est descendu du ciel, n'était-ce pas uniquement pour nous le rendre? Son amour pour nous n'a donc vraiment d'autre but que de nous communiquer son amour pour DIEU. S'il a tant travaillé et tant souffert, s'il s'est montré à notre égard si prodigue de ses bienfaits, de ses sueurs, de son sang, c'est uniquement afin de nous contraindre en quelque sorte d'aimer DIEU. Une parole du prophète Osée nous fait parfaitement comprendre ce plan, formé par la divine Bonté pour conquérir l'amour des hommes.

« Je les attirerai par des liens humains, dit le Seigneur; je les enlacerai dans les chaînes de l'amour. »

Ravissante industrie, que la miséricorde infinie de DIEU pouvait seule imaginer! L'homme, séparé de DIEU, ne savait plus aimer que ce qui était humain et terrestre comme lui. Ne voyant plus en

DIEU qu'un juge irrité, il le craignait, mais il ne l'aimait plus. Le Fils de DIEU se fait homme, et il se met à aimer les hommes comme jamais ils n'avaient été aimés par aucun de leurs semblables. Par cet amour, comme par le plus puissant de tous les liens, il les saisit et les attache à DIEU son Père. Par l'amour humain qu'il leur témoigne, il fait pénétrer dans leurs cœurs l'amour divin, qui, dans son Cœur, en est inséparable. L'amour humain est le moyen, mais l'amour divin est le terme; celui-là est l'appât, celui-ci est le piège; piège vraiment divin, qui assure la liberté et le salut de ceux qui s'y laissent prendre.

VII

Tel est le dessein de l'Incarnation; et tel est aussi, n'en doutons pas, le but de la dévotion au Cœur de JÉSUS. Elle a été instituée pour donner à JÉSUS-CHRIST de vrais amis; pour rassasier cette ardente soif de son Cœur qu'il exprimait à ses Apôtres, la veille de sa Passion, lorsqu'il leur disait : « Je ne vous appellerai plus mes serviteurs; je ne veux plus voir en vous que des amis. » Or, l'amitié, nous le savons, consiste surtout dans la parfaite fusion des intérêts et des sentiments. D'où il suit que, si nous voulons réaliser les desseins du divin Maître, nous ne saurions faire trop d'efforts pour pousser tous les serviteurs dévoués de son divin Cœur à lui témoigner leur amour en se pénétrant de l'amour dont il brûle pour Dieu, et en imitant les vertus qui sont le fruit de cet amour.

Ainsi cette dévotion, qui a été si bien nommée la quintessence du christianisme, sera encore sur ce point en parfaite harmonie avec l'ensemble de la religion, dont un saint Père a dit qu'elle consiste surtout à nous faire imiter ce qu'elle propose à notre culte. Ainsi répondra-t-elle à l'idée que s'en faisait la B. Marguerite-Marie qui, dans ses Lettres, ne cesse de nous présenter l'imitation des vertus du Cœur de Jésus comme la principale pratique de cette dévotion. Ainsi atteindra-t-elle le but que l'Église nous indique, dans la Collecte de l'une des deux Messes approuvées pour la fête du Sacré-Cœur : « Daignez, Seigneur Jésus, dit-elle, nous revêtir des vertus de votre divin Cœur et nous enflammer de ses affections, afin que nous devenions plus conformes à la perfection dont vous nous offrez le modèle, et que nous participions plus largement à votre Rédemption. »

HISTOIRE [1]

Un aubergiste et sa femme se sont constitués les Zélateurs de la dévotion au sacré Cœur ; à

[1] *Messager,* t. XIV, p. 341 à 350.

tous ceux qu'ils hébergent ils présentent une image ou un scapulaire du Sacré-Cœur. On ne saurait dire le bien qu'ils ont déjà réalisé. Voici entre autres un trait que nous racontait la pieuse Zélatrice. « Un jour, je vis entrer un homme à figure sinistre et repoussante. Il demanda à être servi. A peine fut-il installé qu'il commença à proférer d'horribles blasphèmes contre Dieu, contre l'Église. Un tel début n'était pas de nature à encourager mon ministère. Malgré tout, je pris la résolution de lui offrir, à lui aussi, une image du Sacré-Cœur; mais je le dis à ma honte, au moment de proposer la chose, je sentais mon courage faiblir; le regard méchant de cet homme, ses paroles blasphématoires me faisaient reculer. Enfin, par amour pour le sacré Cœur, je fis un suprême effort. « Mon ami, lui dis-je sans autre façon, « y a-t-il longtemps que vous avez fait votre pre- « mière Communion? » A cette question, notre homme interloqué me regarde. « Oui, il y a « longtemps; une cinquantaine d'années environ. « Depuis je n'ai plus mis le pied à l'église; je « hais la religion et tous les prêtres. Quand je dis « tous, il y en a un cependant que je ne fuis pas, « c'est le vicaire de la paroisse. Celui-là me salue « toutes les fois qu'il me rencontre; je ne le con- « nais pas, mais c'est étrange, c'est pas comme « les autres; je ne le déteste pas. »

« Enhardie par cette ouverture, je lui demandai

pourquoi il ne reviendrait pas à la pratique des sacrements. « Oh! quant à cela, me dit-il, n'en « parlons pas, c'est une affaire arrêtée chez moi, « jamais je ne retournerai à l'église. » Je voulus insister. « C'est assez comme cela : vous ne me « ferez pas faire ce que n'ont pu jamais obtenir « les prières, les larmes de ma femme et de mes « enfants. » Pendant cette conversation, mon courage avait grandi. Je m'approchai doucement de lui, et lui dis : « Du moins, mon ami, faites-moi le « tout petit plaisir d'accepter ce scapulaire du Sa- « cré-Cœur. — Pour cela, oui, donnez. »

« Il le prend, le regarde ; le croirez-vous, mon Père, il se met aussitôt à fondre en larmes. « Pe- « tite femme, me dit-il, qui êtes-vous pour « m'avoir ainsi changé ? Oui, je suis changé ; je « ne me reconnais plus, je ne retrouve plus ma « haine pour les prêtres ; je veux me confesser. » Je l'adressai au vicaire, ce seul prêtre qu'il ne fuyait pas ; il se confessa ; quelques jours après, communia, et depuis est devenu un bon chrétien. »

Gloire au Cœur de Jésus!

———

CINQUIÈME JOUR

De l'objet matériel.

LE CŒUR DE JÉSUS EST LA SOURCE DU SANG QUI A SAUVÉ LE MONDE [1]

> *Unus militum lancea latus ejus aperuit, et continuo exivit sanguis et aqua.*
>
> Un des soldats ouvrit de sa lance le côté de Jésus, et aussitôt il en sortit du sang et de l'eau. (Joan. XIX, 34.)

I

Le Cœur de Jésus est la vie et l'espérance du monde. Sans s'imposer à notre foi, cette révélation est pour toutes les âmes pieuses l'objet d'une profonde et inébranlable persuasion. Une sorte d'instinct surnaturel la fait accepter, avec un bonheur égal, par les doctes et par les ignorants, par le courageux soldat du Christ et par la vierge timide. Le sauvage et le chrétien civilisé, l'enfant à peine à l'aurore de sa vie et le vieillard arrivé au seuil de l'éternité, portent avec une confiance égale leurs regards vers le Cœur de Jésus.

[1] *Messager du Cœur de Jésus*, t. I, p. 37 à 48.

3.

Mais, si cette croyance est commune à toutes les âmes pieuses, chez toutes elle n'est pas également raisonnée. Quel est précisément l'objet de la dévotion au sacré Cœur? En quoi cette dévotion diffère-t-elle du culte de la personne même de Notre-Seigneur? Quel est le rapport de cette dévotion au Saint-Sacrement, au précieux Sang, aux cinq plaies, à la Passion du Sauveur et à tous les autres mystères? Pourquoi le renouvellement de l'Église et le salut de la société a-t-il été attaché au culte du Cœur de Jésus, plutôt qu'aux honneurs rendus à son âme sainte ou aux autres organes de son corps adorable? Voilà des questions auxquelles un grand nombre des adorateurs de ce Cœur divin auraient bien de la peine à répondre. Déjà, ce que nous avons dit de l'objet spirituel a dû nous faire entrevoir la solution, elle apparaîtra clairement après que nous aurons exposé ce qui regarde *l'objet matériel*.

II

Qu'est-ce que nous honorons par la dévotion au sacré Cœur de Jésus? Ce n'est pas le Cœur de chair de ce divin Sauveur séparé de l'amour dont il est l'organe; ce n'est pas non plus l'amour séparé de cet organe, par lequel il se rend sensible; c'est le Cœur comme organe de l'amour, et l'amour comme incarné dans le Cœur. Cette dévotion n'a donc vraiment qu'un seul objet complet. De même que la dévotion à la sainte humanité de JÉSUS-CHRIST ne considère pas cette humanité adorable comme subsistante en dehors de la personne du Verbe; de même que la dévotion à sa chair sacrée ne sépare pas cette chair de l'âme qui l'anime, ainsi la dévotion à son Cœur n'adresse jamais ses hommages à ce divin Cœur sans honorer, en lui, l'ineffable charité qui a été pour notre bon Maître le principe de tant de souffrances, et pour nous la source de tant de grâces.

Aujourd'hui pourtant, ne considérons pas l'objet spirituel de la dévotion au sacré Cœur. Arrêtons nos regards sur son objet matériel; il va nous être facile de nous convaincre que ce Cœur de chair qui bat dans la poitrine du Verbe incarné, et que la lance du soldat a ouvert sur la croix, mérite par lui-même toutes nos adorations.

Et d'abord, par cela même qu'il est uni, aussi bien que tous les autres organes du corps du divin Maître, à la personne du Verbe de DIEU, il acquiert, en vertu de cette union, une dignité vraiment infinie.

N'est-il pas vrai que dans l'homme tous les membres du corps, quoique en eux-mêmes ils ne soient composés que d'une vile matière, participent à la dignité de toute la personne? Celui qui

outragerait par un soufflet le visage de son souverain, ne serait-il pas justement puni comme
coupable de lèse-majesté, aussi bien que s'il avait
injurié son âme? Transportons à JÉSUS-CHRIST
ces notions, que nous fournit le sens commun, et
nous comprendrons les motifs qui obligent à
honorer son Cœur du culte d'adoration qui n'est
dû qu'à DIEU, quoique, par sa propre nature, ce
Cœur ne mérite pas un pareil culte. Ce Cœur
n'est pas DIEU, sans doute, mais c'est le Cœur
d'un DIEU. Le Verbe divin ne l'a pas transformé
dans sa propre nature ; mais il l'a uni à sa personne, et par conséquent il l'a revêtu de sa dignité,
car il n'en est pas de la dignité comme des autres
attributs de DIEU. Ceux-ci demeurent exclusivement propres à la nature divine ; la dignité, au
contraire, appartient à la personne. Elle s'étend
par conséquent au Cœur de JÉSUS, qui est un des
organes principaux de la chair sacrée de ce divin
Sauveur.

III

Mais ce Cœur divin mérite, en outre, notre culte
par des titres qui n'appartiennent qu'à lui. Il
remplit, dans le corps du Verbe incarné, des fonctions qui doivent nous le rendre infiniment cher.

La première de ces prérogatives du Cœur de
JÉSUS, considéré comme organe matériel, c'est

qu'il est la source d'où a jailli le sang divin qui a sauvé le monde. Il fallait du sang, en effet, pour apaiser la justice divine, que les crimes des hommes irritaient de plus en plus. Il fallait un sang innocent, pour purifier le sang corrompu qui coulait dans les veines de l'humanité. Les hommes le sentaient ; les traditions primitives, s'unissant au cri de leur conscience coupable, leur faisaient comprendre qu'un sanglant sacrifice pouvait seul effacer leurs iniquités, et les réconcilier avec leur créateur.

Ils savaient que, dans la personne de leur premier père, ils avaient été condamnés à mort, et que l'exécution de cette sentence n'avait été suspendue qu'en vue de l'immolation d'une victime capable d'expier leurs crimes.

Aussi, depuis des siècles, faisaient-ils ruisseler le sang sur leurs autels. Ils choisissaient dans leurs troupeaux les victimes les plus pures. Incapables de trouver l'innocence en eux-mêmes, ils en cherchèrent du moins l'image dans les tendres agneaux, les blanches génisses et les douces colombes. En faisant couler à grands flots le sang de ces pacifiques hosties, ils espéraient que la sainteté divine détournerait les yeux de leurs prévarications.

Quelquefois même, ce besoin d'expiation par le sang se faisait si vivement sentir, qu'il portait les hommes à d'horribles excès. On voyait les parents,

sourds au cri de la nature, saisir leurs enfants
encore innocents, et les offrir en sacrifice à la
divinité dont ils espéraient fléchir ainsi la colère.

Chez le peuple de DIEU, la nécessité du sang pour
réconcilier la terre avec le ciel était mieux comprise, mais elle n'était pas moins vivement sentie.

Aussi ce peuple multipliait-il de son côté les
sacrifices. Rien ne se faisait, dans l'ancienne loi,
sans effusion de sang. Quand Moïse voulut donner
une inébranlable fermeté au testament qu'il venait
de conclure, il répandit une rosée de sang, et sur
le peuple et sur le livre qui contenait la loi; les
vases consacrés au culte divin furent également
purifiés par le sang; seul le sang ouvrait au
Grand-Prêtre l'entrée du Saint des Saints.

Qu'était-ce que tout cela? Une figure de ce qui
devait s'accomplir en JÉSUS-CHRIST, ou plutôt
c'était le commencement encore imparfait du sacrifice du divin Agneau qui, d'après saint Jean,
est immolé depuis l'origine du monde. Avant de
s'offrir en réalité sur la croix, cette adorable victime s'offrait en figure sur les autels de l'ancien
temple, et c'était de son sang que ces sacrifices
tiraient la vertu de remettre les péchés.

III

Mais cette vertu était encore bien imparfaite.
La source du sang vraiment innocent et vraiment

sanctifiant n'avait pas encore commencé à couler.
Aussi les sacrifices se multipliaient-ils, et les iniquités ne diminuaient pas. Enfin la voilà ouverte
cette source divine. L'ombre de l'Esprit-Saint a
couvert le sein de MARIE, nouveau paradis terrestre, du milieu duquel elle doit sortir. Du plus
pur sang de cette Vierge bénie, la main du Tout-
Puissant a formé un Cœur dont la personne du
Verbe s'empare, au moment même de sa création.
Et ce Cœur commence à palpiter, et chacune des
gouttes de sang qui en jaillissent est offerte pour
le salut du monde. Dès lors le sacrifice commence.
Le sein de la Vierge immaculée est le premier
autel sur lequel il s'offre. Il ne se consommera
que dans trente-trois ans ; mais tous les jours qui
vont s'écouler, durant cet intervalle, seront employés à tout disposer pour cette consommation
douloureuse. Le Cœur de l'Homme-DIEU ne sera
occupé qu'à préparer, par ses incessantes palpitations, la rançon que réclame la divine justice.
Il nous appartient tout entier ; c'est une source
qui nous a été donnée en pleine propriété, avec
tous les flots qu'elle va répandre. Et voyez combien ce don est entier, et combien est délicate la
générosité du donateur !

V

Le Sauveur a rendu le dernier soupir ; il a, ce semble, surabondamment payé la dette d'amour qu'il avait contractée envers nous. Ses lèvres mourantes ont prononcé le *consummatum est*, par lequel il s'est rendu à lui-même témoignage de l'accomplissement de sa mission, et de la réalisation de toutes les prophéties ; et pourtant, il se croit encore redevable aux hommes de quelque chose. Son sang avait coulé par torrents. Répandu d'abord au jardin, sous la pression de son amour, il avait ensuite ruisselé sous les fouets des bourreaux ; les épines de sa couronne en avaient inondé sa chevelure ; il avait rougi le chemin du Calvaire, et ce qui en restait encore dans les veines de la divine victime avait teint le bois de sa croix. Cependant, son Cœur en recélait encore quelques gouttes ; c'était un dernier reste du prix de notre rachat qui, en dépit de la rapacité de ses ennemis, demeurait encore caché au fond de l'Arche sainte. Eh bien, ce généreux Sauveur ne peut consentir à nous dérober ces dernières parcelles du don qu'il nous a fait, et il n'ira pas se reposer dans le tombeau sans s'être complètement acquitté. Sous son inspiration, le soldat romain ouvrira son Cœur d'un coup de lance, et en fera jaillir tout ce que le pressoir de sa passion y a encore laissé.

Maintenant du moins, il sera bien constaté que le Cœur de Jésus n'a vécu et n'a travaillé que pour nous, qu'il nous a tout donné et qu'il s'est complètement vidé pour nous enrichir.

VI

Aussi le Sauveur attache-t-il le plus grand prix à cette constatation ; saint Jean, l'apôtre du divin Cœur, se fait un devoir de l'enregistrer dans son Évangile. De toutes les circonstances de la passion, c'est celle sur laquelle il semble insister davantage. « L'un des soldats, dit-il, ouvrit de sa lance le côté de Jésus, et aussitôt il en sortit du sang et de l'eau. C'est celui qui l'a vu qui en a rendu témoignage, et nous savons que son témoignage est véritable. » Il revient encore sur ce sujet dans sa première épître : « Quel est celui qui triomphe du monde, dit-il, sinon celui qui croit que Jésus est Fils de Dieu ? Ce Jésus qui est venu et qui s'est révélé par l'eau et par le sang ; non par l'eau seule, mais par l'eau et le sang ; et l'Esprit lui a rendu témoignage, affirmant que le Christ est la vérité. Il y a, en effet, trois témoins qui rendent témoignage sur la terre : l'esprit, l'eau et le sang. » Tous les Saints Pères s'accordent à voir de grands mystères dans ce sang et cette eau qui ont coulé du Cœur entr'ouvert de

Jésus. Dès maintenant nous pouvons nous expliquer l'importance que l'Évangéliste attache à cette circonstance. Elle marque la consommation de l'holocauste. C'est le trait final du plus merveilleux de tous les poèmes ; c'est le dernier coup de pinceau, donné par le divin Maître au tableau par lequel il s'était proposé de nous rendre sensible l'immense amour de Dieu pour nos âmes.

Voilà le témoignage qu'a rendu ce sang, en jaillissant de son Cœur entr'ouvert. Il nous a dit que notre Dieu nous aimait jusqu'à se sacrifier tout entier pour nous ; que dans le don qu'il nous avait fait de lui-même, il n'avait rien réservé, rien, pas même une goutte de sang. Si ce Dieu infiniment miséricordieux ne nous eût sauvés que par l'eau, s'il se fût contenté de laver nos crimes sans les expier par son sang, s'il avait pardonné sans devenir notre victime, nous aurions connu son amour ; mais combien son sang ne nous l'a-t-il pas fait mieux connaître ! Combien sont plus intimes les rapports que l'effusion de ce sang et le bonheur, qui nous est accordé, d'en faire notre breuvage établissent entre notre Sauveur et nous !

VII

Désormais donc, nous ne pourrons pas voir ce Cœur divin, transpercé pour notre amour, sans entendre sortir de cette blessure, comme de la plus éloquente de toutes les bouches, le témoignage qu'il a rendu sur la croix. La blessure ne s'est pas fermée, afin que le témoignage ne cessât de retentir. La source divine coulait déjà pour nous, avant que la lance du soldat ne l'eût ouverte. Mais par cette ouverture, l'accès nous en est devenu incomparablement plus facile. Désormais, tous les hommes seront appelés à venir s'y désaltérer. Chaque fois que nous approchons de la sainte Table, nous collons nos lèvres sur cette plaie sacrée. Le même sang qui en coula, jadis, sur la tête de MARIE et de saint Jean, coule alors dans notre sein.

« Levez-vous donc, nous crie saint Bonaventure, levez-vous, ô âme amie du Christ, secouez votre torpeur, et approchez votre bouche de ces sources du Sauveur, pour y puiser les eaux de la vie. » Oui, nous nous lèverons, et désormais nous mettrons plus d'empressement à nous approcher de cette source de vie. Nous ne pourrons plus souffrir qu'elle coule inutilement si près de nous. Nous rougirons de notre indifférence passée à l'égard du Cœur divin, auquel nous devons notre salut, et nous nous efforcerons de la réparer par un redoublement de vénération, de reconnaissance et d'amour [1] !

[1] *Messager*, t. 1, p. 37 à 48.

HISTOIRE

Voici la lettre d'un jeune militaire angevin :

« Grand-Lucé, le 8 janvier 1871.

« Bien chères sœurs,

« J'aurais beaucoup de choses à vous dire, mais le temps me manque. Je n'ai que dix minutes pour vous écrire ces lignes, que je tiens à vous faire parvenir au plus tôt.

« Avant tout, mes bonnes amies, que je vous dise que vendredi dernier, 6 janvier, il y a eu forte bataille sous Mazangé. Après une demi-heure de combat, au moment où je commandais un mouvement à mes hommes, je reçois une balle ennemie en pleine poitrine. O bonheur ! elle frappe juste à l'un des angles de mon scapulaire, sur lequel vous avez cousu l'image du Cœur de Jésus, portant ces mots : « Arrête ! le Cœur de « Jésus est là ! »

« Le coup porta sur la troisième côte, et la violence en fut telle, que, d'après les soldats qui me virent, je fis deux tours sur moi-même. La balle ne pénétra pourtant pas à l'intérieur. J'ai eu seulement la respiration coupée, et je ne pus reprendre mes sens que lorsque trois hommes m'eurent conduit hors du champ de bataille.

« J'ai souffert encore pendant quarante-huit

heures d'une certaine gène dans la respiration ; mais aujourd'hui, je suis aussi bien portant que le jour où je vous quittai.

« Je veux vous dire qu'en déployant mes hommes en tirailleurs, je priais en récitant le *Memorare* et le *Sub tuum*, et que lorsque je me sentis frappé, et que je vis que la balle n'avait pas pénétré à l'intérieur, je remerciai le bon DIEU d'avoir écouté vos prières, car je songeais alors qu'en ce moment, peut-être, vous priiez pour moi.

« Dans cette même journée, mon capitaine a été tué par une balle dans le ventre ; il était fils de l'un des premiers armateurs de Nantes.

« Dites à qui voudra l'entendre que, si j'existe aujourd'hui, je ne le dois qu'à mon scapulaire, portant l'image du Cœur de Jésus. Oh ! bonnes amies, quelle heureuse idée vous avez eue de me le donner ! Aussi, à la première église que j'ai rencontrée, suis-je entré pour remercier DIEU par les mêmes prières que je récitais au commencement du combat. »

SIXIÈME JOUR

Objet matériel (suite).

LE CŒUR DE JÉSUS EST LE SYMBOLE ET L'ORGANE DE L'AMOUR DU SAUVEUR [1]

> *Et nos credidimus charitati quam habet* DEUS *in nobis.*
>
> Nous avons cru à l'amour que DIEU a pour nous.
>
> (I Joan., IV, 10.)

I

Il est au monde bien des objets qui se disputent notre amour : nous aimons ce qui est beau ; nous aimons aussi ce qui est utile ; nous aimons ce qui nous procure quelque réjouissance ; mais parmi les choses aimables, il en est une qui l'emporte sur toutes les autres, parce qu'elle réunit toutes leurs amabilités, c'est l'amour.

Pour tout le reste, il peut y avoir diversité d'inclinations et de goûts ; les uns aimeront davantage ce qui est beau et feront moins de cas de ce qui leur donne des jouissances ; les autres seront beaucoup moins sensibles aux charmes de la

[1] *Messager du Cœur de Jésus*, t. I, p. 73 à 84.

beauté et ne chercheront que ce qui leur est utile ;
mais il n'est personne qui ne veuille être aimé, et
qui ne s'estime heureux d'avoir rencontré un cœur
qui ne vit et ne respire que pour lui. Et voilà
pourquoi la dévotion au sacré Cœur de Jésus nous
est si chère. C'est qu'elle offre à nos adorations,
non seulement un Cœur infiniment noble et infiniment puissant, mais encore et surtout un Cœur infiniment aimant. C'est surtout comme organe de
l'amour immense dont Jésus-Christ nous a aimés
qu'elle nous invite à honorer ce divin Cœur. Comment repousser une invitation aussi douce ?

La dévotion au sacré Cœur, bien comprise,
n'est donc autre chose que le culte de l'amour.
Mais de quel amour ? Non pas précisément de cet
amour éternel qui réside en Dieu, et qui n'est
autre que Dieu lui-même. Cet amour est trop au-
dessus de nos sens et de notre intelligence pour
que nous eussions pu le saisir, s'il fût demeuré
dans son inaccessible hauteur. Pour se rapprocher
de nous, il a formé une âme semblable à la nôtre,
et à cette âme il a donné une puissance d'aimer
incomparable, et il s'est ensuite uni à elle, de
sorte que dans cette âme l'amour divin et l'amour
humain confondent leurs flammes, et ne forment
plus qu'un seul brasier. Mais après s'être ainsi
uni à une âme humaine, l'amour divin n'a pas cru
avoir fait assez pour se rapprocher de nous, et
pour se rendre sensible à l'homme devenu esclave

de ses sens. Il a voulu que, dans le corps adorable
du Verbe incarné, il y eût un organe qui lui appar-
tînt en propre, un organe auquel l'âme du divin
Sauveur communiquât toutes ses émotions, et qui
fût comme le siège de toutes ses affections de joie
et de douleur, d'espérance et de crainte, de compassion et de tendresse. Cet organe, c'est le cœur.

II

Instrument merveilleux dont l'action non interrompue est la vive image de l'infatigable activité
de l'amour, le cœur de l'homme est, comme
l'amour lui-même, doué d'un double mouvement :
d'un mouvement de contraction et d'un mouvement d'expansion. Par le premier, il attire
à lui le sang qui circule dans les veines, et
concentre en quelque sorte en lui-même toute
la vie du corps ; mais ce sang, source de notre vie
corporelle, le cœur ne l'attire à lui que pour le
répandre de nouveau dans tous les membres,
purifié et réchauffé ; il ne concentre en lui la vie
que pour la faire rayonner avec plus de puissance.
Ainsi fait l'amour vrai : à la différence de l'amour
égoïste, qui veut tout recevoir et ne veut rien donner, l'amour vrai donne plus qu'il ne reçoit : il
n'attire à lui les affections que pour se répandre,
ensuite, avec plus de générosité.

Mais il n'y a pas seulement entre notre cœur et notre amour des rapports de ressemblance, il y a de plus des rapports très étroits de dépendance.

Nous en appelons au témoignage de tous ceux qui ont éprouvé de vives émotions. Si un malheur soudain est venu nous frapper dans nos plus chères affections, ou si un bonheur inespéré nous a soudain rempli d'une vive joie, n'avons-nous pas senti le sang affluer avec abondance à notre cœur, et n'avons-nous pas craint d'être oppressé par la véhémence de ses palpitations ? Si, au contraire, nous nous sommes cru menacé par un mal qui nous semblait tout proche, et que nous ne pouvions fuir, notre effroi n'a-t-il pas eu pour effet de ralentir les palpitations de notre cœur, devenu, en quelque sorte, impuissant à remplir ses fonctions ? N'est-ce pas là, déjà, une preuve assez manifeste de la dépendance qui existe entre cet organe et les affections de l'âme ? Mais il est facile de se convaincre que les affections de l'âme dépendent à leur tour de l'état du cœur. Car si cet organe est sujet à quelque affection tant soit peu grave, si ses fonctions ne s'accomplissent pas avec régularité, l'âme ressent dans ses affections le contre-coup de ce mal ; elle est portée à la tristesse et à la crainte ; l'horizon le plus riant s'assombrit pour elle ; les objets les plus indifférents prennent à ses yeux une teinte défavorable ; les moindres dangers semblent la menacer de mort.

III

Ce sont ces faits, renouvelés chaque jour et chez tous les hommes, qui leur ont fait adopter le nom de cœur pour exprimer par un seul mot les affections de l'âme. Lorsque David dit à Dieu, dans le transport de sa joie : « Seigneur, j'ai couru dans la voie de vos préceptes, lorsque vous avez dilaté mon cœur, » ou lorsque dans sa tristesse, figure des douleurs du Sauveur, il s'écrie : « J'ai été frappé comme l'herbe des champs, et mon cœur s'est desséché; mon cœur est devenu semblable à la cire, qui se fond sous l'action d'une violente chaleur; » quel est le peuple chez lequel ce langage ne puisse être compris? Quel est l'homme si ignorant pour lequel ces figures ne soient pas parfaitement intelligibles? Aussi, quelle est la langue dans laquelle un bon cœur ne signifie pas un homme dont l'âme est portée à sympathiser avec les douleurs et les joies de ses semblables?

Laissons donc la science expliquer comme elle voudra cette dépendance; pour nous, il suffit de savoir qu'elle existe. Mais si elle existe dans tous les hommes, quel motif pourrions-nous avoir de douter qu'elle n'ait existé également dans la personne du Verbe incarné? Saint Paul ne nous a-t-il pas dit qu'il s'est fait semblable à nous en toutes choses, sauf le péché?

On ne saurait donc, de ce côté, rien opposer de sérieux à la dévotion au sacré Cœur ; pour l'ébranler, il faudrait détruire, non seulement le langage humain, mais la nature humaine elle-même. Oui, c'est la vérité de notre nature, prise tout entière par le Fils de Dieu, qui nous autorise à honorer son Cœur comme l'organe de son amour. En lui, bien plus encore que dans les autres hommes, le cœur, semblable à une lyre harmonieuse, a rendu avec une parfaite fidélité toutes les impressions de l'amour. Tous les sentiments dont l'âme du Sauveur a été pénétrée à notre égard se sont réfléchis dans le rythme, tantôt plus rapide et plus fort, tantôt plus lent et plus faible, de cet adorable organe.

Si cette âme sainte a souffert toutes nos infirmités, si elle a ressenti pour nos fautes la même douleur que si elle les avait commises elle-même, si les maux immenses qui nous menaçaient ne lui ont pas fait éprouver une moindre crainte que ceux dont elle était elle-même menacée, ces douleurs, ce repentir, cette crainte ont resserré ce Cœur infiniment sensible, et l'ont oppressé sous leur étreinte cruelle. Nous pouvons croire aussi que la vue des efforts généreux que nous devions faire pour correspondre à ses grâces, les mérites que nous devions acquérir, et surtout, l'éternelle gloire qui sera, espérons-le, le fruit de ces mérites, ont doucement dilaté le Cœur du Bon Maître au moment de ses plus cruelles douleurs.

Ainsi, dans ce Cœur de chair, son amour nous devient sensible. Notre âme, si peu accoutumée aux pensées purement spirituelles, a trouvé un symbole naturel qui lui rappelle ce qu'elle ne devrait jamais oublier, et maintenant il ne tiendra qu'à nous de ne porter nos pas nulle part sans que l'image du Cœur de Jésus nous dise jusqu'à quel excès nous avons été aimés par ce divin Ami.

IV

Mais le bon Maître n'a pas voulu que, pour juger des affections de son Cœur, nous fussions réduits aux conjectures, même les plus certaines, il a voulu nous donner des preuves sensibles. Il tenait à ce que nous comprissions bien que, s'il y a, sous le rapport de la sensibilité, quelque différence entre son Cœur et le nôtre, cette différence consiste uniquement en ce que notre sensibilité n'est qu'une image bien pâle de la sienne. La sensibilité du Cœur de Jésus, voulons-nous la connaître? Transportons-nous à Gethsémani, dans cette nuit douloureuse où le Sauveur a voulu préluder, par une Passion toute volontaire, à la Passion que la haine des Juifs se préparait à lui faire endurer. Qui n'a été frappé du contraste que nous offrent ces deux Passions? Dans la seconde, Jésus-Christ nous apparaît ferme comme un immobile rocher; ses forces physiques pourront le trahir, mais sa force morale dominera toutes les méchancetés et toutes les violences. Il parlera ou il se taira, suivant qu'il le jugera convenable, mais dans son silence, comme dans son langage, il se montrera toujours maître; les fouets des bourreaux ne lui arracheront pas un soupir; les ignominies ne feront pas apparaître sur son visage la moindre tache de rougeur; le poids de sa croix le fera tomber en défaillance, mais il ne le portera point à demander du secours. D'où lui vient cette apparence d'insensibilité en présence de tant de maux réunis? Ah! c'est que ces maux ne frappent que lui, et qu'un grand cœur sait facilement mépriser ses propres douleurs.

Mais si nous étions tentés de croire qu'il fût également insensible aux maux de ses frères, revenons à Gethsémani, entrons dans la grotte qui a été témoin de sa dernière prière. Voyons la terre encore toute imprégnée du sang dont il l'a baignée. Que s'est-il donc passé là? Le miracle de la sensibilité humaine. C'est là que le Sauveur, comme chef du genre humain, s'est vu chargé du poids de toutes les iniquités commises par ses frères; ce poids, il le portait depuis sa naissance, et, depuis sa naissance, il faisait pénitence pour ces iniquités; mais, jusqu'ici, d'autres sentiments avaient fait contre-poids à ce sentiment; le moment est venu, ce semble, où le titre de chef de

l'humanité coupable doit recevoir en Jésus-Christ
sa pleine réalisation. Il se représente donc comme
identifiées en lui toutes ces iniquités abominables
dont la terre a été souillée depuis le commencement, et dont elle sera souillée encore jusqu'à la
fin des siècles ; il se représente, en même temps,
tous les maux dont ces crimes doivent être la
source pour les hommes, et c'est alors que son
Cœur accablé, tout à la fois par la crainte, par la
tristesse, par l'ennui ; écrasé comme sous un
pressoir par ces trois sentiments douloureux, fait
jaillir le sang hors de ses veines, le fait sortir par
tous les pores du corps, en baigne tous ses vêtements et en arrose encore le sol... Voilà comment
Jésus nous a aimés. Voilà comment son Cœur a
pris part à toutes les affections de son âme, et
voilà ce que l'image de ce divin Cœur nous rappelle. Ah ! si après cela quelqu'un accuse de su-
perstition le culte que nous rendons à ce divin
Cœur, que celui-là renonce à savoir jamais ce que
c'est qu'aimer !

V

Et maintenant, n'avons-nous pas le droit de
faire un appel à toutes les âmes capables d'aimer,
et de les adjurer de prendre le Cœur de Jésus
pour le symbole de leur ligue ? Que cette ligue des
cœurs qui aiment doive de toute nécessité se for-

mer et se resserrer tous les jours, qui en pourrait douter? Qu'est-ce, au fond, que cette ligue des âmes unies par la charité, sinon l'Église catholique? N'est-ce pas cette ardente charité, unissant étroitement les cœurs de tous les premiers chrétiens, qui faisait leur force en face de la société païenne? Voyez comme ils s'aiment, disaient les païens, étonnés de trouver une flamme plus ardente que celle des bûchers. Mais, hélas! depuis qu'on a pu être chrétien sans souffrir, on a trouvé l'art de porter le nom de chrétien sans aimer. Et ce faux christianisme, qui n'aime pas, n'est guère moins hostile au vrai christianisme que le paganisme lui-même. C'est lui qui, non content d'empêcher le vrai christianisme de sauver la société, semble redoubler aujourd'hui d'efforts pour tarir cette source unique du salut de la terre.

Où trouverons-nous la force de vaincre ses hostilités et de triompher de ses attaques? Nous la trouverons où l'ont trouvée nos ancêtres, dans l'amour vrai, et dans l'intimité de l'union que cet amour établira entre nous. Nous oublierons de plus en plus tout ce qui pourrait nous diviser; nous confondrons tous nos intérêts; les douleurs et les joies nous deviendront communes. Nous contraindrons les sectateurs du paganisme moderne de dire aussi de nous : Voyez comme ils s'aiment!

Et ce sera le Cœur de Jésus qui nous servira de

bannière et qui nous apprendra comment nous devons nous aimer, et aimer ceux-mêmes qui ne nous aiment pas. Dans ce signe nous serons victorieux.

HISTOIRE [1]

Voici comment le P. de Gallifet fut appelé à propager la dévotion au Cœur de Jésus ; laissons-le parler lui-même : « L'an 1680, au sortir de mon noviciat, j'eus le bonheur de tomber sous la direction spirituelle du P. de la Colombière. C'est de ce serviteur de Dieu que je reçus les premières instructions touchant le sacré Cœur de Jésus-Christ, et je commençai dès lors à l'estimer et à m'y affectionner. A la fin de mes études de théologie, je fus envoyé dans la maison de Saint-Joseph, à Lyon. Là, en servant les malades de l'hôpital, j'y pris une fièvre maligne, qui me réduisit en peu de jours à la dernière extrémité. Je fus abandonné des médecins et, au sixième et au septième jour, ils jugèrent ma mort si certaine et si prochaine, que, dans la crainte qu'on n'eût pas le temps de m'administrer l'extrême-onction, on ne crut pas devoir attendre, pour avoir les saintes huiles, le retour du sacristain qui était sorti, mais on courut précipitamment au monastère le plus voisin pour les prendre. Peu d'heures après, je

[1] *Messager*, t. I, p. 73 à 84.

perdis la connaissance et le sentiment ; je tombai dans l'agonie, et on attendait de moment en moment que je rendisse le dernier soupir. Ma vie étant ainsi désespérée, un de mes amis, que nous regardions comme un saint, se sentit inspiré d'aller devant le Saint-Sacrement et d'y faire un vœu pour ma guérison. Il promit à JÉSUS-CHRIST que, s'il lui plaisait de me conserver à la vie, je l'emploierais toute entière à la gloire de son sacré Cœur. Sa prière fut exaucée ; je guéris, au au grand étonnement du médecin. J'ignorais le vœu que l'on avait fait à mon insu ; mais le danger passé, il me fut donné par écrit. Je le ratifiai de tout mon cœur, et je me regardai dès lors comme un homme dévoué, par un choix marqué de la Providence, au Cœur adorable de mon divin Maître. Tout ce qui regardait sa gloire me devint précieux, et j'en fis l'objet de mon zèle. » (*De la dévotion au Cœur de* JÉSUS, *par le P. de Gallifet.*)

SEPTIÈME JOUR

Le Cœur de JÉSUS est le lien de l'Eglise triomphante
et militante [1].

Omnia in ipso constant.
En lui toutes choses sont liées et soutenues.   (Philip. 1, 17.)

I

C'est une bien merveilleuse invention que celle
qui permet à l'homme de faire voyager sa pensée
à travers les espaces avec la rapidité de l'éclair.
Depuis qu'il y a au monde des cœurs qui s'aiment
d'un amour vrai, ils avaient rêvé de pouvoir
franchir les distances et se communiquer, à travers les océans et les montagnes, leurs pensées
et leurs sentiments. L'électricité a réalisé en partie
ce rêve ; mais, comme la plupart des avantages
terrestres, l'électricité ne met guère son merveilleux pouvoir qu'au service de la richesse et de la
puissance, et quoi qu'elle fasse, du reste, elle n'établira jamais entre les âmes que lie une véritable
amitié l'union à laquelle ces âmes aspirent.

Aussi la charité divine, qui est l'amour par

---

[1] *Messager du Cœur de Jésus*, t. I, p. 189 à 200.

excellence, fournit-elle aux cœurs qu'elle unit un lien plus étroit, et un moyen de correspondance plus rapide. Ce lien est le Cœur de Jésus.

Nous l'avons déjà compris, lorsque dans un de nos derniers entretiens nous avons reconnu que, dans un sens très vrai, ce divin Cœur pouvait être nommé le Cœur de l'Église.

C'est que l'Église, en effet, forme un grand corps, dont toutes les parties sont unies plus intimement que ne sont joints ensemble les membres de notre corps ; un corps animé par l'Esprit de Dieu et rempli de sa vie, comme notre corps vit de la vie de notre âme. Et de même que dans notre corps c'est le cœur qui répand la vie, avec le sang, dans tous les membres par les artères, ainsi le Cœur de Jésus-Christ est la source d'où la vie du divin Esprit se répand dans le corps entier de l'Église, par les canaux des Sacrements.

II

Mais si le Cœur de Jésus est ainsi pour les divers membres de l'Église un commun principe de vie, il est impossible qu'il ne s'établisse pas entre eux la plus intime communication.

Voyez ce qui se passe dans notre propre corps. Que la main soit frappée par un coup douloureux, aussitôt le cœur reçoit le contre-coup de cette lé-

sion ; il souffre et il communique cette souffrance
à tous les autres membres, en ne leur envoyant
plus avec la même régularité le sang qui fait leur
vie. C'est ainsi qu'avec le cerveau, le cœur
est, entre tous les membres, le grand moyen de
correspondance. Tous aboutissent à lui, et par
conséquent par lui tous sont unis entre eux. A
chaque instant ils lui renvoient des flots de sang
qui se mêlent, se confondent dans ses réservoirs,
et qui retournent ensuite, ainsi confondus, aux
extrémités d'où ils sont venus. C'est un échange
de vie entre tous les membres, qui se renouvelle
à chaque instant, et dont le cœur est l'intermédiaire. Grâce à cette action unifiante, ni l'œil, ni
la main, ni aucun des autres organes ne peut dire :
mon sang, ma force, ma vie ; nul ne peut opposer
ses intérêts à ceux des autres organes ; nul ne
peut se contenter de travailler pour lui seul, et
chercher à se suffire à lui-même. C'est le cœur
qui les échauffe tous d'une même chaleur, et si un
seul d'entre eux réussissait à s'isoler, le cœur le
punirait de mort, en lui soustrayant sa vitale influence.

C'est l'image touchante de ce qui se passe dans
le corps de l'Église.

III

Ce grand corps, nous le savons, est composé de trois parties principales; sa partie supérieure jouit déjà avec son divin Chef de toutes les gloires de la patrie : c'est l'Église triomphante. Ses membres inférieurs accomplissent péniblement leur destinée au sein des épreuves de l'exil : c'est l'Église militante; enfin, entre ces deux extrémités, l'Église souffrante.

La condition de ces divers membres de l'Église est bien différente. Autant les uns sont glorieusement récompensés, autant les autres sont rigoureusement éprouvés. Ceux-là sont à l'abri de tout danger; ceux-ci sont en butte aux plus formidables attaques; les premiers égalent les anges en pureté; les seconds sont couverts de souillures.

Et parmi ceux-là même qui accomplissent en même temps leur épreuve, parmi les chrétiens de la terre, quelle diversité de conditions, de caractères, de besoins! Les uns sont vertueux, les autres pécheurs; les uns sont instruits et polis, les autres ignorants et grossiers; les uns sont nés au soleil de la civilisation, les autres vivent et meurent dans les ombres de la barbarie.

Que peut-il y avoir de commun entre des êtres si différents? Quelle influence sera assez puissante pour contrebalancer l'opposition qu'établis-

sent entre eux les rivalités de race, les préjugés
d'éducation, les luttes d'intérêts?

Une seule influence peut faire ce prodige :
l'influence du sacré Cœur. Mais à cette divine
influence aucun obstacle ne saurait résister. Des
hommes que toutes les forces humaines ten-
daient à séparer les uns des autres, la charité
de Jésus-Christ les unit de manière à les faire
penser, dire, aimer et haïr les mêmes choses.
Séparés de Jésus-Christ, il n'y avait entre eux
qu'opposition; unis à Jésus-Christ, ils ne font
plus qu'un, tous ensemble.

IV

D'où vient ce prodige?

C'est que le Cœur de Jésus s'est emparé d'eux
comme le feu s'empare du fer qu'il pénètre de sa
chaleur et qu'il transforme en lui-même. Dans
chacun de ces cœurs, naguère froids, égoïstes,
sensuels, haineux, ce divin Cœur a répandu son
Esprit, l'Esprit d'amour, de piété, d'abnégation,
de dévouement. Il leur a communiqué ses sentiments divins; il leur a donné le sens de la vérité
céleste, l'espérance des biens éternels, le goût
de toutes les grandes choses. Et dès lors, ces
cœurs si divers dans leur abjection, si opposés
dans leurs égoïsmes, se sont trouvés élevés à la

même hauteur, transformés dans la même beauté, unis dans les mêmes aspirations.

Le Cafre croit les mêmes dogmes, désire les mêmes biens, pratique les mêmes vertus que l'Européen le plus éclairé. Le chrétien uni au Cœur de Jésus pourra parcourir la terre, pénétrer dans les contrées les plus reculées du globe : partout où se rencontrera un autre chrétien digne de ce nom, ils se trouveront ensemble en parfaite communauté de sentiments ; leurs bouches peuvent parler des idiomes différents, mais leurs âmes n'ont qu'un langage ; leurs intérêts sont identiques ; ce sont deux voyageurs qui marchent vers le même terme par la même voie ; dès qu'ils se rencontrent, ils se tendent la main et allègent les fatigues du voyage en se prêtant un mutuel appui.

V

Mais, ce qui est plus merveilleux encore, c'est que pour s'entr'aider et se faire du bien, les chrétiens unis au Cœur de Jésus n'ont pas besoin de se rencontrer et de se connaître. Le Cœur de Jésus leur sert d'intermédiaire et il fait parvenir de l'un à l'autre les plus puissantes influences, sans qu'ils soupçonnent eux-mêmes le résultat de leur action. N'en est-il pas ainsi dans notre corps ? L'estomac nourrit la main sans la connaître : c'est le cœur qui se charge de faire passer de l'un à l'autre les sucs nourriciers. Un chrétien d'Europe prie pour la conversion des infidèles ; mais il ne prie pas seul ; le Cœur de Jésus, qui lui a inspiré sa prière, s'unit à lui pour solliciter les grâces de la divine bonté, et en même temps qu'il rend ces prières efficaces en se les appropriant, il les exauce en répandant, sur ceux qui en sont l'objet, un degré de grâce proportionné à la faveur et à la confiance de celui qui prie. Voilà donc, d'un bout du monde à l'autre, la communication la plus intime établie entre deux cœurs qui ne se connaissent pas. Du cœur du chrétien s'élève un soupir, et soudain dans le cœur de l'infidèle luit un rayon de lumière.

Quelle est donc la divine électricité qui a franchi de la sorte les espaces et qui a transformé en principe de vie divine le simple désir d'un cœur humain ? C'est le Cœur de Jésus qui, par son Esprit, touche à toutes les extrémités du monde, et qui communique à toutes les âmes qui consentent à s'unir à lui le privilège de cette immensité et de cette puissance sans limites.

VI

Sous l'influence de ce divin Cœur, toutes les différences se sont effacées, toutes les oppositions se sont évanouies ; au sein de la diver-

sité, il a fait régner l'unité ; par la force attractive
de son amour, il a neutralisé toutes les forces ré-
pulsives qui divisaient les âmes. Entendez saint
Paul chanter ce merveilleux triomphe :

« Vous tous qui avez été baptisés en JÉSUS-
CHRIST, vous avez revêtu JÉSUS-CHRIST. Il n'y a
donc plus ni juif, ni grec ; il n'y a plus ni esclave
ni homme libre ; il n'y a plus ni homme ni
femme ; vous êtes tous un en JÉSUS-CHRIST. »

Et cette unité établie par le Cœur de JÉSUS n'est
pas purement nominale : elle est souverainement
réelle ; elle produit entre tous une parfaite communion d'intérêts. Sans doute, le mérite acquis
par chaque chrétien lui demeure exclusivement
propre, et nul ne sera récompensé que suivant ses
œuvres ; mais si les mérites sont propres à chacun, les satisfactions sont communes à tous, les
expiations surabondantes du saint pourront être
reversées sur le pécheur. Le fruit des prières est
commun aussi, la ferveur des uns pourra fléchir
la divine justice pour la lâcheté des autres ; et
c'est ainsi que des membres plus forts aux membres plus faibles se fera, dans l'Église entière, un
continuel échange de vie. C'est ce que nous nommons la Communion des Saints. Nous pourrions
la nommer avec une égale justesse la Communion
du Cœur de JÉSUS.

VII

Mais cette communion si consolante n'embrasse pas seulement les membres de l'Église militante : elle étend son influence bien au delà des confins de la terre. Le Cœur de Jésus est le Cœur de l'Église ; il faut donc que son action embrasse toutes les parties de ce grand corps. C'est ce qui a lieu, en effet, et de là résulte pour nous la plus douce de toutes les assurances. Oui, ce Cœur divin, avec lequel notre Cœur est plus étroitement uni qu'avec les membres mêmes de notre corps, c'est le même Cœur dans lequel, en ce moment, les Anges et les Saints puisent leur félicité.

Jésus-Christ est leur Chef aussi bien que le nôtre ; il faut donc que, comme nous, ils reçoivent de lui la vie divine. Sans doute, c'est la divinité elle-même qui est l'objet de leur bonheur, comme elle est l'objet de notre amour et de notre espérance ; mais de même que nous tenons de Jésus-Christ la grâce qui nous rend capables d'aimer Dieu et d'espérer en lui, ainsi les bienheureux ne peuvent recevoir que de ce divin Chef la capacité de posséder Dieu et de jouir de lui.

Le Cœur de Jésus est dès lors la source à laquelle viennent, en même temps, se désaltérer les bienheureux du ciel et les pauvres exilés de la terre : les uns y puisent la félicité infinie ; les

autres y puisent la force de mériter cette félicité.
Il faut l'avouer, la différence des conditions est
bien grande, mais la charité qui les unit dans le
Cœur de Jésus tend sans cesse à l'atténuer.

VIII

Plus les Saints du ciel sont heureux, plus ils
sont disposés à venir au secours de leurs frères
de la terre. Ils savent qu'ils sont membres d'un
même corps, destinés à partager la même gloire.

Eux-mêmes, étaient naguère exposés aux dangers, et ils n'ont pas oublié combien le secours
du ciel leur était alors nécessaire ; comment ne se
sentiraient-ils pas portés à accorder aux autres
ce qui ne leur a pas été refusé ? Leur propre intérêt, du reste, les presse de nous venir en aide ;
car, puisque les Saints du ciel jouissent tous du
même bonheur et forment entre eux la plus parfaite de toutes les sociétés, les richesses de chacun s'accroissent des richesses de tous. Chaque
nouveau frère que leurs intercessions aident à
prendre place au banquet céleste apporte donc à
tous les heureux convives un surcroît de joie.
Mais quand le sentiment de leur intérêt et la charité qui les animent ne les presseraient pas assez
vivement de nous secourir, le Cœur de Jésus, à
qui ils doivent tout, leur en ferait une nécessité.

Ce divin Cœur ne saurait moins aimer ses membres de la terre que ses membres du ciel. Les uns et les autres lui appartiennent également, et ils sont tous également appelés à glorifier Dieu durant l'éternité en partageant son bonheur. Si la gloire qu'il a le droit d'attendre des chrétiens de la terre est moins assurée, c'est pour lui un motif de venir plus efficacement à leur secours et de les faire aider par leurs frères plus heureux.

Dans le corps un membre est-il malade, les membres sains redoublent pour lui de sympathie. Ils s'oublient eux-mêmes en quelque sorte pour écarter le danger qui, dans un seul membre, menace le corps entier. Il ne saurait y avoir moins d'amour entre les membres de Jésus-Christ. Pour que ceux qui jouissent du bonheur du ciel se montrassent indifférents à nos souffrances et à nos dangers, il faudrait qu'ils devinssent indifférents à la gloire de Jésus-Christ, insensibles à sa charité, indépendants de son influence; il faudrait qu'ils se séparassent de son Cœur; il faudrait qu'ils se bannissent du Ciel.

IX

Avons-nous jamais bien compris toute l'intimité de ce lien que le Cœur de Jésus établit entre nous et nos frères du Ciel? Si Marie et les Saints nous apparaissaient et remplissaient l'appartement où nous sommes, nous nous estimerions heureux de les voir si proches de nous, de pouvoir leur parler et les entendre ; mais notre union dans le Cœur de Jésus ne nous rapproche-t-elle pas bien davantage? Ce divin Cœur ne leur transmet-il pas plus sûrement nos prières, et ne nous transmet-il pas plus efficacement leur action, que l'air ne pourrait leur transmettre nos paroles, et nos sens nous faire apercevoir leur bonté [1]?

Chaque jour nous formulons cette profession de foi : nous croyons à la communion des Saints. Oui, elle existe cette union, et c'est le Cœur de Jésus qui en est le lien. Au milieu donc des agitations inséparables de cette terre d'exil, portons-nous par la pensée vers cette patrie commune où nos frères nous attendent. *Sursum corda!* Ils nous regardent, ils prient pour nous, nous soutiennent dans nos luttes et soupirent après notre arrivée. Disons-nous alors : Courage, ô ma pauvre âme, encore quelques heures de lutte, et l'heure du repos final sonnera. Bientôt tu iras rejoindre tes compagnons d'armes, pour ne plus former avec eux qu'une seule famille, dont le Cœur de Jésus est le chef, le centre, la vie !

---

[1] *Messager,* t. I, p. 189 à 199.

HISTOIRE

Bénédictions des Cœurs de Jésus et de Marie.

Un grand industriel de Lyon nous adresse les lignes suivantes :

« Depuis plusieurs années, je me suis donné à la dévotion du sacré Cœur, et je dois proclamer bien haut que j'ai tout lieu de m'en féliciter. Des grâces nombreuses m'ont été accordées ; mon indifférence religieuse, heureusement secouée ; mes affaires, en mauvais état, devenues prospères ; un fait providentiel survenu en ma faveur ; des dangers évités, des jalousies éteintes ou rendues impuissantes ; une très grave maladie guérie ; une grande grâce obtenue du sacré Cœur par l'intermédiaire de Notre-Dame de Lourdes : tel est le bilan de ce que m'a valu jusqu'ici cette chère dévotion. — Il est certain que quelquefois j'ai de grandes inquiétudes sur mes affaires, mais j'espère toujours, et toujours le sacré Cœur répond à mes désirs.

« Aussi, combien je suis heureux de faire connaître ce Cœur si bon et si miséricordieux, et combien je cherche à lui gagner des âmes ! A toutes, je dis : Essayez de cette dévotion, mettez-vous résolument sous sa bannière, et vous verrez les nombreuses bénédictions spirituelles, et même temporelles, qu'elle vous procurera ! Courage donc ! mais surtout persévérance ! »

HUITIÈME JOUR

Le Cœur de JÉSUS est la consolation de l'Église
souffrante [1].

> *Etiamsi ambulavero in medio umbræ*
> *mortis, non timebo mala, quoniam tu*
> *mecum es.*
>
> Alors même que je cheminerai au milieu
> des ombres de la mort, je ne craindrai
> aucun mal, parce que vous êtes avec moi.
> (Ps. XXII, 4.)

I

Si, au sortir de cette vie, nous étions assurés
d'entrer en possession de notre céleste héritage,
la mort nous inspirerait beaucoup moins d'effroi ;
mais quel est le chrétien si parfait, qui puisse se
donner à lui-même cette douce assurance ?

Il est bien peu de saints, dont on sache, par
des révélations dignes de foi, qu'ils sont montés
au Ciel sans passer au Purgatoire : pour le plus
grand nombre, rien ne nous autorise à l'affirmer.
A plus forte raison, les chrétiens ordinaires n'ont-
ils que trop de motifs de craindre qu'ils n'aient à
séjourner un temps plus ou moins long au sein

---

[1] *Messager du Cœur de* JÉSUS, t. 1, p. 334.

des flammes expiatrices, pour s'y purifier de toutes les fautes légères qu'ils se permettent si facilement. Ce qui, pour nous, est une perspective
malheureusement trop probable, est une triste et
présente réalité pour quelques-uns de ceux que
nous aimons le plus, et que la mort a séparés de
nous. La piété avec laquelle ils ont vécu nous
garantit que l'enfer n'a pu en faire sa proie; mais,
d'un autre côté, les faiblesses dont nous avons été
peut-être les complices et les objets, ne nous permettent guère d'espérer que le ciel ait pu les recevoir dès le jour où ils nous ont quittés.

Que souffrent ces chères âmes, et que souffri-
rons-nous quand nous serons soumis aux mêmes
épreuves ? N'y a-t-il au sein des flammes expiatrices aucun adoucissement ? Les douleurs qu'on
y endure sont-elles sans aucun mélange de joie ?

A ces questions, le Cœur de Jésus nous autorise
à faire une consolante réponse. Oui, il y a des
joies dans le Purgatoire, puisque le Cœur de Jésus
y est avec son amour. Et puisque cet amour règne
avec beaucoup plus de liberté dans les chrétiens du Purgatoire que dans les chrétiens de la
terre, il leur fait éprouver aussi des consolations
incomparablement plus douces. Il y a plus : la
vertu du Cœur de Jésus change en sources de joie
les causes mêmes de douleur qui tourmentent ces
saintes âmes, et il leur fait aimer, dans leur condition, précisément ce qu'elle a d'amer. Rien sans

doute n'est plus capable de nous attacher à ce divin Cœur que la certitude de recevoir de lui ces soulagements, alors que tous nos autres amis nous auront abandonnés. Pour acquérir cette certitude, parcourons les différentes causes d'où naissent les douleurs du Purgatoire, et voyons le Cœur de Jésus faire jaillir de suaves consolations de chacune de ces sources d'amertume.

II

Le premier genre de souffrances qu'endurent les âmes du Purgatoire, ce sont les douleurs sensibles par lesquelles la justice divine leur fait expier les satisfactions désordonnées qu'elles ont demandées aux créatures. Quelles sont ces souffrances? impossible de le dire avec certitude.

Mais si rien ne nous autorise à croire que toutes ces âmes, retenues loin du ciel par les restes de leurs imperfections, souffrent la peine du feu, nous ne saurions guère douter que cette peine ne soit infligée aux âmes coupables de fautes plus délibérées et chargées de lourdes dettes.

Ce qui paraît également certain, c'est que de quelque nature qu'elles soient, les peines du Purgatoire surpassent en gravité les maux de cette vie. Et la raison en est évidente : ces maux de la vie présente sont bien moins encore des punitions, infligées à nos fautes par la divine justice, que des épreuves, ménagées par la divine miséricorde pour l'expiation de ces fautes. Dans le Purgatoire, au contraire, la miséricorde n'a plus d'accès, la justice agit seule et proportionne rigoureusement le châtiment à l'offense. Comment douter que ce châtiment ne soit terrible? Mais si la divine miséricorde ne peut franchir ce seuil du Purgatoire pour y porter le pardon, la charité du Cœur de Jésus y pénètrera, et y portera des consolations plus douces que ce pardon lui-même.

Que se passe-t-il au trépas dans l'âme du chrétien, même le plus imparfait, qui a le bonheur de mourir en état de grâce? Il se fait soudain dans cette âme une révolution prodigieuse.

Naguère des affections plus ou moins désordonnées disputaient l'empire à la divine charité. JÉSUS-CHRIST y était le maître, mais son autorité y était combattue par bien des révoltes. L'attraction de son divin Cœur était la plus forte, mais la puissance de cette attraction était contrebalancée par mille attractions contraires. Les créatures, par leurs séductions et par leurs menaces, étouffaient la voix du Créateur. Les ténèbres des sens obscurcissaient la lumière de l'esprit.

A la mort, les ténèbres se dissipent et la vérité apparaît dans tout son éclat; les créatures disparaissent, pour ne laisser plus voir que le Créateur; toutes les affections de cette âme, naguère partagées entre mille objets, se portent avec toute leur énergie vers le seul objet qui soit digne d'elle ; l'influence du Cœur de Jésus s'exerce sans résistance sur ce membre de son corps, qui lui est désormais indissolublement uni ; et le premier effet de cette union est de lui faire produire un acte d'amour et de parfait repentir, qui détruit en elle toutes les fautes actuelles, même les plus légères.

III

La charité de Jésus-Christ a donc triomphé complètement dans cette âme, mais quel va être le résultat de ce triomphe ? Purifiée de toutes ses fautes actuelles, n'a-t-elle pas le droit de réclamer son admission immédiate dans le séjour du bonheur ? Non, elle n'a pas ce droit et elle le sait.

Cet acte de parfait repentir, qui a eu la vertu de la purifier de la coulpe de ses moindres fautes, n'a pas eu la vertu de racheter la *peine* due à ses fautes. Cette vertu merveilleuse est exclusivement propre aux actes de pénitence que nous faisons sur la terre. La puissance de *racheter,* avec la puissance de *mériter,* sont les deux grands privilèges de la vie présente ; ils cessent avec elle, et de même que les actes d'amour que font les bienheureux dans le ciel ne peuvent leur faire mériter la moindre augmentation de leur gloire, ainsi les

actes de repentir qu'ils ont pu faire avant d'entrer
au ciel n'ont pu leur obtenir la rémission de la
moindre partie de leurs dettes.

Tel est donc l'état de l'âme, au moment où les
liens du corps viennent, en se brisant, de lui rendre sa liberté. Elle aime DIEU d'un amour parfaitement pur, et, en même temps, elle se sent redevable envers sa justice de dettes plus ou moins grandes. Que fera-t-elle ? A quoi la portera son amour?
Le Cœur de Jésus règne en maître souverain dans
sa volonté ; quelle impulsion va-t-il lui donner?

Ah ! il ne peut la pousser qu'à une chose :
à désirer de s'acquitter le plus promptement et
le plus complètement possible de sa dette ; à
appeler sur elle ces expiations qui doivent venger
en elle les droits de DIEU, violés par ses fautes,
et rétablir l'ordre que ses inclinations mauvaises
avaient renversé. Il ne sera donc pas besoin que
DIEU envoie un de ses Anges, avec une épée de feu,
pour pousser cette âme dans les prisons répara-
trices. C'est son amour qui l'y poussera ; c'est le
Cœur de Jésus qui lui ouvrira les portes du Purgatoire ; il y pénètrera avec elle, il lui fera aimer
ces flammes si brûlantes, parce qu'au-dessus
d'elle il aura allumé un feu bien plus brûlant, que
l'ardeur de ces flammes peut seule rafraîchir, la
haine du péché et le désir de le venger.

Écoutons sainte Catherine de Gênes, que DIEU
avait mise dès cette vie dans un état semblable

à celui des âmes qui souffrent dans le Purgatoire :

« Ces âmes, dit-elle, éprouvent un si grand contentement d'être en l'ordonnance et disposition de DIEU, qu'au milieu de leurs plus grandes souffrances elles sont incapables de penser à elles-mêmes ; elles ne contemplent que l'opération de la bonté de DIEU, dont la miséricorde infinie veut conduire l'homme à lui. »

IV

Les dispositions des âmes du Purgatoire sont donc toutes semblables aux dispositions dans lesquelles se trouvait le Cœur de JÉSUS au moment de sa Passion. Ce divin Cœur souffrait sans doute, et aucune intelligence humaine ou angélique ne comprendra jamais l'intensité de ses souffrances.

Mais en même temps qu'il souffrait, il était heureux de souffrir, parce qu'il savait que ses souffrances étaient nécessaires pour venger la gloire de son Père et assurer notre salut. Sa sensibilité répugnait à la souffrance, mais sa volonté l'embrassait avec transport. Et ces deux sentiments contraires en apparence, la douleur et l'amour de cette même douleur, naissaient dans ce divin Cœur d'une même source : de son amour incomparable pour DIEU son Père.

JÉSUS aimait DIEU, et le poids de nos péchés

qu'il avait pris sur lui, était insupportable à son
Cœur; il aimait Dieu, et il désirait avec ardeur
expier complètement ces péchés. De là cette
soif de la souffrance qui lui faisait dire : *Je dois
être baptisé d'un baptême de sang, et comme je
me sens pressé jusqu'à ce qu'il soit accompli!*
(Luc, XIV, 20.) Cette soif de la souffrance, le Cœur
de Jésus l'a communiquée, même sur la terre, à
tous les saints, dans la mesure où il leur a communiqué son amour; et souvent on a vu des
femmes délicates, des jeunes gens dans toute la
sensibilité de la jeunesse, ne goûter de bonheur
qu'au sein des plus affreuses macérations.

Comment douter, dès lors, qu'il ne communique
cet amour aux âmes dans lesquelles la mort l'a
rendu complètement maître, et comment s'étonner que ces âmes trouvent un vrai soulagement
dans la rigueur même de leurs tortures?

V

Mais les souffrances sensibles ne sont que la
moindre partie des peines du Purgatoire, aussi
bien que des peines de l'enfer. La grande douleur
des pauvres âmes retenues dans ces lieux de
tourments, c'est la privation de la vue de Dieu : la
peine du dam. Pour les âmes du Purgatoire, cette
peine n'est que temporaire. Mais qui pourra com-

prendre ses rigueurs? Pour cela il faudrait mesurer l'intensité du désir qui les excite à s'élancer vers ce suprême objet de leur félicité, l'ardeur de l'amour dont elles sont embrasées pour cette bonté souveraine. Oh! combien volontiers elles consentiraient à voir leurs souffrances sensibles centuplées, si, à ce prix, elles pouvaient obtenir de hâter d'un moment leur entrée dans le ciel!

Eh bien! qui pourra soulager cette cruelle angoisse de l'attente? Qui adoucira l'amertume insupportable de la séparation? Ce sera encore le Cœur de Jésus. Et pour cela l'amour de ce divin Cœur a plus d'une ressource.

Avant tout, il leur donnera l'assurance de leur éternelle félicité. Or, après la possession actuelle du bonheur céleste, se peut-il concevoir quelque chose de plus délicieux que la certitude de le posséder et de le posséder éternellement? Être assuré de vivre aussi longtemps que Dieu, de la vie même de Dieu, de s'abreuver durant les siècles des siècles au torrent des divines voluptés, de se plonger dans cet océan qui n'a ni fond ni rivages, d'y rassasier toujours une soif de bonheur toujours renaissante!

Dieu, dès cette vie, a donné, cette assurance à quelques-uns de ses plus généreux serviteurs, et elle a produit en eux des transports de joie qui allaient jusqu'au délire; ils déclaraient que tous les tourments du monde, endurés jusqu'à la fin des

siècles, leur paraissaient un prix bien insuffisant
pour acheter une pareille grâce. Si, au contraire,
par une permission divine, la crainte de l'éternelle réprobation venait assaillir leur âme, quelles
tempêtes n'y causait-elle pas, et quelles souffrances n'auraient-ils pas été disposés à subir pour
se délivrer de cette perplexité !

VI

Hélas ! cette crainte, nous pourrions tous l'avoir,
et notre inconsidération seule nous empêche d'en
sentir l'amertume. Mais au moment où nous
entrerons dans le Purgatoire, en même temps
que nous apprécierons comme elle le mérite la
céleste félicité, et que nous nous élancerons vers
elle avec une immense ardeur, nous recevrons du
Cœur de Jésus l'assurance que cette félicité ineffable ne peut plus nous échapper.

Nous verrons alors tous les dangers de nau-
frage auxquels nous avons échappé, et nous nous
sentirons au port. La maison de Dieu ne nous
sera pas encore ouverte, mais nous aurons en
main le gage de notre introduction, le titre de
notre héritage, signé avec le sang de Jésus et
scellé du sceau de la mort. Nous saurons la place
qui nous appartient, le degré de gloire qui nous
est assuré, et cette place sera proportionnée à

nos mérites, ce degré sera dans la mesure de nos désirs.

N'est-ce pas là vraiment une assurance bien capable de faire supporter avec résignation le prolongement indispensable de l'exil, et les conditions requises pour la pleine prise de possession du trône qui nous attend dans la patrie ? Et ici encore, par la vertu du Cœur de Jésus, la consolation naît de la source même de la souffrance. C'est le désir du bonheur céleste qui en rend le retard si douloureux pour les âmes du Purgatoire ; et c'est l'ardeur de ce même désir qui rend si délicieux, pour elles, l'assurance de le posséder bientôt.

VII

Il est encore à cette douleur une autre consolation : c'est l'amour parfaitement pur de ces âmes pour Jésus-Christ, leur divin Chef.

La mort, en scellant leur union avec lui, leur fait apprécier à leur juste valeur les gloires de cette union, son ineffable intimité et le devoir qui en résulte, pour elles, de confondre tous leurs intérêts avec ceux de ce divin Chef. Sur la terre même, cette fusion, pour les vrais chrétiens, va jusqu'à leur faire oublier leurs propres douleurs, pour les faire se réjouir du bonheur et de la gloire de Jésus-Christ. On demandait au P. de Ravignan, pendant sa dernière maladie, s'il ne s'ennuyait pas durant ses longues nuits d'insomnie :

« Jamais, je ne m'ennuie, répondit le mourant; le temps ne me paraît même pas long ; je prie, je pense que Notre-Seigneur est bon, qu'il est bien dans le ciel; et cela me console d'être mal et mauvais sur la terre. »

Si l'amour a ce pouvoir ici-bas, que sera-ce lorsque l'égoïsme sera complètement éteint, et que la destruction du vieil homme ne laissera plus subsister d'autres affections que celles de l'homme nouveau? Oh! n'en doutons pas, c'est là, pour les saintes âmes du Purgatoire, la suprême consolation. Elles souffrent, mais leur Jésus est heureux; elles sont dans les flammes, mais leur divin Chef est dans la gloire. Est-ce que la gloire du Chef n'est pas celle de tous les membres?

VIII

Sont-ce là toutes les consolations dont les âmes du Purgatoire sont redevables au Cœur de Jésus? N'a-t-il pas encore quelque autre moyen d'alléger l'immense douleur que cause à ces âmes la prolongation de leur exil? Il en a un autre dont nous sommes nous-mêmes les instruments. Il nous met en état d'abréger les épreuves de ces chers exilés et de hâter leur admission dans la patrie.

Ils sont incapables, avons-nous dit, de racheter eux-mêmes leurs propres offenses, mais nous pouvons satisfaire pour eux. Le trésor des mérites de Jésus-Christ leur est fermé ; mais il nous demeure ouvert, et rien ne nous empêche de répandre sur eux les richesses surabondantes que nous pouvons y puiser. Nous n'avons peut-être pas assez compris, jusqu'ici, tout ce qu'il y a de miséricordieuse sagesse et de divine habileté dans cette économie de la société des âmes.

Ne dirait-on pas que le divin Sauveur n'a pu se résigner à l'impossibilité d'exercer sa miséricorde au delà des limites de cette vie, et que ce qu'il perdait d'un côté, il a voulu le regagner de l'autre ? Il le regagne en effet, et cette compensation est tout à l'avantage de la charité. L'impuissance où sont les âmes du Purgatoire de satisfaire pour elles-mêmes nous impose une sorte d'obligation de satisfaire pour elles. Ainsi notre union avec elles, commencée pendant la vie, bien loin d'être rompue par la mort, peut devenir chaque jour plus étroite. Jamais nous ne pouvons mieux témoigner notre reconnaissance, jamais nous ne pouvons donner de preuve plus efficace de notre dévouement à ceux que nous pleurons, que depuis le moment où l'inexorable mort les a arrachés à nos embrassements. Ce n'est pas une satisfaction passagère que nous pouvons leur procurer, c'est le ciel même, c'est l'infinie félicité, c'est Dieu

dont nous pouvons hâter pour eux la possession.

Quel bienfait que celui-là! quels droits ne nous
donne-t-il pas à la reconnaissance de ces saintes
âmes! Un seul moment de la possession de Dieu
n'est-il pas, dans leur estime, et n'est-il pas en lui-
même un trésor préférable à tous les trésors? Et
si elles nous sont redevables de ce bonheur, est-
il rien qu'elles ne doivent être disposées à faire,
pour nous témoigner leur reconnaissance?

IX

Voyez comme la générosité du Cœur de Jésus
se montre bien dans l'abondance, toujours croissante, des secours qu'il nous est permis de procurer à ces chères âmes. Ah! si nous sommes indifférents à leur égard; si nous ne faisons rien, ou
presque rien, pour alléger les immenses douleurs
de ceux pour lesquels nous aurions été disposés
à nous sacrifier lorsqu'ils étaient sur la terre,
nous pouvons chercher où nous voudrons des
prétextes pour excuser notre inexcusable insensibilité, mais au moins n'essayons pas d'en rejeter
la faute sur la parcimonie avec laquelle le Cœur
de Jésus nous a mesuré ses faveurs! Moins encore que nos ancêtres, nous, chrétiens du dix-
neuvième siècle, nous avons le droit de prétexter

cette excuse. Car les indulgences ne furent jamais plus nombreuses, et les conditions pour les gagner ne furent jamais plus faciles. Jadis, on croyait ne pas faire trop, pour obtenir une indulgence plénière, que d'entreprendre des pèlerinages lointains et d'exposer sa fortune et sa vie ; aujourd'hui, il suffit de réciter une courte prière.

Qui ne reconnaîtrait, dans cette prodigalité de l'Église, l'influence de la charité du Cœur de Jésus, multipliant ses prévenances et ses secours à mesure que s'accroît notre faiblesse et que notre ferveur s'attiédit ? Ce divin Cœur ne veut pas que les pauvres âmes du Purgatoire souffrent de l'amollissement des mœurs et de l'affaiblissement des courages, et c'est pour cela qu'il met à notre porte ce qu'il fallait jadis aller chercher bien loin. Ne repoussons pas une gloire qu'il nous rend si facile, la gloire de devenir avec lui les bienfaiteurs de la classe de malheureux qui est, sans contredit, la plus digne de notre compassion. En même temps que le Cœur de Jésus adoucira les souffrances de ces saintes âmes en les leur faisant aimer et en leur donnant l'assurance de leur éternel bonheur, abrégeons ces souffrances par nos suffrages, et ouvrons à ces rois exilés le palais où ils doivent régner pendant l'éternité. Ils ne seront pas les seuls qui nous devront de la reconnaissance ; le Cœur de Jésus lui-même nous sera redevable de

4..

l'accroissement de bonheur qu'il éprouve lorsqu'une âme de plus partage sa félicité.

HISTOIRE [1]

Puisque nous devons tous mourir, et que de la
mort dépend l'éternité, il n'est pas de grâce plus
importante que celle d'une bonne mort. Aussi,
parmi les faveurs promises aux âmes dévouées à
son divin Cœur, Notre-Seigneur a spécialement
indiqué la grâce d'une bonne mort. Que de faits
confirment la réalisation de cette promesse !

En voici un, arrivé récemment parmi les Associés de l'Apostolat de la Prière. Une Zélatrice de
l'Œuvre, encore dans la fleur de l'âge, tomba soudainement malade. Elle s'était toujours distin-
guée par sa vive dévotion au Cœur de Jésus. Là
était le centre, là était le mobile de sa vie et de son
activité ; aussi avait-elle déployé beaucoup de zèle
pour gagner au divin Cœur autant d'âmes que
possible. Sa maladie ne paraissait pas dange-
reuse, et le médecin, aussi bien que sa famille, lui
promettait une prompte guérison.

Mais le Cœur de Jésus lui donna un pressentiment certain que sa fin était prochaine. Elle
se prépara donc, sans trouble, à faire son sacri-

---

[1] *Messager*, t. XLI, p. 9 à 18.

fice aussi parfaitement que possible ; elle demanda les derniers sacrements et, comme on s'y opposait, sous le prétexte qu'il n'y avait aucun danger, elle insista jusqu'à ce qu'elle fût enfin munie de tous les secours de la religion. D'une patience et d'une sérénité admirables, elle encourageait elle-même et consolait sa famille désolée. Avec son crucifix et son chapelet, tenant à la main une image du Sacré-Cœur, elle ajoutait : « Maintenant que j'ai reçu toutes les consolations de la religion, je suis prête à mourir; je remets mon âme dans le Cœur de Jésus. » Aussitôt, sans agonie, elle rend paisiblement le dernier soupir, laissant tout le monde sous la douce impression de cette mort de prédestinée.

NEUVIÈME JOUR

Le Cœur de JÉSUS est la joie de l'Église triomphante [1].

Lætantium omnium habitatio est in te.
En vous habitent tous ceux qui goûtent
la vraie joie.   (Ps. LXXXVI, 7.)

I

C'est sur le champ de bataille, au milieu des dangers et des fatigues de la lutte, que la vertu se révèle dans tout son mérite ; mais la gloire ne se manifeste dans tout son éclat qu'au milieu des splendeurs du triomphe. C'est à ce nouveau point de vue que nous devons envisager les prérogatives du Cœur de Jésus. Nous l'avons vu sur la terre unissant ensemble les membres de l'Église militante, et leur donnant la force de soutenir, jusqu'à la fin, le rude combat qui doit leur valoir l'éternelle couronne. Nous sommes ensuite descendus dans les sombres cachots du Purgatoire, et nous y avons retrouvé ce divin Cœur, consolant les

---

[1] *Messager du Cœur de* Jésus, t. I, p. 365 à 373.

saintes âmes détenues dans ces lieux de tourments, et mêlant de douces joies à l'amertume de leur captivité. Mais ce n'est pas là que ce divin Cœur peut faire couler, dans toute son abondance, le fleuve de joies dont il est la source. La patrie de la vraie joie, ce n'est pas la terre, séjour de l'épreuve ; c'est le ciel.

Montons au ciel, cette maison de DIEU ; mêlons-nous quelques instants à la société de ces heureux convives, assis pour l'éternité au festin de la vraie joie. C'est ici surtout que le Cœur de Jésus va se montrer à nous comme le cœur de l'humanité ; c'est ici que nous allons comprendre ce qu'il peut faire de tous ces êtres souillés qu'il a pris au milieu de la boue de cette terre, ce qu'il fera un jour de nous, si nous lui demeurons unis jusqu'à la fin.

Déjà, sur la terre, il nous divinise en nous donnant son esprit ; mais cette divinisation n'est encore qu'ébauchée. Nous portons en nous la semence divine, cachée dans la terre de notre corps. Mais pour que cette semence porte son fruit, il faut que, sous l'influence du Cœur de Jésus, elle soit arrosée par les orages de cette vie d'épreuves, et, si l'ardeur de la charité a été insuffisante, que les flammes du Purgatoire achèvent de la mûrir. Au ciel seulement notre divinisation sera complète, et, dans la plénitude de notre bonheur, dont il sera le principe, le Cœur de Jésus remportera un complet triomphe. C'est à ce triomphe qu'il veut aujourd'hui nous faire assister en esprit, en attendant que nous puissions y prendre une part plus réelle.

II

Avons-nous bien le droit de dire que le Cœur de Jésus est le principe du bonheur du ciel? Il va nous suffire, pour nous en convaincre, de nous rappeler la belle doctrine de saint Augustin sur le bonheur.

Qu'est-ce qu'être heureux? demande le saint Docteur. La plupart des hommes répondent : C'est posséder tout ce que l'on désire. — Il est indubitable que c'est là une condition du bonheur; mais est-ce bien le bonheur tout entier? Le malade, dont le goût dépravé désire les aliments les plus nuisibles, est malheureux tant qu'on les lui refuse; mais est-il plus heureux quand on les lui donne? — Le cœur, lui aussi, n'a que trop, hélas! de ces caprices morbides, qui lui font désirer ce qui ne peut que le flétrir et le remplir d'amertume. Ne mettons donc pas seulement le bonheur dans la possession de ce que nous souhaitons, mais encore dans le désir de ce qui est vraiment désirable. Aimer le vrai bien et posséder ce que l'on aime, voilà la vraie félicité. Et c'est parce que, seuls, les Saints du Ciel réalisent, dans toute leur étendue, ces deux conditions; parce que, seuls, ils aiment de toute la puissance de leur cœur le bien souverain, et parce que ce bien infiniment aimable se donne à eux seuls, suivant la pleine mesure de leur amour, c'est pour cela qu'ils méritent seuls d'être appelés *Bienheureux*.

Oh! qui nous fera comprendre, à nous qui savons si peu aimer, et qui si rarement pouvons rassasier un seul des désirs qui, nous tourmentent, qui nous fera comprendre la joie de ces saintes âmes, dans lesquelles la vue de la divine beauté allume une soif d'amour toujours rassasiée et toujours renaissante? Plus elles aiment ce bien souverain, plus elles le possèdent; et plus elles le possèdent, plus elles l'aiment. L'amour et la possession, ces deux éléments du bonheur, se trouvent donc en elles dans une correspondance parfaite; et, durant toute l'éternité, ces deux éléments se combineront et se dégageront l'un de l'autre; éternellement l'amour produira l'amour; la mesure du rassasiement sera celle de la faim, et la mesure de la faim celle du rassasiement; car, si du côté de l'âme il y a un besoin immense de s'unir à DIEU; du côté de DIEU il y a un besoin, plus immense encore de s'unir à l'âme.

. Mais quel est le lien qui joint ensemble ces deux immensités, l'immensité du désir et l'immensité du bonheur? Quel est le mobile de ces deux tendances si énergiques, dont la rencontre produit le bonheur ? Nous l'avons dit, et nous aimons à le redire : c'est le Cœur de Jésus.

III

D'où vient, en effet, à l'âme ce mouvement si impétueux qui la pousse dans le sein de Dieu, et la plonge bien avant dans l'océan de son infinie félicité ? Est-ce un élan subit, qu'elle a pris à son entrée au ciel ? Évidemment non ; puisque c'est en vertu de cet élan qu'elle a échappé aux étreintes de la mort, qu'elle s'est dégagée des liens du Purgatoire, et qu'elle s'est élevée jusqu'au sommet des cieux. Sachons-le bien, l'amour qui sera le principe et la mesure de notre bonheur dans le ciel, c'est celui-là même que nous acquérons sur la terre par de pénibles efforts. Chaque sacrifice, chaque œuvre méritoire, chaque sacrement reçu constituent autant de degrés nouveaux de force et d'impétuosité, ajoutés à l'élan qui nous porte vers Dieu. En ce moment, l'énergie de cet élan est insensible ; elle est neutralisée par l'obstacle que lui opposent les liens du corps. Voyez cette pierre suspendue en l'air par une chaîne : elle est sans mouvement et semble avoir perdu toute tendance à descendre ; augmentez son poids, elle demeure encore immobile ; mais que la chaîne se brise, et vous verrez cette tendance se

manifester, avec une force rigoureusement proportionnée au poids que la pierre possédera au
moment de sa chute. Ainsi en sera-t-il de notre
cœur : quand les liens du corps viendront à se dis-
soudre, il tendra librement vers son centre qui
est DIEU, avec d'autant plus de force qu'il l'aura
plus ardemment désiré et plus généreusement
aimé durant cette vie.

La charité acquise sur la terre est donc, tout à
la fois, la première condition et la mesure de la
félicité du ciel. Si la félicité est le fruit de la
grâce, la charité en est la fleur ; si le bonheur
éternel est la couronne, la charité est la victoire.

IV

N'est-ce pas dire que le Cœur de JÉSUS est le
principe de l'une comme de l'autre? Sans lui,
comment aurions-nous pu jamais désirer la félicité surnaturelle? Comment aurions-nous même
pu la connaître? D'où nous est venu cet esprit
filial qui nous a enhardis à traiter DIEU comme
notre père? Cette ambition divine qui nous a
poussés à prétendre au céleste héritage, ces soupirs ineffables qui nous ont délicieusement tour-
mentés au sein de notre exil, ce dégoût immense
de tout le créé, et cette soif ardente de l'infini, ne
sont-ce pas là les résultats manifestes de l'in-

fluence du Cœur de Jésus? Trouvez donc quelque
chose de semblable dans les âmes même les plus
nobles qui n'ont pas connu Jésus-Christ? Voyez
ce que deviennent ces sentiments divins, dans les
cœurs qui les ont éprouvés durant leur pieuse
enfance, et que l'incrédulité ou le vice a ensuite
séparés du Cœur divin. Non, n'en doutons pas,
ce n'est pas d'un autre foyer que nous peut venir
cet amour vraiment surnaturel, qui nous fait désirer avec une ardeur toujours croissante la félicité
surnaturelle, et qui, en nous la faisant désirer
plus ardemment, nous met en état de la savourer
plus délicieusement. Le Cœur de Jésus est donc
vraiment, à ce premier point de vue, le principe
du bonheur céleste.

V

C'est par lui encore que se réalise la seconde
condition de ce bonheur, puisque c'est uniquement en vue de ce Cœur sacré que la bonté
divine répond à l'ardeur de nos désirs par la
communication de tous ses biens. Si le bonheur
céleste est le patrimoine et l'héritage de Dieu, il
est évident qu'il ne peut appartenir qu'aux enfants
de Dieu; mais il n'est pas moins évident que
l'honneur de la filiation divine ne peut nous être
accordé qu'autant que nous ne ferons qu'un avec
le Fils unique du Père céleste. Or, cette unité,

comment . pouvons-nous l'acquérir? Est-ce en vertu de notre nature ? — Blasphème ! Nous, fils de Dieu par nature, nous, pétris du limon et auxquels notre naissance n'a donné d'autre privilège que le péché ! Nous, qui sommes nés de la chair et qui avons été conçus dans l'iniquité !

Non, *par nature*, nous ne sommes que *des fils de colère*. Comment donc acquerrons-nous *la puissance de devenir des fils de* Dieu (Joan., I. 12), et comment pourrons-nous être incorporés à Celui qui seul est Fils de Dieu par nature?

C'est en recevant en nous l'Esprit de ce Fils unique, comme la greffe reçoit la sève de l'arbre sur lequel elle est entée. Dès lors, nous vivons de la vie de ce divin Sauveur : son Esprit nous inspire tous ses sentiments; *il nous rend témoignage que nous sommes les fils de* Dieu ; et il nous constitue, par conséquent, *les héritiers de* Dieu *et les cohéritiers de* Jésus-Christ (Rom. VIII, 15, 16). Dès lors, nous avons un droit strict au bonheur du ciel.

Dieu pouvait ne pas nous appeler à l'honneur d'être les membres de son Fils; mais, après nous avoir conféré cet honneur, il ne peut pas plus nous refuser son héritage qu'il ne peut le refuser à son Fils lui-même. Est-il possible, en effet, que le corps d'un Dieu ne soit pas tout entier dans la gloire? Est-il possible que ceux à qui a été communiquée la vie de Dieu ne reçoivent pas la communication de son bonheur? Et qu'est-ce donc que le bonheur, sinon la consommation de la vie?

VI

Que suit-il de là? Il suit que si DIEU répond à la soif immense de l'âme bienheureuse par la pleine communication de son infinie félicité, c'est uniquement en vue de l'union de cette âme avec le Cœur de JÉSUS; c'est parce que cette âme possède en elle-même l'esprit d'adoption dont ce divin Cœur est la source. Voilà dans quel sens saint Paul appelle ce divin Esprit le *gage* de notre héritage céleste; c'est qu'en même temps qu'il nous pousse à mériter la couronne du ciel, il nous donne l'assurance de l'obtenir.

Le Cœur de JÉSUS, en nous communiquant son Esprit, se prépare donc à réaliser pour nous la seconde condition de notre éternel bonheur.

De même qu'il est pour les habitants du ciel le principe du désir, il est aussi pour eux le principe de la possession. C'est par lui qu'ils s'élancent vers DIEU avec une force incomparable; c'est par lui aussi que DIEU se donne à eux avec une ineffable plénitude; c'est dans le Cœur de JÉSUS que leur faim immense trouve son immense rassasiement; c'est par lui que l'indigence sans bornes contracte, avec l'infinie richesse, cette union d'où naît l'éternelle félicité du ciel.

VII

Heureuses donc les âmes qui, dès cette vie, ont choisi leur habitation dans le Cœur de Jésus. Leur bonheur n'est pas encore le bonheur du ciel ; mais il en est le germe et le gage assurés.

Ces âmes possèdent dans leur union avec le Cœur de Jésus tous les éléments de cette félicité ; en lui, elles aiment Dieu d'un amour vraiment filial ; et en lui aussi, elles sont aimées de Dieu d'un amour vraiment paternel ; ce divin Cœur les prépare à son éternel héritage, et il leur en assure la possession. En augmentant sans cesse leurs désirs, il accroît leurs droits avec une proportion égale ; en les élevant vers Dieu par un amour tous les jours plus impétueux, il entraîne Dieu vers elles par un amour plus condescendant et plus libéral ; l'attraction devient plus puissante à mesure que la distance diminue ; la charité augmente ; les mérites s'accumulent ; ce sont des trésors de joie que le Cœur de Jésus amasse dans ces âmes, misérables aux yeux du monde, et dont elles seront mises en pleine jouissance par ce que le monde considère comme le comble de la misère, par la mort.

5

HISTOIRE

Dans une paroisse de Belgique, vivait un homme
livré aux plus honteux excès de l'ivrognerie.
Depuis plus de vingt-cinq ans, il ne cessait d'être
un sujet de profonde affliction pour ses frères et
sœurs. En 1864, un zélé missionnaire vint donner
un sermon sur la dévotion au sacré Cœur. Les
nombreux assistants l'écoutèrent avec un vif intérêt, mais l'un d'entre eux fut plus ému que les
autres : c'était le pauvre ivrogne. Son cœur, qui
avait été insensible en entendant les plus terribles
vérités, fut amolli par l'exposé que fit le ministre
de Dieu de toutes les amabilités du Cœur de
Jésus.

Il fondit en larmes, lorsqu'il entendit prononcer
cer ces paroles de Jésus-Christ : « *Les pécheurs
trouveront dans la dévotion à mon sacré Cœur
l'assurance de leur pardon. Mon Cœur est l'océan
infini de la miséricorde!* » A ce moment, l'infortuné sentit qu'il avait trouvé ce qu'il n'osait plus
croire possible, une miséricorde plus grande que
ses fautes, et une grâce plus puissante que ses
penchants. Son parti est pris... Immédiatement
après le sermon, il va se jeter aux pieds du prédicateur : « Mon Père, lui dit-il, j'ai beaucoup
péché ; mais vous m'avez touché le cœur ; je veux
me confesser. » Cette conversion fut aussi durable

qu'elle fut sincère. D'un seul coup, il brisa tous ses liens. Il renonça pour toujours à ses anciens amis, à ses compagnons de débauche, et il ne connut plus d'autre chemin que celui de l'église. *Il communiait au moins tous les quinze jours.*

La paroisse était fort surprise de ce changement. Le Cœur de Jésus, qui avait opéré cette belle conversion, se hâta de la couronner.

Un an après, la paroisse recevait la grâce d'une mission. Le converti assista à tous les exercices. Il ne pouvait entendre parler de l'amour de Dieu et de l'ingratitude des pécheurs sans verser d'abondantes larmes... Pendant une instruction du matin, il sentit le désir irrésistible d'aller immédiatement se confesser, et de recevoir ensuite la sainte communion. La multitude des fidèles qui assiégeaient les confessionnaux ne lui permit pas de satisfaire sa dévotion avant l'heure de midi. Tout porte à croire qu'il avait le pressentiment de sa fin prochaine. Étant rentré chez lui, il monte directement à sa chambre et s'étend sur son lit.

Quand on vint pour s'enquérir de ce qu'il était devenu, on le trouva endormi dans le Seigneur !... En rassemblant les circonstances extraordinaires de cette mort, on ne peut douter que notre converti ne soit allé, après sa communion, s'unir au Cœur de Jésus, qu'il aimait si tendrement.

DIXIÈME JOUR

Le Cœur de JÉSUS rend la loi de DIEU aimable [1]

> *Jugum meum suave est et onus meum leve.*
>
> Mon joug est suave et mon fardeau est léger.　　　　　(Marc., XI, 30.)

JÉSUS-CHRIST est vérité, mais son divin Cœur est la chaire d'où il fait entendre ses leçons. Que de leçons utiles et pratiques ne descendent pas de cette chaire de vérité! Nous en avons déjà recueilli plusieurs; il nous faut aujourd'hui recevoir un enseignement de la plus haute importance pour la direction de notre vie, car ce Cœur divin va nous faire comprendre la souveraine amabilité de la loi de DIEU.

On le voit, dès le principe, il ne s'agit de rien moins que de saisir le vrai point de vue de la loi chrétienne.

Cet enseignement est le dernier de tous ceux que le Cœur de Jésus adresse à nos intelligences, en tant qu'il est notre vérité; et il nous prépare par là à recevoir les leçons toutes pratiques qu'il

[1] *Messager*, t. VI, p. 249 à 256.

va bientôt donner à nos cœurs, en tant qu'il est notre voie. C'est la conclusion de tout ce que nous avons dit jusqu'à ce moment et le principe de tout ce qui nous reste à dire.

Il est très important que cette leçon soit bien comprise. Il ne s'agit de rien moins, en effet, que d'envisager l'Évangile sous son vrai jour, de nous convaincre que les maximes les plus sévères de cette divine loi n'ont rien que de souverainement glorieux et de souverainement avantageux pour nous ; d'acquérir l'intelligence de ces sentences si mystérieuses et si contradictoires en apparence, qui reviennent si souvent sur les lèvres du divin Maître : qu'il faut mourir pour vivre, perdre son âme pour la sauver, se haïr pour s'aimer véritablement, porter sa croix pour trouver le repos.

Ce vrai point de vue, qui ôte à l'Évangile tout ce qu'il a d'effrayant et qui en rend aimables les rigueurs mêmes, c'est le point de vue du Cœur de Jésus. On ne peut bien comprendre la loi chrétienne qu'autant qu'on l'envisage à la lumière de ce divin Cœur.

I

La loi chrétienne a deux aspects : d'un côté, elle nous présente une vérité infinie à connaître, un bien infini à aimer, un bonheur infini à espérer ; elle se résume dans les deux grands préceptes qui nous ordonnent d'aimer Dieu souverainement, et d'aimer le prochain pour Dieu. Tout cela n'a rien que de facile et d'attrayant pour nous; et l'Évangile, envisagé par ce côté, répond aux besoins les plus intimes et aux tendances les plus irrésistibles de notre nature. Qu'y a-t-il, en effet, de plus naturel à l'homme que le désir de connaître la vérité, d'aimer le bien, de jouir du bonheur?

Mais, à côté de ces préceptes si attrayants, il en est d'autres qui épouvantent. Il faut se renoncer soi-même, se détacher des créatures, s'humilier, se mortifier. Voilà ce qui rend le joug de la loi évangélique si onéreux aux impies et si lourd pour les chrétiens eux-mêmes.

Combien l'acquisition de la perfection chrétienne deviendrait plus facile, si on pouvait adoucir les rigueurs du renoncement et rendre aimable ce qui, aux yeux du plus grand nombre, n'a rien que d'effrayant !

C'est l'inappréciable avantage que nous procurera une connaissance plus intime du Cœur de Jésus.

Étudiée dans ce divin Cœur, cette loi du renoncement, si dure en apparence, nous apparaît sous un jour tout nouveau. Elle se montre à nous comme le plus glorieux des privilèges; comme le plus frappant et le plus sublime de tous les traits de ressemblance qui nous rapprochent de Jésus-

CHRIST; comme la reproduction, dans chaque
chrétien, des rapports ineffables qui unissent la
sainte humanité du Sauveur avec la divinité.

Ce sont là de grandes paroles; un peu de réflexion va nous convaincre que ce sont aussi de
grandes réalités. Cherchons à nous rendre compte
des rapports que l'Incarnation du Verbe de DIEU
a établis entre cette divine personne et la nature
humaine, dont il se revêtait par amour pour nous.
Il nous sera facile ensuite de comprendre que la
loi du renoncement évangélique nous fait entrer
avec DIEU dans des rapports analogues.

II

En unissant la sainte humanité du Sauveur à la
personne du Verbe, DIEU s'est mis dans la nécessité de ne plus séparer la gloire de cette sainte
humanité de sa propre gloire; il lui a transféré
tous ses droits sur la création; l'Homme-DIEU a
été constitué le souverain seigneur de toutes choses; les anges ont reçu l'ordre de l'adorer. Dès le
moment où il a été introduit dans la création,
tous les êtres qui la composent sont tenus à le
glorifier, comme ils doivent glorifier DIEU lui-
même; et la toute-puissante Providence de DIEU
dirigera tous les événements du monde vers le
complet triomphe de ce divin Sauveur.

Mais en retour de cette nécessité que DIEU s'im-

pose à lui-même, de confondre tous ses intérêts
avec les intérêts de la sainte humanité du Sauveur, cette sainte humanité elle-même est réduite
à une véritable impossibilité de jamais séparer
ses intérêts des intérêts de la divinité. Telle est
la loi imposée au Cœur de Jésus, dès le premier
moment de son existence : aimer DIEU de toutes
ses forces, et renoncer à tout intérêt propre distinct de l'intérêt de DIEU.

Ce renoncement est complet, absolu, irrévocable. La sainte humanité du Sauveur n'a jamais
et ne pourra jamais avoir ni fin propre, ni intérêt
propre, ni action propre, ni subsistance propre ;
elle subsiste plus parfaitement qu'aucune autre
créature ; elle agit plus spontanément et plus
énergiquement qu'aucune faculté créée ; elle a des
intérêts immenses et une fin magnifique ; mais
son existence, son action, ses intérêts et sa fin ne
lui appartiennent pas ; elle ne s'appartient pas à
elle-même, et elle n'a pas *de moi* à elle. Cette
sorte d'indépendance personnelle que possède
l'homme, et dont l'animal et le végétal ne sont
pas entièrement privés, l'humanité du Sauveur
en est complètement dépouillée. Ce dépouillement
est-il pour lui une grande perte? Qui oserait le
penser, et qui ne voit au contraire qu'il est, pour
cette adorable humanité, la condition de toutes
ses gloires? Si JÉSUS-CHRIST avait un moi humain,
comment pourrait-il dire : « Je suis DIEU? »

III

Or, ce qui est pour la sainte humanité du Sauveur une nécessité irrésistible, résultant de son union hypostatique avec la divinité, devient pour nous une obligation glorieuse, en vertu de notre incorporation à ce divin Sauveur.

Pour nous comme pour lui, le renoncement à toute fin propre et indépendante est la condition nécessaire de la possession de Dieu.

Jamais, il est vrai, nous n'arriverons à cette union avec la divinité, qui est la prérogative incommunicable de l'Homme-Dieu; mais aussi le renoncement qui nous est imposé ne sera jamais aussi absolu. Toujours, même au ciel, où, suivant l'expression de l'Écriture, nous ne ferons plus avec Dieu qu'un même esprit, nous aurons notre personnalité distincte, notre moi propre. Mais il dépend de nous de rendre et notre existence et notre action de plus en plus dépendantes de la volonté et de l'action de Dieu, et d'approcher ainsi, de plus en plus, du renoncement du Cœur de Jésus. Plus nous approcherons de ce renoncement à notre être propre, plus nous entrerons en participation de l'être de Dieu.

Pour nous donc, comme pour Jésus-Christ, la loi divine se borne à ces deux glorieux devoirs :

5.

aimer Dieu de toutes nos forces et renoncer à tout
ce qui nous priverait de Dieu.

Avons-nous quelques motifs de repousser une
loi semblable? Est-il trop dur d'aimer la bonté
infinie? Est-ce un sacrifice trop pénible que celui
qui nous prive du néant pour nous remplir de
Dieu? Pourrions-nous concevoir que le Cœur de
Jésus, au moment où la loi de sa création lui fut
manifestée, eût repoussé cette loi, et refusé d'accepter les gloires de la divinité, au prix du renoncement qui était exigé de lui? Mais nous,
avons-nous plus de raison de refuser cet échange
et de répudier le contrat que Dieu nous propose?

IV

Combien le renoncement chrétien, ainsi étudié
dans le Cœur de Jésus, devient doux et glorieux!
Nous n'avons plus de peine maintenant à comprendre ces paroles du divin Maître : « Que celui
qui veut venir avec moi se renonce lui-même. » Il
y a en nous deux êtres, deux moi, non seulement
distincts, mais ennemis : un être humain qui nous
vient du néant, et un être divin qui nous vient de
Jésus-Christ. Chacun de ces êtres a ses inclinations qui luttent sans cesse les unes contre les
autres. Notre perfection, notre paix, notre bonheur, non seulement pour la vie à venir, mais

encore pour la vie présente, dépendent du complet assujettissement de l'être humain et des inclinations charnelles à l'être divin et aux mouvements de l'Esprit de Jésus-Christ. Rien n'est donc plus évident que cette nécessité de renoncer à notre moi misérable, et rien n'est plus évidemment avantageux que ce renoncement.

Oui, vraiment, il faut perdre notre âme dans ce qu'elle a d'animal et de terrestre, pour la trouver dans la satisfaction de ses aspirations célestes et divines. Comme le grain de blé, nous portons en nous, avec une enveloppe visible et grossière, un germe vital qui échappe aux sens, mais qui n'en est pas moins réel. En nous, comme dans le grain de blé, le germe vital ne peut se développer qu'aux dépens de l'enveloppe. Si le grain de blé, quand on le jette en terre, refusait de laisser mortifier son enveloppe, il se condamnerait par là-même à la pire de toutes les morts, à la stérilité. Il ne peut porter du fruit, revivre et se multiplier lui-même qu'à la condition de subir la mort. C'est la touchante comparaison que le divin Maître emploie lui-même, pour nous faire comprendre et la nécessité et les effets du renoncement chrétien. Mais encore une fois, qu'y a-t-il là qui ne soit souverainement glorieux et souverainement avantageux pour nous?

V

N'est-il pas vrai qu'envisagé de la sorte le joug du divin Maître est doux et son fardeau léger ? Oui, sûrement, il est doux de se dépouiller des haillons de la misère, pour se revêtir des richesses de la divinité. Il est doux de donner le néant, pour recevoir en échange l'infini ; il est doux de cesser de vivre en homme, pour ne plus vivre que de la vie de Jésus-Christ.

Voilà le jour souverainement consolant sous lequel nous apparaît la loi évangélique, prise par son côté même le plus sévère, lorsqu'elle est envisagée de son vrai point de vue. Ne quittons plus ce point de vue, à l'avenir. Voyons cette divine loi comme la voyait Jésus-Christ lui-même, et nous n'aurons pas de peine à l'aimer comme il l'aimait. Souvenons-nous que pour nous, comme pour lui, il ne s'agit que de préférer, en nous, ce qui est souverainement estimable à ce qui est souverainement méprisable, notre être divin à notre être humain. Si nous savons faire ce choix et le réduire en pratique, tout est gagné. Dès lors, en effet, nous ne tiendrons aucun compte des intérêts passagers de notre néant, de sa gloire présente, de ses satisfactions sensibles, mais nous nous préoccuperons uniquement de la gloire, du bon plaisir, des intérêts de DIEU. C'est ainsi qu'a toujours agi le Cœur de JÉSUS. Comment ne nous contenterions-nous pas de ce qui a pleinement suffi à son bonheur? Dès lors aussi, nous renoncerons à jamais à agir de nous-mêmes, mais nous nous soumettrons pleinement à l'action de DIEU, nous attendrons son impulsion, et, une fois sa volonté connue, nous lui prêterons la coopération la plus généreuse. Telle a été la dépendance du Cœur de JÉSUS à l'égard du divin Esprit; pourrions-nous trouver trop humiliante une sujétion où le Cœur de l'Homme-DIEU a trouvé sa gloire?

Dans l'accomplissement de ces deux devoirs consiste toute la perfection. Mais précisément parce qu'ils sont d'une importance si capitale, le Cœur de JÉSUS ne se contente pas de nous les faire comprendre, il nous en fournit encore, dans son existence entière, le modèle parfait. Et c'est ainsi qu'il n'est pas seulement notre *vérité*, mais encore notre *voie* [1].

HISTOIRE

O JÉSUS! on me demande de parler, de dire comment je suis redevenu chrétien. On m'affirme que c'est pour la gloire de votre sacré Cœur... Dès lors, comment résister?... Je parlerai donc,

[1] *Messager*, t. VI, p. 249 à 256.

et puissent beaucoup de pécheurs que je connais, qui sont mes amis, dont l'âme m'est infiniment chère, se convertir comme moi !

De ma première enfance, il ne me reste que des souvenirs très vagues ; cependant, je vois toujours une grande image qui surmontait la statue de la Vierge, et devant laquelle ma mère me faisait prier : c'était Jésus montrant son Cœur. Cette image me fascinait, en quelque sorte, parce que ma mère me disait : « Jésus te voit et si tu n'es pas sage, il te chassera de son Cœur. » Le soir de ma première communion, quand, selon la coutume, nous nous agenouillâmes pour la prière en famille, je promis bien à Jésus de l'aimer toujours ; en retour, je lui demandai de me garder dans son Cœur... Mais, hélas ! les passions l'emportèrent bientôt — je le dis pour l'instruction des jeunes gens — je fus victime de ces deux fléaux terribles qui, de nos jours, les font mourir, presque tous, à la vertu et à l'honneur : les mauvaises compagnies et les lectures dangereuses. A vingt ans, j'étais le premier débauché de ma ville natale.

Pendant trente ans, j'ai entassé crimes sur crimes !... Je fus soldat, et Dieu sait la vie que j'ai menée...; on m'envoya en Afrique, à cause de ma mauvaise conduite... N'osant plus me montrer à ma famille, j'y restai longtemps ; il fallut revenir cependant. Que faire ? Me voilà ouvrier errant, cherchant de l'ouvrage de ville en ville, obligé parfois de tendre la main, couvert de honte. J'étais descendu aux derniers degrés de l'impiété, je me traînais dans la fange des passions. Ah! je rougis en écrivant ces lignes. Mais c'est pour la gloire de votre sacré Cœur, ô Jésus!...

Paray-le-Monial, comme par hasard, se trouve sur ma route. La ville était en fête; des oriflammes brillaient aux fenêtres, des arcs de triomphe étaient dressés, une foule immense remplissait les rues, l'air retentissait d'un chant qu'il me semble entendre encore : « Dieu *de clémence*, ô Dieu *vainqueur!...* » Surpris, je m'adresse à une pauvre femme : « Qu'est-ce donc, lui demandai-je? — Comment! vous ne savez pas? C'est le grand pèlerinage de... — Ah!... Quel pèlerinage? Pourquoi faire? — Mais pour honorer le sacré Cœur de Jésus. — Le Cœur de Jésus! Où est-il donc, peut-on le voir?... — Vous savez bien que non; mais il s'est manifesté à une religieuse de la Visitation, à la B. Marguerite-Marie; il lui a recommandé de le faire honorer par les hommes. — Où est-elle, votre Visitation? » Et, sur les indications de la pauvre femme, je me dirige de ce côté; tous les sarcasmes lus dans les journaux de cabarets contre les pèlerinages me revenaient à l'esprit; je regardais avec ironie ces hommes qui marchaient gravement, une croix rouge sur la poitrine, et, malgré tout cela, j'éprouvais une certaine émotion. En passant à côté d'un groupe de jeunes gens, je suis frappé de ces paroles :

> Pitié, mon Dieu, pour tant d'hommes fragiles
> Vous outrageant sans savoir ce qu'ils font ;
> Faites renaître, en traits indélébiles,
> Le sceau du Christ imprimé sur leur front.

J'arrive à la Visitation ; je veux pénétrer dans la chapelle, mais elle est pleine. En attendant que la foule fût écoulée, je regardais autour de moi ; à quoi pensai-je ? Je ne m'en rends pas compte. Mes regards étaient attirés par de grands tableaux en toile blanche, sur lesquels des inscriptions étaient gravées en lettres rouges. Je lis : « Promesses de Notre-Seigneur Jésus-Christ à la B. Marguerite-Marie. » Je passe d'un tableau à l'autre, c'étaient des phrases absolument vides de sens pour moi, des mots auxquels je ne comprenais rien : grâce, ferveur, miséricorde, tiédeur, perfection !... Mais, tout à coup, une ligne me frappe : « Je donnerai aux prêtres le talent de toucher les cœurs les plus endurcis. »

Toute mon impiété me saisit. Toucher les cœurs les plus endurcis ! Voilà ce qu'ils écrivent. Eh bien !... nous verrons..., pourquoi ne pas essayer ? Prenons-les au mot. Demandons un prêtre. Quelle parole pourra bien lui être inspirée pour toucher un cœur endurci comme celui-là..., et je ricanais en me frappant la poitrine.

Au même moment, une religieuse passait à côté de moi ; je me retourne brusquement : « Je voudrais parler à un prêtre, à un prêtre de Paray-le-Monial. » Elle m'introduit dans une petite chambre, dont les murs blanchis à la chaux portaient des inscriptions noires ; je n'y fais pas attention. J'avais ma fameuse phrase comme une arme invincible contre tous les pèlerins du monde, et je répétais en riant : « Je donnerai aux prêtres le talent de toucher les cœurs les plus endurcis ! » Que va-t-il me dire ?

Bientôt un prêtre entre. Nous sommes en face l'un de l'autre. Quelques secondes s'écoulent... Il me regarde, attendant que je lui parle. Moi, je n'avais, dans tout mon être, que l'impiété et l'ironie, et pourtant un tremblement passager me saisit. Le prêtre s'en aperçoit : « Eh bien ! mon ami, » me dit-il. — Ce seul mot me rend tout mon aplomb et toute mon arrogance. « Votre ami !... Ah ! vous ne me connaissez guère ; je n'ai pas la foi, moi ! Je ne crois pas un mot de tout ce que vous dites, de tout ce que vous écrivez. Appelez-moi excommunié, mécréant, païen, tout ce que vous voudrez, mais votre ami ! à d'autres... »

Longtemps je lui parle sur ce ton. La phrase lue sur le tableau blanc retentissait à mes oreilles, avec l'ironique question : que va-t-il me dire ? Le prêtre était devenu pâle, mais pas un geste d'indignation ne s'était manifesté en lui. Sans répondre à mes propos impies, il me fait de nombreuses questions. Je riais..., il le voyait bien, mais il ne comprenait pas le signe de tête qui accueillait toutes les demandes, et qui voulait dire : ce n'est pas cela ! J'étais vainqueur..., je triomphais. J'allais éclater de rire et lui avouer tout..., quand soudain... ah ! j'en frémis encore : « Mon ami, avez-vous toujours votre mère ? » DIEU ! quelle réaction se produit en moi ! Cœur de JÉSUS, vous m'attendiez là ! Mon cœur se fond, les larmes jaillissent, mon corps tremble. « Ma mère ! Vous me parlez de ma mère ! Mais c'est vrai !... Le sacré Cœur de JÉSUS ! Oh ! je vois l'image devant laquelle je m'agenouillais, petit enfant, à côté de ma mère !... Je relis ces lignes que sa main mourante m'a écrites, malheureux ! auxquelles je ne fis presque pas attention : « Mon enfant, je t'écris de « mon lit d'agonie, je meurs du chagrin que tu « m'as causé. Je ne te maudis pas, parce que j'ai « toujours espéré que le sacré Cœur de JÉSUS te « convertirait. » Oh ! ma mère !... Tenez, monsieur, j'avais lu, à l'entrée de la chapelle, que le Cœur de JÉSUS donnait aux prêtres le talent de toucher les cœurs les plus endurcis. J'étais venu pour savoir ce que vous me diriez, pour me moquer de vous. Je le sens, vous m'avez converti. »

Le prêtre était tombé à genoux, il priait et pleurait. Quand j'entrai dans le sanctuaire du Sacré-Cœur, ce fut pour aller me prosterner dans un confessionnal. Ce fut, quelques jours après, pour m'approcher de la Table sainte. Et maintenant, que tout cela soit pour la gloire de votre sacré Cœur, ô Jésus !

Prêtres, aimez le sacré Cœur, et vous convertirez des âmes.

Mères de famille, qui pleurez sur les égarements de vos fils, priez pour eux le sacré Cœur de Jésus.

ONZIÈME JOUR

Le Cœur de JÉSUS réunit toutes les amabilités du ciel et de la terre [1].

Hic est Filius meus dilectus in quo mihi bene complacui.

Celui-ci est mon Fils bien-aimé en qui j'ai mis toutes mes complaisances.

(Matth. III, 17.)

I

Jusqu'à ce jour, nous avons essayé d'esquisser quelques-unes des prérogatives du Cœur de Jésus. Que d'autres prérogatives que nous ne pouvons pas même indiquer ici! Et dans celles que nous avons indiquées, combien d'aspects lumineux ne sommes-nous pas contraint de laisser dans l'ombre! Nous exhortons vivement les pieux fidèles à méditer et à approfondir cette matière si féconde et si pratique.

Aujourd'hui, nous allons résumer en un seul mot les gloires de ce divin Cœur, en montrant qu'il réunit en lui toutes les amabilités du ciel et de

[1] *Messager*, t. 1, p. 406 à 417.

la terre, tout ce qui peut attirer l'amour de DIEU et des hommes.

La perfection infinie de sa nature impose à DIEU la nécessité de s'aimer infiniment et de n'aimer rien qu'en lui. Souverainement glorieuse pour le Créateur, cette nécessité est souverainement avantageuse pour ses créatures. N'étant par elles-mêmes que néant, elles ne pourraient être aimées pour elles-mêmes. En DIEU, au contraire, elles avaient, avant même d'être créées, une existence qui se confondait avec l'existence de DIEU. *Tout ce qui a été fait*, dit saint Jean, *était vie en* DIEU, avant même d'être fait. De toute éternité, le Créateur contemplait et aimait infiniment, en lui-même, cette image infiniment parfaite de ses créatures, et quand il s'est déterminé à créer, il n'a eu autre chose en vue que de reproduire, hors de lui, quelques-unes de ces perfections infiniment variées qu'il rassemble dans l'unité de sa nature.

Mais ce dessein ne pouvait se réaliser en un moment ; car, c'est la condition propre de la créature d'exister successivement et de ne se développer que par degrés. Aussi ne sera-ce qu'après plus de quatre mille ans, après une série d'ébauches de plus en plus parfaites, que ce grand travail atteindra son terme. C'est lorsque, dans le sein de la B. Vierge MARIE, la vertu du divin Esprit a produit le Cœur de JÉSUS, c'est ce jour-là seulement que DIEU a trouvé enfin dans la création ce qu'il y cherchait, un objet digne de toutes ses complaisances et sur lequel pût se reposer la plénitude de son amour.

La création a reçu alors son couronnement divin ; et dans ce Cœur souverainement aimable tous les traits de la divine image, répandus dans l'immense étendue des mondes, ont été rassemblés, comme dans le chef-d'œuvre d'un peintre sont rassemblées les beautés dispersées dans ses premières études. Dieu avait commencé par créer les éléments qui reproduisent dans une certaine mesure son être et son étendue ; puis à cette matière il avait donné diverses formes, images de son unité et de sa beauté ; il avait ordonné à la terre de produire les plantes qui participent, quoique dans un degré encore bien inférieur, à sa vie divine, au pouvoir qu'il a d'agir au-dedans de lui et de se reproduire dans un autre lui-même ; les animaux avaient de plus reçu le pouvoir de connaître et de désirer ; mais ce n'était encore qu'une connaissance bien imparfaite et un désir bien grossier : ce n'est qu'en produisant l'homme que Dieu a pu contempler, dans la création, une vive image de son intelligence et de son amour ; le cœur d'Adam a pu donner à Dieu cette satisfaction que recherche nécessairement tout amour vrai : la satisfaction de produire un amour mutuel.

II

Mais dans cet amour du premier homme, DIEU se retrouvait-il tout entier? Était-ce là le chef-d'œuvre capable de satisfaire pleinement les ambitions du divin Ouvrier? Oh! ne le pensons pas. Adam est sans doute innocent et pur; son cœur n'éprouve encore aucune inclination désordonnée; il a même reçu la grâce surnaturelle qui accroît infiniment la dignité de sa nature raisonnable; c'est vraiment une œuvre divine, mais ce n'est pourtant que le premier rudiment de la création divine, comme l'herbe des champs a été le premier essai de la création vivante. DIEU ne va donc pas s'arrêter là; il ne peut encore se déclarer satisfait; son amour veut une perfection incomparablement plus grande, une ressemblance incomparablement plus complète. D'ailleurs, voilà Adam tombé, voilà la divine ressemblance effacée; il faut donc que le céleste Ouvrier se remette à l'œuvre, et fasse éclater sa puissance dans la réparation de cette chute.

C'est ce qu'il va faire, en effet, et ç'a été là son travail durant les six premiers âges du monde; durant ces six longs jours de la création surnaturelle, DIEU a cherché un homme selon son Cœur, qui remplît dans toute leur plénitude les désirs de son amour. Un grand nombre d'hommes ont ré-

pondu à son appel ; chacun d'eux a réalisé quelques-unes des conditions de la grande œuvre de la
Providence ; chacun a porté en lui-même quelques
traits de la divine image, mais l'œuvre complète
est encore à faire ; toutes ces vivantes effigies de
Dieu laissent paraître, par quelque côté, le limon
souillé dont elles sont pétries ; le divin amour ne
peut encore se reconnaître pleinement dans aucun de ces portraits. Enfin, il se met une dernière
fois à l'œuvre : la Vierge immaculée fournit à la
réalisation du céleste idéal une matière qui ne
participe en rien à la corruption originelle ; un
Cœur est formé dans lequel est répandue, dès le
premier instant de sa formation, la plénitude du
divin Esprit ; et le Verbe de Dieu, l'image éternelle de l'éternelle beauté prend, dès cet instant,
ce Cœur pour qu'il ne fasse qu'un avec lui, et pour
qu'il lui appartienne par la plus absolue de toutes
les propriétés. Le Cœur de Jésus est créé, et c'est
le Cœur d'un Homme-Dieu.

III

Ah ! maintenant, rien ne peut plus empêcher le
divin amour de se déclarer satisfait ; maintenant,
ses complaisances peuvent se reposer sur son
œuvre ; maintenant, sans sortir de l'infinie perfection de Dieu, il peut aimer sans mesure l'image

créée de cette divine perfection. Car, dans le Cœur
de Jésus, l'image se confond avec le céleste modèle ; en lui, les perfections de la divinité se trouvent réunies à toutes les amabilités de la création. Ce Cœur divin possède l'être comme tous
les éléments, la vie comme les plantes, le sentiment comme les animaux, l'intelligence et l'amour
comme les anges ; toutes les vertus des Patriarches et toutes les lumières des Prophètes sont
rassemblées en lui ; il a reçu, dans sa création,
tout ce qu'une créature peut acquérir de forces et
de mérites ; et de plus, il possède, non pas sans
doute par la confusion des natures, mais par
l'unité réelle de la personne, la lumière du Verbe
de Dieu, et toutes les ardeurs du divin Esprit, qui
est l'Esprit propre du Fils de Dieu.

Il ne reste plus désormais autre chose à faire,
dans le monde, que d'amener tous les cœurs
humains à reproduire en eux-mêmes la ressemblance du Cœur de Jésus, comme ce divin Cœur
reproduit en lui la ressemblance de la divinité ;
à s'unir à lui par l'unité libre de la grâce, comme
il est uni au Verbe de Dieu par l'unité de la personne. Ce sera le but de la Providence dans la
seconde partie de l'existence de l'humanité. L'édifice divin devra s'étendre ; le corps mystique du
Sauveur devra croître ; la famille des enfants de
Dieu devra produire d'innombrables rejetons ;
l'image de la divine beauté devra se multiplier

5..

dans d'innombrables copies ; mais déjà le chef-
d'œuvre est achevé, l'édifice a reçu son couronnement ; le corps divin possède son chef et son cœur,
le principe de son mouvement et le principe de
sa vie ; la famille de Dieu sur la terre a un père
semblable à elle, comme il est égal à Dieu ; et de
même que, par le Cœur de Jésus, l'amour de Dieu
peut descendre sur les hommes sans sortir de la
divinité, l'amour des hommes peut remonter vers
Dieu, sans sortir de l'humanité.

IV

C'est la seconde merveille du Cœur de Jésus :
car, s'il rend l'humanité infiniment aimable pour
Dieu, il rend Dieu souverainement aimable pour
l'humanité. Ce n'est pas sans doute que Dieu, en
prenant un cœur de chair semblable au nôtre, ait
acquis en lui-même une amabilité qu'il ne possédait pas auparavant. Dieu possède par essence
toutes les amabilités, et il les possède dans un
degré infini. Mais l'infinité même de son amabilité le dérobait à notre amour. Car, composés d'un
corps et d'une âme, et vivant malheureusement
par les sens beaucoup plus que par la raison,
nous ne pouvons aimer que ce que nous pouvons
saisir par les sens, aussi bien que par la raison.
Or, l'amabilité divine, aussi longtemps qu'elle de-

meurait renfermée dans les splendeurs des saints, échappait complètement à nos sens et ne se laissait guère plus approcher par notre raison. D'ailleurs, notre amour a des exigences que l'amabilité infinie de Dieu semblait incapable de satisfaire. Nous recherchons dans l'objet aimé une certaine égalité; et comment Dieu, tant qu'il restait Dieu, pouvait-il devenir l'égal de l'homme? Nous voulons que celui qui aspire à être salué par notre cœur du nom d'ami achète ce titre par la générosité du dévouement, par l'héroïsme du sacrifice; et comment Dieu pouvait-il se dévouer, se sacrifier pour sa créature?

Non, tout infini qu'il était dans sa puissance, et à cause de son infinité même, il ne pouvait rien de tout cela; mais en prenant un cœur de chair, il a acquis ce triple pouvoir que sa nature propre lui refusait.

V

Son amabilité, sans rien perdre de son infinie perfection, nous est devenue accessible. Celui qui se cachait aux yeux des plus purs esprits, dans les profondeurs des cieux, s'est montré à nous sur la terre revêtu d'une nature mortelle; nous l'avons vu dans une crèche, et les animaux eux-mêmes ont pu voir avec nous leur invisible Créateur. Son amour a emprunté, pour se faire comprendre à nos cœurs, les bégaiements de notre humain langage, comme l'amour d'une mère emploie, pour se rendre intelligible à son enfant, les sons à peine articulés que forment ses lèvres naissantes. Nous avons vu ses joues divines se colorer de toutes les nuances de la plus vive sensibilité, et de ses yeux nous avons vu couler des larmes qui, mieux que toutes les paroles, nous ont dit comment il nous aime.

Ah! si maintenant nous n'aimons pas celui qui nous a aimés, nous ne nous rejetterons pas du moins, pour excuser cette monstrueuse indifférence, sur la sensibilité de notre cœur et sur l'impossibilité d'atteindre à la sublimité du céleste amour. Le Cœur de Jésus nous ravit cette excuse, puisqu'en lui cet amour, inaccessible dans sa sublimité, s'est fait chair pour se laisser embrasser par notre infirmité.

VI

En lui aussi, Dieu accomplit la seconde exigence de notre amour : il se fait notre égal, afin que rien ne nous empêche de l'appeler notre ami. Rien ne semblait plus impossible, et pourtant rien n'était plus nécessaire. Car si Dieu fût resté assis sur ce trône lumineux où David le vit, entouré des adorations de ses Anges, nous aurions pu, nous aussi, l'adorer comme notre créateur et le servir comme notre souverain maître, mais nous n'aurions sûrement pu le traiter comme ami. Et pourtant c'est ce qu'il voulait. Comme créateur et comme maître, il avait assez de l'obéissance passive des créatures matérielles ; il attendait de nous un hommage plus spontané et une gloire plus semblable à celle qu'il reçoit, en lui-même, de l'intime union des personnes de sa Trinité. Aussi, n'a-t-il pas hésité à accomplir la condition imposée à toute amitié véritable : produire l'égalité, quand elle ne la suppose pas. Ici, l'amitié de Dieu pour l'homme ne supposait, avant elle, qu'une inégalité infinie. La première effusion comble cet abîme ; elle fait Dieu notre égal, afin que, par un second effort, il lui soit plus facile de nous faire semblables à Dieu. Le Cœur de Jésus est l'organe de cette double manifestation du divin amour. Par sa production même, il a fait Dieu notre égal, *in similitudinem hominum factus ;* et la générosité de ce divin Cœur a été si loin, qu'elle ne lui a permis d'accepter aucun des privilèges de la divinité qui auraient pu rendre notre union avec lui plus difficile. Tout en étant homme comme nous, il aurait pu être impassible, glorieux, immortel, inaccessible aux contrariétés et aux épreuves, il a mieux aimé être passible, mortel, humilié, souffrir toute sorte d'épreuves et de douleurs. Pourquoi ? Parce que, voulant être notre ami, il devait être notre égal, *tentatus per omnia pro similitudine.*

VII

Comment douter, maintenant, qu'il ne nous devienne facile d'acquérir, par la vertu de ce divin Cœur, la parfaite ressemblance de sentiments et de conduite qui doit être le fruit de cette ineffable identité de nature? Pourrait-il en coûter davantage, à l'amour de ce divin Cœur, de faire des hommes semblables à l'Homme-Dieu, que de rendre Dieu semblable à l'homme pécheur?

Ce résultat sera d'autant plus facile à réaliser que, par le Cœur de Jésus, l'amour divin accomplit avec plus de générosité la troisième exigence de l'amitié. Après s'être rendu *sensible*, après nous être devenu *semblable*, il se dévoue et *se sacrifie* pour notre bonheur.

C'était déjà un étonnant excès que cette égalité établie entre le Créateur et la créature, entre l'infini et le néant; mais l'amour peut aller encore plus loin. La preuve suprême de dévouement, le suprême effort de l'amitié, c'est la destruction de son être, librement acceptée pour compléter la vie et assurer le bien-être de l'objet aimé. Dieu veut à tout prix être appelé notre ami; il veut nous arracher notre amitié, nous mettre dans une sorte de nécessité de la lui donner librement; il se sacrifiera donc, et le cœur de chair qu'il prend pour s'unir à notre cœur n'aura sur la terre d'autre emploi, d'autre fonction que' celle de victime. L'immolation du corps ne durera que quelques jours ; l'immolation du cœur durera autant que la vie même du Sauveur. Le premier autel de ce sacrifice sera le sein même de MARIE ; le premier gémissement de la victime sera la première palpitation du divin Cœur ; toutes les facultés de l'âme sainte du Sauveur serviront d'instruments à cette passion intérieure, cent fois plus cruelle que la passion extérieure produite par les fouets de la flagellation et les clous des bourreaux. Et quand la lance du soldat aura fait sortir de ce Cœur, si prodigue de lui-même, les dernières gouttes de sang que la mort y avait laissées, l'immolation ne cessera pas ; c'est alors, au contraire, que commencera une immolation nouvelle qui reproduira, à tous les instants de la durée et sur toutes les zones du globe, la scène sanglante du Calvaire.

VIII

Et jusqu'à la fin des siècles, chacune des générations qui se succèderont, sur la terre, recevront du Cœur de JÉSUS cette suprême preuve de l'amour, et, en voyant un DIEU se faire victime pour leur salut, elles seront bien contraintes d'avouer qu'il les aime. Mais sera-ce là l'unique résultat d'une aussi ineffable générosité ? Est-il possible de croire à tant d'amour sans éprouver tout à la fois un double regret : le regret de le voir si peu compris par les hommes, et de le comprendre si peu soi-même? Qu'un Dieu nous ait tant aimés, c'est déjà un grand mystère ; mais qu'après avoir tant aimé sa créature, il en soit si peu aimé, c'est un mystère plus inintelligible encore.

Consolons-nous pourtant. Si le Cœur de Jésus est si peu aimé sur la terre, il trouve au ciel des cœurs moins insensibles. Si la société des pécheurs le méprise, la société des Anges et des Bienheureux, mille fois plus grande et plus glorieuse, l'entoure de ses hommages, et si nous-mêmes, aussi longtemps que nous sommes mêlés aux pécheurs, nous ne partageons que trop leur ingratitude, quand nous nous prendrons notre place au milieu des Saints, nous le dédommagerons par notre amour.

Ah! quand viendra ce jour bienheureux, où nous pourrons cesser d'être ingrats et aimer enfin, autant qu'il le mérite, celui qui nous a tant aimés? Combien nous serions insensés si nous regrettions cette misérable vie, qui nous empêche de nous remplir de la vie véritable et de nous unir à ce Cœur, dont l'amour peut seul rassasier notre cœur! Si l'amour est la vie de notre cœur, ce qui nous empêche d'aimer le vrai bien n'est-ce pas une mort, plutôt qu'une vie? Ah! du moins efforçons-nous de rendre cette vie de mort aussi semblable que possible à la véritable vie que nous sommes destinés à mener durant l'éternité, en l'employant à aimer le Cœur de Jésus et à nous transformer dans sa divine ressemblance [1].

HISTOIRE

Un jeune prêtre, chargé d'une paroisse importante, avait une tendre dévotion envers le Cœur de Jésus, et il cherchait sans cesse à la communiquer à ses paroissiens. Depuis plusieurs années, il souffrait de ce mal de cœur que l'art ne peut guérir, et qui finit presque toujours par une paralysie subite, ou un coup d'apoplexie. Les crises devenant de plus en plus fréquentes, le malade se prépara sérieusement à la mort, et se tint prêt pour le moment où la Providence le rappellerait de ce monde.

Dès la première atteinte de son mal, il s'était offert à Dieu, comme victime du sacré Cœur de Jésus au Saint-Sacrement. Aussi, malgré cette perspective incessante d'une mort qui pourrait le frapper d'un moment à l'autre, il jouissait d'une grande paix de l'âme.

Une nuit, il fut atteint d'une crise plus longue et plus violente, qui lui parut devoir être la dernière. Il tâcha, avec le secours de sa bonne Mère, de puiser dans le Cœur de Jésus les dispositions

[1] *Messager*, t. 1, p. 406 à 417.

les plus parfaites de sacrifice, d'amour et de saint
abandon. Il crut cependant qu'en ramassant toutes ses forces, il pouvait tenter d'offrir encore le
saint Sacrifice. Mais après la consécration, la
crise mortelle se déclara. Alors, les palpitations
de cœur deviennent plus violentes, le sang lui
monte à la tête, ses membres tremblent, le vertige
s'empare de lui. Arrivé à l'*Agnus* DEI, il lui semble ne pouvoir aller plus loin. Dans son cœur, il
renouvelle cet acte d'abandon : « O JÉSUS, ma
Victime, encore un instant, s'il plaît à votre miséricorde, afin de pouvoir m'unir à vous en viatique ;
alors, je serai heureux de consommer mon sacrifice avec le vôtre ; je meurs volontiers par amour
pour vous et pour les âmes ; je m'abandonne à
votre Cœur. »

Il se hâta de dire comme il put les prières avant
la sainte communion. Sous l'oppression des trem-
blements et des vertiges, qui augmentent sans
cesse, il peut à peine prononcer le *Domine, non
sum dignus*. Il sent qu'une minute encore, et il va
tomber sous le coup mortel... Avec quel saint
empressement il prend le pain de vie !... Mais,
ô merveille ! à peine JÉSUS est-il descendu dans
son cœur que la crise est arrêtée instantanément ;
il se fit subitement un calme parfait, *tranquilli-
tas magna*. Le mal de cœur avait disparu.

Depuis ce moment, ce prêtre jouit d'une bonne
santé et s'est voué tout entier au Cœur de JÉSUS.

DOUZIÈME JOUR

Les emblèmes du Cœur de JÉSUS [1].

> *Hoc signum fœderis, quod do inter me et vos.*
>
> Voici le signe de l'alliance que j'établis entre moi et vous.
>
> (Gen. IX, 12.)

I

Les images du sacré Cœur nous offrent divers emblèmes que les âmes pieuses aiment à considérer. Ceux-ci renferment comme un résumé des instructions et des sentiments puisés par la B. Marguerite-Marie à l'école du divin Maître. Ce sont des flammes, une croix, une couronne d'épines, une large blessure qui laisse échapper le sang et l'eau, comme ils coulèrent autrefois sous le fer du soldat.

Assurément chacun de ces emblèmes, pris en particulier, peut être un fécond sujet de pieuses méditations; mais il semble qu'il doit y avoir en-

---

[1] Cet article n'est pas du P. Ramière, mais il a été admis par lui dans le *Messager,* et publié sans signature d'auteur. Nous l'insérons ici, parce qu'il est utile pour le complément de la doctrine.

tre eux un rapport qui les unit, un lien qui les
rattache à un même ordre d'idées. La sagesse
divine, qui fait tout avec nombre, poids et mesure, n'a point dû présenter à sa fidèle servante,
la vierge de Paray-le-Monial, ces emblèmes divers, sans vouloir en faire pour nous un corps
d'instruction, un résumé succinct, une sorte de
livre, mis à la portée du pauvre et du riche, du
savant et de l'ignorant. Essayons d'ouvrir ce livre
et d'y découvrir l'idée générale, la pensée d'ensemble exprimée par le Très-Haut.

En toutes choses, selon le vieil adage, on peut
considérer trois temps : le commencement, le
milieu et la fin. Dans les œuvres de Dieu, pour sa
créature raisonnable, ces trois temps portent à
divers degrés un cachet uniforme ; toutes, en
effet, ont pour principe son amour, pour fin sa
gloire par le salut des hommes, pour milieu, ou
moyen d'unir le principe à la fin, l'accomplissement de sa volonté sainte.

Entre toutes les œuvres de Dieu par rapport à
nous, la plus grande est sans contredit l'œuvre
de la Rédemption, puisque par cette œuvre nous
retrouvons tous les biens que le péché nous avait
fait perdre, et qui, sans elle, seraient perdus
sans retour. Aussi est-ce dans cette œuvre magnifique que brillent principalement les trois
temps signalés plus haut. C'est un amour excessif
qui la commence, c'est l'accomplissement le plus

douloureux de la volonté divine qui la conduit,
c'est la gloire de DIEU réparée avec un éclat incomparable, le salut des hommes acheté à un
prix infini, qui la terminent.

Or, les emblèmes du sacré Cœur font parfaitement ressortir les trois grands caractères de cette
œuvre d'amour, et nous retracent admirablement
l'économie divine de notre salut par la croix.

Voyez-le, ce divin Cœur avec ses flammes ardentes, si propres à nous dire l'amour excessif
du DIEU fait homme; avec cette croix qui le surmonte et cette couronne d'épines qui le ceint, pour
nous rappeler l'accomplissement douloureux de
la volonté divine; avec cette large blessure de
laquelle s'échappent l'eau purificatrice et le sang
fortifiant, qui vont rendre à DIEU des fils et donner au ciel des élus, pour chanter éternellement
la gloire du Seigneur! Voilà le principe, voilà le
moyen, voilà la fin de l'œuvre de notre Rédemption.

II

Qu'il faille chercher dans l'amour de DIEU le
commencement, le point de départ de notre Rédemption, c'est une vérité admise par tous, for-
mulée dans nos saints livres et dans les offices de
l'Église. Quand le Fils de DIEU est venu sur la
terre pour nous racheter, c'est la charité de

son père qui nous l'a envoyé : *Sic* DEUS *dilexit mundum, ut Filium suum unigenitum daret.* (Jo. III, 16.) Et si Notre-Seigneur, répondant à l'amour de son Père, s'est revêtu d'un corps mortel, sujet à toutes nos misères, c'est son amour qui l'y a forcé, selon le langage énergique de l'Église, dans l'hymne de la fête du Sacré-Cœur.

> Amor coegit te tuus
> Mortale corpus sumere.

S'il s'est livré aux horreurs de la mort la plus cruelle, c'est pour nous donner la plus grande marque d'amour qu'il soit possible de donner. *Majorem hac dilectionem nemo habet, ut animam suam ponat quis pro amicis suis.* (Jo. XV, 13.) Quand enfin est venu le moment d'exécuter ce généreux projet, Celui qui est l'amour substantiel du Père et du Fils, l'Esprit saint, a été l'artisan divin de cette œuvre ineffable, en formant dans le sein de la Vierge MARIE le corps du Fils de DIEU. *Qui conceptus est de Spiritu sancto.*

C'est donc l'amour qui a été le principe de notre Rédemption, de cette œuvre de miséricorde par excellence, puisqu'elle épuise en quelque sorte les trésors infinis de la charité divine. Or, rien n'est plus propre à nous mettre sous les yeux ce point de départ que les flammes abondantes qui s'échappent du divin Cœur, semblables à une gerbe longtemps comprimée, qui enfin se dilate et s'étend. Personne n'ignore, en effet, que dans le langage de tous les peuples l'amour est symbolisé par les flammes. Ne disons-nous pas bien souvent d'un cœur qui aime, que c'est un cœur ardent, un cœur embrasé, un cœur qui brûle ? Et nos saintes Écritures elles-mêmes, n'appellent-elles pas la divine charité une lampe de *flammes* et de *feu, Lampades ejus..., lampades* IGNIS *atque* FLAMMARUM. (Cantique VIII, 6.)

Flammes sacrées du Cœur de mon JÉSUS, que vous me prêchez éloquemment l'amour de DIEU trois fois saint! Le langage du ciel et celui de la terre se sont réunis, pour nous donner l'intelligence de vos muets discours et nous rappeler sans cesse l'amour du Père, qui a donné son Fils, du Fils qui s'est donné lui-même, et du Saint-Esprit qui a été l'Ouvrier de cette œuvre sublime!

L'amour appelle l'amour. Si les flammes qui jaillissent du Cœur de JÉSUS nous remettent sans cesse devant les yeux les abîmes insondables de la charité divine, elles nous invitent, en même temps, à ouvrir notre cœur pour y recevoir une étincelle de ce feu que le maître veut y jeter : *Ignem veni mittere in terram, et quid volo, nisi ut accendatur?* (Luc. XII, 49.) Approchons donc notre cœur du Cœur de JÉSUS. Près de ce brasier ardent, près de ces flammes brûlantes, il se réchauffera et il trouvera le salut par l'accomplissement de la religion tout entière, puisqu'elle se

résume dans l'amour de DIEU et dans l'amour du
prochain, fait à l'image de DIEU. *In his duobus
mandatis universa lex pendet et prophetæ.*
(Matth. XXII, 40.)

III

Après les flammes, ce qui se présente à nos
regards, c'est la croix qui sort des flammes, c'est
la couronne d'épines qui entoure le divin Cœur.
Voilà le milieu dans l'œuvre de DIEU. Et comme
le milieu en toutes choses unit le principe à la fin,
il doit tenir du principe et toucher à la fin. La
croix, la couronne d'épines, milieu plein de douleurs dans l'œuvre de la Rédemption, doivent
donc, en même temps, être un effet de l'amour de
DIEU et avoir pour conséquence la gloire de sa
majesté infinie.

Cette gloire, que DIEU aurait pu trouver également dans la punition du péché, il n'a voulu la
chercher que dans le salut du pécheur. « Le Fils
de DIEU n'est pas venu dans le monde pour juger
le monde, mais pour que le monde trouve en lui
son salut. » (Jo. III, 17.)

Or, pour sauver l'homme, pour lui rendre par
voie de justice sa première destination à l'éternelle félicité, il fallait, d'une part, détruire son
péché, d'autre part, il fallait apprendre à son intelligence obscurcie et à son cœur dégradé la

manière de coopérer à son salut par le bon usage de sa liberté. Tel est le double enseignement de la croix et de la couronne d'épines : la première rappelle à l'homme la part de Dieu ; la seconde, la part de sa liberté individuelle, dans la grande œuvre de sa réhabilitation.

Adam, placé dans le paradis terrestre, avait été soumis à une épreuve temporaire : docile à la voix du tentateur et aveuglé par l'orgueil, il crut franchir les marches du trône divin et trouver la vie souveraine dans la manducation du fruit défendu. *Eritis sicut* Dii. (Gen. iii, 5.) Malheureux ! il venait d'ouvrir à sa postérité le chemin de l'éternelle prison des anges rebelles, et venait de signer entre les mains de Dieu le décret de sa condamnation. C'est l'énergique langage du grand apôtre aux Colossiens : *Chirographum decreti quod erat contrarium nobis.* (Coloss. ii, 14.)

La dette de l'homme était attestée par un billet accusateur, *chirographum,* par une créance à l'ordre de la justice de Dieu ; et cette justice infinie réclamait le paiement intégral de la dette, ou la contrainte du débiteur insolvable. Le premier homme et nous tous, ses malheureux descendants, étions condamnés à une prison éternelle ; car, radicalement impuissants à payer la dette infinie du péché, le billet accusateur devait rester à jamais entre les mains de la justice divine.

IV

Mais la miséricorde intervint et plaida en faveur des condamnés. Un décret souverain exi-
geait, pour la réparation adéquate de l'injure faite
par l'orgueil de l'homme à l'infinie majesté de
Dieu, une victime d'un prix infini et qui des-
cendrait dans les voies de l'humiliation jusqu'au
dernier degré, par l'acceptation du plus infamant
des supplices. Le Fils de Dieu souscrivit ces conditions terribles ; son Cœur, touché de compassion à la vue de la ruine immense de l'humanité,
accepta ce mandat : *Hoc mandatum accepi a Patre meo.* (Jo. x, 18.)

L'histoire rapporte de l'empereur Adrien,
qu'afin de gagner les bonnes grâces du peuple, il
remit la dette de vingt-sept millions d'écus d'or,
qui devaient être payés au trésor de l'État. Il en
fit réunir les créances et les fit brûler sur la place
Trajane. On admire ce trait de bonté, par lequel il ne fit pourtant qu'un bien passager à un
nombre restreint d'individus, et encore pour un
motif d'intérêt personnel, puisqu'il se proposait
par là de s'attacher la faveur populaire. Qu'est-ce
que cela en comparaison du sacrifice que fait
Jésus sur la croix, afin de procurer à tous les
hommes le salut éternel ? Se substituant aux vrais
coupables, chargé de leurs misères, il est attaché

à la croix. Élevé sur cet arbre d'ignominie, il détruit notre créance, *delens... chirographum decreti* (Coloss. ii, 14), il l'attache avec lui à la croix, *affigens illud cruci* (Ibid.), il le déchire avec les clous de ses mains et de ses pieds, et il en efface les caractères dans son sang.

O croix sainte, croix de mon Rédempteur, croix si justement dressée au milieu des flammes du Cœur de mon Dieu, je te salue avec l'Église tout entière.

O Crux, ave, spes unica !

Sur tes bras, je contemple mon unique espoir ; à tes pieds, je foule les lambeaux de ma terrible créance, et du sang sorti des plaies de mon doux Sauveur, je vois renaître la gloire et le salut du monde :

Mundi salus et gloria.

Ah ! sois vraiment le pardon des pauvres pécheurs, et la source féconde où les justes puisent à jamais la surabondance de la sanctification :

Piis adauge gratiam
Reisque dele crimina.

V

Autant qu'il est en Dieu, l'homme est sauvé, puisque sa dette est payée, la cédule accusatrice déchirée, et ses lambeaux cloués à l'arbre de la croix. *Affigens illud cruci.* Ce n'est pas tout cependant, car Dieu, qui a créé l'homme sans lui, ne veut pas le sauver sans lui. Il reste donc la part de chacun en particulier, obligé, comme saint Paul, d'accomplir en lui ce qui manque à la Passion de Jésus-Christ, de coopérer à son salut par le bon usage de sa liberté, par l'emploi de sa vie dans la pratique du bien et la fuite du mal. — Or, l'homme est détourné du bien, sollicité au mal par une triple concupiscence : la sensualité, l'amour des richesses, l'orgueil. La vanité séductrice du monde, la ruse du démon attisent encore cette triple flamme des passions. La lutte incessante contre nos entraînements inévitables, voilà l'aliment perpétuel de la sollicitude humaine ici-bas. Immoler ces trois sources de péché, voilà le constant objet des pénibles labeurs de tout chrétien, et particulièrement du chrétien qui embrasse la pratique des conseils évangéliques et qui, amant passionné de la perfection céleste, poursuit ces trois ennemis jusque dans leurs derniers retranchements.

Et par quel emblème le Cœur de Jésus va-t-il nous prêcher cette généreuse et nécessaire immolation? Par la couronne d'épines qui enserre ce divin Cœur.

Premièrement, c'est une *couronne de douleurs*, image des plaisirs coupables immolés. C'est une main de bourreau qui a cueilli ce diadème cruel. *Quæ* SÆVÀ *messuit manus.* (Hymn. Brev. Rom.) Ce fruit amer du péché de notre premier père a si profondément ensanglanté la tête du plus beau des enfants des hommes, qu'il en a fait un objet d'horreur :

> Horret revulsis crinibus
> Spinis cruentatum caput.
> (*Hymn. Brev. Rom.*)

Ses pointes douloureuses ont fait dresser les cheveux de la victime, et répandu la pâleur sur son visage sillonné par le sang :

> Et vultus ille decolor
> Mortem propinquam respicit. (*Ibid.*)

Secondement, c'est un *diadème de pauvreté.* C'est sur une terre inculte, *sulcis invia*, sur une terre fertile seulement en buissons épineux, qu'a été ramassé ce lugubre présent. De misérables valets en ont enlacé les contours ·

> Quæ terra sulcis invia
> Dumis rigens et sentibus
> Lugubre munus protulit,
> Quæ sæva messuit manus.
> (*Hymn. Brev. Rom.*)

Troisièmement, c'est une *couronne d'igno-minie*, image de l'humiliation de l'orgueil par l'obéissance aux supérieurs, par le respect de

6.

l'autorité et la soumission à ses ordres. Les soldats en ceignirent la tête du divin Maître pour se
moquer de lui, pour faire du Roi des rois un roi
de parade : *Et plectentes coronam de spinis, illu-
debant ei.* (Matth. 27-29.)

La couronne d'épines du Sauveur considérée
avec les yeux de la foi est donc vraiment le modèle de notre conduite et la règle de notre paix,
selon le langage du prophète Isaïe : *Disciplina
pacis nostræ.* (Is. 53). « Sortez, filles de Sion, nous
crie saint Bernard ; nous vous le répétons, sortez, filles de Sion, c'est-à-dire, amantes passion-
nées de ce siècle, âmes faibles et délicates, âmes
sans force et sans virilité, sortez des ténèbres de
la servitude de la chair, et marchez à la conquête
de l'Esprit du Seigneur, Esprit d'intelligence et
de liberté... Méditez les angoisses et les amertumes de votre Dieu, vous y trouverez la sagesse :
Hæc meditari, dixi sapientiam ; vous y trouverez
la plénitude de la science, qui consiste à savoir
Jésus et Jésus crucifié : *Scire* Jesum, *et hunc cru-
cifixum ;* vous y trouverez les richesses du salut,
l'abondance des mérites : *In his divitias salutis,
in his copias meritorum.* (1 Bern. sermo 2 in
Epiph. Dom.) Et, s'il est permis d'ajouter quelque chose à la pensée du saint docteur, vous y
trouverez la couronne de gloire et d'honneur que
Dieu vous réserve comme à son Fils : *Gloria et
honore coronasti eum, Domine.*

VI

Les flammes sacrées du Cœur de Jésus nous ont rappelé l'amour dont il brûle, principe de la grande œuvre de notre rédemption; la *croix* et les *épines* viennent de nous entretenir des moyens douloureux exigés pour la plénitude de cette rédemption. La *blessure*, pratiquée au côté de ce divin Cœur par la lance du soldat, doit nous dire le terme mystérieux poursuivi par tant d'amour, à travers tant de douleurs. Ce terme, c'est la gloire de Dieu par le salut des hommes, c'est l'union de la créature coupable avec le Saint des saints; c'est la société qui unit ensemble la terre et le ciel; c'est la famille dans laquelle les enfants d'Adam deviennent les fils de Dieu et sont appelés à partager son éternel héritage; c'est le grand corps dont Jésus-Christ est le chef, dont les hommes sont membres et dont l'âme est l'Esprit de Dieu; c'est l'Église. Oui, la formation de l'Église, son accroissement, sa consommation, sa glorification, voilà le terme de tous les desseins de Dieu le Père, de tous les travaux de Dieu le Fils, de toutes les opérations du divin Esprit; voilà l'œuvre qui procure à Dieu sa plus grande gloire et qui assure notre salut. Or, cette œuvre divine par excellence, tous les saints Docteurs en ont vu le symbole dans la blessure du Cœur de Jésus et

dans le sang et l'eau qui en ont découlé. L'eau
figure le sacrement qui donne naissance à l'Église ;
le sang, celui par lequel elle se nourrit et s'accroît. *Exivit sanguis et aqua.* (Jo. XIX, 34.) Du
côté de Jésus percé par la lance, il sortit du sang
et de l'eau. Voilà les liens mystérieux de notre
union avec Dieu, les sources fécondes de la grâce
qui fait de chacun de nous un membre de ce corps
mystique, dont Jésus-Christ est le Chef. N'avait-il
pas demandé, dans la dernière cène, que tous ses
disciples ne formassent qu'un corps, *ut sint
unum* (Jo. XVII, 22), un corps dont tous les membres, participant à la même grâce, seraient dans
une union semblable à l'unité des trois personnes
divines dans une même nature : *Sicut et nos
unum sumus.*

VII

L'eau sacrée du Cœur de Jésus coule pour purifier les enfants de colère de la tache originelle
et leur donner, par le baptême, avec le titre d'enfants de Dieu, la qualité de membres du corps du
Christ. Le sang coule aussi pour donner, aux
membres de ce corps, cette vie abondante que
Jésus vient, par son Eucharistie, transmettre à
toutes les générations chrétiennes du fond de ses
augustes tabernacles.

L'eau qui coule, claire et limpide, est la source

qui va jaillir jusqu'à la vie éternelle : *Fons aquæ salientis in vitam æternam.* (Jo. IV, 14.) Le Baptême qu'elle représente est le fondement sur lequel repose notre droit à l'union éternelle avec DIEU. Le sang vermeil, dont la voix est plus puissante devant DIEU que celle du sang d'Abel, appelle sur nous la plénitude des miséricordes divines. L'Eucharistie, qu'il rappelle, est la perfection de notre union avec DIEU dans le temps, *qui manducat meam carnem et bibit meum sanguinem, manet in me et ego in eo* (Jo. VI, 57); c'est le gage infaillible de la participation de notre âme et de notre corps lui-même à la vie divine dans l'éternelle béatitude : *Qui manducat meam carnem et bibit meum sanguinem, habet vitam æternam, et ego ressuscitabo eum in novissimo die.* (Jo. VI, 55.)

DIEU envoie à Adam, dans le paradis terrestre, un sommeil mystérieux, pendant lequel il pratique une ouverture dans la région de son cœur, prend une de ses côtes et en forme sa compagne ressemblante et fidèle. Adam réveillé la contemple avec amour et s'écrie : « Voilà bien l'os de mes os, la chair de ma chair. » Et désormais ils seront deux, mais ils ne feront qu'un : *Erunt duo in carne una.* (Gen. II, 24.) Le Christ dort sur le lit de la croix du sommeil extatique de la mort. Son côté aussi est ouvert, il en découle du sang et de l'eau. Son Père lui en forme une épouse sans

ride et sans tache. L'Église, cette épouse incomparablement belle, avec ses générations immor-
telles sorties des fonts sacrés et rangées autour
de la Table eucharistique, va désormais, de siècle
en siècle, courir au-devant de son Époux et écouter avec amour la parole du nouvel, Adam :
« Voilà bien l'os de mes os, la chair de ma
chair. » Eux aussi seront deux, mais ils ne feront
qu'un, ils n'auront qu'une âme et qu'un seul cœur :
*Multitudinis..... credentium erat cor unum et
anima una.* (Act. IV, 32.)

VIII

C'est ainsi que la large blessure du Cœur de
Jésus nous enseigne le terme ineffable de l'œuvre
rédemptrice. C'est d'elle que découlent les deux
sacrements dans lesquels commence et se consomme notre union avec Dieu : union mysté-
rieuse ici-bas, il est vrai, mais réelle, puisque,
d'après le langage des saints Pères, deux cires
fondues ensemble sont moins unies entre elles
que notre âme n'est unie à Jésus-Christ dans la
sainte communion : « Aussi, nous dit saint Jean
Chrysostôme, quand vous approchez de la Table
sainte, approchez-vous comme pour boire le sang
divin qui découla du côté entr'ouvert du Sauveur ;
car c'est le même sang que vous allez recevoir. »

Oh! venez donc, âmes pieuses, venez vous reposer dans le Cœur de votre Maître ! « Qu'il est bon, s'écrie saint Bernard ; qu'il est agréable de fixer sa demeure dans ce Cœur ! Pourquoi tarder encore d'y jeter toutes nos pensées, toutes nos affections, toutes nos préoccupations terrestres. » Voilà bien, au dire de saint Augustin, l'arche de Noé et l'ouverture pratiquée à son côté. Les eaux du déluge de l'erreur et de l'iniquité sont montées bien haut, et s'élèvent encore chaque jour. Hâtons-nous d'entrer dans ses flancs, si nous voulons échapper au désastre universel qui nous menace de si près. Et puisque nous avons provoqué par nos fautes les justes châtiments du Juge souverain, cherchons un asile dans ce sang dont la présence intercède toujours en notre faveur :

> Quando culpis provocamus
> Ultionem Judicis,
> Tunc loquentis protegamur
> Sanguinis præsentia.
> *(Hymn. Brev. Rom.)*

Là est le terme heureux où la dette de l'homme est acquitée, et son salut surabondamment assuré par la miséricorde infinie du Verbe fait chair. Là, Dieu retrouve une ample compensation pour sa gloire outragée ; le Père des miséricordes rencontre l'infortuné prodigue, auquel il rend, en toute justice, le droit de chanter dans la patrie les louanges éternelles.

Tel est le langage de Jésus à l'âme qui considère l'image de son divin Cœur. Prêtons l'oreille à la voix de ses divins emblèmes, et sachons lire, avec les yeux de notre cœur, les instructions à la fois si simples et si profondes qu'il nous présente. Nous y trouverons le sujet d'un nouveau cantique d'amour et de reconnaissance envers la miséricorde infinie du Seigneur; nous nous rendrons un compte plus exact de l'excellence de cette dévotion si agréable à Jésus, qui veut par elle réchauffer l'engourdissement des derniers temps, et qui réserve aux âmes droites, aux âmes généreuses qui l'auront comprise et aimée, qui l'auront fait comprendre et aimer, une place certaine dans son divin royaume.

HISTOIRE

Une dame catholique anglaise, habitant Trieste, a distribué, tout récemment, une quantité incroyable de scapulaires du Sacré-Cœur, soit dans les églises, soit au dehors. Certains ecclésiastiques lui disaient : « Le peuple est si mauvais, qu'on vous repoussera et qu'on se moquera de vous. » Mais la dame persistait à aller de tous côtés, portant un panier rempli de scapulaires. En la voyant s'approcher, les gens chuchotaient entre eux; puis, quand ils s'apercevaient de son dessein, ils se mettaient à l'entourer, l'assourdissant de leurs huées, ensuite ils la poursuivaient dans la rue et jusqu'à la porte de sa maison. Eh bien, c'est au milieu de toutes ces outrageantes tracasseries que cette inconfusible Zélatrice est parvenue à distribuer jusqu'à huit mille scapulaires du Sacré-Cœur de Jésus, semence féconde qui, en vertu des promesses de Notre-Seigneur, ne peut manquer de produire les fruits les plus précieux.

N'oublions pas ce que nous dit la B. Marguerite-Marie touchant les images du Cœur de Jésus. « Le Sauveur m'a promis que, comme il est la source de toutes les bénédictions, il les répandra avec abondance dans tous les lieux où sera posée et honorée l'image de son divin Cœur... Il m'assura qu'il prenait un plaisir singulier d'être honoré sous la figure de ce cœur de chair, dont il voulait que l'image fût exposée en public, afin de toucher par cet objet le cœur insensible des hommes... »

TREIZIÈME JOUR

De la vraie dévotion au Cœur de JÉSUS.

Si scires donum Dei.
Si vous connaissiez le don de Dieu !
(Joan. IV, 16.)

I

En nous transmettant ce qu'elle avait appris du Sauveur lui-même sur la dévotion à son divin Cœur, la B. Marguerite-Marie affirme à plusieurs reprises « qu'il n'est pas d'exercice plus propre à élever en peu de temps les âmes à la plus haute perfection. » Elle présente cette dévotion aux chrétiens appelés à la vie religieuse, comme à ceux que Dieu destine à le servir au milieu du monde ; et aux uns comme aux autres, elle donne l'assurance qu'ils y trouveront la voie la plus sûre et la plus facile pour atteindre la perfection propre de leur état.

Comment faut-il entendre ces promesses ? Pouvons-nous croire qu'à partir du jour où la dévotion au Cœur de Jésus a été révélée à l'héroïque fille de saint François de Sales, les conditions de la sainteté ont été changées : que les chrétiens des derniers âges ont été dispensés des efforts et des luttes sans lesquelles, jusque-là, on n'avait pu conquérir la couronne éternelle?

Une pareille supposition est évidemment inadmissible. De même que la sainteté ne change pas de nature, les conditions pour y arriver ne sauraient subir aucune modification substantielle. Ce serait donc se tromper, et se tromper gravement, que de se persuader qu'une pratique de dévotion, si excellente qu'elle soit, puisse tenir lieu de l'humilité, du renoncement, de la patience dans les épreuves et des autres vertus que l'Évangile nous signale comme les conditions indispensables de la sainteté.

En quoi donc peut consister l'excellence spéciale et l'exceptionnelle efficacité attribuée à la dévotion au Cœur de Jésus?

Elle consiste en ce que cette dévotion a plus de pouvoir qu'aucune autre pour faire naître et pour développer, dans les âmes, toutes les vertus dont la pratique constitue la sainteté. Disons mieux : la dévotion au Cœur de Jésus contient en elle-même ces vertus, et les fait pénétrer avec elle dans les cœurs sur lesquels elle établit son doux empire ; à mesure que cet empire s'affermit, la perfection de ces vertus va croissant dans une progression constante, et fait croître avec elle la sainteté des âmes vraiment dévouées au Cœur de Jésus.

II

Tel est le vrai sens des prérogatives attribuées à la dévotion au sacré Cœur au-dessus des autres dévotions catholiques; tel est le solide fondement des magnifiques promesses qui en ont accompagné la révélation.

En nous mettant constamment sous les yeux ce Cœur, dans lequel toute la sublimité de la perfection divine s'unit à la plus douce condescendance envers la faiblesse humaine; en nous révélant avec plus d'éclat son infinie amabilité et son ineffable tendresse, elle nous met en quelque sorte dans la nécessité de l'aimer, et d'aimer en lui la sainteté dont il est le parfait modèle; et comme l'amour a pour résultat inévitable de nous unir et de nous rendre semblables à son objet, la dévotion au Cœur de Jésus produit, dans les cœurs où elle pénètre, la ressemblance de ce divin Cœur; elle les anime de ses sentiments, les remplit de sa sainteté; et, en les unissant à lui, elle leur rend facile le détachement de tout ce qui les éloignerait de lui.

Mais cette salutaire dévotion ne saurait exercer sur les âmes une influence aussi profonde et y produire une aussi complète transformation, si elle se bornait à quelques pratiques extérieures et à quelques exercices transitoires. Pour qu'elle porte des fruits, il faut qu'elle s'empare de la vie entière du chrétien, qu'elle pénètre dans le plus intime de son être, qu'elle anime de son esprit les sentiments, les paroles, les démarches, toute la conduite intérieure et extérieure, et qu'elle mette ceux qui la pratiquent en état de dire avec saint Paul : « Je vis ; non, ce n'est plus moi qui vis, c'est Jésus-Christ qui vit en moi. »

Développons ces pensées, et par là établissons clairement en quoi consiste la vraie dévotion au sacré Cœur.

III

[1] La dévotion au Cœur de Jésus bien comprise et bien pratiquée n'est autre chose qu'un commerce d'intime et généreuse amitié entre ce divin Cœur et les cœurs des hommes.

« L'amitié, en effet, nous dit saint Thomas, est un amour de bienveillance payé de retour et accompagné d'une mutuelle communication de biens. » Cette définition ne saurait être plus complètement réalisée qu'elle ne l'est dans la dévotion au Cœur de Jésus. L'objet de cette dévotion est, nous l'avons vu, la plus touchante manifestation de la

---

[1] *Messager*, t. XI, p. 363 à 371.

bienveillance de Jésus-Christ à l'égard des hommes ; et son but est de provoquer, de la part des hommes, un dévouement sans bornes à l'égard de Jésus-Christ. Donc, partout où cette dévotion sera accueillie et comprise, elle ne saurait manquer de porter ce fruit délicieux, en vue duquel le divin Sauveur a tant travaillé et tant souffert : elle créera à Jésus-Christ de vrais amis, et satisfera ainsi le désir qu'il exprimait à ses apôtres quand, au moment d'accomplir, pour conquérir leur amour, son dernier sacrifice, il leur disait : « Désormais je ne vous appellerai plus mes serviteurs ; je ne veux plus vous donner d'autre nom que celui d'amis. » Hélas ! après tant de siècles d'amour et de bienfaits, cette divine ambition de son Cœur était loin encore d'être assouvie ; il voyait encore sur la terre beaucoup d'ennemis ; et parmi ceux même qui faisaient profession de le servir, un grand nombre ne le servaient que par intérêt ou par crainte. Pour multiplier le nombre de ses amis, il fait un suprême effort : il voile en quelque manière tous ses autres attributs ; il institue une dévotion qui a pour but de mettre son amour seul en évidence, d'en rappeler à la fois les ardeurs et les sacrifices par les flammes, les épines, la croix, la blessure toujours ouverte ; il concentre en quelque sorte, dans son Cœur, toute sa puissance d'attraction, comme, au moyen de certains verres, on concentre la chaleur du soleil pour en augmenter la puissance ; et en offrant à nos hommages quotidiens ce type de l'amitié la plus généreuse, il met tous ceux qui consentiront à l'honorer dans une sorte de nécessité de devenir ses amis. Il n'en est pas un, qui, en contemplant ce Cœur entr'ouvert, ne doive s'écrier avec saint Paul : « L'amour de JÉSUS-CHRIST nous presse! » Qu'il cède à cette divine pression ; qu'il rende amour pour amour, et la dévotion au Cœur de Jésus aura produit en lui son fruit essentiel.

IV

Qu'on veuille bien le remarquer : en déterminant ainsi le caractère distinctif de cette dévotion, nous n'excluons aucun de ses aspects particuliers et nous conservons, aux pratiques en usage parmi les fidèles, toute leur utilité. Que l'on honore les images de ce divin Cœur, qu'on recoure à lui pour obtenir toutes sortes de grâces, qu'on le prenne pour modèle, qu'on s'attache à réparer les outrages auxquels il est sans cesse en butte ; tout cela s'allie parfaitement avec le but essentiel que nous venons d'indiquer. Du moment que le chrétien sera vraiment l'ami de JÉSUS-CHRIST, il accomplira de lui-même toutes ces pratiques, soit comme conséquences de l'amitié, soit comme moyens de l'entretenir ; mais s'il accomplissait ces pratiques sans que son cœur fût animé d'un amour d'amitié envers le Cœur de Jésus, il ne pourrait se flatter de comprendre parfaitement la dévotion envers ce divin Cœur.

V

Ce point, une fois bien établi, nous n'avons plus qu'une question à résoudre pour atteindre le but que nous poursuivons, et cette question, la voici : à quelles conditions pourrons-nous mériter ce beau titre d'amis de notre Dieu, et, par conséquent, nous croire animés du véritable esprit de la dévotion au Cœur de Jésus ?

En quoi consiste l'amitié ?

Saint Thomas vient de répondre à cette question, et, dans la définition que nous avons citée plus haut, il distingue l'amour d'amitié de tout autre amour par trois caractères : 1° C'est un amour mutuel et payé de retour ; 2° c'est un amour de bienveillance ; 3° c'est un amour qui ne se contente pas d'affections stériles, mais qui est accompagné d'une mutuelle communication de biens.

Nous supposons la première condition accomplie, puisque nous cherchons ce que doit faire le chrétien désireux de rendre à Jésus-Christ amour pour amour. Quand, par ce désir sincère, il aura satisfait au premier devoir de l'amitié, que doit-il faire encore ?

Il doit d'abord, d'après saint Thomas, aimer ce divin Sauveur d'un amour de bienveillance; c'est-à-dire qu'il ne doit pas s'attacher uniquement à lui en vue des avantages qu'il espère en obtenir; car cette sorte d'amour est précisément l'opposé de l'amour de bienveillance, c'est ce que la théologie nomme l'amour de concupiscence. Il n'est pas défendu d'aimer Dieu de cette sorte; nous sommes même obligés de désirer et de rechercher les biens qu'il nous prépare, et que lui seul peut nous donner. Le Cœur de Jésus est la source de toutes les grâces, et tous nous sommes invités à aller puiser à cette source. Lui-même nous crie : « Vous tous qui avez soif, venez vous désaltérer à la fontaine des eaux vives; » et cette soif, il nous en fait un précepte, il l'exalte comme une béatitude; lui-même la produit et l'augmente dans notre cœur. Mais s'il est certainement permis, s'il est même ordonné d'aimer Jésus-Christ d'un amour de concupiscence, cet amour ne suffit certainement pas pour nous donner le droit de nous appeler ses amis; car l'amitié, nous l'avons vu, est essentiellement un amour de bienveillance.

VI

Quelle est donc la différence de ces deux amours?

6..

C'est, nous dit encore saint Thomas, que par l'amour de bienveillance nous voulons le bien de la personne aimée, tandis que par l'amour de concupiscence nous rapportons son bien à nous-mêmes. Le premier nous fait, en quelques maniè-res, sortir de nous-mêmes pour nous dévouer au bonheur d'autrui ; le second rapporte à soi-même l'affection qu'il a pour les autres et les services mêmes qu'il leur rend ; en un mot, le premier est gratuit, tandis que le second est intéressé. Parmi ceux qui, dans le monde, se parent du beau sem-blant de l'amitié, il en est malheureusement beaucoup dont le dévouement n'est qu'un calcul, et qui n'ont pour leurs amis qu'une affection très peu désintéressée. Plût à DIEU que JÉSUS-CHRIST n'eût pas beaucoup de serviteurs animés de sen-timents semblables ! S'il en est quelques-uns ainsi disposés, il peut bien reconnaître en eux des mercenaires, mais non pas des amis ; ce ne sont pas eux qui honorent comme ils le doivent son Cœur infiniment généreux.

VII

Et à quelles conditions deviendront-ils ses amis ? Faut-il qu'ils sacrifient leurs vrais intérêts aux intérêts de leur divin ami ? Est-ce dans ce sens que l'amour de bienveillance est gratuit ?

Non, sans doute, puisque Dieu nous fait un devoir de chercher, dans notre union avec lui, les
seuls intérêts dignes de notre estime, ceux de
notre éternel bonheur. On ne saurait trop le redire : ce que l'amour de bienveillance demande,
c'est uniquement la fusion des intérêts ; et voilà,
par conséquent, la condition essentielle de la
véritable amitié ; elle fond si bien ensemble les
cœurs embrasés de ses flammes, qu'ils mettent
tout en commun : affections et répulsions, joies
et douleurs, désirs et craintes, intérêts et sentiments.

Déjà, un païen avait très bien compris cette
première condition de toute amitié véritable,
quand il avait dit : « Vouloir les mêmes choses et
repousser aussi les mêmes choses, voilà en quoi
consiste une solide amitié. » Mais combien plus
parfaitement encore le divin Sauveur, dans ce
discours après la Cène que nous pouvons regarder comme le testament de son Cœur, nous montre, réalisé dans l'union qui existe entre lui et son
Père, le type souverain de l'amitié, dont il veut
que nous nous rapprochions sans cesse : « Tout
ce qui est à moi est à vous, dit-il à son Père, et
tout ce qui est à vous est à moi. — Je suis en
vous et vous êtes en moi, » dit-il encore ; et, se
tournant ensuite vers ses disciples, il demande
que, par l'intime union et la parfaite communauté
de sentiments et d'intérêts qui s'établira entre eux

et lui, ils participent à l'ineffable unité qui existe
entre lui et son Père.

Que la dévotion au Cœur de Jésus réalise ce
vœu suprême de son amour; qu'elle opère entre
nous et ce divin Sauveur cette fusion complète,
qu'elle nous fasse aimer tout ce qu'il aime, haïr
tout ce qu'il hait, désirer tout ce qu'il désire,
prendre à cœur tous ses intérêts, nous réjouir de
ses joies, nous attrister de ses blessures, unir nos
prières aux siennes et travailler de toutes nos
forces à l'accomplissement de ses desseins;
qu'elle nous fasse, en un mot, suivant la parole
de saint Paul, ressentir en nous-mêmes tous les
sentiments de Jésus-Christ, alors, et alors seulement, elle aura atteint son but, puisqu'elle aura
fait de nous les vrais amis de ce divin Sauveur.

VIII

Examinons maintenant l'amitié sous son troisième aspect et recherchons, dans la dévotion au
Cœur de Jésus, l'accomplissement de la troisième
condition indiquée par saint Thomas : la communication mutuelle des biens.

Cette condition n'est pas moins essentielle à la
véritable amitié que les précédentes, car tout
amour vrai est nécessairement actif et nécessairement fécond; il ne peut se contenter de sentiments stériles; il tend à se produire au dehors, à

se manifester par des effets. Quand la bienveillance est sincère, elle ne se contente pas de vouloir le bien de celui qu'elle aime ; elle tend à le procurer, au prix des plus grands efforts et des plus dures privations. « Là où l'on aime bien, dit saint Augustin, on ne ressent point la fatigue, ou, si l'on se fatigue, la fatigue même est aimée. » Et avant lui, le sage avait dit : « Quand, pour satisfaire les exigences de l'amour, l'homme se sera dépouillé de toutes les richesses de sa maison, il croira encore n'avoir rien fait. »

Si l'amour qui a la créature pour objet provoque quelquefois de si généreux sacrifices, que ne fera pas l'amour doublement divin, divin par son principe et divin encore par son objet, que la dévotion au Cœur de Jésus doit allumer dans notre cœur ? Saint Paul, qui nous a déjà fourni les plus belles formules de cette dévotion, exprime ses effets, sous le rapport qui nous occupe en ce moment, par une admirable parole qu'il appelle la parole du Sauveur Jésus : « Il y a plus de bonheur à donner qu'à recevoir. » Dans ce mot, nous trouvons la clef de l'existence entière du Sauveur ; l'explication de son Incarnation, de ses travaux, de ses souffrances, de sa mort sur la croix et de cette mort mystique qu'il subit encore chaque jour sur nos autels ; c'est vraiment le mot du Cœur de Jésus, sa règle, son procédé, son système, s'il est permis de parler ainsi ; mais ce doit être aussi évidemment la formule et la règle de tous nos rapports avec ce Cœur si généreux.

Si nous lui sommes vraiment dévoués, nous ne renoncerons pas sans doute à recevoir les biens infinis qu'il nous destine, mais nous éprouverons le besoin de lui donner quelque chose, à notre tour. Nous ne réussirons jamais à lui faire de vrais sacrifices, puisque nous ne saurions l'empêcher de nous rendre infiniment plus que nous ne lui donnerons ; mais si nous sommes assurés d'avance d'être vaincus dans cette lutte de générosité, nous ne rendrons du moins jamais les armes. Nous donnerons toujours plus, et nous demanderons à la dévotion au Cœur de Jésus, qui nous en fait éprouver le besoin insatiable, de nous en fournir chaque jour de nouveaux moyens [1].

IX

[2] Ce n'est pas tout : ce vrai dévouement, quand il aura obtenu des âmes qui le pratiquent la donation entière d'elles-mêmes à Jésus-Christ, devra se compléter par la plus intime union entre elles.

Le Sauveur lui-même nous le fait assez com-

---

[1] *Messager*, t. XI, p. 363 à 371.
[2] *Messager*, t. X, p. 73 à 75.

prendre, dans cette admirable prière que nous pouvons regarder comme le testament de son Cœur.

La veille de sa mort, au moment de faire à ses Apôtres ses derniers adieux, dans cette heure solennelle qui a séparé les deux grandes manifestations de son amour, à la sortie du Cénacle et à l'entrée de Gethsémani ; lorsque, rappelant à son Père céleste les travaux endurés pour sa gloire, il résuma en une seule demande les fruits qu'il attendait de ses travaux et les souhaits qu'il formait pour ses frères, quel fut ce vœu suprême de son Cœur? « Qu'ils soient un, comme vous, mon Père, êtes en moi et moi en vous; qu'eux aussi soient un en vous, afin que le monde croie que c'est vous qui m'avez envoyé. »

Cette unité parfaite de tous les vrais serviteurs de JÉSUS-CHRIST avec lui d'abord, et par lui entre eux, ce don de nous-mêmes qui nous fera vivre pour JÉSUS-CHRIST, comme JÉSUS-CHRIST vit pour son Père; cette communauté de tendances et d'action qui résulte nécessairement de la communauté de désirs et de prières, voilà ce que nous nommons l'Apostolat du Cœur de JÉSUS!

Comment ne pas reconnaître à ces traits la dévotion à ce divin Cœur dans son expression la plus complète!

Un grand Évêque de nos jours a admirablement caractérisé cette dévotion, quand il l'a nommée la quintessence de la religion. La religion, en effet, suivant la parole du Sauveur lui-même, se résume dans les deux grands préceptes de la charité : l'amour souverain de Dieu et l'amour du prochain pour Dieu. La dévotion au Cœur de Jésus nous offre dans ce divin Cœur le symbole le plus touchant, le modèle le plus parfait, et la source toujours féconde de ce double amour ; nous ne saurons donc recueillir tous les avantages qu'elle nous offre qu'autant que nous saurons y trouver, non seulement un lien puissant pour nous unir à Dieu, mais encore un lien également puissant pour nous unir en Dieu avec nos frères.

X

La dévotion au sacré Cœur, ainsi envisagée, ne s'offre pas seulement aux chrétiens isolés, comme l'exercice le plus propre à les sanctifier, mais elle s'offre encore, à toutes les associations pieuses, comme l'idéal qu'elles doivent toutes s'efforcer d'atteindre, et elle leur garantit une vie, une paix, une force, une fécondité d'autant plus grandes qu'elles se rapprocheront davantage de ce divin idéal.

Quand la B. Marguerite-Marie affirmait que l'établissement de cette dévotion dans les communautés religieuses suffirait pour ramener la ferveur dans celles où elle serait attiédie, et pour porter au plus haut degré de sainteté les communautés déjà ferventes, elle l'envisageait évidemment sous son double aspect. Nous pouvons donc espérer que si nous parvenons à comprendre cette dévotion dans son vrai sens, et surtout à la pratiquer ainsi, elle réalisera en nous, et par nous dans les âmes soumises à notre influence, les magnifiques promesses qui lui ont été faites.

Nous pouvons espérer plus encore.

JÉSUS-CHRIST a révélé à sa glorieuse servante, sainte Gertrude, que la manifestation des richesses de son Cœur était réservée à ces derniers âges, comme un remède suprême destiné à rendre la chaleur et la vie à la société, glacée par l'indifférence et affaiblie par la mollesse. La divine bonté ne pouvait, en effet, opposer un remède plus efficace, aux ravages de l'égoïsme et du sensualisme, qu'une révélation plus éclatante de l'amour si tendre et si généreux du Cœur de Jésus. Mais, ne l'oublions pas, ces résultats seront d'autant plus rapides et d'autant plus complets que le Cœur de Jésus trouvera en plus grand nombre, dans tous les rangs de la société, des instruments dociles par lesquels il puisse réaliser ses miséricordieux desseins [1].

[1] *Messager*, t. X, p. 73 à 75.

HISTOIRE

Nous lisons dans la *Semaine religieuse* du Berry :

« Il y a quelque temps, une jeune fille qui avait abandonné toute pratique religieuse, revenant un jour de son travail avec plusieurs autres jeunes filles de son âge, leur dit en riant : « Entrons donc « dans l'église, où il y a le sacré Cœur; il y a si « longtemps que je n'y suis entrée ! Je ne sais pour- « quoi la fantaisie me prend d'y entrer aujour- « d'hui. » Les autres répondirent :

« Entrons, cela ne peut pas nous faire du mal. »

La jeune fille qui avait proposé la visite va se pla- cer en face de la statue du Sacré-Cœur, que notre curé a fait ériger dans cette église, et qui devient de plus en plus célèbre, par le grand nombre de faveurs que ce bon Maître accorde à ceux qui se mettent sous ce divin patronage, et qui viennent là, dans ce sanctuaire, solliciter les miséricordes de son Cœur. Sans doute, Notre-Seigneur atten- dait cette brebis perdue, et c'était, comme tant d'autres, près de son divin Cœur que cette pauvre âme devait retrouver la vie. A peine agenouillée, ses regards s'étant portés vers cette image bénie, elle se sentit changée; des réflexions sérieuses s'emparèrent de son esprit, elle regretta ses égarements et promit à Notre-Seigneur de rentrer dans la bonne voie.

« Elle sortit donc de l'église, tout autre qu'elle n'y était entrée... Quelques jours après, elle revint, seule cette fois ; le Cœur de Jésus, qui avait touché son cœur une première fois, tira de ses yeux des larmes de contrition ; elle alla se jeter aux pieds d'un prêtre pour confesser ses égarements et recevoir, avec le pardon de ses fautes, la force de persévérer. »

QUATORZIÈME JOUR

De la vraie dévotion au Cœur de JÉSUS [1] (*suite*).

> *Inveni virum secundum Cor meum.*
> J'ai trouvé un homme selon mon Cœur.
> (Act. XIII, 24.)

1

Quel est donc le vrai culte que le sacré Cœur de Jésus attend de nous? Il est de la plus haute importance que tous les chrétiens aient la claire intelligence de ce culte, et l'on ne pourra jamais assez travailler à la faire pénétrer dans tous les esprits.

Ce culte peut revêtir un triple caractère correspondant au triple aspect sous lequel le divin Cœur se présente à nous. Nous pouvons d'abord le considérer en lui-même, dans son excellence incomparable et son infinie dignité; nous pouvons ensuite l'envisager comme notre modèle, par la perfection et les vertus dont il nous offre l'exemple; enfin nous pouvons étendre nos regards sur

[1] *Messager*, t. XLI, p. 9 à 18.

ses desseins à l'égard des âmes et de la société et embrasser, par les inspirations de notre zèle, l'immensité de ses divins intérêts.

A chacun de ces titres du Cœur de Jésus répond un culte spécial. Par sa dignité infinie, il mérite un culte d'adoration; par les vertus dont il nous offre l'exemple, il mérite un culte d'imitation; enfin, par les intérêts dont il nous a confié la défense, il mérite un culte de zèle et d'apostolat.

La dévotion au Cœur de Jésus n'est complète, et elle ne peut, par conséquent, produire tous ses fruits, qu'autant qu'elle embrasse ce triple culte. Nous le comprendrons sans peine, si nous l'envisageons successivement sous ces trois aspects.

II

Le Cœur de Jésus est avant tout le digne objet de notre adoration par son excellence incomparable et sa dignité infinie : par son excellence matérielle, puisqu'il est un des organes principaux du corps de l'Homme-Dieu, la source de son sang et le foyer de sa vie; et par son excellence morale, puisqu'il est le siège et le symbole de son ineffable amour. Nous lui devons surtout nos hommages à cause de la dignité infinie dont il a été revêtu, aussi bien que toutes les autres parties de l'humanité du Sauveur, par suite de son union

7

hypostatique avec la personne du Verbe. Il est même bien juste que nous adressions au Cœur de Jésus des hommages spéciaux, puisque c'est uniquement à l'amour ineffable dont ce divin Cœur est l'organe que nous sommes redevables de notre salut. Toutes les autres puissances de l'âme du Sauveur, tous les autres organes de son corps ont concouru sans doute à l'œuvre de notre rédemption; mais c'est son amour seul qui en a été le principe et la cause déterminante. Sa sagesse, sa sainteté, tous les autres attributs devaient, ce semble, le porter à nous repousser loin de lui, et à châtier sévèrement nos crimes; son amour seul l'a déterminé à nous sauver, en se faisant notre victime et notre rançon. « Il m'a aimé, dit saint Paul, et il s'est livré pour moi. » (Galat., xx, 21.)

Rien n'est donc plus rationnel, rien n'est plus équitable que ce culte spécial, rendu par les chrétiens à l'amour parfaitement gratuit et infiniment tendre de leur Dieu.

Il n'est ni moins rationnel, ni moins conforme aux besoins de notre nature, d'attacher à un objet sensible ce culte par lui-même tout spirituel : car nous sommes ainsi faits, que notre esprit a besoin de s'aider du concours des sens pour saisir les objets même les plus insensibles. Or, entre tous les objets sensibles, il n'en était aucun qui fût plus propre à nous représenter l'amour de Jésus que son divin Cœur. C'est l'instinct universel, attesté par les langues de toutes les nations, qui indiquait au Sauveur ce symbole ; et lorsque sous ce symbole nous honorons son amour, lorsque nous nous plaisons à multiplier les images de son Cœur et à les entourer des marques de notre vénération, nous sommes autorisés et défendus contre les stupides railleries de l'impiété non seulement par notre foi, mais encore par le sens commun de l'humanité.

Tel est donc le premier élément de la vraie dévotion au Cœur de Jésus, le culte d'adoration : culte non seulement légitime, mais nécessaire, puisqu'il répond aux droits essentiels que confère à ce divin Cœur son excellence intrinsèque et son infinie dignité.

III

Mais, si nous ne pouvons nous dispenser de lui rendre ce premier genre d'hommages, nous ne pouvons pas non plus nous en contenter : au culte d'adoration, il faut nécessairement joindre le culte d'imitation.

Ce n'est pas pour lui seulement que le Fils de Dieu a pris un corps et un cœur semblables aux nôtres ; c'est pour nous et pour notre salut : *Propter nos homines et propter nostram salutem.* Or, l'œuvre de salut qu'il est venu opérer sur la terre ne peut s'accomplir en nous, qu'autant que

nous y coopérons, en nous appropriant la perfection dont il nous donne l'exemple et qu'il a
rassemblée tout entière dans son Cœur. Il ne suffit
donc pas que nous envisagions l'amour ineffable
de ce divin Cœur comme le sujet de notre admiration et de notre reconnaissance, il faut surtout
l'envisager comme notre modèle et faire de lui
l'objet de notre constante imitation : « Apprenez
de moi que je suis doux et humble de Cœur. »
(Matth., xi, 29.) « C'est mon commandement que
vous vous aimiez les uns les autres, comme je vous
ai aimés. » (Jo. xv, 12.)

Par ce second élément, la dévotion au Cœur de
Jésus devient éminemment pratique et sanctifiante, puisqu'elle résume toute la perfection chrétienne et nous la représente sous son aspect le
plus touchant. Par les flammes dont il est environné, par la croix qui le surmonte et les épines
qui l'entourent, l'image de ce divin Cœur offre à
nos yeux non seulement le plus puissant motif,
mais encore le plus parfait modèle de ce dévouement à la gloire de Dieu et au bien des hommes
qui constitue l'essence de la sainteté. Il n'est pas,
dans les plus doctes traités de perfection chrétienne, d'enseignement si sublime que cette image
ne mette sous nos yeux, avec une éloquence incomparablement plus saisissante.

IV

S'il en est ainsi, il semble que nous aurons atteint la sainteté et rempli, par conséquent, tous nos devoirs envers ce divin Cœur, si nous lui rendons les deux genres d'hommages que nous venons d'indiquer. L'adorer et l'imiter, contempler sa perfection sans mesure et nous efforcer de la reproduire en nous, dans la mesure de la grâce qui nous est départie, n'est-ce pas tout ce qu'il peut attendre de nous?

Grand nombre de chrétiens ne voient pas, en effet, autre chose dans la dévotion au sacré Cœur. A leurs yeux, cette dévotion est purement individuelle. Chacun d'entre eux n'envisage le Cœur de Jésus que dans ses rapports avec sa petite individualité, et croit pouvoir demeurer pratiquement étranger aux relations que ce divin Cœur peut avoir avec les autres hommes.

Il y a là une erreur manifeste ; bien plus, il y a une palpable contradiction. Prétendre honorer le Cœur de Jésus en ne songeant qu'à soi, faire du culte de ce divin Cœur une dévotion purement personnelle, c'est oublier ce qu'est le Cœur de Jésus et ce que doit être nécessairement le culte qu'il attend de nous; c'est amoindrir arbitrairement cette grande dévotion, et ôter au principe providentiel de la régénération sociale la meilleure partie de sa puissance.

Vous vous reconnaissez obligés à honorer le Cœur de Jésus comme votre modèle, et à reproduire en vous les vertus dont il vous donne l'exemple ; mais ne voyez-vous pas que la première de ces vertus, c'est sa charité infinie, son zèle ardent pour le salut des âmes, de toutes les âmes ? Ne l'entendez-vous pas pousser, du fond de son Tabernacle, ce cri qui retentit jadis sur le Calvaire : « *Sitio*, j'ai soif, je brûle du désir de sauver ces pauvres âmes, pour lesquelles j'ai versé mon sang et qui se perdent ! » Comment arriverez-vous à vous persuader que vous imitez le divin Cœur, si vous ne cherchez pas avant tout à imiter son zèle, et si vous demeurez indifférent au grand intérêt qui absorbe ses préoccupations ?

Vous prétendez pratiquer la vraie dévotion au Cœur de Jésus, et vous en faites une dévotion saintement égoïste ! Mais n'est-elle point par essence la dévotion du dévouement ? N'a-t-elle pas pour fin essentielle de faire de tous les chrétiens les amis de Jésus-Christ, ses amis de cœur ? Et en quoi donc consiste l'amitié, si ce n'est à confondre les intérêts de ceux qu'elle unit, et à faire qu'ils aient l'un et l'autre les mêmes désirs, les mêmes joies, les mêmes douleurs, les mêmes amours et les mêmes haines ? Tel est évidemment le résultat que la dévotion au Cœur de Jésus doit produire dans un cœur : nous porter à nous approprier tous les intérêts de JÉSUS-CHRIST, à vouloir ce qu'il veut, à désirer ce qu'il désire, à identifier sa cause avec la nôtre, à nous réjouir de ses joies, à ressentir comme nos propres injures celles qui lui sont adressées.

V

Ainsi comprise, la dévotion au Cœur de JÉSUS nous permettra de réaliser, dans nos rapports avec le divin Sauveur, la règle qu'il a suivie dans ses rapports avec nous, en nous appropriant la grande parole que l'Évangile ne rapporte pas comme tombée de ses lèvres, mais que saint Paul nous donne pourtant comme la parole par excellence du Sauveur JÉSUS, « *verbum Domini* JESU, » à savoir « qu'il y a plus de bonheur à donner qu'à recevoir. » (Act., XX, 35.)

Nous avons sans doute beaucoup, nous avons tout à recevoir du Cœur de JÉSUS, et, jusqu'à la fin de notre vie, nous serons contraints de lui tendre la main ; mais la vue de l'immense générosité dont il use à notre égard doit nous faire éprouver le besoin de lui donner à notre tour. Grâce à cette générosité même, nous pouvons être généreux envers lui ; car, en nous appropriant ses intérêts, en unissant nos désirs à ses désirs et nos prières à ses prières, nous pouvons lui faire de tous les présents celui auquel il attache le plus de prix : lui donner des âmes, en obtenant la grâce qui est pour elles le principe du salut.

Par ce pouvoir qui n'a pas de bornes, nous pouvons embrasser, dans toute son étendue, l'immense sphère où s'agitent les intérêts du divin Sauveur, et en atteindre les extrémités les plus éloignées ; nous pouvons contribuer, avec une efficacité qu'il ne tient qu'à nous d'accroître sans cesse, à la défense de ses divins intérêts ; nous pouvons non seulement imiter le Cœur de Jésus, mais, par cette imitation même, travailler avec lui et pour lui, défendre sa cause, coopérer à sa grande œuvre, devenir avec lui sauveur des âmes.

Alors, et alors seulement, nous comprendrons la dévotion au Cœur de Jésus dans toute sa vérité ; alors, et alors seulement, elle pourra exercer, par notre coopération, toute sa divine efficacité.

Que, dans tous les pays et dans toutes les classes de la société, il y ait des hommes animés envers le divin Sauveur de ce dévouement généreux ; qu'il y ait partout de vrais amis qui confondent leurs intérêts avec les siens, et n'aient d'autre ambition que de coopérer au triomphe de sa cause ; des amis qui travaillent au succès de cette œuvre par la prière d'abord, et puis par l'exercice de l'influence que la Providence leur a départie ; — et, nous n'hésitons pas à l'affirmer —

lorsque la dévotion au Cœur de Jésus sera partout comprise et pratiquée de la sorte, l'heure du salut sera proche pour la société.

VI

Et ce n'est pas seulement sur des motifs de foi que se fonde cette affirmation ; c'est encore sur des considérations rationnelles.

D'un côté, nous savons par la foi que le Tout-Puissant ne poursuit qu'un seul but dans le gouvernement de ce monde : la glorification de son divin Fils par le salut des hommes. Du moment donc que nous nous dévouons tout entiers à la poursuite de ce but, nous devenons les instruments de Dieu, nous participons à sa puissance ; et quelle que soit notre faiblesse, nous sommes aussi assurés que Dieu lui-même de vaincre toutes les résistances et de surmonter tous les obstacles.

Ainsi assurés du secours d'en haut, les vrais amis du Cœur de Jésus trouveront de plus en plus, dans leur dévouement à ce divin Cœur, tous les éléments du salut social. Il n'est pas nécessaire d'avoir la foi, il suffit d'un peu de bon sens et de sincérité pour reconnaître et constater le double mal qui nous tue : l'absence de fermes convictions dans les intelligences et de généreux dé-

7.

vouement dans les cœurs. La société se meurt, parce qu'elle a perdu la lumière ; et elle est hors d'état de retrouver la lumière, parce qu'elle a perdu l'amour. Il n'y a donc de salut pour elle que dans un grand épanouissement de la vérité, accompagné d'une abondante infusion de charité. Ce même feu qui descendit jadis sur les Apôtres, au Cénacle, et qui, par eux, se répandit sur le monde païen, peut seul dissiper les ténèbres plus profondes et réchauffer les glaces plus mortelles du paganisme moderne. Mais ce feu, quel en est le foyer, si ce n'est le Cœur de Jésus? Aujourd'hui comme alors, ce foyer a une vertu vivifiante sans limites, et il ne demande qu'à rayonner ; mais il lui faut des conducteurs. Que la dévotion au Cœur de Jésus, comprise et pratiquée sous un aspect apostolique, lui fournisse ces conducteurs, et la société serait-elle plus morte encore qu'elle ne l'est, elle se relèvera infailliblement régénérée [1].

HISTOIRE

Voici un bel exemple de zèle apostolique.

Une humble jeune fille nommée Claire, qui vient de s'éteindre à Bordeaux, — écrivait-on au Directeur du *Messager*, — n'a été, durant toute sa vie, préoccupée que d'une seule pensée : Faire

---

[1] *Messager*, t. XLI, p. 9 à 18.

partout et toujours éclater la gloire de DIEU et aimer le Cœur divin de JÉSUS.

Aussi le *Messager du Cœur de* JÉSUS avait-il dans Claire une Zélatrice très dévouée et, depuis longtemps, nous l'avions surnommée le *facteur du Sacré-Cœur*. Le plus grand tourment de cette âme généreuse était la crainte que, peut-être, les personnes qu'elle enrôlait dans l'Apostolat de la Prière ne s'acquittassent pas exactement, tous les jours, de leur offrande au sacré Cœur et de leur dizaine de chapelet. Aussi avec quelle ardeur les pressait-elle de ne pas oublier ces pieuses pratiques ! — Dans les rues, lorsque Claire rencontrait un homme lisant à haute voix un mauvais journal, ou parlant contre la Religion, elle l'entreprenait vaillamment, ce qui, souvent, lui a valu des injures ; mais elle était contente d'avoir vengé son DIEU et d'avoir souffert quelque chose pour son amour.

Durant sa vie, qu'elle était obligée de gagner péniblement, cette brave fille n'a jamais manqué la Messe ; et quand le travail la pressait trop, elle prenait sur son sommeil pour satisfaire à son pieux désir.

Elle apprenait à lire aux domestiques ; elle leur enseignait le catéchisme, et leur faisait des lectures dans le *Petit Messager du Cœur de* MARIE. Celle qui vous écrit ces lignes est malade depuis longtemps : eh bien ! la pauvre Claire venait exactement me voir et m'encourager à souffrir avec patience.

Enfin, elle a reçu les derniers sacrements avec grande piété ; elle a vu venir sa fin sans frayeur. Du reste, qu'avait-elle à craindre du Maître pour la gloire duquel elle a travaillé toute sa vie ? Une de ses dernières préoccupations a été de me faire parvenir quatre exemplaires du *Petit Messager* pour nos Associés ; et la veille de sa mort, alors que l'oppression l'empêchait de parler, elle trouva encore la force de demander un *Petit Messager* qui lui restait, afin qu'on me l'apportât.

Elle a eu le privilège de mourir un jour où le sacré Cœur est particulièrement honoré. Nous tous, qui l'avons connue, nous avons vu dans cette coïncidence une nouvelle marque de la prédilection du divin Cœur, et une récompense de tout ce qu'a fait la généreuse Claire pour la gloire de ce Jésus, qu'elle a maintenant le bonheur de posséder en paradis..

QUINZIÈME JOUR

Leçons du Cœur de JÉSUS

IL NOUS RÉVÈLE LA GRANDEUR DE DIEU [1]

> *Dominum Deum tuum adorabis.*
> Vous adorerez le Seigneur votre DIEU.
> (Matth. IV, 10.)

DIEU a écrit trois livres pour se manifester à nous : le livre de la nature, ouvert devant l'homme, dès le commencement du monde, par la puissance de DIEU le Père ; le livre de la révélation, dicté dans la suite des siècles par le souffle du Saint-Esprit ; enfin le livre du Cœur de Jésus, où le Verbe de DIEU a tracé, dans la plénitude des temps, toutes les vérités que ni le livre de la nature, ni celui de la révélation n'avaient pu nous faire comprendre.

Pour celui qui a appris à lire dans ce divin Cœur, il n'y a plus d'ignorance, plus de doute possible. C'est un livre qui s'interprète lui-même, un livre vivant qui parle aux cœurs et leur donne la force de s'instruire.

[1] *Messager du Cœur de Jésus*, t. V, p. 10 à 15.

Mais que nous dit ce livre? Il nous dit tout ce qu'il nous importe de savoir : il nous enseigne la science des saints, la sagesse de Dieu, auprès de laquelle la sagesse humaine n'est que folie.

Il nous révèle d'abord les deux grands principes de cette science : le tout de Dieu et le néant de la créature. Il nous montre ensuite la divine bonté unissant ensemble ces deux extrémités, en apparence inconciliables, abaissant l'infini vers le néant et destinant le néant à posséder l'infini. Il nous montre enfin, sous son vrai jour, la loi de Dieu, dont l'observation doit nous faire accomplir cette destinée magnifique.

Voilà ce que nous dit ce livre divin. De pareilles leçons valent sans doute bien la peine d'être étudiées. Étudions-les donc successivement; toutefois, comprenons que nous ne devons pas nous contenter d'une rapide lecture, mais chercher à découvrir les applications de détail. Quant à nous, nous croyons devoir nous contenter de présenter ici la substance même de la doctrine.

II

La grandeur de Dieu est la première leçon que nous révèle le livre de la nature. Sur quelque page de ce livre que nous jetions les yeux, nous sommes frappés de stupeur à la vue des merveilles qu'il renferme et des trésors de sagesse et d'amour qu'il décèle dans son auteur. L'éclat des cieux, l'immensité de l'Océan, la fécondité de la terre, les lois immuables de la nature, ce sont là autant de témoins, qui proclament très haut la grandeur sans bornes du Créateur. A mesure que la science acquiert de nouveaux moyens d'observation, elle voit s'ouvrir devant elle des horizons nouveaux, bien propres à la forcer de se prosterner devant Celui qui, d'un mot, a rempli ces incommensurables espaces. La lumière, qui parcourt plus de 70,000 lieues à la seconde, met au moins six mois pour venir à nous de la plus voisine des étoiles fixes, et elle met peut-être des milliers d'années pour franchir la distance qui nous sépare de l'étoile la plus éloignée. Et voilà que maintenant des instruments plus perfectionnés découvrent, dans la profondeur des cieux, des taches blanches qui, suivant toutes les probabilités, sont des mondes incomparablement plus vastes et plus éloignés que les globes lumineux qui roulent sur nos têtes. Et qui oserait dire que ces mondes sont aux limites de l'univers? Comment à cette vue ne pas s'écrier avec Baruch :

« O Israël, combien grande est la maison de Dieu, et l'étendue de son domaine! »

Ne faut-il pas être sourd pour ne pas comprendre la voix des cieux, lorsqu'ils rendent à Celui qui les a faits un témoignage si éclatant?

III

Mais il est un témoignage bien plus éclatant
encore, c'est celui du Cœur de Jésus. Qu'est-ce,
en effet, que la grandeur de l'univers comparée à la
grandeur de ce Cœur divin ? Cet espace dont l'immensité vient de nous frapper de stupeur, le Cœur
de Jésus ne l'embrasse-t-il pas ? Tous les mondes
qui le remplissent ne lui sont-ils pas soumis ? Ne
connaît-il pas chacun des esprits raisonnables
qui habitent et habiteront ces mondes ? Et n'est-il
pas le principe de toutes les bonnes pensées, de
tous les mouvements surnaturels par lesquels ils
se portent vers Dieu ? Enfin ne connaît-il pas Dieu
lui-même, cet infini véritable devant lequel l'ap-
parente immensité du monde n'est qu'une goutte
d'eau ? Le Cœur de Jésus ne plonge-t-il pas dans
cet Océan à une profondeur incomparable, et qui
ne le cède qu'à la manière dont l'intelligence divine se connaît elle-même ? Plus nous étudierons
ce divin Cœur, et plus nous serons confondus, en
découvrant sans cesse en lui de nouvelles perfections, de nouvelles grandeurs, de nouvelles immensités.

Quand, en effet, dans un cœur d'homme nous
voyons rassemblées, avec toutes les forces de la
création matérielle, toutes les vertus de la création spirituelle ; quand nous voyons ce Cœur unis-

sant l'humanité avec la divinité, et servant de
lien entre le monde créé et la perfection incréée ;
lorsqu'il se montre à nous, armé de sa seule bonté,
et renversant avec ce seul glaive toutes les résistances ; lorsque nous contemplons ce Cœur si
humble et si doux, subjuguant les persécuteurs
romains et les conquérants barbares, détruisant
le monde ancien et créant un monde nouveau,
purifiant et vivifiant la terre par le sang dont il
l'inonde, comment ne pas être frappé d'une admiration bien plus grande, et ne pas reconnaître
dans ce divin Cœur la manifestation de la grandeur
de DIEU ?

IV

Ce ne sont pas les incomparables excellences
du Cœur de JÉSUS qui nous donnent une plus haute
idée de la majesté divine : il nous la manifeste
bien mieux encore par ses abaissements.

Le voilà ce Cœur si parfait et si puissant, qui
dispose à son gré de la création entière et qui en
rassemble dans lui-même toutes les perfections ;
devant lequel s'évanouissent toutes les splendeurs
des cieux, toutes les lumières des hommes, toutes
les prérogatives des anges ; ce Cœur qui, depuis
sa création, a eu en partage une dignité vraiment
infinie ! Et pourtant il s'abaisse devant la majesté
divine plus profondément qu'aucune créature ne

s'est jamais abaissée ; et, suivant l'expression de saint Paul, il s'anéantit devant elle : *Exinanivit semetipsum.*

Non, rien au monde n'est plus propre à nous faire comprendre la grandeur de Dieu que ces anéantissements du Cœur de Jésus. Les serviteurs du divin Cœur ne sauraient les contempler avec trop d'attention, et faire trop d'efforts pour s'y unir. A quelque point de son existence que nous le prenions, nous le trouvons dans l'attitude de l'adoration. Son premier acte, aussitôt qu'il a été formé et animé par sa sainte âme, a été de s'abaisser devant la majesté de son Père. Ces abaissements intérieurs ont duré autant que sa vie mortelle, et ils se sont révélés au dehors avec le plus douloureux éclat au Jardin des Oliviers. Ils se poursuivent encore dans le saint Tabernacle, où le Cœur de Jésus se montre à nous sous les apparences d'un anéantissement plus profond encore que celui qu'il fit paraître jadis sur la terre. Partout, nous le trouvons en adoration, et partout il nous invite à adorer avec lui.

V

Si nous sommes ses vrais serviteurs, nous prendrons cette attitude d'adoration, et nous ne la perdrons jamais. Ce sentiment toujours présent de la

majesté divine est le trait caractéristique de la sainteté, c'est la base de toute perfection. On raconte du
Vén. P. Louis du Pont que souvent, dans sa cellule, il se prosternait la face contre terre, en répétant ces paroles du psalmiste : « *Venite, adoremus,
et procidamus ante* DEUM... *Quia ipse est Domi-
nus* DEUS *noster.* Venez, adorons DIEU et prosternons-nous en sa présence, car il est le Seigneur
notre DIEU. » Les saints de l'ancienne loi connaissaient déjà cette salutaire pratique. DIEU la leur
avait révélée, quand il avait dit à Abraham :
« Marchez en ma présence, et vous serez parfait. »

Mais combien plus clairement le Cœur de JÉSUS
la révèle à ceux qui se mettent à son école !

Étudions cette leçon ; contemplons, à la lumière
qui jaillit du Cœur de JÉSUS, toutes les infinités
qui composent l'infinité de l'essence divine. Car
cette adorable essence n'est pas seulement infinie,
elle est infiniment infinie : infinité dans la durée,
qui n'a ni commencement, ni fin, ni succession ;
infinité dans l'étendue, qui embrasse tous les espaces et les dépasse infiniment ; infinité dans la
perfection, qui renferme à un degré infini toutes
les perfections des créatures, et une infinité de
perfections que les créatures ne possèdent pas ;
infinité dans la puissance, qui peut produire sans
s'épuiser des milliers de mondes plus grands que
le nôtre ; infinité de science, qui embrasse dans
un seul acte l'immense horizon de la vérité ; infi-

nité de l'amour, qui n'a d'égal que l'infinie bonté.
Laissons-nous confondre par ces immensités,
laissons-nous aveugler par ces lumineuses ténèbres; aimons à rester sans voix et sans pensée,
devant Celui qu'aucune pensée ne peut comprendre et qu'aucune parole ne peut louer.

VI

Mais après que nous nous serons abaissés autant
que nous en sommes capables, comprenons bien
que nous n'avons encore rien fait. Jamais nos
abaissements n'égaleront en profondeur la hauteur de la divine majesté. Que ferons-nous donc
pour nous acquitter de ce premier devoir? Nous
emprunterons au Cœur de Jésus ses adorations.

Lui seul possédant une infinie dignité peut, en
s'humiliant, rendre à l'infinie majesté de son Père
un hommage digne d'elle. Et puisque ce divin
Cœur nous appartient, ses abaissements nous appartiennent aussi; et par lui nous devenons capables d'accomplir, dans toute son étendue, le devoir qui serait si fort au-dessus de nos forces, si
nous prétendions l'accomplir seuls. Offrons donc
à Dieu les adorations de son divin Fils, et prions
ce divin Cœur de présenter lui-même à son Père
nos adorations. Luttons avec lui de respect et
d'humilité en présence de la majesté divine. Nous

aurons déjà beaucoup profité à son école, quand nous aurons bien appris de lui cette première leçon [1].

HISTOIRE

La relation touchante que nous citons, est empruntée au *Messager* anglais : « Mon Révérend Père, Marguerite a deux ans ; elle est la plus jeune d'une famille de huit enfants, quatre garçons et quatre filles, demeurant à quelques mètres de ma maison, à Bow-Bazar (Calcutta).

« C'était un dimanche, 4 septembre ; à deux heures et demie de l'après-midi, le père revenait du marché, avec une provision de joujoux et de friandises pour ses enfants. Il les déposa sur une table, qu'entoura bientôt la jeune troupe ; mais Marguerite, trop petite pour atteindre sa part de butin, fut mise sur une table. Cependant, le père s'absenta pour aller changer d'habits ; les enfants s'éloignèrent un peu de la table, tout occupés de ce qui leur était échu, et la mère eut à porter son attention ailleurs, quand soudain un craquement et un cri se font entendre ; la petite Marguerite était tombée, la tête la première, de la table sur le carrelage.

L'enfant est à l'instant relevée, mais demeure insensible et sans mouvement. Alors la mère court

[1] *Messager*, t. V, p. 10 à 15.

à l'hôpital, qui est tout proche, et le docteur lui dit :

« Madame, votre fille a reçu au cerveau une
« très forte percussion ; l'ébranlement a été trop
« violent, et le mal est sans remède ; vous pouvez
« mettre de la glace sur la tête de l'enfant, mais
« je ne peux rien faire pour la sauver. »

« La mère désolée revient à son logis avec son
précieux fardeau, et fait appeler immédiatement
un autre médecin. Il arrive à cinq heures. Après
avoir examiné la petite mourante :

« C'est inutile, dit-il à la mère, d'appeler un
« médecin, ce n'est qu'une perte d'argent : le mal
« est sans remède. »

« La pauvre mère, presque hors d'elle-même,
ne sait que faire. La petite Marguerite gisait
comme sans vie, et la mort était imminente ! Il
était sept heures.

« Que faire ? s'écriait la mère infortunée ; qui
« sauvera mon enfant ? N'y a-t-il vraiment aucun
« remède ? »

« Mère, répondit tout à coup l'aîné des gar-
« çons, âgé de douze ans, j'ai le scapulaire du
« Sacré-Cœur. »

« Oh ! c'est ce qu'il me faut ! »

« Et, d'une main tremblante, la mère saisit le
scapulaire ; puis, se tournant vers le petit autel
de la chambre à coucher, elle fit une fervente
prière et appliqua l'insigne du sacré Cœur sur la
poitrine de l'enfant.

« O sacré Cœur de Jésus, guérissez ma fille ! »
s'écria-t-elle en pleurant.

« Presque aussitôt, Marguerite poussa un grand
cri et parut comme sortir d'un profond sommeil.
Elle reconnut à l'instant sa mère, et, bien qu'il
lui restât encore un peu d'agitation, à huit heures
du soir la guérison était complète : le sacré Cœur
l'avait sauvée !

« Aujourd'hui, avant de relater ce fait, je suis
allé voir la petite miraculée. Elle était en train de
jouer, et elle est aussi bien portante et aussi gaie
que les sept autres enfants. Le père me dit alors :

« Ce scapulaire du Sacré-Cœur est devenu un
« grand trésor pour moi, et désormais il sera
« mon unique remède. »

SEIZIÈME JOUR

Leçons du Cœur de JÉSUS

II. NOUS RÉVÈLE LA BONTÉ DE DIEU [1]

> *Bonus es tu, in bonitate tua doce me.*
> Vous êtes bon ; dans votre bonté instrui-
> sez-moi.
>
> (Ps. CXVIII, 68.)

I

Dans tout homme, il y a deux penchants : l'un qui porte à recevoir, l'autre qui porte à donner ; le premier naît de la pauvreté, le second naît de la richesse ; le premier accuse l'imperfection, le second est, au contraire, le propre de la perfection ; le premier se nomme l'indigence, le second a pour nom la bonté. DIEU, qui est la perfection infinie, ne pouvait éprouver que ce second genre de penchants, et il l'a, en effet, éprouvé dès l'éternité. Précisément, parce qu'il se suffisait pleinement à lui-même, il a désiré répandre hors de

---

[1] *Messager du Cœur de* JÉSUS, t. VI, p. 66 à 70.

lui, librement et gratuitement, les participations de son infinie plénitude, et la création tout entière n'est que l'effort de sa bonté pour satisfaire ce sublime désir.

Si nous voulons bien comprendre la création, il faut l'envisager de la sorte; il faut la voir comme un fleuve immense qui jaillit du sein de la bonté divine, et qui va grandissant toujours sans jamais épuiser sa source.

Ce sont d'abord les éléments, auxquels Dieu donne la participation de son être, de sa durée et de sa force; puis les minéraux, dans lesquels déjà se réflète un rayon de sa beauté; les végétaux, qui participent à sa vie; les animaux, qui ont de plus une ombre de connaissance et d'amour; l'homme enfin et les anges, en qui Dieu reproduit une imitation de son intelligence et de sa volonté.

Il semble que les effusions de la bonté divine doivent s'arrêter là; mais non, c'est maintenant au contraire qu'elle va produire son chef-d'œuvre. Jusqu'ici elle n'a créé que des images d'elle-même; maintenant elle va se donner elle-même tout entière. Elle forme donc un Cœur qui réunira toutes les perfections créées : l'être et les forces des éléments, la beauté des minéraux, la vie des végétaux, le sentiment des animaux, l'intelligence et l'amour des hommes et des anges, et, quand elle aura comblé ce Cœur de toutes les richesses, elle s'unira à lui par la plus étroite des unions;

7..

il deviendra sa propriété, de telle sorte que l'homme à qui appartient ce Cœur pourra, en toute vérité, dire de lui-même : Je suis DIEU, la divinité est à moi...

Voilà ce que notre foi nous enseigne, et ce dont nous ne pouvons douter. Mais alors, comment douter que le Cœur de Jésus soit vraiment la suprême manifestation de la divine bonté?

II

Ce qui doit surtout nous consoler et nous remplir de reconnaissance, c'est que DIEU nous a fait don de ce chef-d'œuvre de son amour. Car, en créant le Cœur de Jésus, ce n'est pas seulement envers ce divin Cœur que DIEU s'est montré bon, c'est aussi, et, dans un sens, c'est encore plus envers nous. Après s'être donné à ce divin Cœur, il nous l'a donné et il s'est lui-même donné à nous avec lui. Si la divinité, en effet, appartient en propre à JÉSUS-CHRIST avec toutes ses richesses, JÉSUS-CHRIST lui-même nous appartient avec tous ses biens et sa divinité même. Son Cœur surtout est tout entier à nous ; depuis que ce Cœur a commencé à battre, il n'a jamais séparé nos intérêts de ceux de DIEU ; il nous a aimés du même amour dont il a aimé son Père. Il n'ignore pas qu'il nous a été authentiquement livré, et lui-même a proclamé

le contrat par lequel cette cession nous a été faite,
quand il a dit : « *Dieu a tant aimé le monde, qu'il
a donné son Fils unique.* »

Bien loin de chercher à faire révoquer cette
donation, il y a souscrit avec empressement, et il
n'a eu d'autre chose en vue durant sa vie entière,
que de lui faire sortir son plein effet. Se donner
entièrement, absolument, pour toujours, se donner
à tous les hommes, et avec lui leur donner son
Père et son Esprit, tel a été son plus ardent désir,
sa suprême ambition. Ses travaux, ses souffrances n'ont pas eu d'autre but. Par son incarnation,
il nous a donné sa divinité ; par sa prédication, il
nous a donné sa doctrine ; par sa vie entière, il
nous a donné ses exemples ; par sa passion, il
nous a donné son sang, ses satisfactions et ses
mérites ; par l'institution des Sacrements, il nous
a donné sa grâce. Et, comme si cela n'eût pas
suffi, il a voulu réunir dans l'un de ses sacrements
tous ces dons divins; il a inventé pour cela, suivant l'expression de l'Écriture, cet excès de la
bonté : la divine Eucharistie. Là, en effet, il se
donne tout entier, avec son corps, son sang, son
âme, sa divinité, avec ses lumières, ses satisfactions, ses mérites et ses grâces ; il se donne chaque
jour à ceux qui veulent le recevoir. Pouvait-il
trouver un moyen plus efficace et plus touchant
pour montrer son propre amour et la bonté de
DIEU son Père ?

III

Non, la divine bonté ne pouvait aller plus loin et se révéler à nous avec plus d'éclat. Aussi, quand nous voudrons la comprendre, c'est là, c'est dans le Cœur de Jésus qu'il faut l'étudier.

Il faut essayer de supputer, si nous le pouvons, les trésors de grâces renfermés dans ce Cœur, il faut compter ses prérogatives, ses vertus, ses mérites ; contempler en lui toutes les qualités qu'on admire dans les plus grands cœurs : le désintéressement, la générosité, la magnanimité, la clémence ; toutes les vertus qui font des cœurs les plus saints l'objet de notre vénération : l'humilité, le renoncement, la charité, le zèle ; reconnaître que ces qualités et ces vertus ont été élevées, dans le Cœur de Jésus à un degré de perfection incomparable ; nous dire ensuite que ce divin Cœur a reçu de Dieu le Père une puissance sans bornes, que ces désirs sont devenus les lois de la création ; que les créatures animées et inanimées, la terre et les cieux, les anges eux-mêmes lui ont été soumis, et ont reçu ordre de l'adorer et d'exécuter ses desseins. Il faut enfin le voir revêtu de la dignité même de Dieu, éclairé de toutes les lumières du Verbe, enrichi de tous les dons de l'Esprit-Saint, il faut faire là-dessus un acte de foi, et nous dire avec assurance :

Voilà ce Cœur que Dieu m'a donné, à moi qui n'avais rien fait pour lui, et dont il ne pouvait rien attendre! Voilà comment il m'a aimé, moi qui n'étais que misère et péché. Ce Cœur si saint, si pur, si parfait, ce Cœur divin est à moi, à moi néant, à moi pécheur; il est vraiment mon cœur, sa vie est ma vie, et il ne tient qu'à moi que ses mérites soient mes mérites, ses sentiments mes sentiments, ses prières mes prières. Il me suffit pour cela de le laisser agir en moi, et de me soumettre à son influence. Si je ne mets pas d'obstacles à son action, il se donnera de plus en plus à moi, et il me fera connaître la bonté divine, non pas seulement d'une connaissance spéculative et stérile, mais d'une connaissance féconde et toute pratique, en m'enrichissant des effusions de cette bonté, et en *me remplissant de toute la plénitude de* Dieu [1].

HISTOIRE

M. L... était un officier non moins distingué par le grade qu'il occupait dans la marine française que par la distinction de son esprit et la noblesse de son caractère. Malheureusement, élevé dans un milieu où l'impiété était de bon ton, notre capitaine de vaisseau affichait à l'égard de la religion

[1] *Messager*, t. IV, p. 66 à 70.

une indifférence qui tournait facilement en hostilité. Cependant la bonté du Cœur de Jésus devait changer soudainement en un fervent chrétien cet homme imbu de mille préjugés.

En congé à Bordeaux, il fut invité par une de ses parentes à l'accompagner jusqu'à l'église où devait prêcher le célèbre abbé Rauzan. M. L... n'osa pas refuser, mais il s'était promis de ne pas franchir le seuil de l'église. En effet, arrivé à l'entrée, il se disposait à se retirer.

« Mais entrez donc, cher cousin, dit la dame, et veuillez me tenir compagnie jusqu'au sermon. »

Le capitaine suit par politesse, aide la dame à trouver une place, examine l'église, et voyant que le prédicateur se dispose à monter en chaire, il cherche à s'esquiver. Mais la réputation de l'orateur avait attiré une foule compacte ; notre marin se vit bloqué de toutes parts. S'ouvrir un passage, c'était attirer sur soi l'attention de la foule, provoquer une multitude de questions sur le personnage qui s'échappait, ainsi au moment du sermon. L'officier comprit qu'il s'était fourvoyé, et, tout en maugréant, il voulut faire bonne contenance. L'orateur monte en chaire et commence ainsi : « *Venite ad me omnes qui laboratis et onerati estis, et ego reficiam vos.* Venez à moi, vous tous qui êtes courbés sous le faix du travail et le poids de la douleur, et je vous soulagerai. »

Par une grâce du divin Cœur, l'effet de ces paroles fut soudain et irrésistible; elles s'enfoncèrent comme un trait dans le cœur de l'officier et, à plusieurs années de distance, ce n'était qu'avec un ton ému par la reconnaissance et l'amour qu'il rappelait comment cette invitation d'un DIEU était venue le saisir soudainement malgré lui. « Le texte revint plusieurs fois, disait-il; chaque fois, c'était un nouveau coup qui m'était porté; jamais je n'avais ressenti semblable émotion. » La mâle poitrine du marin ne pouvait plus contenir cette émotion; aussi quand Jésus fut exposé sur l'autel, le capitaine, à genoux, profondément recueilli, ne put retenir les grosses larmes dont ses yeux se remplissaient.

Après la bénédiction, il se levait résolument de sa place, marchait d'un pas ferme vers la sacristie et demandait l'abbé Rauzan. Le missionnaire vit d'un coup d'œil l'importante conquête que le Cœur de Jésus venait de faire, mais appelé ailleurs, il fit promettre au capitaine qu'il viendrait le voir le lendemain.

Le retard faillit être funeste. Rendu au grand air, en face de ce monde indifférent et impie, le marin sentit ses impressions se dissiper, il crut sortir d'un rêve. Toutes les objections, tous les sarcasmes qu'il avait entendus, qu'il avait proférés lui-même contre la religion, se présentèrent à son esprit; il fut honteux d'avoir succombé à ce qu'il appelait un moment d'exaltation du senti-

ment religieux. La pensée de manquer à sa parole,
même à l'égard d'un prêtre, ne lui vint même pas
à la pensée ; mais ses batteries furent dressées
pour expliquer son changement. Il dirait à M. Rauzan qu'il avait été séduit par son éloquence ; que
la démarche qu'il méditait devait être mûrie plus
longtemps, qu'il n'était pas assez convaincu, et
les mille autres prétextes à l'usage des âmes flot-
tantes et indécises entre Dieu et leur passé.

À l'heure marquée, l'officier était dans la cellule
du missionnaire et lui exposait, d'un ton presque
brusque, les motifs qui l'avaient fait changer de
résolution. L'homme de Dieu les reprend, les ré-
fute, l'exhorte à ne pas résister à la grâce et ter-
mine par l'invitation sortie du Cœur de Jésus :
« *Venite ad me omnes*, etc » L'effet en fut ins-
tantané et décisif ; de nouveau, le brave capitaine
se sent impuissant à contenir l'émotion qui du
cœur passe à ses yeux, il tombe aux genoux du
prêtre et ne se relève que pour publier, jusqu'aux
derniers jours de sa vie, les miséricordes de
Dieu.

Jamais, depuis, l'intrépide marin n'a transigé
avec sa conscience. Invité un jour d'abstinence
chez un l'amiral, il se voit en face d'une table
exclusivement servie en gras. Les convives
étaient nombreux. La position était gênante, mais
le capitaine n'hésita pas. Il vit passer tous les
mets devant lui sans y toucher, jusqu'à ce que

Mme l'amirale lui en demanda la cause :

« Madame, je suis catholique, et j'observe les lois de l'Église. »

La dame se confondit en excuses et s'empressa de faire servir en maigre.

———

DIX-SEPTIÈME JOUR

Leçons du Cœur de JÉSUS [1].

IL NOUS ÉCLAIRE SUR NOTRE NÉANT

Semetipsum exinanivit.
Il s'est anéanti. (Philip. II, 7.)

I

C'est beaucoup que d'avoir appris à connaître le tout de DIEU ; mais il est une autre science qui n'est guère moins importante que celle-là : c'est la science du néant de la créature. Il est difficile, du reste, de posséder l'une de ces sciences sans posséder l'autre en même temps, car elles se complètent et s'engendrent l'une l'autre. Aussi, le Cœur de JÉSUS, qui les possède toutes les deux avec une incomparable perfection, nous invite-t-il à les étudier avec un soin égal à son école, et c'est par son exemple qu'il veut nous les apprendre. Fixons sur lui nos regards et nous trouverons

[1] *Messager du Cœur de* JÉSUS, t. V, p. 125 à 134.

en lui un modèle aussi parfait de mépris de nous-même que d'estime pour Dieu.

N'est-ce pas, en effet, de ce divin Cœur que saint Paul a dit cette étrange parole : *Il s'est anéanti ?* Et comment un cœur élevé à une dignité infinie a-t-il pu s'anéantir ? Voilà ce qu'il faut nous efforcer de bien comprendre, afin de nous faire une juste idée de cette humilité, que Jésus-Christ lui-même nous a proposée comme le trait caractéristique de son Cœur, quand il nous a dit : *Apprenez de moi que je suis doux et humble de Cœur.*

Nous nous persuadons, quelquefois, que les Saints n'ont pu avoir de si bas sentiments d'eux-mêmes, qu'en s'aveuglant pieusement sur les grâces dont leur âme était enrichie. S'il en était ainsi, comment le Cœur de Jésus aurait-il pu être incomparablement plus humble que le plus humble de tous les Saints, lui qui était orné de dons incomparablement plus excellents, et qui ne pouvait se faire illusion sur sa dignité infinie ?

Ah ! c'est que l'humilité n'est pas fondée sur une illusion, mais sur la vérité. Plus une créature est éclairée par les splendeurs de la vérité, plus elle est humble ; le Cœur de Jésus a été le plus humble des cœurs, parce qu'uni étroitement au Verbe de Dieu, il était inondé de ses clartés.

Essayons de sonder respectueusement ce mystère et de pénétrer dans ces adorables abîmes des abaissements du Cœur de Jésus.

II

En entrant en participation de la dignité divine par son union avec le Verbe de DIEU, la sainte humanité du Sauveur n'a pas cessé d'être pour cela une créature. Comme toutes les créatures, elle n'est *par elle-même* que néant, mais, incomparablement mieux que toutes les autres créatures, elle connaît la profondeur de ce néant. Les lumières du Verbe de DIEU, qui l'éclairent, lui rendent très facile ce qui nous offre à nous tant de difficultés : le discernement de ce qui lui vient de DIEU et de ce qu'elle se doit à elle-même. Seul entre tous les cœurs humains, le Cœur de JÉSUS a possédé la pleine conscience de lui-même au moment où DIEU lui donnait l'être. Il s'est vu, en quelque sorte, tirer du néant; et comme l'action par laquelle DIEU nous conserve est en réalité la même que celle par laquelle il nous a créés, le Cœur de JÉSUS, qui en a une parfaite intelligence, mesure sans cesse la distance entre les deux termes de cette action, entre le néant où elle l'a pris et la dignité divine où elle l'a élevé.

La vallée paraît d'autant mieux, que les montagnes qu'elle sépare sont plus hautes ; ainsi le néant que le Cœur de JÉSUS a de son propre fond, lui paraît d'autant plus bas, que la dignité à laquelle la bonté divine l'a gratuitement élevé est plus sublime. Ce sont deux abîmes dont l'un appelle l'autre, et qui se comblent sans cesse sans pourtant jamais se confondre. La comparaison que le Cœur de Jésus fait sans cesse de ces deux infinis, de l'infinie excellence qu'il a par la grâce et de l'infinie pauvreté qu'il avait par nature entretient constamment, dans ce divin Cœur, un sentiment d'ineffable humilité, un besoin insatiable d'adoration. Voilà l'humilité chrétienne dans sa vérité ; la voilà dans sa perfection. Bien loin qu'elle naisse de l'aveuglement, elle naît au contraire de la plénitude de la lumière.

C'est le sentiment de la grandeur de Dieu qui donne à Jésus et à ceux qui lui ressemblent un si profond mépris pour tout ce qui est créé, à commencer par tout ce qui, en eux-mêmes, vient d'eux-mêmes. C'est la hauteur même de leurs vues qui fait paraître si bas, à leurs yeux, tout ce qui est au-dessous de la grandeur de Dieu.

III

Cette seconde leçon du Cœur de Jésus n'est guère moins importante que la première. Si la connaissance *du tout* de Dieu nous excite à tourner vers lui nos pensées et nos désirs, la connaissance *du néant* de la créature nous garantit des pièges auxquels notre cœur est si exposé à se laisser prendre. La première nous attache au bien véritable, la seconde nous affranchit des liens du néant.

Ne regrettons donc pas les heures que nous passerons à mesurer ces deux immensités du Cœur de Jésus : l'immensité de son estime pour Dieu et l'immensité de son mépris pour la créature. Plongeons-nous successivement, avec ce divin Cœur, dans les deux abîmes dont il est sans cesse à sonder la profondeur sans fond : l'abîme de la grandeur divine et l'abîme de notre néant. Aimons à opposer toutes les infinités de notre misère aux infinités de la divine perfection. Il y a entre les uns et les autres un parfait rapport d'opposition. Si Dieu est l'infiniment grand, la créature est l'infiniment petit; l'infini appartient à Dieu par possession, il ne peut être rapporté à la créature que par privation. Elle manque d'infini dans la durée, puisqu'elle n'a point possédé, ou du moins ne possède pas l'infinie durée qui a précédé le moment présent, et ne possède pas encore l'infinie durée qui suivra. Elle manque de l'infini dans l'étendue, puisqu'au delà de l'espace étroit qu'elle occupe, s'étendent des espaces possibles sans limite. Elle manque de l'infini dans l'étendue, puisqu'au-dessus des perfections qu'elle possède, Dieu peut créer des perfections toujours plus élevées. Elle manque de l'infini dans la puissance puisque la

puissance de DIEU sera toujours infiniment supé·
rieure à la sienne ; de l'infini dans la science,
puisque l'infinie vérité débordera toujours son
intelligence ; elle manque enfin de l'infini dans
l'amour, puisque son amour, quel qu'il soit, restera toujours infiniment inférieur à l'infinie amabilité de DIEU.

Voilà le propre de la créature, sa condition
essentielle. Elle est, mais en même temps elle
n'est pas ; elle est donc composée d'être et de
néant ; mais il y a, entre ces deux éléments qui
la constituent, cette proportion que son être est
nécessairement limité, tandis que son néant est
nécessairement illimité.

IV

La connaissance du néant infini que nous portons en nous pourrait suffire pour nous inspirer
une humilité sans bornes, puisqu'elle a été la
source de l'humilité incomparable du Cœur de
JÉSUS ; mais nous pouvons encore puiser à une
autre source cette vertu capitale, principe de toute
sainteté. En pénétrant dans notre cœur, nous y
trouverons, au-dessous de l'abîme du néant, un
autre abîme incomparablement plus profond :
l'abîme du péché. C'est un second infini, une
seconde immensité de misère qui nous appartient

en propre, bien plus légitimement encore que
l'immensité de notre néant ; car elle est notre
œuvre, le résultat de notre libre choix, tandis
que l'immensité de notre néant s'impose à nous
par l'inévitable condition de notre nature.

Pour sonder ce second abîme, il faut encore
emprunter au Cœur de Jésus ses lumières ; car il
est le seul Cœur humain qui ait conçu une juste
appréciation du péché, et dont l'humilité ait été
en rapport avec l'abaissement auquel le péché
condamne l'homme.

Ce n'était pas en lui-même, sans doute, que le
Cœur de Jésus trouvait le péché, puisque dès le
premier moment de son existence il avait été
rendu impeccable par son union avec le Verbe de
Dieu. Mais, dès ce premier instant aussi, il avait
contracté avec les hommes une union très étroite,
qui le rendait responsable de tous leurs crimes.
Autant il était saint dans sa propre personne,
autant il était chargé de souillures et d'iniquités
comme chef de l'humanité entière, puisqu'il portait, à lui seul, tous les péchés commis par tous
les hommes, dans toute la suite des siècles.

V

Ces péchés, il les voyait dans toute leur laideur ;
et leur difformité excitait en lui une confusion

d'autant plus grande, qu'il l'opposait à la beauté
divine que le péché outrage. La vue de cette divine beauté, qui est pour les Anges dans le ciel
le principe d'une gloire divine et d'un bonheur
sans mélange, était pour le Cœur de Jésus la
source d'une immense honte et d'une immense
douleur. Son humilité, que le sentiment de son
néant rendait déjà si profonde, le devenait encore
beaucoup plus par le sentiment de nos iniquités;
car ces iniquités, il les regardait comme siennes,
puisqu'elles souillaient les membres de son corps.

Aussi, n'est-ce pas seulement dans sa passion,
c'est depuis le premier moment de son incarnation, que son Cœur proféra les plaintes déchiran-
tes qu'il avait mises, longtemps à l'avance, dans
la bouche du Psalmiste : « Mes iniquités sont
comme une mer dont les eaux s'élèvent au-dessus
de ma tête; c'est un fardeau très lourd dont le
poids m'accable. Mon corps est couvert de plaies,
qui tombent en putréfaction. Je ne vois en moi
que folie et misère ; aussi marché-je la tête cour-
bée et le cœur plein de tristesse ; mon humiliation n'a point de bornes, et ma douleur me fait
pousser des rugissements. »

Les Psaumes sont pleins d'expressions semblables, qui nous font comprendre la honte dont
le Cœur de Jésus était pénétré à la vue de nos
péchés.

VI

Il ne saurait refuser de nous communiquer ce second sentiment, puisqu'il n'a pu le concevoir qu'en notre nom et en se substituant à nous.

Les péchés qu'il s'appropriait par amour, comme étant notre chef, ils nous appartiennent, hélas! avec plus de vérité. C'est donc en nous, surtout, qu'ils devraient produire cette confusion profonde et cette douleur amère qu'ils produisaient dans le Cœur de Jésus. Puisque les iniquités qui sont les motifs de ces sentiments sont notre propriété, nous avons le droit de revendiquer ces sentiments pour nous mêmes, comme notre bien; et de sommer en quelque sorte le Cœur de Jésus de nous les rendre. Qu'il se soit humilié pour nous, quand nous étions incapables de remplir ce devoir, nous pouvons le souffrir; mais dès que nous sommes en état d'agir pour notre propre compte, nous ne pouvons plus permettre que le Cœur infiniment saint de Jésus éprouve seul la confusion de nos crimes; et c'est, pour le divin Cœur, une sorte d'obligation de justice de nous associer à son humilité.

Mettons-nous donc souvent en présence des abaissements du Cœur de Jésus; luttons d'humilité avec lui. Bien plus néant que lui, nous avons le droit de nous anéantir davantage. Ah! quoi que nous fassions, son humilité vaincra toujours la

nôtre; mais, alors même que nous serons contraints de nous avouer vaincus, nous aurons retiré un fruit immense de cette lutte. Le monde et
Satan perdent toute leur puissance sur un cœur
qui a appris à savourer la douceur des anéantissements du Cœur de Jésus.

VII

Il n'est pas, en effet, de moyen plus efficace,
pour faire de rapides progrès dans la vertu, que
ce sentiment profond et toujours présent de notre
infinie misère, cette persuasion intime qu'à chaque instant nous sommes incapables de tout bien
et capables de tout mal. Qu'est-ce qui empêche le
divin Esprit présent en nous d'accomplir dans
toute leur plénitude ses desseins d'amour? Qu'est-
ce qui nous empêche nous-mêmes d'acquérir, à
chaque instant, tous les mérites que l'influence
de ce divin Esprit devrait attacher à chacune de
nos œuvres et au moindre de nos soupirs? Pourquoi nous privons-nous de ces degrés infinis
d'éternelle gloire que nous devrions amasser, dans
chacune des journées de notre vie! Ce n'est pas
précisément faute de bonne volonté; mais c'est
que nous ne nous défions pas assez de nous-mêmes.

Nous nous appuyons trop sur nos résolutions,
pas assez sur la grâce de Dieu. Au lieu de bâtir

uniquement sur la roche vive, nous appuyons nos
constructions sur le sable mouvant, et c'est pour
cela que nous les voyons si souvent s'écrouler. Ce
moi misérable est comme un voile qui vient sans
cesse se mettre devant nos yeux, et nous empêcher
de voir uniquement la divine bonté et de nous
confier uniquement dans le Tout-Puissant.

VIII

C'est là l'obstacle qui retient dans l'imperfection
les âmes même qui ont le plus généreusement
rompu avec le péché. C'est ce reste de confiance
en elles-mêmes qui les empêche de recueillir le
fruit des sacrifices les plus méritoires. Aussi Dieu
ne peut-il donner à une âme aucune marque plus
signalée de son amour qu'en la soumettant à des
épreuves humiliantes, qui la contraignent à pénétrer jusqu'au fond de l'abîme de son néant.

Plus la sainteté, qu'il lui destine, est élevée, plus
sera profond l'anéantissement dans lequel il la
plongera. Tout manquera à la fois à cette pauvre
âme : vertus acquises, bonnes inclinations, facultés naturelles, forces physiques, et, au lieu de
cela, elle ne trouvera en elle qu'impuissance,
ténèbres, penchants mauvais ; il lui semblera que
toutes ses œuvres sont autant de péchés ; et elle
sera la seule à ne pas voir le fond de bonne vo-

lonté qui la soutient au milieu de ses défaillances.

Que faire en ces heures douloureuses? Où se réfugier? Sur quoi s'appuyer? Sur les anéantissements du Cœur de Jésus. Il faut alors plus que jamais entrer dans ce divin Cœur, se plonger dans l'abîme de son humilité, savourer avec lui le sentiment de son néant, s'en pénétrer, s'en nourrir, s'en rassasier. Puisque c'est là le but de l'épreuve, le moyen de l'abréger est d'atteindre le plus tôt possible ce but. Ayons patience pourtant, et laissons à Dieu le soin de fixer le moment où il nous rendra ses lumières. Ces heures de ténèbres ne sont pas perdues, soyons-en sûrs. C'est alors que nous creusons les fondements de notre perfection.

Pourvu que ces fondements soient profonds et solides, Dieu lui-même se charge d'élever l'édifice. Et jusqu'où l'élèvera-t-il? Aussi haut que nous voudrons; et ce sera notre humilité qui lui en donnera la mesure. Le Cœur de Jésus est disposé à nous faire partager ses grandeurs, dans la même proportion dans laquelle nous aurons consenti à partager ses abaissements [1].

HISTOIRE

« J'avais pris la résolution, nous écrivait un Père de la Compagnie, de me dévouer à l'Apostolat du

_____

[1] *Messager*, t. v, p. 125 à 134.

8.

sacré Cœur par la propagation des images de ce
divin Cœur, car Notre-Seigneur a attaché des
grâces spéciales de conversions à ces images. Je
commençai à en distribuer ; mais la modicité de
mes ressources ne me permettaient pas une propagande très active, lorsque, au bout de quatre
ans, il plut au divin Sauveur de me fournir les
ressources qui me manquaient.

« En 1875, un riche industriel fait cinquante
lieues, pour venir me trouver et me dire : « Mon
« Révérend Père, depuis longtemps je demande
« à DIEU une grande grâce que je n'ai pu obtenir
« jusqu'à présent ; mais, depuis que j'ai vu quel-
« ques-unes de vos images du Sacré-Cœur, et que
« j'ai reconnu l'heureuse impression qu'elles pro-
« duisent dans les familles, il m'est venu à la
« pensée que, si je vous aidais à les propager avec
« une certaine abondance, notre divin Sauveur
« daignerait m'accorder, dans sa miséricorde, ce
« que je lui demande.

« — Et quelle est donc cette grâce ? lui demandai-je.

« — C'est la conversion de mon père et de
« ma mère. Ils ont l'un et l'autre près de quatre-
« vingts ans ; ils négligent tous deux leurs devoirs
« religieux, et, comme malheureusement ils vivent
« à plus de cent lieues de moi, je ne puis avoir
« aucune influence sur eux.

« — Eh ! bien, que désirez-vous faire ?

« — Mon Père, j'ai promis à Notre-Seigneur
« que je vous donnerais à cette intention cent
« francs par mois.

« — Ce n'est pas assez.

« — Que désirez-vous de plus ?

« — Ce n'est pas de l'argent, mais la sainte
« communion jointe par vous à votre aumône ;
« car, pour obtenir du sacré Cœur les plus gran-
« dés grâces, Notre-Seigneur Jésus-Christ nous
« recommande la sainte communion les premiers
« vendredis de chaque mois. »

« Il me promit et tint parole. Qu'arriva-t-il ?
Au bout de deux ans, j'eus occasion de passer par
Paris, pour aller donner une retraite à Blois. Ce
monsieur l'apprend, et aussitôt il m'écrit : « Mon
« Père, c'est à Paris que demeurent mon père et
« ma mère ; allez donc les voir en passant, et peut-
« être qu'en repassant vous pourrez les gagner à
« Dieu. » Notre divin Sauveur daigna faire plus
encore que nous avions espéré. Dès ma première
visite, et sans me donner le temps d'aborder la
question, les deux vieillards demandèrent spontanément à se confesser, et tous deux ensemble
eurent le bonheur de s'approcher de la sainte
Table.

« Alors, je me hâtai d'écrire à leur cher fils, pour
l'engager à bénir le Seigneur de cette bonne nouvelle ; et j'ajoutai que, désormais, il ne devait plus
se croire obligé de m'envoyer chaque mois son

aumône : « Quoi ! mon Père, me répondit-il sur-
« le-champ, vous voulez donc que je sois ingrat
« envers Dieu ? Est-ce que je ne dois pas faire
« pour le remercier ce que j'ai fait pour lui
« demander une si grande grâce ? » Et, depuis
ce temps, il persévère dans cette belle œuvre ;
il a même doublé ses aumônes, et me donne
ainsi la facilité de faire une grande propagande
en faveur des images du Sacré-Cœur. »

DIX-HUITIÈME JOUR

Leçons du Cœur de JÉSUS.

IL NOUS RÉVÈLE LES DESTINÉES DE L'HOMME [1]

Ut et societas nostra sit cum Patre, et cum Filio ejus JESU CHRISTO.

Afin que notre société soit avec le Père, et avec son Fils JÉSUS-CHRIST.

(1 Joan. 1, 3.)

Qui n'admirerait les oppositions apparentes que le Cœur de JÉSUS concilie dans ses enseignements? Il nous révèle, tout ensemble, notre infinie bassesse et l'infinie grandeur de DIEU. Ce sont deux abîmes, l'un de pauvreté, l'autre de richesse, dont il nous fait mesurer l'incommensurable profondeur. Mais il fait bien plus encore : il unit ensemble ces deux abîmes que l'infini divisait. La divine bonté est le lien ineffable que le Cœur de JÉSUS nous fournit, pour rapprocher notre néant de la perfection souveraine de notre Créateur. A la lumière de ce divin Cœur, nous avons vu s'opérer ce merveilleux rapprochement. Nous avons

[1] *Messager du Cœur de JÉSUS,* t. VI, p. 181 à 190.

vu Dieu, que sa grandeur tenait infiniment éloigné
de nous, franchir, sous l'impulsion de sa bonté,
cette infinie distance ; nous l'avons vu se rencontrer dans le Cœur de Jésus avec notre misère, et,
en lui, se donner à nous tout entier. Il va résulter
de cette ineffable condescendance une transformation complète de nos rapports avec notre Créateur. Par notre néant, nous étions obligés à nous
abaisser devant lui ; mais son amour, comblant le
vide qui nous sépare, va nous faire une obligation
de nous élever jusqu'à sa hauteur, et nous faire
entrer avec lui dans une ineffable société.

Cette société de l'homme avec Dieu, dans le
Cœur de l'Homme-Dieu, est la plus touchante de
toutes les leçons que ce divin Cœur ait à nous
enseigner.

Puisse-t-il lui-même nous aider à la bien comprendre !

I

Oui, ce divin Cœur est entre Dieu et les hommes
le lien de la société la plus intime qui se puisse
concevoir : société de perte et de gain, qui oblige
Dieu, en quelque sorte, à ne pas séparer ses intérêts des nôtres, et à partager avec nous, comme
Jésus-Christ lui-même, toutes ses richesses.

Il existait bien, sans doute, entre Dieu et nous,
en vertu même de notre création, une ébauche

de société ; mais combien cette ébauche était imparfaite ! DIEU, qui nous avait créés par amour, se devait à lui-même de chercher sa gloire dans notre bonheur ; toutefois, il pouvait sans ombre d'injustice nous laisser dans une condition misérable, nous traiter comme de simples mercenaires et nous tenir à jamais éloignés de sa maison.

S'il l'eût voulu, il ne se serait révélé à nous que par les créatures, et il ne nous aurait intimé ses préceptes que par les lumières de notre raison. Comme un maître qui ne daigne pas parler lui-même à ses serviteurs, DIEU pouvait très bien ne pas entretenir avec nous des rapports personnels. Il nous aurait donné, ici-bas, toutes les lumières et les secours nécessaires pour bien user des dons de la nature, et, après cette vie, il aurait récompensé notre fidélité par la pleine satisfaction de nos facultés et la pleine jouissance de ses dons. Qui aurait eu le droit de lui en demander davantage ? Comment aurions-nous même conçu la possibilité d'une condition meilleure ? Heureux serviteurs d'un maître infiniment généreux, comment aurions-nous pu nous plaindre de n'être pas ses enfants ? Comblés de ses dons, sans aucun mérite, comment aurions-nous songé à nous étonner qu'il ne se fût pas donné lui-même à nous ?

Non, certainement, nous n'aurions pas eu sujet de regretter notre destinée, et cette qualité de

serviteurs de Dieu eût pleinement suffi à contenter toutes nos ambitions. Mais il n'en saurait plus
être de même aujourd'hui. En nous donnant
Jésus-Christ pour frère, Dieu s'est placé avec
nous dans des rapports tout nouveaux ; il nous a
fait entrer dans sa famille ; il nous a adoptés pour
ses enfants ; il nous a octroyé un droit certain à
son héritage.

II

Ce sont là les conséquences nécessaires de
l'adoption, même parmi les hommes. Et pourtant,
cette adoption est bien différente de celle dont
nous avons été l'objet en Jésus-Christ. L'adoption
humaine est purement fictive, elle est du moins
tout extérieure. Elle ne change pas intrinsèque-
ment celui à qui elle donne un nouveau nom. Il
reste ce qu'il était, et il acquiert seulement des
droits à un héritage qui ne lui appartenait pas.

Combien différente est l'adoption divine ! Combien plus intime et plus réelle ! Du côté de Jésus-
Christ, elle est fondée sur l'union du Verbe de
Dieu avec notre nature en une seule personne. De
notre côté, elle est fondée sur l'infusion de l'Esprit
de Dieu en notre âme, à laquelle il communique
la vie de Jésus-Christ. Il ne s'agit point d'une
simple adoption nominale. Nous sommes appelés
les enfants de Dieu, dit saint Jean, parce que

nous le sommes véritablement. Non pas les fils par nature, mais les fils par grâce ; et c'est parce qué nous sommes ses fils, ajoute saint Paul, que Dieu a envoyé en nous l'Esprit de son Fils, en qui nous lui disons : Père, Père.

Désormais donc, nous n'entretiendrons plus avec Dieu les rapports éloignés du serviteur avec son maître, mais les rapports intimes, personnels, du fils avec son père ; il nous parlera, et nous lui parlerons cœur à cœur. Il n'aura plus de secrets pour nous. Nous ne le connaîtrons plus seulement par ses œuvres, mais nous pénètrerons dans les mystères de sa vie intime. Nous connaîtrons, par la foi, les relations ineffables qui unissent les trois personnes de la sainte Trinité, en attendant que nous puissions en faire l'objet de notre claire vision et de notre éternelle jouissance. Ce ne sont pas les dons de Dieu qui nous seront proposés comme récompense de notre fidélité, mais Dieu lui-même. C'est sa propre maison qui, pendant l'éternité, sera notre séjour ; c'est au torrent de ses voluptés que nous nous enivrerons ; c'est dans son bonheur que nous entrerons.

III

Telles sont les conditions de la société que Dieu a formée avec les hommes en leur donnant pour

frère son divin Fils. Ce don était purement gratuit
de la part de Dieu ; mais après qu'il nous a été
librement octroyé, il nous confère des droits in-
contestables et tout divins. Ces droits ne sont pas
seulement nos droits, ils appartiennent aussi
bien à Jésus-Christ qu'à nous ; ne craignons donc
pas que Dieu le Père songe à les renier.

De même qu'il ne peut pas séparer ses propres
intérêts de ceux de son Fils, de même il ne peut
pas séparer les intérêts de Jésus-Christ des intérêts des hommes ses frères. En envoyant ce divin
Sauveur au monde pour nous sauver, il s'est obligé
à coopérer de toute sa puissance à notre salut.
En le faisant notre roi, il s'est obligé à lui donner
une cour ; en le faisant notre chef, il s'est mis dans
la nécessité de lui adjoindre des membres. En
nous donnant son Cœur avec toutes les richesses
dont ce divin Cœur est plein, il s'est mis hors
d'état de nous refuser les biens de sa maison.
Comment pourrons-nous être les frères de Jésus-
Christ, sans être ses cohéritiers ? Comment les
membres pourraient-ils être séparés de leur chef ?
Notre destinée devra nécessairement être la même
que celle de Jésus-Christ.

IV

Il existe donc bien réellement entre Dieu et
nous une société très intime, dont le Cœur de

Jésus est le lien! Qui dit société, dit agrégation d'agents raisonnables poursuivant en commun une commune fin. Entre DIEU et nous, il y a une fin commune, c'est la gloire de JÉSUS-CHRIST, indissolublement liée d'un côté avec la gloire de DIEU, de l'autre avec notre salut. Plus nous participerons aux fruits de l'Incarnation, plus l'œuvre du Verbe incarné sera complète, et plus DIEU sera glorifié en lui.

De la communauté de fin, résulte, entre DIEU et nous, une parfaite communauté d'intérêts. Il n'y a pas sur la terre de société qui puisse être comparée à celle-là. Que sont, en effet, ces sociétés que les hommes ont formées entre eux?

Quelques-unes de ces sociétés humaines sont fondées sur la communauté de biens; quelques hommes se réunissent pour faire ensemble le commerce, pour exercer une industrie; ils mettent en commun leurs ressources, leur travail et leur habileté, et bientôt on les voit amasser d'immenses richesses.

D'autres sociétés sont fondées sur la communauté de lumières. Plusieurs savants se concertent pour chercher ensemble la vérité; ils se communiquent leurs observations, dirigent leurs recherches vers un même but et bientôt, de leurs travaux réunis, résultent les plus précieuses découvertes.

D'autres sociétés sont fondées sur la communauté de forces. Les hommes qui, isolés, eussent été incapables de se défendre, réunis en cités et en royaumes, repoussent toutes les attaques et renversent toutes les résistances.

D'autres enfin sont fondées sur la communauté d'origine. Pressés autour de ceux qui leur ont donné le jour, des frères et des sœurs n'ont qu'un même cœur, une même pensée, un même intérêt, une même vie.

Notre société avec Dieu dans le Cœur de Jésus renferme tous ces avantages, et elle y joint des avantages incomparablement supérieurs. Elle établit, entre Dieu et nous, une parfaite communauté de biens, puisque le fond de cette société est pour nous la possession du bonheur de Dieu, et pour Dieu l'augmentation de sa gloire extérieure, seul bien qu'il puisse recevoir de sa créature.

Il y a communauté de lumières, puisque, à mesure que cette société devient plus étroite, les lumières du Verbe de Dieu se communiquent avec plus d'abondance du Cœur de Jésus à notre cœur; il se fait mieux connaître à nous, et il nous met en état de le faire mieux connaître à nos frères; il se révèle mieux et nous sommes nous-mêmes mieux éclairés; et tout ce que nous gagnons en divines clartés est gagné pour le corps entier, dont il est le chef et dont nous sommes les membres.

Il y a communauté de forces, puisque notre

cause étant la même que celle du Fils de Dieu devenu notre frère, toutes les forces de la création, et toutes les forces de Dieu lui-même doivent s'employer dans nos intérêts comme dans les siens.

Il y a communauté de vie, puisque la vie divine dont le Cœur de Jésus a reçu la plénitude, il nous la communique par le saint baptême et l'accroît ensuite par tous les Sacrements et toutes les bonnes œuvres.

Que manque-t-il à cette société pour être parfaite? Saint Jean n'a-t-il pas le droit de nous dire, en nous montrant le Cœur de Jésus : « Dans ce Cœur, la vie éternelle qui était dans le sein du Père nous est apparue, et nous vous l'annonçons, afin que, par ce Cœur, vous entriez en société avec Dieu le Père et avec son Fils Jésus-Christ. »

V

De quelle noble fierté, de quelle inébranlable confiance, cette conviction ne devrait-elle pas nous remplir ! Nous sommes les Associés de Dieu, et nos destinées sont les mêmes que celles de Jésus-Christ !... Ce qu'il est par l'union personnelle du Verbe de Dieu avec son humanité, nous le sommes en vertu de l'union bien réelle aussi, quoique d'un ordre inférieur, que le Saint-Esprit

établit entre le Dieu-Homme et notre âme. Dieu
ne peut pas plus détruire la seconde de ces unions
que la première, nous seuls avons ce pouvoir.
Mais si nous ne brisons pas follement le lien qui
nous unit à Dieu, notre société avec lui est aussi
indissoluble et aussi éternelle que la société qui
unit la sainte humanité du Sauveur avec la divine
Trinité de Dieu. Comme il participe au bonheur
de Dieu, nous devons participer à son bonheur.
Voilà notre fin, notre destinée !

Par une diffusion inénarrable de son Esprit en
nous, le Cœur de Jésus nous a établis les vrais
fils de Dieu, et par là, nous a donné le droit à l'héritage réservé aux enfants : *Si filii et hœredes.*
Héritiers de Dieu, nous serons cohéritiers avec
Jésus-Christ d'une éternelle félicité : *Hœredes
Dei, cohœredes autem Christi.*

Certes, à la vue des biens immenses dont le
Cœur de Jésus nous a mis en possession, nous
pouvons bien redire : « Voilà ce Cœur qui a tant
aimé les hommes ! » Et quand on songe qu'il n'a
enrichi notre misère qu'en embrassant une pauvreté inimaginable, qu'il ne nous a conquis une
couronne de gloire qu'en subissant des humiliations voisines de l'anéantissement, qu'il ne nous
a assuré un bonheur sans fin qu'au prix de douleurs, de souffrances infinies, alors le cœur palpi-
tant de reconnaissance cherche en vain des
expressions pour rendre ses sentiments : cette

impuissance n'est pas la moindre des peines d'un cœur reconnaissant. Il ne peut que s'écrier avec David :

« *Quid retribuam Domino pro omnibus quæ retribuit mihi.* Que rendrai-je au Seigneur pour tous les biens dont il m'a gratifié ! »

Ah ! rendons-lui du moins amour pour amour, cœur pour cœur ! Nous ne pouvons rien faire de moins, et c'est tout ce qu'il réclame de nous !

HISTOIRE

La tradition rapporte que Longin, qui appartenait à la dixième légion dite Ferratina, de la colonie Sabatina, établie à Mantoue par l'empereur Auguste, après avoir ouvert de sa lance le Cœur de son DIEU, se convertit. Devenu chrétien et apôtre, il revint à Mantoue, portant avec lui la précieuse relique des gouttes de sang dont la terre avait été imprégnée au pied de la Croix, ainsi qu'une éponge imprégnée du même sang. Les ducs de Mantoue restaurèrent et décorèrent l'église de Saint-André, où reposaient ces précieuses reliques, ainsi que le corps du martyr Longin. Les Papes autorisèrent Vincent de Gonzague à porter sur son cœur quelques gouttes du sang sorti du Cœur de JÉSUS.

Saint Louis de Gonzague est issu de cette grande famille, et cette coïncidence a inspiré à M. le baron de Sarachaga quelques rapprochements providentiels : « Est-ce par hasard que le nom des Gonzague, qui honorèrent si bien le sang du sacré Cœur, est devenu immortel, grâce à cet ange de l'autel qui s'appelle Louis de Gonzague? Est-ce par hasard que ce descendant des Gonzague fut lui-même un apôtre du sacré Cœur? Sainte Madeleine de Pazzi nous dit que Louis de Gonzague fut si élevé en sainteté, à cause des flèches d'amour qu'il décochait sans cesse dans le Cœur du Verbe incarné. Aussi, est-ce le 21 juin 1675, sous les auspices de saint Louis de Gonzague, que la fête du Sacré-Cœur est célébrée pour la première fois par Marguerite-Marie et Claude de la Colombière. C'est encore le 21 juin 1685 que la Visitation de Paray prononce la première consécration publique au sacré Cœur. »

Louis de Gonzague est si bien le saint du sacré Cœur, par une sorte de tradition de famille, qu'on l'a vu descendre du ciel pour prêcher le culte du sacré Cœur aux malades qu'il guérissait.

En 1765, en effet, au noviciat de Saint-André, à Rome, le jeune Nicolas Célestini était sur le point de mourir. Déjà sa couleur cadavéreuse, ses yeux éteints, sa respiration étouffée, annonçaient l'agonie. Le médecin avait dit en se retirant : « Dans quelques instants, tout sera fini. »

Tout à coup, on voit le mourant se soulever, fixer ses regards sur une image du B. Louis de

Gonzague et s'écrier : « Que vous êtes beau, saint Louis!... O mon Frère, que vous êtes beau! » Puis il retombe sur sa couche. Une seconde fois, il se soulève et on l'entendit prononcer : *Fiat voluntas tua*. Après quoi, d'une voix forte et assurée, il dit à ceux qui l'entouraient : « Je suis guéri; je veux me lever. » Il raconta alors ce qui suit : « Toute la matinée, j'ai vu saint Louis. A un moment, il m'a demandé : « Que veux-tu, la santé ou « la mort? » J'ai répondu : *Fiat voluntas tua*. Alors, il m'a dit : « Puisque durant ta maladie « tu n'as manifesté d'autre désir que la volonté de « Dieu, le Seigneur t'accorde, à ma prière, la santé, « afin que tu l'appliques à la perfection et que, « durant toute ta vie, tu t'efforces de propager la « dévotion au sacré Cœur de Jésus. Cette dévotion « est très agréable au ciel. »

Ce prodige servit beaucoup à mettre en grande estime cette dévotion, et la seule adoration perpétuelle du Sacré-Cœur fondée à Velletri compta rapidement jusqu'à cent mille Associés.

8..

DIX-NEUVIÈME JOUR

Leçons du Cœur de JÉSUS.

IL NOUS APPREND A MÉPRISER LES CHOSES D'ICI-BAS [1]

> *Gaudete quoniam merces vestra copiosa est in cœlis.*
>
> Réjouissez-vous, parce que votre récompense est grande dans le ciel.
>
> (Matth. v, 12.)

I

Il ne suffit pas aux vrais serviteurs du Cœur de Jésus d'apprécier, à sa juste valeur, la dignité dont ils ont été revêtus en devenant les membres de Jésus-Christ et les fils adoptifs du Père céleste : à cette dignité, correspond une dignité également divine, et, par conséquent, le désir de réaliser leur divine destinée ne doit pas se séparer, dans leur cœur, de l'appréciation de leur divine dignité. Il y a, en effet, entre ces deux prérogatives surnaturelles, une différence notable : notre dignité de chrétien nous a été conférée sans aucun con-

---

[1] *Messager du Cœur de Jésus,* t. XLII, p. 386 à 399.

cours, de notre part, tandis que notre destinée ne pourra être réalisée qu'avec notre coopération. La grâce, comme son nom même l'indique, est un don gratuit, mais la gloire doit être une couronne. La grâce a été répandue dans notre âme avant que nous pussions la mériter ni la désirer; mais la gloire céleste ne nous sera rétribuée que dans la proportion de notre mérite.

Or, nous ne pouvons évidemment la mériter qu'autant que nous la désirerons.

Il y a donc, pour tous les chrétiens, obligation rigoureuse de désirer la béatitude céleste, d'aspirer à la complète réalisation de leur divine destinée, de ne rien sacrifier volontairement du poids immense de gloire que DIEU leur réserve dans l'éternité.

Malheureusement, cette divine ambition, qui est pour tous une obligation indispensable, n'est comprise que d'un bien petit nombre.

Ils ne connaissent, pour la plupart, qu'une seule ambition, contrefaçon infernale de celle dont le Cœur de JÉSUS leur offre le modèle : cette soif insensée des grandeurs terrestres, qui porte les esclaves de Satan à faire toute sorte de bassesses pour s'élever, et à sacrifier, pour acquérir de vains titres, les biens les plus solides, leur repos, leur fortune, leur honneur, leur santé, leur conscience.

A cette folle ambition, qui est un des plus méprisables entre tous les vices, les chrétiens ne

savent guère opposer d'autre vertu que la modestie, et ils croient avoir pleinement contenté leur
DIEU si, pénétrés du sentiment de leur dignité, ils
se résignent à demeurer dans une condition humble et obscure, et à voir leurs semblables plus
fortunés s'élever au-dessus d'eux.

Il s'en faut bien pourtant que ce soit là tout ce
que JÉSUS-CHRIST attend de ses serviteurs. Il
approuve, sans doute, qu'en considérant leur pauvreté naturelle, il se reconnaissent indignes de
toute estime et de tout honneur ; néanmoins, il veut
qu'en même temps le sentiment de leur dignité
surnaturelle leur fasse mépriser, comme indignes
d'eux, l'estime des hommes et tous les honneurs
de la terre.

Mais, après avoir ainsi foulé aux pieds, avec
un généreux dédain, les fausses grandeurs que
poursuit vainement l'ambition humaine, le vrai
disciple de JÉSUS-CHRIST voit se déployer devant
ses yeux un spectacle tout autrement digne de
fixer son attention. Au sommet des cieux, à côté
de JÉSUS-CHRIST, il voit un autre trône encore
vide ; et son divin Chef, en le lui montrant, lui
dit : « Voilà la place que DIEU, mon Père, t'a
destinée de toute éternité. Cette couronne, composée des diamants de ma propre couronne, je me
prépare à la placer sur ton front ; ces divines voluptés, dont je me rassasie moi-même, tu pourras
bientôt les savourer à ton tour ; mais c'est à une

condition, c'est que, par bassesse de cœur, et faute de comprendre la sublimité de ta vocation, tu ne sacrifieras pas ces gloires, dont l'acquisition te serait si facile. Je l'ai promis, et il dépend de toi d'obtenir, pour toi-même, la réalisation de ces promesses : « Celui qui aura vaincu, je le ferai asseoir avec moi sur mon trône. » (Ap. III, 21.) « A ceux de mes disciples qui me seront demeurés fidèles dans l'épreuve, je ferai partager les gloires du royaume que mon Père m'a préparé. Je les ferai asseoir à ma table, afin qu'ils puissent rassasier leur faim et leur soif des aliments dont je me nourris moi-même. » (Luc, XXII, 28, 30.)

Il suffit de méditer pendant quelques instants ces divines promesses, pour comprendre quelle est l'ambition du Cœur de Jésus à notre égard, et quelle doit être l'ambition de tous ceux qui font profession de conformer leurs sentiments aux siens.

II

L'ambition du Cœur de Jésus, à l'égard de chacun de nous, qui pourra nous en faire mesurer l'étendue? Lui seul peut nous en fournir la mesure. Nous saurons ce qu'il nous a acquis, en considérant le prix qu'il a offert à DIEU son Père, pour nous faire cette acquisition.

Ce prix, c'est son propre sang ; prix vraiment

infini, dont chaque parcelle l'emporte infiniment
sur la valeur de tous les biens créés. Nous croyons
qu'il a été offert tout entier pour chacun de nous,
et que Dieu le Père, appréciant toute la valeur
de cette offrande, l'a acceptée et s'est engagé à
nous donner l'équivalent en gloire céleste. Si
nous croyons cela, comment pourrions-nous douter de l'immensité de cette gloire? Comment arri-
verons-nous jamais à nous en former une idée
assez haute? Quelle limite oserons-nous mettre
à l'ambition du Cœur de Jésus à notre égard?
Supposerons-nous que ce divin Sauveur, après
avoir fait pour nous tant de sacrifices, consente à
les voir frappés de stérilité? Admettrons-nous
qu'il nous voie de bon œil laisser se perdre chaque
jour une grande partie de ces trésors de gloire
qui lui ont coûté si cher? Lui attribuer une pareille inconséquence, ne serait-ce pas lui faire
une injure que nous ne voudrions pas nous permettre à l'égard de l'un de nos semblables?

Nous trouvons une autre preuve et une autre
mesure de l'ambition du Cœur de Jésus à notre
égard, dans l'union si étroite qu'il lui a plu de
contracter avec nous. Rappelons-nous ce dogme,
que nous avons si souvent exposé, et auquel il
faut sans cesse revenir, parce qu'il forme la base
de tous nos devoirs et de toutes nos espérances :
le dogme de notre incorporation au Fils de Dieu.

Si, comme saint Paul nous le répète souvent,

nous sommes les membres de ce divin Chef, notre gloire est inséparable de la sienne ; et, par conséquent, il doit concevoir pour nous la même ambition que pour lui-même. Car, de même que dans tout corps vivant il y a unité de vie, il y a aussi unité de gloire, de beauté, de bien-être. Tout ce qui s'ajoute à la beauté d'un membre accroît la beauté du corps entier ; et comme la gloire du chef est la gloire des membres, ainsi la gloire des membres est la gloire du chef. N'est-ce pas ce que le divin Sauveur nous déclare lui-même, dans cette prière après la dernière Cène, par laquelle il nous révèle les sentiments les plus intimes de son divin Cœur. « La gloire qui m'est commune avec vous, dit-il à DIEU, son Père, je veux la partager avec eux. » (Jo. XVI, 22.)

Comme s'il lui disait :

De même qu'en me communiquant votre nature, vous m'avez communiqué la gloire infinie qui en est l'essentiel attribut, ainsi, en prenant la nature de l'homme et en l'associant à ma divine nature, j'unis inséparablement ma gloire à la leur. Oui, mon Père, dit-il encore, « tout ce qui est à vous est à moi, comme tout ce qui est à moi est à vous ; et moi je veux être glorifié dans mes disciples. » (Jo. XI. 10.)

III

Rien n'est donc plus certain : JÉSUS-CHRIST désire notre gloire comme il désire sa propre gloire, et il a pour nous la même ambition que pour lui-même. Ce double sentiment ne se sépare pas, dans son Cœur, du zèle dont il brûle pour la gloire de son Père, et c'est ce qu'il veut nous faire entendre, quand il dit : « Je ne cherche point ma gloire. » (Jo. VIII, 50.) Il ne la cherche point comme les ambitieux de ce monde, au détriment de la gloire divine. Loin d'opposer l'un à l'autre ces deux intérêts, c'est par amour pour son Père autant que par amour pour lui-même, qu'il veut acquérir cette immensité de gloire que son Père lui a destinée. L'amour de soi, qui, dans les autres hommes, est l'ennemi de la charité, et leur fait vouloir leur malheur, est, dans le Cœur de l'Homme-DIEU, le fruit de la charité la plus pure, et lui fait vouloir son bonheur dans le bon plaisir divin.

Or, en faisant de nous les membres de son corps, il étend jusqu'à nous cet amour qu'il a pour lui-même. De même que pour prendre soin des membres de notre corps, nous n'avons qu'à suivre cet instinct qui porte tout être vivant à se conserver; ainsi, l'Homme-DIEU aime son Église et désire le bien-être et l'accroissement de tous ses membres, en vertu du divin amour-propre et de la divine ambition qui le pousse à s'aimer en Dieu, et à rechercher sa gloire dans la gloire de Dieu. Cette comparaison est de saint Paul :

« Nul ne hait sa chair, mais tout homme, au contraire, la nourrit et lui prodigue ses soins ; tel est l'amour et tels sont les soins de Jésus-Christ pour son Église, parce qu'il voit en nous la chair de sa chair et l'os de ses os. » (Eph. vi, 29, 30.)

IV

Et quel est ce bonheur, quelle est cette gloire que le divin Chef désire pour ses membres avec toute l'ardeur de l'amour qu'il a pour lui-même ? Il nous l'a déjà dit : ce bonheur n'est autre que son propre bonheur ; cette gloire est la communication de sa propre gloire.

Ne l'avons-nous pas entendu promettre à ses disciples, pour prix de leur victoire et de leur constance dans les épreuves, de les faire asseoir sur son trône et de les rassasier des mets de sa table, dans le festin de l'éternité ? Gardons-nous de voir, dans ces magnifiques images, de poétiques fictions. La splendeur de l'image ne sert ici qu'à rendre sensibles des réalités bien plus splendides encore. Le trône de Jésus-Christ est la figure de sa gloire et les mets de sa table sont le symbole des délices divines dont son Cœur est rassasié.

Voilà donc ce qu'il nous promet et ce qui doit faire l'objet de notre divine ambition : une gloire et une félicité, toutes semblables, non pas sans doute dans leur intensité, mais dans leur nature, à celles dont jouit l'Homme-Dieu.

Et comment pourrait-il en être autrement, alors que la gloire céleste est la consommation de cette vie divine dont la grâce est le commencement; de cette vie qui est, dans le chrétien, l'émanation de la vie de Jésus-Christ? Puisque la grâce, par laquelle est ébauchée ici-bas notre divinisation, est de même nature, et, comme l'enseigne Suarez, de même espèce que la grâce de Jésus-Christ, la béatitude par laquelle cette divinisation est complétée ne saurait être d'une nature différente.

V

La différence, en effet, pour l'une comme pour l'autre, n'est que dans le degré. A l'humanité du Sauveur la divinité se donne, dans la gloire comme dans la grâce, sans autre mesure que celle qu'exige indispensablement la capacité limitée de l'être créé; à nous, au contraire, ce double don ne peut être fait que dans la mesure de notre union avec le Cœur de Jésus; mais, en nous comme en JÉSUS-CHRIST, le bonheur céleste doit résulter de la manifestation sans voile de la beauté divine et de l'amour surnaturel de la divine bonté. Notre intelligence, comme celle de JÉSUS-CHRIST, est destinée à voir DIEU tel qu'il est et à le contempler dans sa propre lumière ; notre cœur, comme le Cœur de JÉSUS, doit l'aimer par son propre amour ; et puisque le bonheur n'est autre chose que l'amour possédant ce qu'il aime, notre bonheur, comme celui de JÉSUS-CHRIST, sera la participation du bonheur même de DIEU.

Comprenons-le bien : ce bonheur vraiment et strictement divin est notre commune destinée, et, hors de là, il n'y a rien à attendre pour nous que les tourments de l'enfer. Ce n'est donc pas un privilège qu'il nous soit loisible de répudier, c'est une vocation aussi obligatoire qu'elle est glorieuse, aussi rigoureusement imposée qu'elle est gratuitement accordée. Dieux ou démons, cohéritiers de JÉSUS-CHRIST ou captifs du prince des ténèbres, voilà l'alternative en présence de laquelle nous sommes placés. Si nous ne voulons pas être précipités dans l'éternel abîme, il faut élever nos ambitions à la hauteur du trône qui nous est préparé au sommet des cieux.

VI

Nous venons pourtant de le dire : si immense qu'il soit par son objet, le bonheur du chrétien doit avoir une limite. Tous nous sommes destinés à posséder Dieu et, par conséquent, l'infini ; mais nous ne devons pas tous le posséder avec la même plénitude. « L'étoile diffère en clarté de l'étoile, » dit saint Paul, parlant des astres du firmament spirituel (1 Cor. xv, 41) ; et le Sauveur, dans le même discours où il nous promet de nous faire asseoir à sa table, nous avertit que, dans son royal palais, il y a plusieurs demeures. (Jo. xiv, 2.)

De même que toutes les âmes ne reçoivent pas ici-bas la même mesure de grâces, ainsi elles ne sont pas destinées à recevoir dans le ciel la même mesure de gloire.

Est-ce là un motif pour limiter nos ambitions et pour nous endormir dans notre médiocrité ? Non, assurément ; et il va suffire, au contraire, de nous rendre compte de la portion de gloire destinée à chacun de nous, pour trouver, dans cette considération, le plus puissant des stimulants contre notre paresse.

Il nous est impossible, sans doute, de mesurer avec précision la gloire que Dieu nous a préparée de toute éternité ; mais nous avons des indices certains qui nous permettent de la supputer avec une exactitude suffisante.

Nous savons d'abord que, depuis le jour où nous sommes entrés en possession de notre raison et de notre liberté, nous avons pu gagner autant de degrés de gloire que nous avons fait d'actes libres. Car le Saint-Esprit qui, au baptême, avait établi sa demeure dans notre cœur, n'a cessé de répandre sur nous la grâce en vertu de laquelle toutes nos œuvres pouvaient être méritoires du bonheur céleste. Les conditions pour acquérir ces mérites n'étaient nullement difficiles ; il suffisait que nos œuvres ne fussent point en opposition avec la loi de Dieu, et qu'elles fussent animées d'une intention au moins habituelle pour lui plaire. Il n'en fallait pas davantage pour qu'à chacun de nos actes libres répondît un degré de gloire céleste, c'est-à-dire un degré de la possession de Dieu. Or, pour faire un acte libre et, par conséquent, méritoire, combien faut-il de temps ?

Il suffit d'une minute, moins que cela, d'une seconde. C'est donc par le nombre des minutes ou même des secondes, dont s'est composée la durée de notre vie raisonnable, qu'il faut compter les trésors éternels que Dieu avait mis à notre portée.

VII

Il y a plus : ce n'est pas un seul degré de gloire que nous pouvons acquérir par chacun de nos actes libres ; ils peuvent être plus ou moins méritoires, suivant la perfection plus ou moins grande avec laquelle ils ont été accomplis.

De deux hommes qui font la même prière, donnent la même aumône, s'imposent la même mortification, l'un peut gagner dix fois plus que l'autre, parce que son intention aura été plus pure, son amour plus intense, sa fidélité à la grâce plus complète. Il est en notre pouvoir de résister entièrement à l'impulsion intérieure du divin Esprit ; il est également en notre pouvoir de ne lui donner qu'une coopération partielle. Mais si nous agissons avec toute l'énergie de la grâce dont nous sommes prévenus, cette fidélité a, d'après les théologiens, un double résultat : en revêtant d'un mérite plus grand l'acte que nous accomplissons, elle accroît la force de l'habitude surnaturelle, et nous met en état d'augmenter le mérite de tous les actes subséquents. Voilà donc encore un nombre incalculable de degrés de gloire que le chrétien le moins favorisé peut acquérir, et dont les plus favorisés se privent si leur générosité ne répond pas à la libéralité de DIEU.

Hélas! sont-ils nombreux ceux qui répondent toujours avec toute l'énergie de leur volonté aux impulsions intérieures du divin Esprit?

VIII

Voilà pour tous les chrétiens le sujet d'un examen sérieux, auquel la plupart d'entre eux ne songent pas. On s'examine sur les fautes dont on craint de s'être rendu coupable, mais on oublie trop souvent de s'examiner sur les pertes infinies qu'on s'est infligées. Et pourtant, les résultats de ces pertes peuvent être plus funestes que ceux des fautes les plus graves. Celles-ci, une fois parfaitement remises par l'absolution ou la contrition, ne laissent plus de trace dans l'âme et ne la privent pas de la moindre parcelle de son éternel héritage; tandis que, durant l'éternité, le chrétien lâche et paresseux demeurera privé de la gloire qu'il a négligé d'acquérir. Et qui pourra supputer l'étendue du tort qu'il se fait ainsi à lui-même?

A quel total effrayant n'arriverait-on pas, si on pouvait additionner les deux genres de pertes que nous venons d'indiquer : celles qui résultent des heures, des journées, des années peut-être, dont chaque moment aurait dû valoir au chrétien un poids immense de gloire et que sa négligence a rendues stériles, et les pertes résultant de l'incurie avec laquelle il a privé ses bonnes œuvres de la plus grande partie de leur mérite ! Quel amer regret n'éprouverait-on pas, si on pouvait comparer l'immensité des mérites qu'on devrait posséder avec la somme, hélas ! bien exiguë, de ceux qu'on possède en réalité ! Que si ensuite on fait réflexion que chacun de ces mérites, chacun des degrés de gloire qui y correspondent sont d'un prix infiniment supérieur à tous les trésors de l'univers, à tous les biens créés ou créables, on pourra alors comprendre la nécessité de cette ambition divine que nous voudrions exciter dans tous les cœurs.

IX

Pour éviter ces pertes immenses et augmenter dans une proportion incalculable leurs mérites, il suffirait que les chrétiens fussent animés, à l'égard des biens éternels, de l'ardeur qui les pousse à amasser les richesses périssables. Jésus-Christ a semé les mérites de son sang divin sur tout le chemin qui nous conduit au ciel ; il suffit d'étendre la main pour recueillir les pierres précieuses qui doivent former notre éternel diadème ; mais trop souvent, par pure indifférence, nous les foulons aux pieds ; et sans diminuer en rien le travail de chacune de nos journées, nous nous privons de la plus grande partie du salaire que le divin Maître nous destinait.

Telle n'est pas la conduite des vrais amis du Cœur de Jésus. Animés de ces sentiments et désireux de réaliser dans leur plénitude les desseins de son amour, ils tiennent les yeux constamment fixés sur la couronne suspendue sur leur tête, et ils ne peuvent se résigner à sacrifier aucun des joyaux dont elle se compose. Pour eux, les choses du temps n'ont de valeur que dans leur rapport avec les biens éternels. Ils vont donc à travers le monde, aussi indifférents à son mépris qu'à son estime, et uniquement attentifs à se servir de toutes les créatures, comme d'instruments, pour la conquête de leur divin héritage [1].

HISTOIRE

« On vint m'avertir un jour, écrit une supérieure de communauté, qu'une demoiselle, qui avait été autrefois institutrice dans la paroisse, était très malade et refusait les Sacrements, par la raison que jamais elle ne pourrait pardonner à son Curé d'avoir fait venir les Sœurs de Saint-Vincent, qui lui avaient enlevé toutes ses élèves.

« Je me rendis chez elle et la trouvai inébranlable dans sa résolution ; elle répétait sans relâche

---

[1] *Messager*, t. XLII, p. 386 à 399.

qu'il lui était impossible de pardonner. Je compris sans peine que tout raisonnement serait inutile ; mais je retournai l'après-midi, portant avec moi un petit tableau du Sacré-Cœur ; je le fixai près de son lit, en lui disant que j'allais faire une neuvaine pour elle. Je la priai de s'unir à moi et elle me le promit. Le lendemain, je retourne : elle était déjà toute changée, et dès qu'elle me vit entrer :

« Qu'avez-vous fait, me dit-elle, croiriez-vous « que, non seulement je veux maintenant me con- « fesser, mais qu'en outre je ne veux pas d'autre « confesseur que M. le Curé ; oui, je veux lui prou- « ver par là que je lui pardonne entièrement. »

« Je m'empresse d'avertir M. le Curé.

« C'est inutile, elle ne voudra jamais me rece- « voir, me répondit-il tout d'abord. » Cependant, comme je lui assurais que l'image du Sacré-Cœur avait changé ses dispositions et fait disparaître sa haine, il consentit à se présenter. La malade le reçut très bien, se confessa, reçut le Saint-Viatique, et mourut quelques jours après dans les meilleurs sentiments. »

VINGTIÈME JOUR

Leçons du Cœur de JÉSUS [1].

LA RECONNAISSANCE

> *In omnibus gratias agite; hæc est*
> *enim voluntas DEI in Christo.*
> En tout rendez grâces; car telle est la
> volonté de DIEU dans le Christ.
> (1 Thess. v, 18.)

Il semble que tout ce que nous avons dit de la bonté de DIEU à notre égard doit naturellement faire naître, en nous, et entretenir incessamment en témoignage d'un bon cœur la reconnaissance. Néanmoins, il faut l'avouer, c'est un sentiment assez rare, même parmi les chrétiens.

Autant nous sommes exigeants sous ce rapport, envers ceux de nos semblables auxquels nous avons rendu le moindre service, autant nous sommes oublieux de ce que nous devons à Celui de qui nous tenons tout. L'ingratitude est un des vices que les hommes détestent le plus dans leurs

---

1 *Messager du Cœur de* JÉSUS, t. XLIII, 386 à 399.

rapports mutuels, et c'est peut-être celui dont ils saisissent moins l'injustice et la noirceur dans leurs relations avec DIEU. Combien, parmi ceux qui se feraient scrupule de manquer à leurs autres devoirs, oublient de rendre grâces à leur Créateur pour ses immenses bienfaits ; et parmi ceux qui se rendent coupables de cet inexcusable oubli, combien peu songent à s'en accuser et à en faire pénitence !

Les serviteurs du Cœur de Jésus ne sauraient partager cette déplorable aberration. Fidèles à la recommandation de saint Paul, qui nous ordonne de reproduire en nous les sentiments de Jésus-Christ, ils trouvent dans ce divin Cœur, avec les motifs les plus touchants et le modèle le plus parfait de la reconnaissance dont ils doivent être animés envers DIEU, le secours le plus efficace, pour s'acquitter parfaitement de ce devoir.

I

La vie du Cœur de Jésus est une continuelle action de grâces. Déjà, dans cette existence qui a précédé tous les temps, le Verbe de DIEU ne subsiste que par le témoignage par lequel il glorifie DIEU son Père et lui rapporte, par un éternel rejaillissement, la gloire et la divinité qu'il reçoit éternellement de lui. « Comme mon Père m'a envoyé en me communiquant sa vie, dit-il lui-même, je ne vis que pour mon Père. » (Jo. vi, 58.)

Et quand, dans la plénitude des temps, le Fils de Dieu se forma un cœur humain, pour lui communiquer, avec sa vie divine, tous les trésors de lumière, de sainteté et de gloire qu'il reçoit éternellement de son Père, en le chargeant de cette dette infinie, il provoqua en lui un mouvement de reconnaissance également infinie dans son mérite. Et telle a été depuis, sans un moment d'interruption, la vie de ce divin Cœur. Comme il ne cesse pas un seul instant de recevoir du Père la plénitude de la divinité, il ne cesse pas non plus un seul moment de le glorifier et de lui rendre grâces. Chacune des palpitations de ce Cœur divin est composée de deux mouvements, dont l'un se porte vers Dieu son Père, en actions de grâces, pour son infinie bonté, et l'autre vers les hommes, en désir de notre salut. Ces deux mouvements sont inséparables. Tout ce qu'il désire pour nous, il ne doute pas qu'il ne le reçoive de la bonté de son Père; car c'est de cette bonté infinie que procède l'amour dont il est lui-même embrasé pour nous.

Sa propre existence est le plus précieux de tous les dons que notre Créateur peut nous faire, et ce don est le gage de tous les autres; « car, dit saint Paul, après nous avoir donné son propre Fils, comment Dieu pourrait-il nous refuser quoi que

9.

ce soit ? » Jésus-Christ n'a donc besoin, pour tout obtenir de Dieu son Père, que de lui rappeler cette preuve d'amour qu'il porte en lui-même ; et comme, pour son propre compte, il ne cesse de remercier son Père de s'être donné à lui, il le remercie également sans cesse, pour nous, du don qu'il nous a fait de lui. Cette perpétuelle action de grâces est le prélude de toutes ses prières et le gage certain de leur efficacité.

C'est ce que le Sauveur nous fait comprendre lorsque, avant d'opérer un de ses plus grands miracles, la résurrection de Lazare, il lève ses yeux au ciel et dit à son Père céleste : « Mon Père, je vous rends grâces de ce que vous m'avez écouté. Vous m'écoutez toujours, je le sais, mais je le dis pour ceux qui m'entourent, afin qu'ils sachent que vous m'avez envoyé. »

II

Il est une circonstance de la vie du divin Maître, plus solennelle encore, dans laquelle il a voulu faire paraître au dehors, avec encore plus d'éclat, cette action de grâces, qui est la continuelle occupation de son Cœur. Lorsqu'il a commencé cette troisième existence, qui devait être le complément de sa vie humaine, comme sa vie humaine est l'extension de sa vie divine ; lorsque, par l'institution de la sainte Eucharistie, il a voulu se rendre présent à tous les hommes, et s'immoler sur tous les autels, comme par le mystère de l'Incarnation il s'était rendu présent à l'humanité et immolé pour elle sur le Calvaire; il a tenu à nous faire comprendre qu'en se multipliant ainsi, il avait surtout en vue de rendre son action de grâces, sinon plus étendue, au moins plus visible.

Aussi les Evangélistes ont-ils grand soin de nous faire remarquer qu'avant de changer le pain en son corps, comme avant de changer le vin en son sang, il leva les yeux au ciel, et rendit grâces à DIEU son Père. Ce sacrement aura sans doute d'autres fins. Le Cœur de JÉSUS, dans l'Eucharistie, accomplira pour nous tous les devoirs que la majesté, la justice, la puissance infinies de DIEU, imposent à la créature. Ainsi que le sacrifice du Calvaire, le sacrifice de l'autel sera un hommage parfait d'adoration, d'expiation, de supplication; mais ce sera plus particulièrement un sacrifice d'actions de grâces; et c'est de là qu'il tirera son nom propre; car tel est le sens du mot *Eucharistie*.

III

En nous mettant constamment sous les yeux la perpétuelle occupation de l'hôte divin de nos

tabernacles, ce mot nous exprime le devoir imposé à tous ceux qui se font gloire de reproduire
en eux-mêmes tous ses sentiments. Nous ne saurions nous flatter d'être les vrais disciples et les
fidèles imitateurs du Dieu de l'Eucharistie, si notre
vie, comme la sienne, n'était une continuelle Eucharistie, une action de grâces perpétuelle.

Et comment pourrions-nous oublier ce devoir,
sans nous rendre coupables de la plus flagrante
injustice? Si la justice consiste à rendre à chacun
ce qui lui appartient, ne nous oblige-t-elle pas,
avant tout, à payer nos dettes à celui qui nous a
donné tout ce que nous avons et tout ce que nous
sommes?

Le mot de dettes n'est certes pas ici une simple
figure de langage; il ne saurait, au contraire,
avoir aucune application plus rigoureuse. Les
biens de la nature et de la grâce, dont Dieu a été
si prodigue à notre égard, ne sont pas de purs
dons. Ils nous ont sans doute été départis gratuitement; mais, si Dieu n'a pas exigé pour les répandre sur nous un prix que nous étions incapables de lui offrir, il a mis une condition à cette
concession gratuite : il a exigé en retour l'action
de grâces; et cette exigence est tellement rigoureuse, que lui, qui peut tout, ne peut pas nous en
dispenser. Il peut tout, mais il ne peut pas se
détruire lui-même; et ce serait se détruire, que
de consentir à ce que tous les biens, qui émanent

de lui comme de leur unique principe, ne retournassent pas à lui comme à leur fin. C'est par la reconnaissance que nous faisons remonter vers sa source ce fleuve de grâces, qui, du sein de DIEU, ne cesse de se répandre sur nous.

Or, remarquons-le bien, c'est par l'action de grâces que nous faisons rejaillir vers le divin soleil ce rayonnement de lumière et de chaleur, par lequel il ne cesse de vivifier nos âmes. Par elle, nous rendons à DIEU un témoignage semblable à celui que son Verbe lui rend durant l'éternité, en proclamant qu'il est l'unique principe de tout être, de toute perfection, de toute richesse, de toute vraie félicité. Vouloir nous dispenser de l'action de grâces, serait vouloir séparer le rayon de son foyer, le fleuve de sa source; ce serait refuser à DIEU la gloire dont il a déclaré qu'il lui était impossible de se dépouiller. Peut-on concevoir une injustice plus flagrante, un plus inexcusable larcin?

IV

Et cette injustice, comprenons-le bien, ne serait pas moins nuisible à nos intérêts qu'elle serait préjudiciable au droit de DIEU.

En refusant à sa bonté le retour qu'elle exige pour les biens dont elle nous comble, nous taririons la

source de ses divines effusions. En cherchant à
séparer les rayons de leur foyer, loin de nous en
assurer la possession, nous les verrions immédiatement s'éteindre. N'est-ce pas la raison principale pour laquelle nous demeurons si pauvres,
nous à qui le Tout-Puissant, en nous donnant son
Fils unique, s'est montré disposé à prodiguer
tous ses trésors? Par nature, Dieu est infiniment
généreux. Pouvant enrichir toutes ses créatures
sans s'appauvrir, il ne trouve en lui-même aucun
motif de se montrer avare à leur égard. Sa bonté
infinie ne peut éprouver d'autre besoin que celui
de se répandre. Et nous voyons, en effet, qu'à
l'égard des créatures, même les plus imparfaites,
il subvient avec surabondance à leurs besoins.

Que ne ferait-il donc pas, soit dans l'ordre de la
nature, soit surtout dans l'ordre surnaturel, envers ceux auxquels il a fait don de son Fils unique? Ne serait-il pas en contradiction avec lui-
même, s'il mettait, de son propre gré, des termes
à sa générosité? Évidemment, notre pauvreté ne
peut venir que de nous-mêmes, et nous venons
d'en signaler une des principales causes. C'est
par notre ingratitude que nous lions les mains à
la libéralité divine. Comme ces lépreux de l'Évangile qui, après avoir sollicité à grands cris leur
guérison, ne songèrent pas à venir en rendre
grâces; nous ne levons les yeux au ciel que lorsque nous sommes contraints par le sentiment du

besoin ; mais, aussitôt que l'aiguillon de la nécessité cesse de nous presser, nous oublions la main
qui nous nourrit.

Bien plus, dans les bienfaits de Dieu, souvent,
nous trouvons un motif pour nous renfermer en
nous-mêmes, comme si nous pouvions nous suffire ; et ce qui devrait être le stimulant de notre
reconnaissance devient la cause de notre ingratitude.

V

Or, quelle excuse pouvons-nous avoir, pour
nous soustraire à un devoir aussi doux ?

Nous en coûte-t-il de remercier ceux de nos
semblables auxquels nous avons la moindre
obligation ?

Nous ne manquons pas même de dire merci,
non seulement à nos supérieurs et à nos égaux,
mais à nos inférieurs eux-mêmes, lorsqu'ils nous
rendent quelqu'un des services pour lesquels
nous les avons pris à nos gages. Les simples con-
venances de la politesse suffisent, à défaut de loi,
pour nous faire aller, sous ce rapport, bien au delà
de ce qu'exigerait la justice. Devrait-il nous en
coûter davantage pour témoigner notre reconnaissance à notre Père des cieux et à notre miséricordieux Rédempteur ? Ne devrions-nous pas,
au contraire, nous sentir pressés, par ce poids

immense de bienfaits dont il nous comble sans cesse, de faire remonter vers le ciel l'hommage de notre gratitude?

Essayons de compter ces bienfaits.

Et d'abord, dans l'ordre de la nature, notre existence qui, gratuitement donnée au premier instant, nous est à chaque instant gratuitement conservée; les organes de notre corps et leur merveilleux fonctionnement; les éléments extérieurs et leur vivifiante influence, la lumière qui nous éclaire, la chaleur qui nous vivifie, l'air qui réchauffe notre sang, l'eau qui nous rafraîchit, les aliments et les boissons qui entretiennent notre vie; nos facultés spirituelles, et leur vertu bien plus merveilleuse que celle de nos organes; la mémoire, qui nous rend présent le passé; l'intelligence, qui nous permet de prévoir l'avenir; la volonté, par laquelle nous pouvons nous gouverner nous-mêmes et faire servir à notre bonheur les autres créatures; la société, l'amitié et le secours de nos semblables : autant de biens que Dieu répand sur nous sans cesse dans l'ordre de la nature.

Et combien, dans l'ordre de la grâce, il se montre encore plus généreux à notre égard! Si, par le premier de ces deux genres de biens, il nous donne tout ce que nous avons et tout ce que nous sommes, par le second, il nous donne tout ce qu'il a et tout ce qu'il est lui-même : son Esprit, sa vie, sa lumière, son amour, en attendant qu'il puisse nous donner sa gloire et sa félicité ; les inspirations et les grâces intérieures ; l'Évangile et ses divins enseignements ; les sacrements et les secours par lesquels ils répondent à toutes les nécessités de notre vie morale ; l'Église et les travaux de ses pasteurs et de ses apôtres ; l'Eucharistie, enfin, ce don des dons, par lequel l'auteur même de la grâce, le DIEU du ciel, nous est continuellement présent et s'offre à devenir chaque jour notre nourriture.

VI

Les bienfaits que nous venons d'énumérer très sommairement sont ceux que nous avons actuellement reçus ; mais ce ne sont pas tous ceux dont nous sommes redevables, à la générosité de notre divin bienfaiteur. Nous ne lui devons pas moins de reconnaissance pour ceux qu'il nous avait destinés et dont nous nous sommes privés, par notre infidélité et notre négligence. Et qui peut mesurer l'étendue de ce nouveau genre de dettes ?

Pouvons-nous même soupçonner ce que nous serions en ce moment, si, depuis le commencement de notre vie raisonnable, nous eussions prêté un concours parfaitement fidèle aux desseins du divin amour ? Pouvons-nous supputer les trésors

de mérite que nous aurions acquis, les lumières
qui éclaireraient notre intelligence, les ardeurs
dont notre cœur serait embrasé, les forces surnaturelles et les saintes habitudes qui permettraient
à notre volonté de courir dans la voie de la perfection?

Et les trésors de gloire que nous serions assurés
d'échanger après notre mort, contre ces trésors
de mérite, pouvons-nous en imaginer l'immensité et la divine splendeur?

Il n'a pas tenu à DIEU que toutes ces richesses
ne fussent entre nos mains : sa providence nous
les avait destinées ; JÉSUS - CHRIST nous les
avait acquises par ses souffrances et obtenues
par ses prières; le Saint-Esprit nous offrait son
secours pour nous les approprier, et nous excitait
par ses inspirations à les saisir. Mais si notre
lâcheté nous en a privés, nous ne sommes pas
moins tenus à remercier la bonté divine qui les
mettait à notre disposition.

Nous sommes ainsi tout entourés et tout pénétrés des effusions de la bonté divine. C'est un
océan dans lequel nous sommes plongés et qui
nous remplit tout entier : c'est l'air que nous res-
pirons, l'aliment dont nous sommes constamment
nourris. Et provoqués ainsi continuellement par
l'infinie générosité de notre Père céleste et de
notre miséricordieux Rédempteur, nous demeurons insensibles à cette incessante provocation!

C'est à peine si une ou deux fois par jour nous faisons un acte de remerciement; et encore cet acte est-il souvent accompli par nos lèvres seules, sans que notre cœur y ait aucune part. Il se réduit à une pure formalité, dont nous nous acquittons par routine et dont le moindre prétexte suffit à nous dispenser, au lieu d'être le premier besoin de notre cœur et le plus irrésistible de nos instincts !

VII

Il n'en saurait être ainsi de nous, si nous permettons au Cœur de Jésus de nous animer de son Esprit.

Cet Esprit d'amour, qui est le principe de la reconnaissance dont il est animé à l'égard de Dieu son Père, nous inspirera le même sentiment, du moment que nous ne résisterons plus à son action. Nous verrons alors s'établir entre ce divin Cœur et le nôtre cette parfaite correspondance qui fait que, dans notre corps, toutes les artères battent à l'unisson du cœur et reproduisent ses palpitations. Comme la vie du Cœur de Jésus, notre vie se composera de deux mouvements, lesquels, loin de diviser nos forces, les accroîtront par leur harmonie. Le sentiment des continuels bienfaits dont nous comble la bonté divine, en provoquant dans notre cœur un mouvement

d'immense gratitude, stimulera notre zèle pour le
salut de nos frères et centuplera la fermeté de
notre espérance. La reconnaissance deviendra
ainsi l'appui et le stimulant de notre Apostolat.

Grâce au don que le divin Maître nous a fait de
son Cœur, nous pouvons acquitter pleinement la
dette infinie que nous avons contractée. En offrant
à Dieu le Père les actions de grâces du Cœur de
son Fils, nous lui rendons autant et plus que nous
n'avons reçu de lui ; car, si ses dons sont infinis
en eux-mêmes, nous ne pouvons les recevoir que
suivant la capacité bornée de notre nature, tandis
qu'en lui offrant les actions de grâces du Cœur de
Jésus, c'est un infini véritable, quant à la dignité
et au mérite, que nous lui rendons.

Que ce divin Cœur soit donc notre Eucharistie,
comme il est notre rédemption et notre sanctification. Rendons sans cesse grâces à Dieu avec
lui, en lui et par lui. Nourrissons-nous comme
lui du sentiment de la bonté infinie de Dieu, son
Père. Par là, nous donnerons à notre âme, dès la
vie présente, l'aliment dont se rassasient les saints
du ciel, et notre vie, en devenant plus heureuse,
deviendra bien plus méritoire pour nous et plus
sanctifiante pour nos frères [1].

---

[1] *Messager du Cœur de* Jésus, t. XLIII, p. 385 à 399.

HISTOIRE

On nous écrit du séminaire de Pondichéry :
« Un enfant païen qui fréquente notre séminaire
me demanda, l'autre jour, un scapulaire du
Sacré-Cœur. Je craignis une profanation, et je
refusai. L'enfant comprit la raison de mon refus.

« Ne crains rien, père, me dit-il, je le respecte-
« rai. »

« Je cédai à ses sollicitations. L'enfant em-
porta son scapulaire et le cacha avec soin. Quelque temps après, le choléra fond sur la ville,
l'enfant est atteint par le fléau et réduit à une
telle extrémité, qu'il fut abandonné des médecins
et de tout le monde. La mort était inévitable. Cependant, l'enfant se traîne péniblement vers le
lieu secret où il a caché son scapulaire. Il le prend,
se l'applique sur la poitrine, en invoquant le DIEU
des chrétiens. A la surprise générale, la maladie
incurable est conjurée et le petit païen est guéri.
Il est venu lui-même nous raconter le miracle.

« Ce fait n'est pas isolé ; je ne finirais pas, si je
voulais faire l'énumération des merveilles que le
sacré Cœur opère parmi nos Hindous. »

VINGT ET UNIÈME JOUR

Le Cœur de JÉSUS et l'Eucharistie [1].

> *Verbum caro factum est, et habitavit in nobis.*
>
> Le Verbe s'est fait chair, et il a habité au milieu de nous.　　(Jo. 1, 14.)

I

Prosternons-nous tout d'abord au pied du Tabernacle et écoutons avec respect ce que la foi nous dit : « Celui qui est dans cet humble tabernacle est mon DIEU, et il est là, toujours vivant, pour intercéder en notre faveur. *Semper vivens ad interpellandum pro nobis.* »

Ce même DIEU qui, à Bethléem, avait renfermé son immensité dans les étroites proportions du corps d'un petit enfant ; qui, au Calvaire, avait enveloppé sa gloire du manteau de l'ignominie ; nous le voyons là, dans ce Tabernacle, abaissé, rapetissé, anéanti encore plus complètement. Ne s'est-il pas, en effet, renfermé sous les apparen-

---

[1] *Messager*, t. XXVII, p. 212 à 216.

ces d'une vile matière, privée de toute vie et de
tout mouvement? Oui, sous la moindre des parcelles contenues dans ce Tabernacle, JÉSUS-CHRIST
est tout entier, avec tous ses attributs, toute sa
puissance, toute sa gloire, aussi vivant, aussi
heureux, aussi aimant qu'il l'est au ciel. C'est par
cet acte de foi qu'il faut commencer notre visite
à l'autel du Cœur de Jésus. Il faut nous efforcer de comprendre et de sentir que, lorsque
nous sommes devant le saint Tabernacle, nous
n'avons rien à envier aux anges du ciel, dont le
bonheur consiste à se tenir devant le trône de
l'Agneau, à contempler sa gloire et à chanter ses
louanges.

Il y a plus encore : dans un sens très vrai,
notre condition est infiniment préférable à la leur.
Nous ne contemplons pas, comme eux, sa gloire,
mais nous pouvons recevoir les accroissements
continuels de sa grâce. Cette grâce, qui coule
sans cesse du saint Tabernacle comme les eaux
d'une source toujours jaillissante, peut en nous
s'augmenter sans mesure, tandis que les anges
n'en peuvent plus recevoir aucune augmentation.
Or, chaque goutte de cette eau divine est d'un prix
infini.

II

C'est donc par amour pour nous que Jésus-Christ se cache à nos regards sur la terre, comme c'est par amour qu'il se révèle aux Bienheureux dans le ciel. Ceux-ci, arrivés au terme, sont garantis par la claire vue de leur Dieu contre le danger de le perdre ; nous, encore dans la voie, nous trouvons, dans les obscurités dont il s'enveloppe, le pouvoir de faire d'immenses profits. Dans le ciel, il manifeste mieux aux anges les splendeurs de sa beauté ; dans l'Eucharistie, il nous rend plus facile la participation de plus en plus abondante aux trésors de sa bonté.

Cette présence, à la fois visible et invisible, est celle qui nous convient le mieux. Assez sensible pour fixer l'attention de notre esprit, qui ne peut rien saisir sans le concours des sens, elle fournit à notre foi l'occasion de remporter sur les sens une glorieuse victoire. Elle est donc, par rapport à notre condition présente, un plus grand bienfait que si Jésus-Christ déchirait tous les voiles, et se montrait à nous dans tout l'éclat de sa divine beauté. Cette révélation nous ferait jouir du bonheur du ciel ; mais elle nous ôterait le trésor dont l'acquisition est l'objet de notre existence terrestre : le mérite.

Elle nous ferait jouir plus tôt de notre fortune céleste, mais elle nous mettrait hors d'état de l'accroître. De même donc qu'un ami éclairé détournerait un négociant, engagé dans des opérations lucratives, de les interrompre pour réaliser avant l'heure ses capitaux; ainsi JÉSUS-CHRIST refuse, dans notre intérêt, de se montrer à nous avec une clarté qui nous mettrait dans la nécessité de l'aimer, et nous ôterait le mérite de le servir.

Lorsque Joseph, pour éprouver ses frères et leur fournir l'occasion de réparer leur crime, cacha la tendresse de son affection sous les dehors d'une inexorable rigueur, il ne pût s'empêcher de compatir à l'affliction que leur causait cette épreuve. Son amour le portait, tout à la fois, à maintenir son déguisement et à partager la douleur dont ce déguisement était la cause. C'est par dévouement qu'il se faisait violence, pour contenir les élans de sa tendresse.

Ainsi fait le divin Sauveur dans la très sainte Eucharistie; s'il n'écoutait que sa tendresse, il se montrerait sous ses traits véritables et ferait tomber la barrière qui nous sépare de lui. Mais dans l'intérêt de son épouse, le divin Époux demeure caché derrière ce treillis, qui nous le laisse assez voir pour exciter nos désirs et pas assez pour les rassasier; assez pour stimuler l'ardeur de notre reconnaissance, et pas assez pour en diminuer le mérite.

9..

III

Pour nous procurer ces avantages, il faut qu'il
se fasse une sorte de violence, qu'il accomplisse
des miracles bien plus étonnants que ceux qui
priveraient le soleil de sa clarté et suspendraient
le cours des fleuves; qu'il supprime le rejaillissement de sa majesté; qu'il s'environne des apparences de l'immobilité et de la mort, lui, le Dieu
vivant, qui fait mouvoir les mondes; qu'il anéan-
tisse son infinie grandeur. Comment ne pas voir,
dans de semblables prodiges, la marque d'un
amour vraiment infini?

Voilà ce que découvre le premier regard de
notre foi dans les profondeurs du saint Tabernacle. Non seulement les mystérieuses ténèbres qui
y règnent ne nous empêchent pas d'y découvrir
l'amour du Cœur de Jésus, mais ces ténèbres
elles-mêmes nous révèlent l'immensité de son
amour. Quoi de plus propre que cette pensée à
nous animer de la piété la plus vive, lorsque nous
venons adorer le Dieu de l'Eucharistie! Elle nous
fait trouver un stimulant pour notre ferveur dans
ce qui éloigne les chrétiens à foi languissante.
Nous ne sommes plus tentés d'envier le bonheur
de ceux qui ont pu voir, de leurs yeux, le Sauveur, entendre sa parole, jouir de la douceur de
ses entretiens.

Du moment que l'obscurité dont il s'enveloppe est, pour nous, une preuve de sa bonté, nous nous approcherons de cet autel, où il se cache, avec plus de reconnaissance et d'amour que s'il s'y montrait à nous dans sa ravissante beauté.

« Oui, lui dirons-nous, vous êtes le Dieu caché ; mais vous n'en êtes pas moins le Dieu d'Israël. (Is. xv. 15). Demeurez caché tant que vous voudrez ; c'est ainsi que nous vous aimons. Sous ce divin déguisement, vous êtes encore infiniment aimable, et vous y possédez un genre de beauté que vous n'avez pas au ciel. Si épais que soient les voiles qui vous couvrent, les rayons de votre gloire les traversent et nous laissent entrevoir les traits de votre visage. Derrière ce treillis, transparent pour notre foi, vous êtes encore le « Bien-« Aimé. » (Cant. xi, 9).

« Vous vous cachez, mais nous vous voyons ; vous vous taisez, mais nous vous entendons ; vous paraissez vous dérober à nous, mais nous vous embrassons ; et vous vous donnez à nous avec d'autant plus de mérite que vous nous refusez davantage la jouissance de vous posséder [1]. »

---

[1] *Messager*, t. XXVII, p. 212 à 216.

IV

S'il en est ainsi — et quel chrétien peut en douter ?
— où donc irons-nous chercher, de préférence, le
Cœur de notre Dieu ; où donc irons-nous lui offrir,
de préférence, nos hommages d'adoration et de
réparation, si ce n'est dans ce Tabernacle, où ce
Cœur divin n'est pas seulement en image, en symbole, mais en réalité !

Quelques zélés adorateurs de Jésus-Eucharistie
ont craint, dans le début, que la dévotion au sacré
Cœur ne vînt se poser en rivale de la dévotion à
l'Eucharistie, qu'elle ne détournât l'attention des
fidèles et n'amoindrît leur piété, en la fixant sur un
organe de Notre-Seigneur plutôt que sur toute sa
personne présente sur nos autels. C'est une crainte
mal fondée : ces deux dévotions, loin de se nuire,
se prêtent un mutuel secours ; l'Eucharistie conduit au Cœur de Jésus, et le Cœur de Jésus conduit à l'Eucharistie. C'est là ce qu'attestent d'abord
les faits et les révélations de Notre-Seigneur à la
B. Marguerite-Marie, et ce que prouve la raison
elle-même à ceux qui ont une notion exacte de la
dévotion au sacré Cœur.

V

Les faits le prouvent d'une manière péremptoire. Où en était la fréquentation des sacrements, lorsque s'établit la dévotion au sacré Cœur?

Hélas! dans un grand nombre de pays des plus catholiques, on se contentait de la communion pascale, et des communautés, réputées ferventes, croyaient faire assez en s'approchant, trois ou quatre fois par an, de la sainte Table. Quel immense progrès la dévotion au sacré Cœur n'a-t-elle pas fait faire à la piété chrétienne, sur ce point!

Grâce à elle, des chrétiens nombreux s'approchent, chaque mois, chaque semaine, chaque jour, de la sainte Table, et, dans plusieurs régions, les rapports des pasteurs constatent qu'aux premiers vendredis de chaque mois, il y a autant de communions qu'au jour de Pâques! Quel est l'aimant mystérieux et puissant qui attire ces chrétiens? L'amour pour le sacré Cœur, le désir de lui plaire et de réparer l'indifférence que lui témoignent tant d'âmes pour lesquelles il s'est immolé.

Du reste, et ceci peut nous servir de pierre de touche, quels ont été les adversaires les plus acharnés de la dévotion au sacré Cœur? Ceux même qui étaient les adversaires de la fréquentation des Sacrements. Non, jamais les jansénistes n'ont vu dans cette touchante dévotion une arme contre l'Eucharistie; mais avec l'instinct de sectaire que favorisait l'esprit de tout mal, ils ont vu dans cette dévotion le moyen le plus efficace que l'on pût imaginer pour attirer les âmes à la sainte Table, et dès lors ils lui déclarèrent une guerre implacable qui, pendant longtemps, entrava la libre extension de ce culte. Cette haine des jansénistes est une excellente preuve de ce que nous avons dit, à savoir, que la dévotion au sacré Cœur conduit à l'Eucharistie.

VI

C'est encore la conclusion qui s'impose à tous ceux qui lisent, avec attention, les révélations de Notre-Seigneur à la B. Marguerite-Marie.

Chose étonnante! Notre-Seigneur, pour apprendre à la B. Marguerite-Marie le culte spécial de son sacré Cœur, n'a voulu lui apparaître que dans la sainte Eucharistie. Dans quelles circonstances la Bienheureuse a-t-elle eu les trois grandes visions relatives au culte de son Cœur? N'est-ce pas quand elle était en adoration devant le Saint-Sacrement, ou qu'elle le possédait en elle après la sainte Communion? Et pour ce qui regarde la dernière vision, c'est le jour même de l'Octave du Saint-Sacrement que Jésus, présent dans la sainte Eucharistie, apparait aux yeux de sa servante, et qu'il lui dit en montrant son Cœur embrasé : « *Voilà ce Cœur qui a tant aimé les hommes!* et pour lequel, je te demande un culte spécial. »

N'était-ce pas lui dire : « Tu considèreras mon Cœur comme présent dans l'Eucharistie, tu l'honoreras dans ce Sacrement. Toi qui adores mon Sacrement, fais-le de préférence par des hommages rendus à mon Cœur, qui est là présent. »

Ce dessein du bon Maître ressort des exercices qu'il lui prescrit. Quels furent ces exercices? Ce fut la Communion fréquente, très fréquente. « Tu me recevras dans le Saint-Sacrement autant de fois que l'obéissance te le permettra. » Ce fut la communion du premier Vendredi du mois ; ce fut l'heure d'adoration dans la nuit du jeudi au vendredi, ce fut la célébration de la fête du Sacré-Cœur par une Communion réparatrice.

La B. Marguerite-Marie comprit si bien la pensée de son Maître sur ce point, qu'elle soupirait sans cesse après la sainte Communion. Un jour même, Notre-Seigneur, touché de ce désir, lui dit : « Ma fille, ton désir a pénétré si avant dans mon Cœur, que, si je n'avais pas institué ce Sacrement d'amour, je le ferais maintenant pour me rendre ton aliment. » C'est sur Jésus-Hostie qu'elle modèle sa vie, si bien qu'on a pu l'appeler une âme

Eucharistique. Écoutons-la nous retracer l'esprit qui l'animait dans la pratique de ses œuvres et dans le détail de ses actions : il y a là de grands enseignements.

« Premièrement, Il épousa mon âme en l'excès de sa charité, mais d'une manière et union inexplicables, changeant mon cœur en une flamme de feu dévorant, afin qu'il consume tous les amours terrestres qui s'en approcheraient, me faisant entendre que, m'ayant destinée à rendre un continuel hommage à son état d'hostie et de victime au Saint-Sacrement, je devais, en ces mêmes qualités, lui immoler continuellement mon être par amour, adoration, anéantissement et conformité à la vie de mort qu'il a dans la sainte Eucharistie; pratiquant mes vœux sur ce divin modèle, lequel est dans un tel dénûment de tout, qu'il s'est mis en état de recevoir de ses créatures tout ce qu'elles voudront lui donner et lui rendre.

« De même, par mon vœu de pauvreté, je ne dois pas seulement être dépouillée des biens et des commodités de la vie, mais encore de tous plaisirs, consolations, désirs et affections de tout propre intérêt, me laissant ôter et donner comme si j'étais morte ou insensible à tout.

« Qu'y a-t-il de plus obéissant que mon Jésus en la sainte Eucharistie, où il se trouve à l'instant que les paroles sacramentelles sont prononcées, que le prêtre soit bon ou mauvais, ou quel usage il en veuille faire, souffrant d'être porté en des cœurs souillés de péchés dont il a tant d'horreur! De même, à son imitation, il veut que je m'abandonne entre les mains de mes supérieurs, pour rendre hommage à l'obéissance de Jésus dans l'hostie, dont la blancheur m'apprend qu'il faut être une victime pure pour lui être immolée, pure de corps, de cœur, d'intention et d'affection.

« Pour se transformer en lui, il faut mener une vie sans curiosité, mais d'amour et de privation, me réjouissant de me voir méprisée et oubliée, pour réparer l'oubli et le mépris que mon Jésus reçoit dans l'hostie.

« Mon silence intérieur et extérieur sera pour honorer le sien. Lorsque je parlerai, ce sera pour rendre hommage à cette parole du Père, ce Verbe divin qui est caché dans l'hostie.

« Lorsque j'irai prendre ma réfection, je l'unirai à cette nourriture divine dont il sustente nos âmes dans la sainte Eucharistie, lui demandant que tous les morceaux soient autant de communions spirituelles qui m'unissent à lui.

« Mon repos sera pour honorer celui que mon Jésus prend dans le sein de son Père et qu'il a dans l'hostie; mes peines et mortifications, pour réparer les outrages qu'il reçoit dans la sainte hostie.

« J'unirai toutes mes oraisons à celles que le sacré Cœur de Jésus fait pour moi dans l'hostie. »

Nul, sans contredit, n'interpréta mieux l'esprit
de la dévotion au sacré Cœur que celle qui, par
une délégation divine, en fut l'interprète autorisée.
Or, d'après ce que nous venons de dire, on voit,
que si la B. Marguerite-Marie cherchait à reproduire, jusque dans le plus petit détail de ses actions, les vertus du Cœur de Jésus, c'était principalement sur les vertus dont ce divin Cœur nous
donne l'exemple dans l'Eucharistie qu'elle mode-
lait sa vie.

Comme la B. Marguerite-Marie, cherchons donc
en tout et partout le Cœur de notre auguste Maître,
mais cherchons-le dans le Sacrement de son
amour. Ainsi, dans la pratique, nous fondrons ces
deux dévotions en une seule, dont les fruits seront
admirables.

HISTOIRE

Un excellent prêtre nous écrivait : « Qu'heureux
sont les prêtres qui voient leurs paroisses dotées
d'une statue du Sacré-Cœur, et riches surtout de
la dévotion à ce Cœur adorable ! Je n'ai pas ce
bonheur ; ici, pas de statue, et, chose plus triste
encore, pas ombre de dévotion à ce divin Cœur,
rien que du dédain. A la fête du Sacré-Cœur, au
premier Vendredi du mois, non seulement pas
une communion, mais pas une âme qui assiste à
la sainte Messe ! Quand j'ai voulu parler de cette

dévotion, on a souri de ma simplicité. Les femmes appelées ici dévotes font à peine leurs Pâques. Si j'avais une statue du Sacré-Cœur, des images, des médailles, peut être, en les voyant, mes ouailles se décideraient ; mais, hélas ! je manque même souvent du nécessaire... »

Nous procurâmes à ce bon prêtre une belle statue, et voici comment une seconde lettre nous racontait le miracle de conversion opéré par la statue :

« Dimanche dernier donc, 1er juillet, nous avons célébré une fête hors ligne en l'honneur du sacré Cœur. En cette solennité, dont le souvenir restera vivant dans nos cœurs, nous avons eu inauguration, pour la paroisse, du culte du sacré Cœur et bénédiction de sa statue. La fête commence le samedi, 30 juin, à midi, par la sonnerie des cloches. Même sonnerie le soir, au coucher du soleil, et encore le dimanche de grand matin et à midi. Les anges de la paroisse leur ont donné mission de remuer tous les cœurs, et leur mission, elles la remplissent avec entrain, je vous assure.

« L'église est bien belle ; pour l'orner, nous sommes allés dans les bois chercher de beaux feuillages ; dans les jardins, cueillir toutes les fleurs. A la première messe, chants pieux et une vingtaine de communions. Quel prodige, pour ma paroisse ! Dans la matinée, seconde messe, mais celle-ci chantée, et fort bien. Aux deux messes,

assistance bien convenable. Je vois que mes paroissiens tiennent ce jour pour un jour de fête
choisie.

« A cinq heures du soir, les vêpres : mon église
est bondée ; il ne manque personne de la localité ;
tous les hommes, tous les jeunes gens sont venus,
aussi empressés que les femmes et les jeunes filles ; tous les enfants aussi sont là. Bien plus, le
divin Cœur nous a amené pour sa fête, pour son
triomphe, beaucoup de pèlerins du voisinage.
Tout ce monde ne peut entrer dans la maison du
bon Dieu ; mais on se tient au dehors, aussi recueilli qu'à l'intérieur du saint Temple. Tout le
peuple chante les vêpres avec enthousiasme, et
avec une piété qui émeut. Le *Salve Regina* vient
de finir, en l'honneur de Marie. Voici l'heure du
Sacré-Cœur.

« Le clergé sort de l'église et se rend au pres-
bytère, escorté d'un bataillon d'hommes qui veulent être les premiers à porter le Sacré-Cœur. Nous
allons le chercher. Notre garde d'honneur le prend
avec respect sur les épaules, et nous voilà en marche vers l'église. A la voix des prêtres, qui chantent
lentement : *Cor* Jesu *sacratissimum, miserere
nobis !* tous les fidèles se retournent vers la statue
et l'émotion déjà est vive, visible ; il en est même
qui pleurent.

« Presque debout sur un magnifique lit de parade et dominant toutes les têtes, le Sacré-Cœur

s'avance en triomphe. Il faut voir comme mes
hommes sont fiers de lui offrir leurs vaillantes
épaules! Tous veulent le porter. Ceux-ci se plai-
gnent qu'ils ne l'ont pas encore eu ; ceux-là avouent
qu'ils l'ont porté un peu, mais pas assez, et ils
veulent le porter encore. C'est une dispute toute
sainte et vraiment édifiante.

« Les porteurs s'avancent lentement, à travers
cette foule émue, et pénètrent jusqu'au sanctuaire.
Là, le prêtre bénit solennellement la magnifique
statue, dont la tête, les mains levées au ciel, et
surtout le Cœur, attirent tous les regards et inspi-
rent la piété.

« Monseigneur l'Évêque a bien voulu attacher
à la précieuse statue qui nous redit l'amour du
divin Cœur une indulgence de quarante jours, applicable aux défunts. La bénédiction achevée,
une splendide procession se déroule au milieu des
saints cantiques, qu'exécutent sur tout le par-
cours des chœurs de jeunes filles, d'hommes et
de jeunes gens. Ma pauvre paroisse n'avait jamais
rien vu de pareil. C'est un entrain, c'est un enthousiasme impossible à décrire et qui m'arrache
des larmes de joie.

« Rentrés à l'église, nos porteurs vont déposer
au pied de l'autel leur précieux fardeau; et puis,
les plus honorables du pays le dressent sur un
trône richement doré, que l'amour et la reconnaissance lui ont élevé à l'entrée du sanctuaire.

10

Quel moment! Qui peut décrire cette joie? on dirait une vision du ciel.

« Nous tombons à genoux, et nos lèvres, mais surtout nos cœurs, redisent lentement, avec foi, avec amour, l'amende honorable au divin Cœur.

« La bénédiction solennelle clôture cette fête, dont le souvenir vivra longtemps dans le cœur de mes ouailles et de tous ses heureux témoins.

« A l'heure du départ, pas un assistant ne se retire sans venir réciter devant le Cœur sacré son *Pater* et son *Ave*, pour gagner l'indulgence. Il faut bien que les chers défunts aient part à la joie de ce jour radieux.

« Aimé, béni et glorifié soit partout et à jamais le sacré Cœur de Jésus, qui, contre toute attente humaine, a daigné accorder en ce jour à mon cœur et à ma paroisse de si abondantes bénédictions ! »

VINGT-DEUXIÈME JOUR

Le Cœur de JÉSUS et l'Eucharistie (*suite*).

Domine DEUS *aperi eis thesaurum tuum, fontem aquæ vivæ.*

Seigneur DIEU, ouvrez-leur votre trésor, la source d'eau vive.

(Num. XX, 6.)

I

La réflexion et l'étude approfondie du culte du sacré Cœur et de celui de l'Eucharistie nous ramènent aussi à la conclusion que nous ont fait tirer, hier, et l'expérience des faits, et les révélations de la B. Marguerite-Marie, à savoir que ces deux cultes se prêtent un mutuel secours, et que, dans la pratique, ils doivent se fondre dans une seule et même dévotion.

Sans doute, à parler exactement, l'objet de ces dévotions n'est pas identique; mais la différence n'est point telle qu'elle ne laisse subsister des rapports intimes, qui permettent et facilitent la fusion.

En effet, l'objet du culte eucharistique est à proprement parler le corps sacré de Notre-Sei-

gneur, vivant de la vie glorieuse, présent en état
de victime sous les apparences sacramentelles,
résidant au milieu de nous et dans nos tabernacles, offert tous les jours en sacrifice d'adoration
d'action de grâces, de propitiation, d'impétration,
donné en aliment; et tout cela comme gage suprême de la charité de Jésus-Christ, selon cette
parole de saint Jean, qui résume tout le mystère
de l'Eucharistie : « *In finem dilexit eos,* il les a
aimés jusqu'à la fin. »

L'objet du culte du sacré Cœur est, d'une part,
la charité de Notre-Seigneur Jésus-Christ, considérée en elle-même et dans ses manifestations ;
d'autre part, le Cœur vivant de Jésus, symbole et
siège de sa charité ; non pas seulement le Cœur
qui autrefois vécut sur la terre, ou celui qui vit
loin de nous dans le ciel, mais aussi et surtout
celui qui vit toujours au milieu de nous de la vie
de victime dans l'Eucharistie. Aussi l'Église dit-
elle, dans l'oraison du Sacré-Cœur : « En nous glo-
rifiant dans le Cœur de Jésus, nous faisons mémoire des bienfaits de sa charité. »

Qui ne découvre, dit M. A. Leroy, par le seul
énoncé de ces objets sacrés du culte eucharistique
et de la dévotion au sacré Cœur, les rapports intimes qui existent entre ces objets eux-mêmes et
qui unissent les cultes par lesquels ces objets
sont honorés? Qui ne voit les rapports intimes et
immédiats qui existent entre la charité de Jésus-

CHRIST et la plus splendide manifestation, le plus
merveilleux effet, le gage suprême de cette charité, entre le sacrement d'amour, l'Amour lui-
même, et le symbole et le siège matériel de
l'Amour [1] ?

II

Elles ont de plus un but commun, qui est d'exciter dans le cœur des hommes un amour ardent
pour la personne auguste du divin Roi, qui leur a
donné tant de témoignages de son affection. Ici,
il est facile de constater combien la dévotion au
sacré Cœur doit puissamment seconder la dévotion à l'Eucharistie. Car enfin, combien d'hommes
trembleront peut-être encore devant le JÉSUS de
l'Eucharistie, en pensant que c'est bien le même
qui a été constitué le juge des vivants et des morts,
et devant le tribunal duquel ils dévront paraître ;
mais si on ne leur présente que ce Cœur débor-
dant d'amour, qui ne laisse entrevoir en JÉSUS
qu'un ami, uniquement soucieux de voir son
amour payé de retour ; oh ! alors, toute crainte
disparaît et l'on s'avance avec confiance, en répétant les paroles des habitants de Nazareth :
« *Eamus ad Suavitatem*, allons à la Douceur ;
eamus ad Amorem, allons à l'Amour. »

On ne peut le nier : si la dévotion au sacré Cœur

[1] *Messager*, t. XLIV, p. 312 à 412.

n'était qu'un moyen de parvenir à la dévotion à l'Eucharistie, elle serait sans contredit le moyen de tous le plus puissant, le plus efficace. Mais le culte du sacré Cœur n'exige-t-il pas une place plus glorieuse dans la série des dévotions, et devons-nous nous contenter de lui assigner le premier rang parmi les moyens propres à promouvoir, à développer, à affermir le culte Eucharistique ?

III

Non ; et quelque glorieuse que soit cette prérogative, la vérité revendique plus encore en faveur de ce culte, et veut que nous considérions en lui non plus un moyen, mais le terme, la fin, le couronnement du culte Eucharistique.

Notre-Seigneur lui-même s'est plu à manifester cette vérité. Un jour, sainte Gertrude était prosternée, avec toutes les religieuses de sa communauté, devant le Saint-Sacrement. Toutes adressaient leurs prières à Jésus-Hostie et toutes en recevaient la grâce divine, mais dans une mesure différente. Quelques-unes semblaient tirer les sacrées influences directement du Cœur de Jésus, les autres de ses mains, les autres de ses pieds. Or, Gertrude remarqua que plus elles puisaient loin du Cœur, plus elles avaient de peine à obtenir l'accomplissement de leurs désirs. Celles, au contraire, qui puisaient directement dans le Cœur adorable de Jésus y trouvaient plus promptement et plus facilement ce qu'elles désiraient.

Ceci ne nous doit point étonner ; car c'est une conséquence toute naturelle des principes que nous avons établis et prouvés, touchant la dévotion au sacré Cœur entendue dans son vrai sens.

Quel a été le grand but que s'est proposé Jésus-Christ, en venant habiter parmi nous ? Allumer dans nos cœurs le feu de son amour : « *Ignem veni mittere in terram, et quid volo, nisi ut accendatur ?* » C'est vers ce but que convergent toutes ses actions, toutes ses institutions, tous ses sacrements. Que demande-t-il à l'homme ? Avant tout et par-dessus tout son cœur : « *Præbe, fili, cor tuum mihi.* » Aimer, c'est sa loi : « *Hoc est præceptum meum.* » Que de tourments affreux n'a-t-il pas endurés durant sa passion ! Et cependant, il nous le déclare par la voix de sa fidèle servante, ce qui lui est beaucoup plus sensible que tout ce qu'il a souffert durant sa passion, c'est notre froideur ; il estimerait peu tout ce qu'il a fait pour nous, si nous voulions lui témoigner un peu d'amour !

Si donc il existe une dévotion qui, entre toutes les autres, ait l'incomparable privilège de chasser la froideur et la tiédeur des âmes, d'attiser plus efficacement la flamme de l'amour ; une dévotion

qui, mieux que toutes les autres, nous fasse comprendre l'amour de Jésus et nous excite à le payer
de retour, cette dévotion est suréminente ; elle ne
doit pas être réléguée au rang d'un simple moyen,
mais être considérée comme la fin, comme le
centre, vers lequel toutes les autres doivent con-
verger.

IV

Or, telle est la nature de la dévotion au sacré
Cœur, par nature d'abord, ensuite par une bénédiction spéciale de Notre-Seigneur. Par nature,
nous l'avons montré déjà, parce que le Cœur est
le symbole le plus expressif de l'amour; parce
que ce Cœur, avec ce jet de flammes, cette croix,
cette couronne d'épines, cette plaie saignante, est
un mémorial touchant de ce que l'amour a fait
faire à Notre-Seigneur; parce que ce Cœur ne
prêche que l'amour. Nul symbole ne se prêtait
mieux que celui-là pour rallumer la flamme de
l'amour dans nos cœurs attiédis, et voilà pourquoi
Notre-Seigneur le réservait à nos temps malheureux.

Un jour, en effet, sainte Gertrude ayant demandé à saint Jean pourquoi, lui, qui avait reposé
sur la poitrine de Jésus durant la Cène, n'avait
rien écrit pour notre instruction sur les mouvements de ce Cœur, ce saint lui répondit : « J'étais

chargé d'écrire pour l'Église naissante la parole du Verbe incréé de Dieu le Père : mais la suavité des mouvements de ce Cœur, Dieu s'est réservé de la faire connaître dans les derniers temps, dans la vieillesse du monde, afin de rallumer la charité, qui sera notablement refroidie. »

V

Mais ce n'est pas seulement par sa nature que la dévotion au sacré Cœur est plus apte que toute autre à enflammer nos cœurs d'amour pour Notre-Seigneur, c'est encore par la volonté expresse de ce bon Maître, qui a attaché une grâce privilégiée à ce culte, comme il appert des paroles de Notre-Seigneur à la B. Marguerite-Marie.

Dans la première des grandes apparitions, Notre-Seigneur parla ainsi : « Mon divin Cœur est si passionné d'amour pour les hommes et pour toi en particulier, que, ne pouvant plus contenir en lui-même les flammes de son ardente charité, il faut qu'il les répande par ton moyen, et qu'il se manifeste à eux, pour les enrichir de ses précieux trésors que je te découvre, et qui contiennent les grâces sanctifiantes et salutaires nécessaires pour les retirer de l'abîme de perdition... »

Cette volonté du Maître ressort mieux encore de ces autres paroles : « Il me fit ensuite connaî-

10.

tre *que le grand désir qu'il avait d'être parfaite-*
ment aimé des hommes lui avait fait former le
dessein de leur manifester son Cœur... ; qu'au
reste, cette dévotion était un dernier effort de son
amour, qui voulait favoriser les chrétiens en ces
derniers siècles, leur proposant un objet et un
moyen en même temps si propre pour les engager
à l'aimer, et à l'aimer solidement. »

Si cette dévotion est le dernier effort de Notre-
Seigneur pour s'attacher les hommes, il faut, dès
lors, le proclamer hautement et sans crainte : la
dévotion au Cœur de Jésus est la plus noble, la
plus utile, la plus sainte des dévotions ; et, si
l'Eucharistie est le centre de la religion, le sacré
Cœur est le centre de l'Eucharistie. Elle en est le
magnifique couronnement, car tout, dans la religion, se couronne, tout se consomme dans l'amour.

C'est, du reste, la pensée de l'Église qui, par
ses Pontifes Pie IX et Léon XIII, a, plusieurs
fois, fait entendre aux congrès *eucharistiques*
« que la principale fin de ces assemblées est le
culte du très sacré Cœur de Jésus dans le très
saint sacrement de l'Eucharistie. »

HISTOIRE

Pierre A... était un de ces robustes paysans
que l'on rencontre parfois dans les montagnes, et
qui, après une vie employée aux plus rudes tra-

vaux, conservent dans leur verte vieillesse toute
l'énergie de l'âge mûr. Les années avaient déposé
sur sa tête une belle couronne de cheveux blancs,
et courbé un peu sa haute stature ; mais elles
n'avaient presque pas diminué sa vigueur. Homme
de probité antique, intelligent, ne s'épargnant
pas à la peine, il avait considérablement aug-
menté son patrimoine.

Longtemps, il fut à la tête de la commune, et là,
il avait pris les intérêts de ses administrés comme
les siens propres. Ce n'était pas encore un fervent
chrétien ; peut-être même, avait-il laissé passer
quelques années sans remplir le devoir pascal ;
mais il avait toujours profité de son influence
pour faire respecter la religion : même par ses
soins, et en partie à ses dépens, l'église de sa
paroisse avait été construite à neuf.

Jouissant de cette aisance qui est une vraie fortune à la campagne, Pierre aurait bien pu se
reposer, dans les dernières années de sa vie, des
labeurs de la jeunesse ; mais il ne pouvait se résigner à passer une vieillesse inutile. N'ayant plus
à travailler pour lui-même, il se fit l'homme d'affaire des habitants de sa commune. Arbitre de
leurs différends, que de fois il arrangea à l'amia-
ble des discussions qui, portées devant les tribu-
naux, auraient dévoré les épargnes de pauvres
familles ! Quand il n'avait pu prévenir les procès,
il cherchait du moins à en diminuer les frais, et,

malgré son âge avancé, on le voyait, armé de son bâton, traverser les neiges et venir au chef-lieu de son département, pour traiter lui-même les affaires de ses clients.

Dieu avait récompensé tant de vertus, en faisant succéder, aux sentiments de la probité et de la bienfaisance humaine, la véritable charité et l'esprit de piété. Gagné par la bonté avec laquelle l'accueillit un prêtre, zélé propagateur de la dévotion au sacré Cœur, il commença à se donner tout à Dieu. Dès lors, à chacun de ses voyages, tout en faisant les affaires des autres, il venait aussi faire les siennes, se confessait et recevait la sainte Eucharistie. Une telle âme était capable de comprendre la dévotion au sacré Cœur. Son confesseur lui en parla. Dès les premiers mots, notre bon vieillard se sentit doucement ému; il se déclara aussitôt serviteur du Cœur sacré qui a tant aimé les hommes. Mais ce fut peu de le vénérer lui-même : il voulut le faire connaître aux autres.

Pour correspondre à ce désir, son confesseur lui conseillait, entre autres moyens, d'acheter une belle gravure du Sacré-Cœur et de la placer dans son église. La dépense serait peu de chose, vingt ou trente francs y suffiraient. « Oh ! mon Père, répondit notre bon paysan, ce n'est pas assez; je veux faire un présent plus digne à Notre-Seigneur. S'il faut cinq cents francs pour un beau tableau, je les donnerai. »

Et aussitôt, il se mit en quête d'un artiste habile, qui pût reproduire une belle peinture, qu'il avait vue dans une église. Il fait prix avec lui, lui donnant à comprendre qu'il dépasserait la somme, s'il était content du travail. Depuis ce jour, quand il venait à la ville, il ajoutait à ses autres affaires celle de visiter l'atelier du peintre, pour voir les progrès de son tableau ; c'était sa plus agréable récréation. Il passait de longs moments à contempler le divin Cœur, et à jouir d'avance du bien qu'il ferait dans sa paroisse. Le tableau fini et richement encadré, il fallut l'installer dans l'église. On choisit, pour cette cérémonie, le jour même de la fête du Sacré-Cœur. La semaine précédente fut consacrée à une neuvaine préparatoire. Le jour de la fête, tous les habitants du village chômèrent, l'église fut parée comme aux jours de grande fête, et la précieuse peinture fut portée solennellement à la place qu'on lui avait préparée.

Le bon vieillard avait goûté le bonheur qu'on trouve à travailler pour JÉSUS-CHRIST. Il voulut compléter ce qu'il avait fait pour le sacré Cœur, en offrant, au DIEU caché dans le Tabernacle, un bel autel de marbre. Une somme de mille francs, qu'il venait de gagner dans une entreprise nouvelle, fut affectée à cette pieuse offrande. Aussi, quand un jour son créancier voulut contester ses droits :

« Monsieur, répondit le vieillard, vous ne gagnerez pas, vous plaiderez contre le bon Dieu. »

C'était la dernière année de sa vie. La veille de la Fête-Dieu, il vint se confesser; quand il eut terminé, embrassant son confesseur, suivant son usage, et tout plein de son pieux projet, il lui dit avec l'accent de la foi la plus vive :

« Ah! mon Père, je veux que le bon Dieu soit bien logé chez moi. »

Un accident imprévu l'enleva avant qu'il eût accompli son œuvre. Il mourut avec la sérénité d'un homme juste, qui a mis sa confiance dans les mérites de Jésus-Christ. Dans le ciel, nous n'en doutons pas, le Cœur de Jésus aura accueilli avec son ineffable charité cet homme de bien, qui l'avait si tendrement aimé sur la terre.

VINGT-TROISIÈME JOUR

Leçons du Cœur de JÉSUS.

IL NOUS ENSEIGNE L'AMOUR DE LA CROIX [1]

> *Si pœnitentiam non egeritis, omnes peribitis.*
>
> Si vous ne faites pas pénitence, vous périrez tous. (Luc, XIII, 5.)

I

Nous nous étonnons parfois que le Sauveur n'ait pas encore réalisé, dans toute leur plénitude, les promesses qu'il a attachées au culte de son divin Cœur ; et nous ne songeons pas assez à nous demander si, de notre côté, nous avons suffisamment réalisé les conditions d'où dépend l'exécution de ces promesses.

Il est pourtant bien manifeste que cette dévotion bénie ne peut être, comme il a été révélé à sainte Gertrude, le remède suprême aux défaillances de notre vieux monde, qu'autant que les

---

[1] *Messager du Cœur de* JÉSUS, t. XXXIX, p. 386 à 398.

âmes, par qui elle doit exercer cette salutaire influence, lui conserveront toute sa vertu. Or, la vertu d'une dévotion est toute dans son esprit. Si vous l'en dépouillez, il ne reste plus qu'une écorce stérile, une forme sans vie. Et s'il est une dévotion qui puisse, moins que les autres, se passer de son esprit et se réduire à une pratique purement extérieure, c'est assurément celle qui a pour but d'honorer ce qu'il y a en Jésus-Christ de plus intime, son Cœur.

Nous pouvons donc appliquer à ce divin Cœur ce que le Sauveur lui-même dit de son Père céleste : c'est en esprit et en vérité qu'il veut être honoré, et c'est en accroissant en nous cet esprit de son divin Cœur que nous le mettrons en état de répandre, sur le monde, son influence régénératrice.

Or, entre tous les caractères de cet esprit, il en est un plus saillant que les autres, et que le divin Maître a voulu rendre sensible par l'image même sous laquelle il a voulu que son Cœur fût honoré. Dans cette image, le Cœur est surmonté de la croix, de manière à ne faire qu'un avec elle ; car la croix n'est pas simplement superposée au Cœur : elle y est enfoncée et, en quelque sorte, enracinée. En nous présentant ce touchant symbole, le Sauveur a évidemment voulu nous faire comprendre que le culte de son Cœur et le culte de sa croix sont inséparables, et se complètent l'un l'autre ; que comme il est impossible d'aimer la croix, si on l'envisage autrement que comme un rejeton du Cœur et un fruit de l'amour ; ainsi, il y aurait illusion à croire aimer le Cœur si, par amour pour lui, on n'aime pas la croix.

La dévotion au sacré Cœur, ainsi comprise, nous préserve de deux illusions également funestes, que nous devons combattre de toutes nos forces, soit en nous-mêmes, soit dans les âmes de nos frères : de l'illusion, qui nous jetterait dans le découragement, en séparant la croix du Cœur, et de celle qui nous endormirait dans la mollesse, en séparant le Cœur de la croix.

Gardons-nous d'abord de séparer, dans notre pensée et dans notre culte, la croix du Cœur de Jésus ; car si nous partagions, à ce sujet, l'erreur d'un grand nombre de chrétiens, la croix deviendrait pour nous ce qu'elle est pour eux, l'objet d'hommages purement extérieurs que le cœur désavoue. Ils honorent l'image de la croix, parce qu'on ne saurait se dispenser de l'honorer sans cesser d'être chrétien ; mais la réalité représentée par cette image, ils l'abhorrent et la repoussent de toutes leurs forces. La croix matérielle, la croix de bois, de cuivre ou d'or, on l'acceptera volontiers, on trouvera même très bon de s'en faire une parure et de la porter ostensiblement sur sa poitrine ; mais la croix spirituelle, c'est-à-dire la croix vraiment méritoire, bien loin de l'embrasser et de la porter dans son cœur, on la fuit du plus loin qu'on le peut. Ce n'est pourtant pas de la croix matérielle, mais bien de la croix spirituelle ; ce n'est pas de l'image, mais de la réalité que le Sauveur a dit : « Si quelqu'un veut venir après moi, qu'il porte sa croix et qu'il me suive. »

II

Et pourquoi ne veut-on pas comprendre cette parole? Parce qu'on n'en considère que la première partie, et qu'on ne la complète point par la seconde. Ce n'est pas isolément que JÉSUS-CHRIST nous invite à porter sa croix : c'est dans sa compagnie, à son exemple, dans les mêmes sentiments que lui. Et comment JÉSUS lui-même a-t-il porté la croix? Il l'a portée avec amour et par amour.

C'est ce que nous exprime encore, d'après l'explication du Sauveur lui-même, l'image qu'il a montrée à la B. Marguerite-Marie : la croix y est représentée comme plantée dans son Cœur, parce que, longtemps avant d'être mise sur ses épaules, elle avait été acceptée, embrassée, désirée par son Cœur. Et comment le Cœur de JÉSUS, le plus sensible de tous les cœurs, a-t-il pu aimer ce que tout cœur humain déteste le plus, l'ignominie et la souffrance, dont la croix est le symbole?

C'est que, dans cette ignominie et dans cette souffrance, il a vu le plus glorieux triomphe de son amour et le moyen le plus puissant de conquérir le nôtre. N'est-ce point, en effet, dans la grandeur du sacrifice qu'éclate la générosité de l'amour, et sa force ne se montre-t-elle pas surtout quand, au cœur le plus sensible, il fait aimer la souffrance? Ne peut-on pas dire, en ce sens, que tout amour vrai a la croix pour signe, et que son énergie se mesure au pouvoir qu'il a de transfigurer la douleur? Mais si l'amour a cette vertu, même dans les cœurs les plus égoïstes, comment s'étonner que le suprême amour, en s'emparant du Cœur de Jésus, ait accompli en lui, avec une perfection incomparablement plus grande, cette transfiguration de la souffrance; que la plus douloureuse et la plus ignominieuse de toutes les croix soit devenue le théâtre de son plus glorieux triomphe et le plus puissant instrument de ses conquêtes.

III

C'est cette croix que Jésus-Christ présente à ses disciples : la croix éclairée, transfigurée, divinisée par l'amour; la croix rendue par l'amour d'autant plus aimable qu'elle est, en elle-même, plus haïssable. Et comment pourrait-elle n'être pas aimable, quand elle est portée à la suite de Jésus?

Si le Sauveur nous apparaissait sensiblement, tel qu'il se montra aux filles de Jérusalem, lorsqu'il montait au Calvaire; si nous le voyions chargé de l'instrument de son supplice, accablé sous son poids, baignant la voie douloureuse de sa sueur et de son sang, n'éprouverions-nous pas un véritable bonheur à partager son fardeau? L'amoureuse compassion, avec laquelle nous porterions nos lèvres à son calice, ne nous ferait-elle pas trouver, dans son amertume même, une ineffable douceur? Et à quoi tient-il que ce même sentiment ne vienne adoucir toutes nos souffrances? Ne sont-elles pas, en réalité, ce que serait en figure l'apparition que nous venons de supposer? Ne sont-elles pas des participations à la croix du Sauveur? N'est-ce pas de ces souffrances physiques ou morales qu'il a voulu parler, quand il nous a ordonné de porter notre croix et de le suivre?

Mais, que faisons-nous? Nous portons la croix, car c'est en vain que nous essaierions de lui échapper; nous la portons ou, du moins, nous la traînons, quand, malgré tous nos efforts pour la fuir, elle vient se poser sur nos épaules; mais, au lieu de la porter avec Jésus, aidés, fortifiés, consolés par son amour, nous la portons seuls, livrés à notre faiblesse, aigris par notre égoïsme, découragés par notre manque de foi. Cette croix, que le Cœur de Jésus aurait rendue si légère, si méritoire et si aimable, elle nous abat, elle nous accable, elle nous écrase, du moment que nous la séparons de ce divin Cœur.

IV

Telle est la première erreur dont nous allons conjurer le divin Maître de nous délivrer; et, si nous obtenons cette grâce, nous n'aurons pas de peine à nous préserver de la seconde illusion, également funeste : de celle qui nous porterait à séparer le culte du divin Cœur de l'amour de sa croix.

Prétendre aimer le Cœur de JÉSUS sans aimer sa croix, ce serait vouloir l'aimer autrement qu'il nous a aimés, autrement qu'il veut être aimé de nous; ce serait, par conséquent, concevoir la plus absurde et la plus injuste de toutes les prétentions.

D'où est née, dans le Cœur de JÉSUS, cette ambition que nous constations naguère, ce besoin de nous prouver, par l'immensité de son sacrifice, l'immensité de son amour? Il n'eût pas été nécessaire de nous donner cette preuve, si nous fussions restés en possession de notre sainteté et de notre droiture originelle. Mais le cœur de l'homme avait été perverti par l'égoïsme, corrompu par la sensualité. Dominé par les plaisirs sensibles, il était devenu incapable de s'élever à l'amour du vrai bien. Pour le délivrer de cette honteuse servitude, il fallait lui donner la force de mépriser le plaisir et de supporter la douleur. Il fallait lui apprendre la science du sacrifice; car le sacrifice est l'unique antidote efficace contre l'égoïsme. C'était donc l'unique remède propre à guérir la maladie dont se mourait l'humanité.

Mais la science du sacrifice ne se transmet point par des paroles; c'est un enseignement tout pratique, qui ne se communique que par l'exemple. C'est pour cela que le divin Maître, qui venait du ciel pour nous donner cette salutaire leçon, a commencé par faire lui-même ce qu'il désirait nous enseigner. Il a pris en main la croix, symbole du sacrifice, et il a marché le premier, en nous invitant à le suivre dans le seul chemin qui puisse nous conduire au salut.

V

Que répondront, à cette invitation, tous les vrais chrétiens, ceux surtout qui font profession d'honorer d'un culte spécial le Cœur de Jésus? Concevrait-on que quelqu'un d'entre eux dît au Sauveur ce que lui dirent les grossiers habitants de Capharnaüm, lorsqu'il leur annonça cet autre mystère de son amour, l'institution de la sainte

Eucharistie : « *Durus est hic sermo!* L'invitation que vous nous adressez est par trop choquante pour notre mollesse. »

« Que vous ayez, Seigneur, combattu notre égoïsme en vous-même, nous le trouvons très bien, et nous vous en sommes infiniment obligés ; mais, de grâce, n'exigez pas que nous combattions en nous ce tyran, qui asservit notre cœur. Contentez-vous d'avoir pris pour nous le remède et laissez-nous notre maladie, qui n'est pas sans quelques charmes ; nous ne voulons participer à vos souffrances qu'en échappant, par leur mérite, aux suites funestes que notre sensualité pourrait entraîner dans la vie à venir, mais non en contractant l'obligation de renoncer aux satisfactions que cette douce maladie nous procure dans la vie présente. Nous sommes donc tout disposés à honorer votre Cœur, mais non à embrasser votre croix.

« Tant que vous nous demanderez, pour ce divin Cœur, des pratiques extérieures, des sentiments affectueux, des formules de prières, vous nous trouverez prêts à seconder vos désirs ; mais si vous persistiez à faire consister le culte que vous attendez de nous dans l'imitation de votre renoncement, de votre humilité, de votre patience ; si vous ne vouliez nous reconnaître pour vos disciples qu'autant qu'à votre exemple, nous saurions dominer nos humeurs pour condescendre aux désirs ou aux faiblesses de nos frères; prendre, de plus en plus, sur nos propres satisfactions, pour augmenter les ressources de notre charité et de notre zèle; nous éloigner des plaisirs du monde et nous offrir en victimes d'expiation pour ses désordres; si, en un mot, vous vouliez être aimé de nous comme vous nous avez aimés, le culte de votre Cœur, ainsi compris, ne saurait nous convenir, et c'est en vain que vous l'attendriez de nous. »

Assurément, il n'est aucun des serviteurs du Cœur de Jésus qui osât lui tenir, de bouche, ce langage. Il y a dans les prétentions que nous venons de formuler quelque chose de si contradictoire, de si injuste, de si monstrueux, que nul n'hésiterait à en regarder l'expression articulée comme un blasphème. Ne sont-ce pas là pourtant les prétentions que manifestent, par leurs actes, tous ceux qui séparent la dévotion au Cœur de Jésus de l'amour de sa croix? Ne se rencontre-t-il pas, et en très grand nombre, de ces chrétiens réputés pieux qui donnent généreusement à Jésus-Christ les affections de leur sensibilité, les prières de leurs lèvres, peut-être même l'argent de leurs bourses, tout, excepté le vrai sacrifice de leur amour-propre; qui laissent pénétrer les recherches de leur égoïsme jusque dans l'exercice d'une dévotion destinée uniquement à le détruire; et qui croient honorer le Cœur de Jésus, tout en malédifiant le prochain par les défauts les plus opposés aux vertus de ce divin Cœur.

VI

Est-ce dans ces âmes que cette dévotion bénie pourra produire les fruits de sanctification dont elle doit être le principe? Est-ce par elles qu'elle pourra exercer, sur le monde, l'influence salutaire qui doit le régénérer?

Non, non, comprenons-le bien : la révélation faite à la B. Marguerite-Marie n'est pas destinée à obscurcir ou à modifier la grande révélation du Calvaire ; elle a pour but unique de la faire mieux comprendre et d'en faciliter la pratique. La vertu du Cœur de Jésus ne saurait se substituer à la vertu de la croix. Ces deux vertus n'en font qu'une, et c'est en s'unissant, qu'elles doivent régénérer les âmes d'abord, et ensuite les sociétés. La croix reste toujours l'unique instrument du salut du monde ; et cette société vieillie, qui se nomme la société moderne, a plus besoin encore que ses devancières d'être rajeunie par une nouvelle infusion du sang divin.

Qui ne sent et qui ne déplore ce souffle d'égoïsme qui passe sur nous comme le vent du désert, desséchant les cœurs, énervant les énergies, étouffant les âmes?

10..

Pourquoi donc aujourd'hui tous nos progrès tant vantés, loin d'accroître la somme de bien-être pour la société civilisée, se transforment-ils en moyen de destruction? Pourquoi les peuples épuisent-ils en armements leurs meilleures ressources? Pourquoi tous ces millions de bras, réclamés par l'agriculture et par les arts de la paix, sont-ils occupés à manier des instruments de guerre? Pourquoi ces haines des classes contre les classes, mille fois plus meurtrières que les antiques rivalités de peuple à peuple? Pourquoi l'accroissement de la population subit-il un arrêt effrayant? Pourquoi les familles sont-elles à la fois privées de leur stabilité et de leur fécondité? Pourquoi des enfants, bien moins nombreux qu'ils ne l'étaient autrefois, autour du lit de mort de leur père, sont-ils bien plus acharnés à s'arracher les lambeaux de l'héritage paternel? Pourquoi n'y a-t-il plus ni fixité dans les principes, ni grandeur dans les dévouements, ni élévation dans les âmes? Pourquoi la race décroît-elle au physique, aussi bien qu'au moral?

Pourquoi enfin, à mesure que l'énergie des âmes disparaît, voit-on se généraliser de plus en plus les infirmités qui détruisent la vigueur du corps?

Ne sont-ce pas là des signes manifestes de décrépitude? Et tous ces maux n'ont-ils pas une seule et même cause : l'invasion de l'égoïsme?

VII

Il n'y a donc pas à en douter : si nous devons être sauvés, ce que nous espérons fortement, nous ne pourrons l'être que par le divin antidote qui, une fois déjà, a régénéré le monde, lorsqu'il se mourait étouffé par l'égoïsme. Cet antidote, nous l'avons compris, c'est le dévouement porté jusqu'au sacrifice, et le sacrifice fécondé par le dévouement ; c'est l'alliance, ou plutôt l'union étroite, la parfaite identification de la dévotion au Cœur de Jésus et de la dévotion à la croix.

Évidemment, c'est à nous, serviteurs du Cœur de Jésus, qu'il appartient d'opérer, d'abord en nous-mêmes, pour la propager autour de nous, cette union qui, après nous avoir sanctifiés, doit sauver le monde.

Par là seulement, nous serons en état de repousser le suprême assaut que subit, en ce moment, la cité de Dieu. Quelle est, en effet, l'arme la plus redoutable de l'armée de Satan ? En quoi consiste sa principale force ? Quel est le lien qui unit ensemble ses innombrables bataillons ? Ce n'est pas telle ou telle doctrine particulière : car, depuis l'hérésie jusqu'à la plus complète incrédulité, les erreurs les plus contradictoires ont des défenseurs dans les rangs de cette armée. Ce n'est pas non plus tel ou tel intérêt, soit politique, soit national ; car elle réunit dans ses cadres des partisans de tous les régimes politiques, des hommes de toute race et de toute nation. Le lien de cette immense armée, sa force, la cause de son animosité contre nous, c'est l'égoïsme. Oui, voilà la raison unique de la haine dont sont animés, contre le catholicisme, ces hommes qui se montrent si tolérants envers toutes les autres religions : c'est que, seule, la religion catholique détruit efficacement l'égoïsme, l'égoïsme de l'esprit par la soumission de la foi à l'autorité divine de l'Église, l'égoïsme du cœur par la nécessité pratique qu'elle impose au chrétien de combattre ses passions et d'expier ses fautes.

Voilà l'explication de la rage spéciale avec laquelle on poursuit l'état religieux, qui est la plus solennelle réprobation de l'égoïsme et la plus éclatante reproduction du sacrifice du Calvaire.

Saint Augustin remarque que l'humanité a été, dès l'origine, divisée en deux cités : la cité de Dieu, qui a pour devise l'amour de Dieu poussé jusqu'au mépris de soi, la charité ; et la cité de Satan, dont le principe est l'amour de soi, poussé jusqu'au mépris de Dieu, l'égoïsme. Eh bien ! la lutte dont nous sommes les témoins est le suprême effort de la cité de Satan, pour faire prévaloir l'égoïsme et détruire complètement sur la terre le règne de la charité. Comment sortirons-

nous vainqueurs de cette lutte, sinon en opposant
à ce suprême effort de l'égoïsme un suprême
effort de dévouement, en déployant, aux yeux du
monde, l'étendard de la croix, et en poussant
tous les vrais serviteurs du DIEU du Calvaire à
porter sur eux, et surtout à reproduire en eux-
mêmes, son image [1] ?

HISTOIRE

Une vertueuse dame était près de mourir.
Elle laissait, hélas ! cinq enfants, encore tous en
bas âge ; mais étant chrétienne et pieuse, elle fit
généreusement à DIEU le sacrifice de sa vie. Avant
de rendre le dernier soupir, elle fit venir ses enfants et leur dit :

« Mes enfants bien-aimés, je vais mourir, faites-
moi une promesse : en souvenir de votre mère,
honorez toujours les cinq plaies de JÉSUS-
CHRIST. »

Puis la pieuse mère, dans la simplicité de sa foi,
fit elle-même le partage de son trésor. Elle
assigna aux deux aînés les plaies des mains, aux
deux suivants, les plaies des pieds ; la plus petite,
qui s'appelait Ursule, reçut en héritage la plaie
du Cœur. C'est elle qui devint plus tard une des
gloires de la vie religieuse, et qui fut canonisée,

---

[1] *Messager*, t. XXXIX, p. 386 à 398.

en 1830, sous le nom de sainte Véronique Giu-
liani.

Cette sainte nous enseigne que la résignation dans les souffrances est un des plus grands
moyens de plaire et de s'unir au Cœur de Jésus.
Après avoir éprouvé de grandes désolations, elle
reçut la visite du Sauveur; il était tout couvert
de plaies, mais en même temps tout resplendis-
sant; car, de chacune de ces plaies, particulièrement de celles des pieds et des mains, sortaient
des rayons de lumière. Dans celle du sacré Côté,
il y avait un diamant magnifique, qu'il regardait
avec une grande complaisance, et, comme elle
souhaitait vivement savoir ce que signifiait cet
ornement, Jésus comprit son désir et lui dit:

« Reconnais-tu ce diamant? »

« Non, Seigneur, répondit-elle; mais je pense
que quelque âme fidèle vous en a fait présent,
en souffrant pour votre amour; car je ne puis
douter que ce bijou ne soit sorti du trésor des
souffrances. »

« *Apprends*, reprit Jésus, *que c'est le fruit du
contentement que m'a fait éprouver ta résignation, pendant les jours d'épreuve qui viennent de
s'écouler pour toi; chaque acte d'acceptation,
chaque acte d'abandon à ma volonté dans cet état
de souffrance venait orner et embellir, sur mon
Cœur, ce bijou, que je considère maintenant
avec tant de plaisir.* »

Et, en disant ces mots, Jésus enflamma la
sainte d'un si grand désir de souffrir, qu'elle
s'écria :

« O mon Dieu, sacrifiez-moi sur l'autel de
votre croix; je m'offre à vous en qualité de
victime ! »

Une union intime s'opéra dès lors entre son
cœur et le Cœur de Jésus, et elle ne voulut
plus d'autre trésor que des souffrances, des
mépris et des humiliations.

———

VINGT-QUATRIÈME JOUR

Leçons du Cœur de JÉSUS *(suite)*.

IL NOUS PRÊCHE L'ESPRIT DE PÉNITENCE [1]

Continuus dolor cordi meo.
Mon cœur éprouve une douleur incessante.   (Rom. IX, 2.)

I

Les théologiens se demandent si l'Homme-
DIEU a pu posséder la vertu de pénitence. Cette
vertu, consistant dans la disposition à détester et
à réparer les fautes par lesquelles nous avons
violé les droits de DIEU et offensé sa souveraine
majesté, ne peut convenir ce semble qu'à l'homme
pécheur, et elle est, par conséquent, incompatible
avec la parfaite justice du Verbe incarné.

[1] Les pages suivantes ont été écrites à la sollicitation du
R. P. Rey, supérieur de Montmartre, qui remercia aussitôt le
P. Ramière : « ...Merci de votre article sur la pénitence. Il est
dogmatique, théologique, magistralement écrit. Vous résolvez
toutes les difficultés et montrez fort bien quelle a été la pénitence
du Cœur de Jésus, et quelle doit être la nôtre. »
Messager du Cœur de JÉSUS, t. XLIII, p. 260 à 274.

Si on entend le mot de pénitence dans son sens le plus strict, en tant qu'il se rapporte à la détestation des péchés commis par le pénitent lui-même, on ne peut attribuer ce sentiment au Cœur de Jésus, en qui ne se trouvait aucune faute à détester et à expier. Si, au contraire, on entend la pénitence dans un sens plus large, et si on l'envisage simplement comme la douleur et la détestation de l'offense faite à la majesté divine, le Cœur de Jésus possède incontestablement cette vertu ; et elle est portée, en lui, à un degré d'intensité et de perfection qu'elle n'atteignit jamais chez les plus héroïques pénitents : car aucun d'eux, assurément, ne déteste le péché autant que lui.

Toutefois, pour avoir la vérité entière sur la pénitence du Cœur de Jésus, il faut se rappeler la doctrine que saint Augustin développe si magnifiquement dans ses Commentaires sur les *Psaumes*. Le grand docteur voit dans ces saints cantiques l'expression des sentiments de l'Homme-Dieu, dont David n'était que l'organe, et il n'hésite pas à lui attribuer les passages si nombreux dans lequel le Psalmiste parle de ses iniquités, dans les termes de la plus profonde confusion et du plus amer repentir. David les dépeint comme surpassant, par leur multitude, le nombre des cheveux de sa tête (Ps. XXXVII, 5); comme l'entourant de liens dont il ne peut se dégager (Ps. XXXIX, 13.) Il se voit lui-même plongé dans un océan de boue, dont il ne peut trouver le fond. (Ps. LXVII, 3.) D'après saint Augustin, c'est Jésus-Christ qui parle ainsi. Et n'est-ce pas, du reste, le Sauveur lui-même qui, en s'appropriant sur la croix les premières paroles du psaume XXI° : « Mon Dieu, mon Dieu, pourquoi m'avez-vous abandonné? » nous oblige à lui approprier également les mots qui suivent immédiatement : « La voix de mes péchés éloigne de moi tout salut. »

Voilà bien assurément la pénitence dans son sens le plus strict. Et puisqu'elle a pu trouver une expression si énergique sur les lèvres de l'Homme-Dieu, comment douter qu'elle n'ait pénétré dans son Cœur, dont sa bouche était l'interprète toujours fidèle?

II

Mais, d'un autre côté, comment concilier avec l'infinie sainteté de l'Homme-Dieu cette confession véridique de la multitude et de la gravité de ses fautes? Saint Augustin résout cette énigme, en nous rappelant la doctrine que nous avons nous-même si souvent exposée après lui. Dans le Verbe incarné, il nous montre deux vies, qui lui appartiennent également, et dont l'une est l'extension et le complément de l'autre : sa vie individuelle, par laquelle il vit en lui-même; et sa vie de chef, par laquelle, il vit en nous. Il est, en effet, le vrai chef du corps dont nous sommes les membres ; et par là, il a contracté avec nous une union plus intime — quoique d'un ordre différent — que celle qui de nos membres et de notre tête fait un seul et même corps. Par elle, il vit en nous, comme nous vivons en lui. Et bien que cette union ne soit réalisée, en fait, que par rapport aux chrétiens, cependant, comme tous les hommes sont appelés à y participer, Jésus-Christ est, de droit, le chef de l'humanité entière. En s'incorporant à elle par son incarnation, il l'a incorporée à lui ; en lui donnant toutes ses richesses, il s'est approprié toutes ses misères.

Mystère d'ineffable amour, qu'Isaïe proclamait, bien des siècles avant son accomplissement, quand il disait : « Il a vraiment pris sur lui toutes nos infirmités, et porté l'écrasant fardeau de nos douleurs. » (Is. LIII, 4.) Et saint Paul a exprimé, par une formule bien plus énergique encore, cet échange qui a fait passer tous nos crimes dans ce Cœur très pur du divin Agneau, en même temps que nous nous revêtions de sa parfaite innocence : « Celui qui ne connaissait pas le péché, Dieu, pour nous, l'a fait péché, afin que vous puissiez devenir en lui justice de Dieu. » (2 Cor. v, 21.)

Cette union de l'humanité avec l'Homme-Dieu en un seul corps, qui complète l'union de la nature divine et de la nature humaine en une seule personne, est vraiment un grand mystère ; mais c'est un mystère dont la lumineuse obscurité rend intelligibles tous les autres mystères, et répand la plus brillante et la plus consolante clarté sur l'horizon entier de notre foi.

III

Il y a là un touchant et fructueux sujet de méditation pour les serviteurs fervents de ce divin Cœur qui, suivant la recommandation faite à la B. Marguerite-Marie, s'unissent à l'agonie douloureuse qu'il endura durant la nuit du Jeudi au Vendredi Saint.

C'est, en effet, à Gethsémani qu'il faut se rendre, pour avoir la preuve la plus évidente et la plus saisissante manifestation de la pénitence du Cœur de Jésus.

C'est là que tous les péchés du monde, dont il s'est fait responsable en prenant notre nature, se présentent à lui dans leur innombrable multitude, et pèsent sur lui de tout leur poids. Essayons de les compter, même approximativement : nous ne le pourrons pas. Combien se commet-il de péchés mortels, dans le monde, en une heure ? Et combien en un jour, en un mois, en une année, en un siècle, en quarante siècles ? Combien s'en commettra-t-il jusqu'à la fin des siècles ? L'intelligence angélique elle-même reculerait devant une pareille numération. Mais Jésus compte ces crimes; il les voit distinctement avec toutes leurs circonstances. Et comme il est seul capable d'en mesurer la gravité infinie, parce que seul il connaît bien la majesté infinie que le péché outrage; seul, par conséquent, il hait le péché autant qu'il mérite d'être détesté. Et quelle est la mesure de cette haine? Elle a pour mesure l'énergie avec laquelle le Cœur de Jésus aime la bonté divine, puisque la haine du mal est toujours égale à l'amour du bien que ce mal tend à détruire.

Le Cœur de Jésus repousse donc, avec toute la force de son amour pour Dieu son Père, chacun des outrages faits par le péché à sa bonté souveraine. Mais c'est en vain qu'il s'efforce de rejeter loin de lui ces prévarications; elles s'attachent à lui et ne font, pour ainsi dire, qu'un avec lui. Il est devenu péché. Toutes les iniquités dont l'humanité n'a cessé de se rendre coupable, depuis sa première déchéance, lui sont réellement imputées. Elles l'enveloppent comme un vêtement, dont il ne peut se dépouiller; elles pénètrent dans ses os comme l'huile. Tous ces monstres de crimes qui ravagent la terre depuis des siècles se précipitent, à la fois, sur l'âme du Sauveur, comme autant de bêtes féroces dont il ne peut éviter les morsures.

La justice de Dieu son Père se tourne en même temps contre lui; puisqu'il s'est vraiment chargé

11

de nos crimes, il s'est, par là même, rendu digne
de toute la sévérité avec laquelle la sainteté infinie de DIEU poursuit le péché. Il ne saurait repousser cette conséquence nécessaire de l'union
qu'il a librement contractée avec l'humanité coupable. Aussi ne songe-t-il pas à s'y soustraire.
Il l'accepte, au contraire, dans toute sa rigueur.
Et tout en demandant à DIEU son Père d'éloigner
de lui ce calice de nos iniquités, dont l'amertume
lui est infiniment plus insupportable que les tourments les plus rigoureux, il consent pourtant à le
boire jusqu'à la lie.

IV

Ne cherchons pas d'autre explication à cette
miraculeuse agonie, dont les annales de la douleur humaine ne nous offrent pas d'autre exemple, et à cette sueur de sang qui jaillit des veines
du Sauveur, trempa ses vêtements et coula à flots
sur le sol : *Factus est sudor ejus sicut guttæ
sanguinis decurrentis in terram.* (Luc, XXII, 44.)
Ces flots de sang sont l'acte de contrition du Cœur
de JÉSUS. Ils sont l'expression des deux sentiments
qui se combattaient en lui : de son amour pour
nous qui le portait à s'approprier nos fautes, et
de son amour pour son Père, qui lui faisait éprouver pour ces fautes une haine et une douleur
mortelles.

Et ces fautes, comprenons-le bien, ce sont les nôtres. Chacune de celles que nous avons commises a eu sa part distincte dans cette sanglante agonie; elle a pesé, de tout son poids, sur le Cœur de Jésus et fait jaillir sa goutte de sang.

Ce sang qui jaillit alors de ses veines, le divin Sauveur l'a repris après sa résurrection; et c'est celui qu'il nous donne pour breuvage dans le banquet eucharistique. Chaque fois donc que nous nous approchons de la Table sainte, il ne tient qu'à nous de nous incorporer la pénitence du Cœur de Jésus, avec ses autres vertus. Si le ton de la voix et les traits du visage reproduisent dans les auditeurs les sentiments de l'orateur, à plus forte raison le sang de Jésus a-t-il la vertu de reproduire, dans les cœurs des chrétiens, la douleur dont il fut l'expression incomparablement plus éloquente que toutes les paroles.

Son Cœur, du reste, est encore animé de ce même sentiment, et il ne se donne à nous que pour nous le communiquer. Si son état glorieux ne comporte plus la douleur pour nos péchés, il ne diminue rien de la haine sans bornes qui fut, à Gethsémani, le principe et la mesure de cette douleur. En s'unissant à nous par la sainte Eucharistie, il acquiert le pouvoir qu'il a perdu en entrant au ciel; la douleur qu'il ne peut plus éprouver en lui-même, il la ressent en nous. Si notre communion est ce qu'elle doit être; si, en commu-

niant à son corps, nous communions aussi à son
Cœur, il fera passer dans notre cœur la haine
dont il est animé contre le péché; et cette haine
produira en nous l'effet qu'elle produisait dans
son Cœur, durant sa vie mortelle : cette douleur
pour nos péchés et pour les péchés de nos frères
qui fera de nous de parfaits pénitents.

V

Tel est, en effet, le double aliment dont se nourrit, sans pouvoir jamais s'en rassasier, la pénitence des vrais serviteurs du Cœur de Jésus.

Ils s'unissent, d'abord, à lui pour détester et expier leurs propres fautes. Ils s'efforcent de les haïr,
autant qu'il les a lui-même haïs; d'en concevoir
une douleur aussi vive que celle dont il a été lui-
même pénétré; et comme ils n'y peuvent jamais
parvenir, ils ne se croient jamais autorisés à mettre un terme à leur pénitence. Et de vrai, quel est
le chrétien qui peut se flatter de n'avoir pris aucune part à l'agonie du Sauveur? Si Jésus a éprouvé
une si vive douleur pour les crimes de tous les
hommes, de ceux même qui n'avaient pas appar-
tenu et qui ne devaient jamais appartenir à son
corps mystique, combien les péchés des chrétiens,
qui sont ses membres, lui ont été plus douloureux! Ce sont ceux-là surtout qu'il s'est appro-

priés et dont il a senti le poids, comme s'il les eût commis lui-même. Les autres ont été comme le vêtement dont il s'entourait; ceux-ci ont été comme l'huile pénétrant dans le plus intime de sa substance.

Mais cette douleur que nos péchés ont causée au Cœur de Jésus, n'est-il pas juste que nous la partagions avec lui? S'il a été indispensable qu'il s'unit à nous pour les expier, vu l'impuissance où nous étions de les expier suffisamment nous-mêmes, pourrions-nous, sans nous rendre capables de la plus révoltante injustice, refuser de prendre à cette expiation la part qui est en notre pouvoir? Nous résignerons-nous, si nous avons un cœur, à voir le Cœur de Jésus souffrir pour nos péchés plus que nous n'en souffrons nous-mêmes. Cette douleur mortelle, ces cruelles angoisses, cette sueur de sang ne nous font-elles pas comprendre, mieux que tous les raisonnements, la gravité de nos fautes? Et en nous montrant ce que devrait être notre contrition, ne nous stimuleront-elles pas à faire, chaque jour, de nouveaux efforts pour la rendre plus semblable à celle du divin Pénitent de Gethsémani?

N'eussions-nous, du reste, jamais commis aucune faute mortelle, nous trouverons encore dans l'agonie du Sauveur le motif d'une bien amère contrition.

Quelle est, en effet, l'âme si pure qui n'ait à se

reprocher plus d'un abus de grâces, plus d'une
infidélité délibérée? Ne pouvons-nous pas croire,
qu'émanant de cœurs bien plus tendrement aimés
et comblés de bien plus grandes faveurs, ces
infidélités, moins graves en elles-mêmes que
les péchés des infidèles, ont causé au Cœur de
Jésus une douleur plus vive?

VI

C'est à ce point de vue qu'il faut nous placer,
pour en apprécier la gravité réelle; c'est par la
douleur qu'elles ont causée au Cœur de Jésus,
qu'il faut mesurer celle qu'elles doivent causer à
notre propre cœur. Cette considération nous mettra à même de comprendre, et de partager, l'amer
regret qu'éprouvaient les saints à l'égard de fautes qui sont, à nos yeux, des imperfections à peine
saisissables.

L'agonie du Sauveur nous suggèrera encore
une autre considération, également propre à faire
naître, dans notre cœur, la haine de ces infidélités
qui nous semblent légères; nous nous demanderons ce qui serait advenu de nous, si le bon Maître
n'eût pas offert son sang pour l'expiation de ces
fautes. Pouvons-nous douter qu'en nous privant
de l'abondance des grâces actuelles dont le secours est si nécessaire à notre faiblesse, elles ne

nous eussent amenés à tomber dans le péché mortel? Et qui peut compter le nombre, qui peut mesurer la gravité des prévarications dans lesquelles il eût été entraîné, s'il n'en eût été préservé par la pénitence du Cœur de Jésus?

L'amour du Cœur de Jésus nous fait ainsi trouver, dans le regret de nos propres fautes, un aliment inépuisable pour notre pénitence ; et elle lui fournit une matière bien plus abondante encore, dans les péchés des autres hommes.

Car le propre de cette dévotion, nous l'avons compris, est de rendre plus sensible au chrétien le mystère de son incorporation à l'Homme-Dieu, en vertu duquel nous ne faisons qu'un avec lui, et nous vivons en lui comme lui-même vit en nous, mystère aussi douloureux pour lui, qu'il est glorieux pour nous. Or, si cette union a eu pour première conséquence d'obliger notre divin Chef, en dépit de son infinie sainteté, à s'approprier toutes les iniquités de ses membres, elle doit avoir également pour résultat de porter chaque chrétien à expier les fautes des autres chrétiens. Si le Chef ressent nécessairement toutes les infirmités des membres, comment les membres pourraient-ils refuser de ressentir toutes les douleurs du Chef! L'union doit être nécessairement réciproque.

Quand donc nous nous transportons au jardin des Oliviers, pour y partager l'agonie du Sauveur, ou quand nous nous plaçons en présence du Ta-

bernacle, pour nous animer des sentiments du
Cœur de Jésus, il ne nous est pas permis d'établir
une division entre les fautes qui furent ensemble
la cause de son agonie sanglante et qui sont encore l'objet de sa perpétuelle immolation. L'amitié que nous avons vouée au Cœur de Jésus ne
nous permet pas de borner au regret de nos propres fautes notre participation à son agonie et à
son sacrifice : nous devons encore détester,
comme il les déteste lui-même, tous les péchés
des hommes.

VII

Nous connaissons maintenant l'objet et la mesure de la pénitence du vrai chrétien. C'est dans
le Cœur de Jésus que nous avons trouvé l'un et
l'autre. Cet objet, nous l'avons compris, est inépuisable ; cette mesure n'a pas de limites. De
l'ami de Jésus-Christ, comme de Jésus-Christ
lui-même, on peut dire : « Votre contrition est
vaste comme la mer. » (Thren. II, 13.) « Elle embrasse tous les crimes qui ont outragé la majesté
divine depuis le commencement du monde, tous
ceux qui se commettent aujourd'hui sur la terre,
tous ceux enfin qui seront commis jusqu'au jour
où la prévarication sera consommée, et où le
péché ira s'engloutir dans l'éternel abîme. »
(Dan. IX, 14.)

Le véritable ami de Jésus-Christ doit s'approprier, comme son divin Ami, chacune de ces fautes, en demander pardon à Dieu, s'efforcer de les laver par ses larmes et de les réparer par ses sacrifices.

Comment se faire à la pensée que, depuis dix-huit siècles, le Cœur de Jésus, présent sur tous les points du globe, ne cesse de s'offrir en sacrifice pour expier les iniquités des hommes, et que, au lieu d'accepter cette expiation, les hommes ne cessent de multiplier leurs iniquités? Comment demeurer indifférents à cette prévarication universelle, et près de dix-neuf fois séculaire? Comment ne pas éprouver le besoin de la réparer? Comment ne pas ressentir cette pression du divin amour, qui poussait saint Paul à s'écrier : « La charité de Jésus-Christ nous presse! car si Jésus-Christ s'est immolé pour nous tous, nous devons tous nous considérer comme des victimes immolées avec lui. » (2 Cor. v, 14.)

C'est ainsi que, dans notre cœur, comme dans le Cœur de Jésus, l'exercice de la pénitence s'unira à l'exercice de l'amour et du zèle; et que, par le mérite réuni de ces belles vertus, nous hâterons la destruction de la tyrannie du péché et l'avènement du règne de Dieu sur la terre [1].

---

[1] *Messager*, t. XLIII, p. 260 à 274.

11.

HISTOIRE

« Un vendredi, me disait un prêtre vénérable, je
fus appelé auprès d'un malade. Je trouvai sur un
lit de paille un pauvre infirme, d'une quarantaine
d'années. Il était paralysé depuis six mois ; comme
JÉSUS sur la croix, il ne reposait que sur des plaies.
De plus, il était abandonné de tout le monde ; car
sa fille, âgée de vingt ans, devait travailler tout le
jour.

« J'entrai facilement en rapport avec lui ; et ce
qui me frappa d'étonnement ce fut son calme, sa
tranquillité, dans une situation aussi pénible, aussi
crucifiante pour la nature. Je ne pus m'empêcher
de lui témoigner cet étonnement. « Comment, lui
« dis-je, pouvez-vous être aussi paisible, au milieu
« de tant de souffrances ? » — « Ouvrez la porte, me
« dit-il (j'avais fermé le petit cabinet pour le con-
« fesser), et vous verrez d'où me vient la consola-
« tion. »

« J'ouvre, et il me montre du regard une belle
image du Cœur de JÉSUS et une belle image du
Cœur de MARIE. « Voilà, mon Père, d'où me vient
« la consolation. Quand je n'en puis plus, je regarde
« tantôt le Cœur de JÉSUS, tantôt le Cœur de MARIE
« et je dis : ils ont bien plus souffert que moi, et ils
« étaient innocents ! Et moi, que suis-je, sinon un

« misérable pécheur ! Après cette réflexion, je me
« sens tout consolé. »

« Je sortis de cette humble demeure profondément ému et édifié. J'envoyai auprès de lui une
sœur de charité, pour qu'elle veillât à ce que rien
ne lui fît défaut. Il reçut les derniers sacrements
avec des sentiments de piété admirables, et deux
jours après, il mourait, en répétant · « Je vois mon
« lit tout parsemé de belles fleurs ! Voici la Vierge
« MARIE qui descend du ciel pour recevoir mon
« âme ! »

VINGT-CINQUIÈME JOUR

Leçons du Cœur de JÉSUS

LE CHRÉTIEN EST RÉDEMPTEUR AVEC JÉSUS-CHRIST EN SOUFFRANT AVEC JÉSUS-CHRIST [1]

> *Adimpleo ea quæ desunt passionum Christi.*
>
> Je satisfais au déficit de la passion du CHRIST.　　　(Col. I, 24.)

I

Ce que nous avons dit les jours précédents ne nous permet plus de douter que l'esprit de pénitence ne soit l'esprit caractéristique de tout vrai serviteur du Cœur de Jésus. Mais, pour le bien de nos âmes, il importe de déduire aujourd'hui, des considérations précédentes, une conclusion pratique souverainement consolante.

En nous rachetant par ses souffrances, Jésus-Christ nous a donné le pouvoir de devenir, avec lui, les rédempteurs de nos frères; pour acquérir

[1] *Messager du Cœur de Jésus*, t. VIII, p. 117 à 129.

ce titre glorieux, il suffit d'unir nos souffrances à celles de son divin Cœur.

Oui, la souffrance, c'est-à-dire tout ce que la nature abhorre le plus, tout ce qui abat le corps, tout ce qui brise le cœur, tout ce qui plonge l'âme dans l'amertume, tout ce qui anéantit en quelque sorte l'être humain, voilà ce qui est devenu, depuis JÉSUS-CHRIST et en JÉSUS-CHRIST, l'instrument le plus puissant de la régénération des âmes et des sociétés. Le Cœur de JÉSUS a fait bien des miracles. Il a transfiguré la souffrance ; il a rendu la douleur aimable et l'humiliation glorieuse. Il a placé dans la mort la source de la vie ; dans l'anéantissement, le principe et la fécondité ; dans la faiblesse, le secret de la force. A tous ceux qui voudront travailler comme lui au salut des âmes, il a adressé cette parole, que chaque siècle vérifie à son tour de la manière la plus éclatante :

« Si le grain de froment ne tombe en terre et n'y meurt, il demeure sans fruit ; mais s'il meurt, il porte beaucoup de fruit. »

Il y a bien des genres d'apostolat. Mais, si JÉSUS a sauvé le monde par ses souffrances, plus encore que par ses enseignements, ses miracles et ses prières : de même nous ne pouvons prendre aux mérites et aux fruits de ses travaux une plus grande part qu'en exerçant, en union avec lui, le divin Apostolat de la souffrance. Ce que saint Paul dit à tous les chrétiens est encore bien plus vrai de ceux qui ont la même ambition de coopérer à l'œuvre de Jésus-Christ et à l'établissement de son règne : « Nous ne pouvons avoir part à cette gloire, qu'autant que nous aurons part aux souffrances de l'Homme-Dieu. »

Rien de plus dur en apparence que cette doctrine ; en réalité, rien de plus consolant. Quoi que nous fassions, la souffrance sera l'inévitable et perpétuelle nécessité de notre existence terrestre ; quoi de plus encourageant que de voir dans cette nécessité douloureuse la source des plus grands mérites et l'instrument du plus fécond de tous les apostolats ?

Pour goûter cette consolation dans toute sa suavité, efforçons-nous de bien comprendre la mission providentielle de la souffrance et la divine économie de l'œuvre du Verbe incarné.

Cette œuvre était triple dans son unité : le Fils de Dieu, en descendant sur la terre, devait satisfaire à la justice de son Père, rendre aux hommes la vie de la grâce et détruire le règne de Satan. Or, de tous les moyens qui pouvaient s'offrir à lui pour atteindre ce triple but, la souffrance était incontestablement le meilleur.

II

En quoi consiste l'outrage infligé par le péché à la Majesté divine ?

Il consiste en ceci, que l'homme, créé pour glorifier Dieu par son amour, lui refuse cette gloire en aimant quelque chose plus que Dieu. Au lieu de le reconnaître pour le Bien souverain, il affirme de la manière la plus significative, par l'indigne préférence qu'il donne aux créatures, qu'elles valent mieux que Dieu, et qu'elles sont plus dignes de son amour. Voilà le mensonge criminel, le hideux blasphème que renferme tout péché. Tandis que Dieu se proclame nécessairement lui-même comme l'Être suprême et le Bien infini, tandis que la création tout entière fait écho à ce témoignage et chante, dans un admirable concert, la gloire du Créateur, l'homme seul donne, par le langage de sa bouche et le langage plus significatif encore de ses actes, un solennel démenti à la parole du Créateur et à la voix de la création; à la face du ciel et de la terre, il dit : « Dieu n'est pas! » Car c'est bien nier Dieu que de le mettre au-dessous de la créature, qui est néant.

Comment réfuter ce mensonge? Comment rendre à la Majesté divine la gloire que lui ôte ce blasphème d'action, non moins criminel que le blasphème de paroles? Il n'y a qu'un moyen efficace, et c'est celui qu'a pris notre charitable Sauveur. Il a sacrifié à la gloire de Dieu son Père tous ces biens que les hommes lui préféraient; il s'en est volontairement dépouillé; il les a méprisés, rejetés, foulés aux pieds; et il a proclamé ainsi, à la face du ciel et de la terre, que ces biens sont néant, et que Dieu seul est digne de toute estime et de tout amour.

Nous comprenons maintenant, au moins sous un de ces aspects, la divine mission de la souffrance; car, par souffrance, nous entendons ici la privation de tous les biens que les hommes peuvent préférer à Dieu : biens matériels ou biens spirituels, santé du corps, satisfaction de l'esprit et du cœur, estime, amitié, pouvoir, réputation. Il n'est pas un seul de ces avantages qui, trop souvent, ne devienne une idole, et ne reçoive des hommes les honneurs divins. La souffrance brise l'idole; et quand l'homme, privé de ces avantages, blessé dans son corps ou dans son âme, pauvre, délaissé, méprisé, s'attache amoureusement à son Sauveur crucifié et bénit avec lui la main qui le frappe, alors la gloire divine est vengée autant qu'elle peut l'être, et le blasphème du péché est hautement réfuté.

III

La souffrance est également le moyen le plus efficace pour rendre la vie aux âmes et détruire la tyrannie de Satan. Comment, en effet, les âmes avaient-elles perdu la vie de la grâce? Comment étaient-elles tombées dans l'esclavage de Satan?

Par une indigne préférence de la créature, au mépris du Créateur.

Tant que l'âme se tient unie à Dieu par l'amour, elle reçoit de lui, avec une abondance toujours croissante, l'écoulement de la vie divine. Alors elle est libre et elle peut défier toutes les puissances infernales, incapables de vaincre celui qui est uni à Dieu. Mais si cette âme brise le lien qui l'unissait à Dieu, si elle cesse de l'aimer, si elle lui devient odieuse par sa rébellion, dès lors la vie de Dieu lui échappe ; de même que la vie de l'âme échappe au corps, dès qu'il cesse d'être uni à l'âme.

Dès lors aussi, cette âme devient esclave de Satan, chef naturel de tous les ennemis de Dieu, et elle lui est assujettie par autant de chaînes qu'elle a d'affections désordonnées. Pour mettre un terme à ce honteux esclavage, et pour rendre à l'âme la vie dont elle s'est privée, il n'y a évidemment qu'un moyen : renverser les obstacles qui la séparent de Dieu, rompre les attaches qui l'assujettissent à Satan, détruire cet amour des biens créés, qui a détruit en elle l'amour du bien véritable.

IV

La souffrance a une grande vertu pour produire ces salutaires effets. Par elle-même, sans doute,

elle n'aurait pas le pouvoir de rendre à l'âme la
vie de Dieu ; ce pouvoir n'appartient qu'à la grâce.
Mais la souffrance dispose l'âme à recevoir la
grâce ; elle diminue en elle l'empire de la mort ; elle
affaiblit la fascination des biens créés ; elle dissipe
l'ivresse formée par les plaisirs sensibles et les
fumées de l'orgueil ; elle affaiblit peu à peu les
liens au moyen desquels Satan s'est assujetti cette
pauvre âme. Et quand cette âme, ainsi disposée
par la souffrance, a reçu, avec la grâce surnaturelle, la vie véritable, la souffrance a encore un
plus grand pouvoir pour compléter l'œuvre de la
grâce. Elle aide à expier tous les jours plus complètement les fautes commises, elle fait disparaître
les restes des souillures résultant des habitudes
désordonnées imparfaitement détruites, elle déta-
che de plus en plus les affections des biens créés
pour les tourner vers le bien véritable, elle remplit l'âme de l'amour divin dans la proportion
même dans laquelle elle la vide de tout autre
amour.

Ces précieux résultats peuvent, sans nul doute,
être obtenus par d'autres moyens ; mais il n'est
aucun moyen qui les produise plus efficacement
que la souffrance. L'âme peut s'unir à Dieu par
la prière, elle peut s'unir à Dieu par le travail ;
mais la souffrance acceptée en vue de Dieu, la
souffrance aimée pour Dieu, la souffrance offerte
à Dieu, unit bien plus intimement encore l'âme

à Dieu. Une semblable souffrance est la meilleure de toutes les prières, le plus fructueux de tous les travaux.

Voilà pourquoi le Cœur adorable de Jésus a préféré à tous les autres apostolats celui de la souffrance. Venu sur la terre pour glorifier son Père et sauver les hommes, il devait donner toutes ses préférences à la souffrance, puisque la terre ne lui offrait rien de plus glorieux pour Dieu et de plus salutaire aux hommes. Aussi ne s'est-il pas contenté, en fait de souffrances, de ce qui pouvait rigoureusement suffire pour l'accomplissement de sa mission. Il a voulu y mettre de la surabondance, du luxe : « *Copiosa apud eum redemptio.* »

V

Mais après que le divin Sauveur a eu si rigoureusement accompli sa tâche, après que de son Cœur entr'ouvert les dernières gouttes de sang ont jailli, la mission de la souffrance n'est pas terminée. Puisque la Majesté divine est encore outragée jusqu'à la fin des siècles, il faut que, jusqu'à la fin des siècles, les outrages soient réparés. Tant que les ennemis de Dieu continueront à préférer les honteux plaisirs au bien infini, il faut que les serviteurs de Dieu se fassent gloire de lui sacrifier les plaisirs même légitimes ; tant que retentira sur la terre le blasphème d'action qui met le Créateur au-dessous de la créature, il faut que retentisse également la protestation de la souffrance qui le proclame seul digne de tout amour.

C'est pour cela que, après avoir souffert dans sa propre personne, le divin Chef des élus veut, jusqu'à la fin des siècles, souffrir dans ses membres, et qu'il poursuit et recommence sans cesse, dans son Église, l'holocauste qu'il offrit sur le Calvaire. Puisque l'Église n'est que JÉSUS-CHRIST continué et complété, puisque son existence séculaire n'est que la reproduction de la vie mortelle du Sauveur, il est indispensable que la souffrance occupe, dans la première de ces existences, une part aussi large que dans la seconde. Comme JÉSUS-CHRIST, et au même titre que lui, il faut que l'Église *souffre et entre ainsi dans la gloire*.

Plus elle souffre, plus aussi elle glorifie DIEU, plus elle contribue au salut des âmes, à l'expiation du péché, à la destruction du règne de Satan. Ce qui est vrai de l'Église est évidemment vrai de chaque chrétien, puisque l'Église n'est que la société des chrétiens. La mesure des souffrances que chacun d'eux endure, en union avec JÉSUS-CHRIST, est d'ordinaire la mesure de l'efficacité avec laquelle il contribue au succès de l'œuvre de JÉSUS-CHRIST. De même que l'Église est la reproduction en grand du Verbe incarné, chaque chrétien en est la reproduction en petit. Sans doute, tous ne doivent pas reproduire ce divin modèle sous tous les aspects ; mais il est un trait qui doit se retrouver dans tous, parce qu'il a toujours accompagné le Sauveur, c'est le trait de la souffrance. Puisqu'il n'a pu entrer au ciel que par cette voie, il faut que tous ceux qui veulent entrer au ciel, après lui, passent également par cette voie, et qu'elle soit l'aboutissant de tous les sentiers que nous suivons pour tendre à ce bienheureux terme.

Si notre divin Sauveur n'a pu acheter son nom de JÉSUS qu'au prix de son sang, tous ceux qui, par lui et avec lui, veulent être sauveurs ne doivent pas se flatter d'obtenir ce titre à d'autres conditions.

VI

Nous devons maintenant comprendre dans quel sens saint Paul a pu dire « qu'il complétait, dans sa chair, ce qui manquait aux souffrances que JÉSUS-CHRIST a endurées pour son corps, qui est l'Église. »

Ces paroles si étranges, au premier abord, sont rigoureusement vraies, et il n'est pas un chrétien qui ne puisse et ne doive les dire lui-même. Rien ne manque sans doute aux souffrances de JÉSUS-CHRIST quant au mérite ; ce divin Sauveur a fait et souffert tout ce qu'il pouvait faire et souffrir pour nous dans sa propre personne. Mais il lui reste encore à faire, dans ses membres, ce qu'il a fait en lui-même, puisque la mission qu'il a reçue doit être remplie par son corps tout entier, et non pas seulement par le Chef de ce grand corps. Il reste à continuer, de présenter, jusqu'à la fin des siècles, à la Majesté divine le témoignage et la protestation que Jésus lui a fournis par ses souffrances durant sa vie mortelle, puisque cette protestation n'est pas moins nécessaire aujourd'hui qu'elle ne l'était il y a dix-huit cents ans. Hors d'état désormais de souffrir en lui-même, notre divin Chef a besoin de nous pour rendre à Dieu, son Père, ce témoignage.

Nous sommes donc tous ici-bas chargés de continuer et de compléter Jésus-Christ, de poursuivre son œuvre, de consommer sa passion glorieuse.

VII

Cependant, tous les chrétiens ne sont pas appelés à participer avec la même plénitude à cette gloire incomparable. Il en est dont cette vocation, commune à tous, devient la vocation spéciale. La souffrance, disons-nous, est le trait général qui doit marquer tous les membres de Jésus-Christ, quel que soit l'aspect particulier sous lequel ils sont destinés à reproduire ce divin modèle. Mais il en est qui n'ont pas d'autre destinée que de le reproduire sous l'aspect de ses souffrances, de l'imiter comme l'homme de douleurs.

Quelles sont ces victimes de choix que Dieu se réserve, pour les immoler en holocauste d'agréable odeur? Serait-ce seulement les religieux et les religieuses qu'il fait sortir du monde pour les faire entrer dans les ordres austères, où on ne s'occupe qu'à prier et à souffrir? Non, car même au milieu du monde, et quelquefois dans les positions les plus brillantes, combien n'y a-t-il pas de chrétiens crucifiés dans le corps et dans l'âme, qui ne se nourrissent que du pain de la douleur, et que Dieu semble frapper, comme Job, des coups redoublés de sa miséricordieuse rigueur! Ces âmes sont-elles exclues de l'Apostolat du Cœur de Jésus? Leurs infirmités, leur anéantissement les empêche-t-il de contribuer, très efficacement, au salut des âmes et au triomphe de la sainte Église?

Le supposer serait méconnaître la céleste vertu de la croix, mettre en oubli les enseignements les plus certains de l'Évangile. Il n'y a rien, au contraire, de plus fécond que l'anéantissement apparent de ces âmes, rien de plus puissant que leurs infirmités. Bien mieux que ceux qui travaillent et qui prêchent, elles réalisent la parole du Sauveur :

« Si le grain de froment tombe en terre et meurt, il porte beaucoup de fruits. »

Pour jouir de cette fécondité, une seule condition est requise : c'est que les âmes ne souffrent pas seules, mais qu'elles s'unissent à Jésus souffrant ; qu'elles s'approprient ses dispositions, en acceptant leurs souffrances comme il a accepté les siennes, non seulement avec résignation, mais avec amour ; qu'elles se revêtent de ses intentions, en offrant comme lui leurs souffrances, non seulement pour leur propre avantage, mais encore et surtout pour la gloire de Dieu et pour l'Église ; qu'elles souffrent par Jésus-Christ, en puisant sans cesse dans son Cœur la force de supporter leurs épreuves ; qu'elles souffrent avec Jésus-Christ, en se rappelant qu'il a enduré avant elles, comme leur Chef, toutes les douleurs qu'elles endurent, et en se faisant ainsi de la souffrance un lien qui les unit à lui ; qu'elles souffrent en Jésus-Christ, en se pénétrant de son Esprit, qui se répand sans cesse de son Cœur dans leur cœur, et leur permet de vivre en lui comme il vit en elles ; qu'elles souffrent pour Jésus-Christ, en se proposant pour but unique son bon plaisir, sa gloire, l'achèvement de son œuvre.

Une souffrance ainsi endurée est de tous les apostolats le plus sanctifiant, le plus fructueux, le plus méritoire pour l'âme qui l'exerce, le plus glorieux à Dieu, le plus utile à l'Église [1].

[1] *Messager*, t. VIII, p. 117 à 129.

HISTOIRE

L'apostolat du sacrifice chez une enfant de treize ans.

Combien l'apostolat de la souffrance et du sacrifice est puissant sur le Cœur de DIEU, méritoire pour celui qui l'offre, et efficace à l'égard de ceux pour qui il est offert! Le trait suivant est bien propre à nous convaincre de cette vérité.

Albine L..., jeune fille de treize ans, était élevée, en compagnie de sa sœur Marie, dans un pensionnat du Midi, tenu par les religieuses de la Sainte-Famille. Cette enfant, qui chérissait tendrement ses parents, mais qui aimait encore plus le bon DIEU, gémissait amèrement de voir son père éloigné de la pratique de la religion, et elle ne cessait de prier pour obtenir son retour. « Faisons une neuvaine pour que papa se convertisse, » disait-elle à sa sœur; et quand la neuvaine était terminée, sans que la grâce demandée eût été obtenue, Albine, loin de se décourager, pressait Marie de commencer avec une confiance plus grande une nouvelle neuvaine.

Enfin, pour arracher au Cœur de Notre-Seigneur le salut de son père chéri, la pieuse enfant conçoit un dessein héroïque : elle offre sa vie en sacrifice, et elle écrit de sa main une prière, qu'on a

11..

trouvée après sa mort dans ses cahiers. Cette prière commençait ainsi : « Mon Dieu, je vous aime, de tout mon cœur et de toutes mes forces! Mon Dieu, faites-moi la grâce d'être bien sage! Mon Dieu, que je suis malheureuse de vous avoir offensé!... »

Le billet se terminait par ces mots :

« Mon Dieu, faites-moi la grâce de mourir à la place de mes parents, pour leur conversion, et un samedi. »

Dieu agréa ce sacrifice; et il en donna à l'innocente victime l'intime pressentiment. Elle ne cessa dès lors de parler de sa mort prochaine, quoique rien ne parût moins probable que cet événement. Pendant les récréations, elle répétait plusieurs fois à sa maîtresse : « Je voudrais bien mourir; la mort ne me fait pas peur. » Elle dit la même chose à sa sœur, et elle ajouta : « Je mourrai bientôt. » Son père ayant manifesté le désir de lui acheter une robe, Albine refusa en disant : « Je n'en ai pas besoin; c'est inutile. »

Sur ces entrefaites, c'est-à-dire du 17 au 21 juin, les exercices de la retraite furent donnés au pensionnat de la Sainte-Famille par le R. P. L... La pieuse enfant voulut que cette retraite lui servît de préparation à la mort; aussi édifia-t-elle ses maîtresses et ses compagnes par l'attention avec laquelle elle écouta les instructions, et par l'émotion profonde que révélait tout son extérieur. Afin de purifier plus parfaitement sa conscience,

elle s'approcha trois ou quatre fois du saint tribunal. Ainsi délivrée de ses moindres souillures,
la victime était prête pour le sacrifice ; il ne lui
restait plus qu'à consommer l'holocauste qu'elle
avait déjà offert dans son cœur, et à aller en recevoir au ciel la récompense. Le 29 juillet, elle est
saisie par une maladie foudroyante, qui ne dura
que quelques heures. Aussitôt elle comprit que
Dieu l'appelait. Elle fut la première à demander
son confesseur, et comme on l'exhortait à offrir
ses souffrances à la sainte Vierge, elle répondit :
« J'ai tout offert au petit Jésus. »

Elle avait tout offert, en effet, et Jésus avait
tout accepté, même le choix du jour que l'héroïque enfant avait choisi pour sa mort, car le
29 juillet, fête de sainte Marthe, était cette année
un samedi.

Jésus avait tout accepté et il avait tout accordé.
M. L..., poussé par un mouvement intérieur qu'il
ne s'expliquait pas, s'était confessé et avait communié peu de temps avant la mort de sa fille.
Celle-ci n'a pas eu la consolation d'apprendre ici-
bas la réalisation de son désir ; Dieu sans doute
a voulu que son sacrifice eût, jusqu'à la fin, tout le
mérite de la foi et de la confiance aveugle. Elle
n'a appris l'heureuse nouvelle qu'en entrant au
ciel, et l'assurance du salut de son père n'a pu
qu'accroître le bonheur dont la comblent la vue
et la possession de Dieu.

VINGT-SIXIÈME JOUR

Le Cœur agonisant de JÉSUS.

> *Dolor meus super dolorem, in me Cor*
> *meum mœrens.*
> Ma douleur surpasse toute douleur, o
> mon Cœur est plongé dans la tristesse.
> (Jer. VIII, 18.)

I

Quelle scène émouvante et instructive à la fois que celle de Jésus agonisant dans le jardin de Gethsémani! On peut dire en quelque sorte que si le Calvaire fut le martyre du corps, Gethsémani fut le martyre du Cœur. Et quel martyre! Il fut tout intérieur, tout intime, et par là plus douloureux.

A peine Notre-Seigneur se fut-il éloigné de ses disciples, qu'il se jeta à genoux et s'offrit en victime : *Ecce venio... ut faciam voluntatem tuam.* « Me voici, je suis prêt à faire votre volonté. » Maître de ses facultés, de ses sentiments, il peut, s'i le veut, les maintenir dans un parfait équilibre et leur tracer une limite qu'ils ne franchiront pas :

mais, à cette heure, il fait cession de ses droits, de sa puissance, et leur donne pleine liberté de l'assaillir et de le tourmenter. Aussitôt deux sentiments se déchaînent, et, bourreaux impitoyables, déchirent sans merci le Cœur de Jésus.

Cœpit pavere. C'est d'abord la peur. La face irritée de DIEU se dresse devant lui menaçante et pleine de courroux, à la vue des péchés dont il s'est comme revêtu. En même temps, il voit cette longue suite d'horribles tourments que lui prépare la malice des hommes. La nature frémit d'épouvante, et Jésus est atterré. Mais voici qu'un autre sentiment vient achever de briser son Cœur.

Cœpit tædere. La tristesse envahit son âme et la plonge comme dans un océan de souffrances. Il voit Judas le trahir, les Juifs se liguer contre lui, ses disciples l'abandonner; il voit surtout, par une anticipation déchirante, son sang répandu vainement pour une grande partie du genre humain.

Jésus au cœur si tendre et si aimant ne peut soutenir le choc de pensées aussi désolantes; il ploie sous leur pression accablante, et de sa face auguste ruisselle jusqu'à terre une sueur de sang!

Ah! dois-je m'écrier ici avec saint Bernard, que je l'aime mon Jésus, ainsi prosterné la face contre terre et baigné d'une sueur de sang! C'est pour toi, ô mon âme, qu'il s'est réduit en cet état; c'est pour te sauver qu'il se soumet à une agonie plus cruelle que la mort : « Mon Père, s'écrie-t-il dans le fort de sa frayeur et de sa tristesse, si cela est possible, si je puis sauver cette âme sans souffrir d'aussi cruelles tortures, éloignez de moi ce calice ; si cependant cela est nécessaire à son salut, que votre volonté soit faite et non la mienne. Que je meure pourvu qu'elle vive. »

II

Le Cœur agonisant de Jésus nous donne ici quatre grandes et utiles leçons.

La première est que le péché cause à ce Cœur une peine intolérable, dont il se plaint par la voix de ses prophètes : *Tactus dolore Cordis intrinsecus* (Gen. VI, 6.) C'est une douleur qui surpasse toute douleur, et qui plonge son Cœur dans la tristesse, mais dans une tristesse qui n'a d'égal que la mort : *tristis est anima mea usque ad mortem.*

La seconde est que Dieu, justement irrité par nos fautes, en tirera une vengeance éclatante ; car s'il a traité de la sorte le bois vert, comment ne traitera-t-il pas le bois sec, c'est-à-dire, s'il a réduit à une telle extrémité son Fils bien-aimé, à quels châtiments ne livrera-t-il pas des créatures viles, insolentes, qui l'outragent et le méprisent ?

La troisième leçon est que, dans nos tristesses, nos angoisses, nous devons puiser force et consolation dans la prière, mais dans une prière confiante et résignée comme celle du Sauveur.

[1] La confiance filiale, absolue, illimitée du Cœur de Jésus éclate dans les premières paroles de cette prière : « Mon Père, tout vous est possible. » (Marc. XIV, 36.) Ce mot dit tout, il exprime l'unité de vie ; par conséquent, la parfaite communauté d'intérêts qui unit Jésus-Christ à Dieu et lui permet d'en tout attendre. Mais à côté de cette confiance, quelle résignation ! « Mon Père, tout vous est possible, éloignez de moi ce calice ; ne faites pourtant pas ce que je veux, mais ce que vous voulez. » Ce qu'il demande est parfaitement juste, et l'insistance avec laquelle il le demande montre assez avec quelle ardeur il désire l'obtenir ; mais il est complètement résigné à ne point être exaucé, s'il ne peut l'être sans troubler l'ordre des éternels décrets de Dieu.

Par là nous comprenons comment nous pouvons et nous devons allier ensemble, dans nos prières, les deux dispositions que nous trouvons si bien dans la prière du Sauveur. La confiance et la résignation portent sur des objets différents, et, par conséquent, ne sont nullement opposées l'une à l'autre. La confiance s'appuie sur la bonté

[1] *Messager du Cœur de Jésus*, t. XXVIII, p. 539 à 541.

et la puissance de DIEU; or, comme ces deux attributs sont également infinis, nous ne devons mettre aucune borne à nos espérances; ce n'est ni le prix, ni la difficulté des choses que nous demandons qui doivent inspirer la moindre crainte relativement au succès de nos prières. Il n'est rien que DIEU ne puisse nous accorder, puisqu'il est tout puissant; il n'est rien qu'il ne veuille faire pour nous, puisqu'il est notre Père.

Notre confiance sera donc aussi ferme et aussi illimitée que celle du Sauveur, en tant qu'elle s'appuie sur la puissance et sur la bonté divine; nous dirons avec la même assurance que lui : « Mon Père, tout vous est possible. » Mais comme lui, nous mettrons à nos sollicitations les plus ardentes cette condition, que la grâce demandée ne soit point contraire aux desseins de la Providence; et c'est par l'acceptation de cette réserve indispensable que doit s'exercer notre résignation.

Voilà ce que le Cœur de notre bon Maître a voulu nous faire comprendre quand, au jardin des Oliviers, il a exprimé si énergiquement la détermination de sacrifier à l'accomplissement de la volonté divine le succès de sa suppliante requête.

Nous ne pourrons certainement jamais rien désirer avec plus d'ardeur, ni rien demander avec plus de justice que ce que demandait alors notre divin Maître : toujours, par conséquent, nous devrons terminer par cette clause les prières que nous ferons avec la plus ferme espérance d'être exaucés : « Cependant, que votre volonté se fasse, et non la mienne. »

La quatrième leçon du Cœur agonisant de Jésus, leçon de toutes la plus importante, c'est que, devant être la reproduction de Jésus-Christ, nous devons subir tous ici-bas le martyre, sinon du corps, du moins du cœur. Martyre nécessaire, martyre fécond, parce que par lui nous pouvons satisfaire pour nos propres péchés, satisfaire aussi pour les péchés de nos frères.

De même que, pour convertir les hommes et fortifier solidement son Église, Notre-Seigneur voulut qu'elle fut arrosée et fécondée, pendant trois siècles, par le sang de ses innombrables martyrs ; de même aujourd'hui, pour régénérer les âmes, il veut produire et féconder cette régénération par une légion de martyrs. Son Cœur miséricordieux ne demande plus à des millions de fidèles le martyre du sang ; il demande surtout un autre genre de témoignage et de sacrifice, c'est le martyre du cœur.

Le Cœur de Jésus seul sera le Sauveur et le Régénérateur des âmes, mais il a, pour ainsi dire, besoin de victimes qui acceptent de souffrir avec lui. Sa passion et son agonie ont déjà sauvé et régénéré les âmes, mais il faut que les agonies mortelles de son Cœur se reproduisent, aujour-

d'hui, dans les cœurs de ses victimes volontaires.
« *Oblatus est quia ipse voluit.* »

Dans la Rédemption du monde par JÉSUS-CHRIST,
des millions de martyrs ont glorifié son sang répandu sur la croix ; dans la Rédemption nouvelle,
la régénération des temps modernes, Notre-Seigneur veut que de nombreux martyrs glorifient
ses douleurs intimes, surtout ses agonies cruelles,
soutenues durant toute sa vie, mais particulièrement au jardin des Oliviers, dans ce pénible
combat de la crainte, du découragement et de la
tristesse qui lui firent suer du sang.

Qui pourrait dire le nombre des personnes qui
souffrent dans l'intimité du cœur ? Et quelles
souffrances ! Épreuves, amertumes, déchirements,
séparations, contrariétés, peines intérieures, angoisses maternelles, sollicitudes, revers, espérances déçues, dissentiments de famille, isole-
ments, oublis, abandons, etc., etc.; tout cela produit dans le cœur un martyre qui peut être offert
à DIEU. Oh ! quel trésor, si ces âmes nombreuses
pouvaient accepter ces peines, les offrir au Père
céleste, en union avec les saints Cœurs de JÉSUS
et de MARIE, pour la glorification de leurs agonies
et la régénération des âmes !... Quel trésor, si tout
cela était même offert, accepté, demandé d'avance
et spontanément pour le salut des peuples !... Et
ici il n'y a rien à craindre : « Quand je donne les
douleurs intimes de l'âme, disait Notre-Seigneur

à une de ses victimes, je donne les jouissances
intimes du cœur [1]. »

III

Tels sont les solennels enseignements que nous
offre le Cœur de Jésus agonisant. Puissent-ils
ne pas effleurer seulement nos esprits, mais se
graver profondément dans nos cœurs ! Pour nous
en raviver le souvenir, aimons dans nos méditations à venir contempler notre aimable Maître,
prosterné, défaillant à terre !

Par une grâce secrète et merveilleuse, la vue
de la frayeur et de la tristesse qui déchirent son
Cœur nous fortifiera et nous consolera. Nous
marcherons d'un pas plus ferme, au milieu des
obstacles, et nous accepterons d'un cœur plus
joyeux le calice d'amertume que nous présente la
main toujours paternelle de DIEU.

HISTOIRE

Il y a quelques années, un saint religieux [2] se
tenant prosterné au pied du Tabernacle, demandait à DIEU d'avoir pitié des âmes, pour lesquelles

[1] Lettres du P. E. Bouniol, sur le martyre du cœur. (*Messager*, t. XVIII, p. 273, et t. XIX, p. 248.)
[2] Le R. P. Lyonnard, mort au Puy en 1888.

son divin Fils avait répandu tout son sang. Notre-Seigneur lui fit alors entendre qu'il aurait pour agréable qu'il établît une Œuvre dont le but serait : 1° D'honorer le Cœur de Jésus, endurant pendant toute sa vie, mais surtout pendant son agonie au jardin des Olives et sur la croix, de grandes souffrances intérieures pour le salut des âmes; 2° d'obtenir, par les mérites de cette longue agonie, la grâce d'une bonne mort aux cent mille personnes environ qui meurent chaque jour dans le monde entier, et la consolation des affligés.

Pour satisfaire au désir de Notre-Seigneur, l'humble religieux composa la prière suivante :

« O très miséricordieux Jésus, vous qui brûlez d'un si ardent amour pour les âmes, je vous en conjure, par l'agonie de votre très saint Cœur, et par les douleurs de votre Mère Immaculée, purifiez dans votre sang tous les pécheurs de la terre qui sont maintenant à l'agonie, et qui, aujourd'hui même, doivent mourir. Ainsi soit-il.

« Cœur agonisant de Jésus, ayez pitié des mourants. »

C'était le germe imperceptible qui allait produire un grand arbre. Sa sainteté Pie IX, par un bref du 2 février 1850, attachait à cette prière de précieuses indulgences; il promettait de plus une part abondante aux effusions de la divine Miséricorde, à ceux qui pendant leur vie exerceraient envers les mourants cet office de charité.

Ainsi fécondée par la bénédiction du Vicaire de Jésus-Christ, la prière au Cœur agonisant de Jésus se répandit de tous côtés, et sa traduction en plusieurs langues la fit connaître dans la plupart des contrées catholiques.

Encouragé par ce succès inattendu, le religieux fit entendre un appel plus pressant en faveur des pauvres agonisants.

« Priez pour les agonisants! s'écria-t-il. C'est procurer à Jésus-Christ la plus grande gloire; aux hommes les plus grands biens; à nous-mêmes, les plus précieux avantages.

« Priez pour les agonisants! C'est offrir au Cœur de Jésus les consolations les plus douces et les plus efficaces, en sauvant des âmes, dont la perte a été la principale cause de sa longue agonie.

« Priez pour les agonisants! C'est exercer l'apostolat le plus catholique, le seul universel dans toute l'acception du mot, puisque personne n'est exempt de mourir : l'apostolat le plus nécessaire, car on assure la grâce d'une bonne mort; l'apostolat le plus pressé, puisqu'il n'y a plus qu'un moment d'où dépend l'éternité. Aujourd'hui, plus de cent mille âmes vont comparaître au tribunal de Dieu!... Sur ce nombre, combien, hélas! de milliers vont être surprises dans l'état de péché mortel! Priez pour elles, hâtez-vous, le temps presse; demain, il ne sera plus temps.

« Resterons-nous au-dessous de Satan et de ses

suppôts qui, de nos jours, ont formé une vaste association de la mauvaise mort, dont tous les membres, dits solidaires, font le serment de mourir impénitents et de faire mourir ainsi tous ceux qu'ils pourront! Ce zèle infernal ne dit-il rien à votre cœur chrétien? »

Cet appel chaleureux trouva partout un écho. Des associations se sont formées, sous le vocable du Cœur agonisant de Jésus, dont tous les membres s'engagent à joindre à l'exercice de la prière le dévouement de la charité, à visiter à domicile ou dans les hôpitaux les malades en danger de mort. Des communautés religieuses ont été fondées sous le même vocable, et les religieuses y font profession d'appeler, par une vie de prière et d'immolation, les bénédictions divines sur les travaux des associés et d'obtenir, pour les mourants de chaque jour, des grâces efficaces de salut. Enfin, son Excellence le patriarche de Jérusalem, Mgr Valerga, établit canoniquement dans sa ville patriarcale une confrérie sous le titre : « Du Cœur agonisant de Jésus et du Cœur compatissant de MARIE. »

Cette Œuvre si apostolique a produit partout des fruits admirables, qui font bien connaître combien cette dévotion est agréable au Cœur de Jésus.

VINGT-SEPTIÈME JOUR

Leçons du Cœur de JÉSUS priant.

L'APOSTOLAT DE LA PRIÈRE EST L'APOSTOLAT PROPRE DU CŒUR DE JÉSUS [1].

> *Semper vivens ad interpellandum pro nobis.*
>
> Il vit toujours intercédant pour nous.
> (Hebr. VII, 5.)

L'Apostolat de la Prière peut être considéré soit en JÉSUS-CHRIST, soit dans le chrétien. Envisagé en JÉSUS-CHRIST, il nous apparaît comme la vie de son Cœur, sa fonction propre, l'instrument principal à l'aide duquel ce divin Cœur exerce son amour, l'arme avec laquelle il continue à subjuguer les cœurs des hommes. Considéré dans le chrétien, l'Apostolat de la Prière se montre à nous comme le plus efficace, le plus méritoire, le plus universellement et le plus constamment accessible de tous les moyens que nous ayons en notre pouvoir pour nous rendre semblables au Cœur de JÉSUS, nous unir à lui et le glorifier.

Étudions d'abord l'Apostolat de la Prière en Notre-Seigneur.

[1] *Messager du Cœur de* JÉSUS, t. XXIX, p. 110 à 118.

I

Le nom d'Apostolat désigne les fonctions propres à opérer le salut des âmes. Jésus-Christ, l'Apôtre par excellence, l'Envoyé du Père céleste, l'Ange du grand conseil, a réuni et exercé avec une perfection incomparable toutes ces fonctions, avant de les déléguer à son Église et de les distribuer entre ses serviteurs. Il a d'abord, par ses souffrances, expié les fautes qui causaient notre perte; par sa prédication, il nous a fait connaître la doctrine du salut; dans ses œuvres, il nous a fourni des modèles de la plus parfaite sainteté; par ses sacrements, il a répandu dans les âmes la grâce nécessaire pour participer au fruit de ses souffrances, croire à sa doctrine et imiter ses exemples.

Tous ces apostolats appartiennent donc éminemment à Jésus, et tous ont leur source dans son Cœur. Car c'est bien l'amour dont ce Cœur est l'organe qui a poussé le divin Maître à se faire notre victime; c'est de l'abondance de ce Cœur que sa bouche a parlé; ce sont les sentiments de son Cœur qui se réflétaient dans ses œuvres; les sacrements, enfin, ne sont autre chose que les canaux par lesquels coulent les eaux vivifiantes de la grâce, dont le Cœur de Jésus est l'Océan.

Il n'est donc pas un seul de ces apostolats qui ne mérite d'être appelé l'apostolat du Cœur de Jésus.

Mais il en est un autre, auquel ce nom convient mieux encore, parce que le Cœur de Jésus en est à la fois l'unique organe et l'unique théâtre; parce que c'est celui que le Cœur de Jésus a entrepris avant tous les autres, qu'il a exercé plus constamment et qu'il a voulu se réserver encore, lorsqu'il s'est démis de tous les autres en faveur de son Église : c'est l'apostolat de la Prière.

II

Est-il besoin de prouver que les prières du Cœur de Jésus constituent un véritable apostolat? Comment douter qu'elles contribuent très efficacement au salut des âmes? Qu'est-ce donc qui sauve les âmes, sinon la grâce? Et qu'y a-t-il par conséquent de plus apostolique que ces prières de l'Homme-Dieu, dont l'infaillible efficacité fait descendre du ciel, sur les âmes, cette rosée vivifiante de la grâce? Non seulement cet apostolat est réel, mais il suffirait, au besoin, à l'œuvre de notre salut.

L'Église étant une société extérieure, une société visible, la divine Sagesse a voulu que les âmes dont elle est composée fussent conduites à la sainteté par des moyens de même nature : par la

prédication, par les bons exemples, par les sacrements, par le Saint-Sacrifice. Mais ces divers
apostolats n'ont d'efficacité qu'autant qu'ils sont
les canaux de la grâce, et leur nécessité n'est
qu'une nécessité d'ordre et de convenance, déri-
vant de l'institution divine. La seule chose absolument indispensable pour le salut, c'est la grâce ;
et, par conséquent, Jésus-Christ aurait pu, s'il
l'eût voulu, pourvoir suffisamment à notre sanctification, en nous obtenant la grâce par ses prières :
cet apostolat eut suppléé à tous les autres.

III

Mais s'il lui a plu d'exercer le premier tous ces
apostolats extérieurs, dont la transmission dans
son Église devait unir ensemble tous les membres
de ce grand corps, il ne s'en est pas moins réservé
l'apostolat de la Prière comme fonction propre
de son Cœur. La vie de ce divin Cœur, nous le
savons, est une vie d'amour. La charité incréée,
dont l'Esprit-Saint lui a conféré la plénitude,
s'unit en lui à un amour créé d'une ardeur incomparable ; et ces deux feux ne forment en lui qu'une
même flamme, qui se porte, sans se diviser, sur
un double objet : Dieu et les hommes. En effet,
l'amour dont ce Cœur de Jésus est embrasé pour
nous n'est pas distinct de l'amour dont il brûle

pour DIEU son Père; il aime DIEU dans les hommes et les hommes en DIEU; la gloire de DIEU et le salut des hommes sont les deux grands intérêts qui le préoccupent sans cesse, et qu'il ne sépare point l'un de l'autre. Leur commun triomphe est l'objet de ses incessantes aspirations.

Il est donc bien vrai que, si elle est une vie d'amour, la vie du Cœur de Jésus est aussi une vie de prière. L'amour, en effet, ne peut avoir que ces deux attitudes : s'il possède l'objet aimé, il s'y complaît; s'il ne le possède pas, il le désire. Quand toutes les âmes, pour le salut desquelles le Fils de DIEU s'est incarné, seront en possession de leur éternelle béatitude, il ne restera plus à son divin Cœur qu'à se réjouir avec elles. Mais aussi longtemps qu'un certain nombre d'entre elles seront, dans la vie, exposées à mille dangers, l'amour de leur Sauveur ne saurait se reposer dans la complaisance; et autant il déploie de magnificence envers les bienheureux habitants du ciel, autant il mettra de zèle et d'énergie à exercer en faveur de ces pauvres pèlerins l'apostolat de la Prière. Pour ce qui nous regarde, cet apostolat se confond avec son amour.

IV

Aussi l'exercice de cet apostolat a commencé avec l'existence même du Cœur de Jésus. A peine

a-t-il été formé, par l'opération du Saint-Esprit,
dans le sein de la bienheureuse Vierge, à peine
a-t-il été animé par l'âme sainte dont il devait
être l'organe, qu'il a palpité sous l'impression
d'un immense amour, et sa première palpitation
a été une prière. Rien évidemment de plus apostolique ; il sent qu'il n'est pas créé uniquement
pour lui-même, mais pour le salut d'une race
coupable, dont les crimes ne peuvent être expiés
que par une immolation d'un prix infini.

« Mon Père, dit-il, les antiques holocaustes
n'ont pu vous satisfaire, et c'est pour suppléer à
leur insuffisance que vous m'avez donné un corps ;
alors j'ai dit : Voici que je viens pour accomplir
votre dessein ; oui, mon Dieu, je le veux ; et si
dure que soit cette loi, je l'embrasse et l'accomplis déjà dans mon cœur. »

L'Homme-Dieu sans aucun doute aurait pu,
après ce premier acte, monter au Ciel ; par
cette prière, cachée encore dans le secret de son
Cœur, il avait déjà fait tout ce qui était requis
pour notre salut. Il peut maintenant différer l'exercice de ses autres fonctions ; attendre neuf mois
pour pratiquer, en se montrant aux hommes, l'apostolat de l'exemple ; trente ans et plus, pour remplir le double apostolat de la prédication et des
sacrements ; nul n'aura le droit de l'accuser
d'avoir mis le moindre retard à l'accomplissement de sa mission, puisque son divin Cœur l'a

remplie avec une efficacité sans bornes, en exerçant, dès le premier instant de son existence,
l'apostolat de la Prière.

Et une fois entré dans cette carrière, il ne s'ar-
rêtera plus. La prière, qui a été la première palpitation de son Cœur, continuera à en être la vie.
Les autres apostolats, après même qu'ils auront
été entrepris, subiront d'inévitables interruptions.
Le divin Sauveur ne pourra pas toujours se montrer aux yeux, ni exercer par conséquent toujours
l'apostolat de l'exemple; il ne pourra ni toujours
prêcher, ni toujours répandre la grâce par le
moyen des sacrements; mais il priera toujours.
La nuit qui, en éloignant de lui les hommes, ne
lui permettra plus de leur parler de DIEU, ne
fera que lui donner plus de facilité pour parler
d'eux à son Père. Au lieu de se livrer au sommeil,
il cherchera son repos dans la prière : *Erat per-
noctans in oratione* DEI.

V

Il est pourtant un apostolat qui, durant l'existence mortelle du Sauveur, a partagé avec l'apostolat de la Prière la prérogative que nous reven-
diquons en ce moment pour ce dernier. L'apostolat
de la souffrance a commencé également avec cette
existence et en a rempli tous les instants : toute

12.

la vie de Jésus-Christ, dit très justement l'auteur de l'Imitation, a été un long chemin de croix et un martyre non interrompu. *Tota vita Christi crux fuit et martyrium.* Aussi, Dieu nous garde de séparer jamais l'un de l'autre ces deux apostolats qui, dans nos cœurs, doivent être aussi indivisibles qu'ils l'ont été dans le Cœur de Jésus!

De même que l'amour éloigné de son objet se transforme en désir, de même lorsqu'il voit son objet en proie à de pressants dangers et à de criminelles attaques, il ne peut s'empêcher de souffrir. Donc, aussi longtemps que le salut des âmes sera compromis et la gloire divine outragée, notre amour pour Jésus-Christ devra nécessairement souffrir de ces outrages, en même temps qu'il nous poussera à prier pour en obtenir la réparation ; et de même qu'il demeurerait stérile s'il ne priait pas, sa prière ne serait pas efficace si ce n'était une prière douloureuse.

VI

Si étroitement unis que soient pourtant ces deux apostolats, aussi longtemps que le Cœur de Jésus sera capable de les exercer ensemble, un jour viendra où il n'aura plus ce pouvoir. Sa résurrection glorieuse le rendra incapable de souffrir, et, à partir de ce moment, il ne pourra plus renouveler que d'une manière mystique l'immolation par laquelle il a lavé nos fautes dans son sang.

Renoncera-t-il également à exercer l'apostolat de la Prière? Oh! non; c'est alors, au contraire, qu'il commencera à l'exercer d'une manière plus exclusive. Il n'accomplira plus par lui-même aucun des autres apostolats : c'est par les membres de son corps mystique qu'il continuera à souffrir, à prêcher, à donner l'exemple de toutes les vertus; mais, pour lui, il se réservera de vivifier tous ces apostolats extérieurs et visibles par l'apostolat invisible de sa perpétuelle supplication : *Semper vivens ad interpellandum pro nobis.* Il instituera donc un sacrement qui le rendra constamment présent au milieu de nous, mais principalement pour prier. Il commencera une existence nouvelle, plus anéantie que son existence mortelle, et semblable, en quelque manière, à celle qu'il possédait dans le sein de MARIE.

Dans l'obscurité de nos tabernacles, dans la poitrine de tous ceux qui répondent à son appel et consentent à devenir ses tabernacles vivants, il continue à faire, depuis dix-neuf siècles, ce qu'il faisait dans le sein de sa Mère : inerte et oisif en apparence, il y travaille avec une activité infinie, par ses prières, à l'œuvre de notre salut.

VII

[1] La vie eucharistique du Cœur de Jésus est une vie de prière, précisément parce que c'est une vie d'amour, car l'amour véritable ne saurait demeurer oisif. Alors même qu'il est hors d'état d'agir visiblement, qu'il est réduit à l'immobilité et au silence, il garde encore toute son activité. Ne pouvant plus l'exercer directement sur les hommes, il la tourne du côté de Dieu, et forme des désirs embrasés qui montent vers le Ciel, d'où ils font descendre la grâce sur la terre. Tel est l'état auquel Jésus-Christ s'est réduit, à notre égard, depuis le jour de son ascension glorieuse. Il s'est démis en faveur de ses ministres des moyens ordinaires d'action visible. Il n'agira plus désormais que par leurs mains, il ne parlera plus que par leur bouche; mais la prière continuera à être, jusqu'à la fin des siècles, son occupation de chaque instant. Il ne peut pas plus y renoncer qu'il ne peut renoncer à son Cœur, puisque son Cœur ne peut vivre sans aimer, et que la prière est la respiration de son amour.

[2] Nous pouvons donc maintenant conclure légitimement que l'apostolat de la Prière est l'aposto-

[1] *Messager,* t. XXVII, p. 217.
[2] *Messager,* t. XXIX, p. 118.

lat propre du Cœur de Jésus : c'est sa vie ; c'est l'instrument principal dont il s'est servi pour opérer la grande œuvre de notre salut ; c'est l'arme à l'aide de laquelle il a vaincu nos ennemis et conquis notre éternel héritage. Dès lors, pratiquer la dévotion à ce divin Cœur sous la forme de l'Apostolat de la Prière, c'est voir son amour sous son jour véritable, c'est nous faire l'idée la plus juste de ses rapports avec nous, et lui rendre, par conséquent, le genre de culte qui correspond le mieux à ses desseins [1].

HISTOIRE

Un religieux reçut un jour la visite d'un seigneur, son ami, qui venait, tout en larmes, lui faire connaître l'affreuse situation où l'avait jeté sa faiblesse. Resté veuf avec une fille unique, il s'était laissé complètement dominer par cette jeune personne, qui le traitait beaucoup moins en père qu'en esclave. Elle n'avait de goût que pour les plaisirs du monde et dissipait sa fortune en toilettes et autres frivolités. Un jour qu'elle se trouvait indisposée, le digne religieux vint la voir, pressé par les vives sollicitations du père. Il crut le moment opportun pour dire la vérité et abaisser ce caractère hautain et vaniteux.

[1] *Messager*, t. XXIX, p. 110 à 118.

« Sachez, Mademoiselle, dit-il assez brusquement, qu'en suivant la route où vous marchez, vous aboutirez à l'enfer. »

« Et vous, mon Père, repartit la jeune fille courroucée, sachez que ce n'est pas dans le but d'entendre un sermon que je vous ai reçu. Noble, riche et jeune comme je suis, je n'ai nulle envie de mener une vie de recluse. Non, je veux jouir de la vie et passer ma jeunesse le plus gaiment que je pourrai. »

Le prêtre répondit avec douceur :

« Je sais bien que je n'ai aucun titre pour exiger quelque chose de vous. Pourriez-vous cependant me refuser le droit de vous adresser une prière. »

La douceur de l'homme de DIEU fléchit le courroux de la jeune fille, et elle lui répondit avec calme, quoique avec un peu de hauteur :

« Eh bien! parlez, que demandez-vous? »

« Je voudrais obtenir de vous un engagement bien facile à remplir. »

« Quel est cet engagement? S'il est aussi aisé que vous dites, je ne reculerai pas. »

A ces mots, le religieux tira de son bréviaire une image du sacré Cœur de Jésus :

« Tout ce que je demande de votre bienveillance, Mademoiselle, c'est de vouloir bien réciter tous les matins pendant neuf jours, un *Gloria Patri* devant cette image; mais à genoux et par terre. »

La jeune personne pâlit à ces mots, et saisissant toute émue l'image qu'on lui présentait, répondit :

« Oui, je le ferai. »

La grâce avait déjà triomphé de son cœur. Le lendemain, le seigneur vint trouver le religieux son ami :

« Eh! que s'est-il donc passé hier entre vous et ma fille, mon Père, lui dit-il en le voyant; depuis votre départ, elle est constamment agenouillée, le visage dans ses mains et pleurant amèrement. »

« C'est l'œuvre du Cœur de Jésus, » répondit le prêtre.

La jeune convertie alla faire, ce jour-là même, une humble confession de toute sa vie. Un mois après, le religieux recevait une lettre pleine de reconnaissance de celle qu'il avait sauvée de l'abîme. Un an et demi plus tard, il en recevait une seconde, plus heureuse encore, écrite le jour même de sa profession religieuse.

VINGT-HUITIÈME JOUR

Leçons du Cœur de JÉSUS priant.

L'APOSTOLAT DE LA PRIÈRE EST LE PREMIER APOSTOLAT DE TOUT CHRÉTIEN [1]

Orate pro invicem ut salvemini.
Priez les uns pour les autres, afin que
vous obteniez le salut. (Jac. v, 16.)

« Je vous ai donné l'exemple, afin que ce que j'ai fait pour vous, vous le fassiez à votre tour. » Ces paroles du divin Maître ne s'appliquent pas moins justement à sa perpétuelle supplication qu'à l'acte d'humilité à l'occasion duquel elles furent prononcées. JÉSUS-CHRIST est notre modèle en tout ; et, s'il y avait des degrés à établir entre les exemples qu'il nous a donnés, nous devrions, ce semble, nous croire obligés d'imiter avec plus de soin les œuvres auxquelles il s'est adonné lui-même avec plus de constance. A ce titre, l'Apostolat de la Prière réclamerait, à bon droit, la première place, puisqu'il occupe principalement et

[1] *Messager du Cœur de Jésus*, t. XXIX, p. 217 à 229.

incessamment le Cœur de Jésus depuis près de dix-neuf siècles. Cette considération devrait suffire pour nous animer du plus grand zèle dans l'accomplissement de ce devoir ; mais, pour en mieux saisir la nature et l'importance, développons rapidement les trois points renfermés dans l'énoncé de cette leçon :

1° L'union de nos prières avec celles du Cœur de Jésus constitue un véritable apostolat ; 2° cet apostolat est la vocation commune de tous les chrétiens ; 3° entre tous les apostolats que le chrétien peut exercer, l'Apostolat de la Prière tient le premier rang.

I

Que le chrétien, en unissant ses prières à celles du divin Sauveur, exerce un véritable apostolat, c'est ce qu'il est superflu de prouver ici, car cette vérité a été surabondamment démontrée dans un livre qui n'est certainement pas inconnu à nos lecteurs [1]. Du reste, cette conclusion ressort évidemment des principes établis dans notre précédent entretien. Le nom d'Apostolat, avons-nous dit, convient à toute œuvre qui a pour but et pour résultat le salut des âmes ; et le salut des âmes est avant tout le fruit de la grâce. De ce double

[1] *L'Apostolat de la Prière.*

principe, nous avons conclu que les prières du
Sauveur, ayant pour résultat infaillible de faire
descendre, sur les âmes en proie à la mort du
péché, cette vertu céleste qui les vivifie, constituent un apostolat véritable, et, à cet apostolat,
nous avons attribué la primauté, relativement à
tous les autres moyens employés par le Verbe
incarné pour accomplir sa mission de salut. Nous
avons maintenant le droit d'attribuer cette même
prérogative, bien que dans un degré inférieur,
aux prières du chrétien unies à celles du Cœur de
Jésus.

Il y a entre les unes et les autres cette essentielle différence, que les prières de l'Homme-Dieu
ont, par elles-mêmes, une efficacité que la plus
haute perfection naturelle ne saurait conférer aux
supplications d'une pure créature ; mais cette
vertu, que nos prières ne possèdent point par
elles-mêmes, leur est assurée par la promesse
divine, et communiquée par leur union avec la
source de toute grâce, qui est le Cœur de Jésus.

Le Sauveur nous en a fait le serment : tout ce
que nous demanderons en son nom à son Père
céleste, nous sera accordé ; et nous obtiendrons
plus facilement ce que nous solliciterons d'accord
avec un ou plusieurs de nos frères. En prenant
cet engagement, le Fils de Dieu ne l'a évidemment pas limité aux prières que chacun fait pour
soi-même ; car, si chacun n'était assuré d'obtenir

que ce qu'il demande pour lui, cette assurance serait refusée à ceux qui s'unissent pour demander la même chose. En attachant à ces prières faites en commun une efficacité spéciale, le bon Maître nous donne à entendre qu'elles seront d'autant plus favorablement écoutées de Dieu, qu'elles seront moins égoïstes et plus conformes aux inspirations de la vraie charité. C'est, du reste, ce qu'il nous fait encore mieux comprendre, quand il nous enseigne pratiquement comment nous devons prier. Dans l'Oraison dominicale, qui est la prière modèle, il nous apprend à nous préoccuper, avant tout, des intérêts de la gloire divine, et à ne rien demander pour nous que nous ne demandions, en même temps, pour tous nos frères.

Si donc nos prières doivent se trouver d'autant plus efficaces qu'elles seront plus conformes à celle-là, il est évident que, loin de diminuer, leur efficacité ne fait que s'accroître, lorsqu'elles ont pour objet le salut de nos frères et l'extension du règne de Dieu. Dès lors, en priant de la sorte, nous sommes sûrs de contribuer efficacement au salut des âmes, en leur obtenant la grâce qui les sauvera, si elles y coopèrent librement; nous exerçons, par conséquent, un véritable apostolat.

II

Mais l'Apostolat de la Prière n'est pas seulement un Apostolat véritable ; il est, de plus, l'Apostolat de tout chrétien ; c'est une obligation indispensable, résultant du double devoir dans lequel se résume toute la loi chrétienne, l'amour de Dieu et du prochain ; c'est le principal exercice de la dévotion au Cœur de Jésus ; c'est, enfin, le privilège que confère à tous les membres du corps mystique de Jésus-Christ leur union avec ce divin Chef.

1. Qu'est-ce qu'aimer ? C'est vouloir le bien de celui qu'on aime. Vainement vous me feriez les plus belles protestations de dévouement, si, pouvant me donner ce qui me manque, adoucir mes souffrances, accroître mon bien-être, venger mon honneur outragé, vous refusez de faire en ma faveur le moindre effort ; votre amour n'est qu'un mensonge, puisque ce qu'il dit en paroles est démenti par les actes. S'il en est ainsi, que dirons-nous de l'amour du chrétien qui refuse d'exercer, en faveur de Jésus-Christ et des âmes, le pouvoir que nous venons de voir attaché à la prière ?

Ce chrétien a sous les yeux les outrages incessants que Dieu reçoit de ses ennemis ; il voit les intérêts de sa gloire gravement compromis, son nom blasphémé, sa royauté violemment combattue; il voit les âmes se perdre et rouler dans l'éternel abîme. Pour les arrêter sur cette pente, pour contribuer efficacement à leur salut, pour défendre les intérêts de Dieu et venir en aide à ceux qui combattent pour le triomphe de sa cause, il a sous la main une arme puissante : la prière.

Il sait que tout soupir qu'il fera monter vers le Ciel en fera descendre une grâce; que chacune de ses supplications mettra un poids dans la balance des miséricordes divines, donnera une force de plus, soit à une âme coupable pour revenir à Dieu, soit à une âme juste pour lui rendre plus de gloire. Nous le demandons : le chrétien qui prétend aimer Dieu et les âmes peut-il hésiter à faire usage de ce pouvoir? Et, s'il demeure inactif, a-t-il le droit de dire qu'il veut sérieusement le salut des âmes et la gloire de Dieu? Non, l'amour qui n'agit point n'est pas un amour sincère; et puisque le cœur le plus impuissant a, au moins, le pouvoir de désirer et de prier, refuser de faire usage de ce pouvoir, c'est prouver que l'amour professé par les lèvres est un pur mensonge.

2. Mensonge choquant, surtout chez celui qui ferait profession d'honorer le Cœur de Jésus. Nous l'avons dit souvent, et c'est ici le cas de le répéter : la dévotion au Cœur de Jésus, bien comprise, n'est autre chose que l'amitié véritable à

l'égard de ce divin Sauveur. Or, le caractère propre de l'amitié, son effet nécessaire, son signe infaillible, c'est la parfaite fusion de sentiments et d'intérêts qu'elle établit entre les deux amis; de telle sorte que les joies et les douleurs de l'un deviennent les joies et les douleurs de l'autre, qu'ils éprouvent les mêmes sympathies et les mêmes répulsions, les mêmes désirs et les mêmes craintes.

Quels sont donc, dès lors, ceux que Jésus-Christ peut reconnaître pour ses vrais amis? Quels sont ceux qui rendent à son Cœur le seul culte dont il soit jaloux? Évidemment, ceux qui partagent les ardeurs dont il brûle pour le salut des âmes, qui s'approprient ses divins intérêts, identiques avec ceux de son Église, qui unissent leurs prières à celles qu'il fait sans cesse à Dieu, son Père, pour l'Église et les âmes; voilà les vrais amis du Cœur de Jésus. Quant à ceux qui, dans les honneurs qu'ils lui rendent, n'ont en vue que leur propre avantage, soit temporel, soit même spirituel, ce ne sont pas des amis, ce sont plutôt des mercenaires. Leur amour intéressé n'est pas coupable, et il peut même avoir un certain mérite, mais ce n'est pas le dévouement.

3. Du reste, le chrétien n'est pas seulement appelé à l'honneur insigne de se nommer l'ami de son Dieu : il est, de plus, le membre du corps dont Jésus-Christ est le Chef; et, à ce titre en-

core, il doit être apôtre, et travailler avant tout, par ses prières, au salut des âmes. En effet, dans tout corps vivant, il n'est pas un seul membre qui vive uniquement pour lui-même ; chacun d'eux est constamment occupé à procurer, dans la mesure de ses forces, la conservation et l'accroissement du corps entier. Ainsi, dans le corps de Jésus-Christ, qui est l'Église, tous les membres sont obligés de se préoccuper, non seulement de leurs propres intérêts, mais des intérêts du corps entier : de la conservation de ses membres vivants, de la guérison de ses membres malades, de son accroissement par l'acquisition de nouveaux membres. C'est dire que tous sont obligés de coopérer, en quelque manière, aux progrès des justes, à la conversion des pécheurs, des hérétiques et des infidèles.

Par eux-mêmes, sans aucun doute, ils ne pourraient pas étendre aussi loin leur influence ; mais ils possèdent ce pouvoir par leur union avec leur divin Chef. C'est de lui que chacun d'eux reçoit, avec la vie divine, la puissance de la communiquer aux autres. Cette puissance n'est pas donnée à tous dans la même mesure, et elle ne doit pas être exercée par tous de la même manière, mais il est un exercice qui est commun à tous, parce qu'il est à la portée de tous : c'est la prière. Le membre le plus infime de ce corps divin peut, par ce moyen, contribuer efficacement à la perfection des membres les plus élevés en dignité ; le plus faible peut faire sentir son influence aux extrémités de l'univers ; la plus pauvre mendiante, en priant pour le Pape, lui obtient infailliblement des grâces de sanctification ; le petit enfant, à peine capable de se mouvoir, peut sauver, par ses prières, les infidèles de l'Océanie ou de la Chine. Du moment qu'un membre de Jésus-Christ peut s'unir à son chef, son pouvoir n'a pas plus de bornes que celui de Jésus-Christ ; car, nous dit saint Paul :

« C'est par la vertu de ce divin Chef, que le corps tout entier reçoit son accroissement dans la charité, du concours que tous ses membres se prêtent les uns aux autres, chacun dans la mesure de ses forces : *ex quo totum corpus... secundum mensuram uniuscujusque membri, augmentum facit in charitate.* »

« Il n'en est aucun parmi nous, Nos très chers Frères, — disait Mgr de Marguerye, évêque d'Autun, dans sa lettre pastorale sur l'Apostolat de la Prière, — il n'en est aucun qui n'ait été appelé par la grâce même de sa vocation au christianisme, à devenir, pour l'évangélisation des peuples, pour la sanctification des âmes disséminées dans le monde entier, le coopérateur de Dieu et de son Église. Les ministres sacrés, les hommes apostoliques, voilà bien, sans doute, les grands conquérants spirituels : mais les fidèles les plus obscurs, voilà la milice innombrable qui leur a été donnée pour auxiliaire. Les prédicateurs de l'Évangile seront, si vous le voulez, le fleuve rapide qui se répand à travers la vallée, et la féconde tout entière, ou bien le torrent impétueux qui entraîne tout sur son passage ; les fidèles, ces gouttes de pluie qui tombent silencieuses, mais continues, sur les campagnes desséchées, tout au moins, ces gouttes de rosée que Dieu envoie, dans le désert, à la plante, à la fleur inconnue des hommes. »

III

L'Apostolat de la Prière n'est donc pas seulement un apostolat véritable, il est encore l'apostolat de tout chrétien ; mais il est de plus, pour tout chrétien, le premier des apostolats.

1. Le premier, d'abord, *du côté de* Dieu, puisqu'il puise, dans le sein de la divine bonté, la grâce que les autres apostolats répandent sur les âmes.

2. Le premier aussi *du côté de l'homme,* car l'Apostolat de la Prière a le cœur pour théâtre et les désirs pour instruments. Or, c'est le cœur qui fait mouvoir les lèvres et agir les mains.

L'apostolat de la parole et celui de l'action ne pourront donc avoir aucune chaleur, aucune énergie, aucune constance, à moins que le cœur ne

12..

soit échauffé par la chaleur de la prière, animé
de sa force, soutenu par sa persévérance. Chez
tous les apôtres, comme chez le Psalmiste, la
bonne parole doit déborder de la plénitude du
cœur : *Eructavit cor meum verbum bonum ;* et
avant de se répandre sur les hommes en flots
d'éloquence, elle a dû monter vers le ciel en fécondes nuées de prières. On ne fait pas toujours
tout ce que l'on désire ; mais on ne met jamais
dans l'action d'autre ardeur ni d'autre énergie
que celle des désirs. Les désirs sont le souffle qui
attise la flamme, les palpitations qui font sans
cesse battre le cœur et couler le sang dans tous
les membres. Nous n'avons donc pas de moyen
plus efficace, pour accroître la puissance de nos
apostolats extérieurs, que l'exercice plus persé-
vérant et plus énergique de cet apostolat intérieur.

Saint Ignace de Loyola remarque très justement, dans les *Constitutions* de son Ordre, que
l'apôtre étant l'instrument de Dieu dans l'œuvre
éminemment divine du salut des âmes, a besoin
de deux sortes de qualités : d'abord, des qualités
qui adaptent l'instrument aux âmes sur lesquelles
il doit agir ; ce sont les qualités naturelles : la
science, l'éloquence, l'autorité, et autres dons de
la nature.

Ensuite, il a besoin des qualités qui unissent
l'instrument à la main divine qui le fait mouvoir ;

ce sont les dispositions surnaturelles et, avant tout, l'esprit de prière. Si les premières sont utiles et même nécessaires, dans l'ordre commun de la Providence, les secondes sont encore bien plus indispensables, et leur puissance est bien supérieure, puisque Dieu, qui est un ouvrier tout puissant, ne peut manquer de faire de grandes œuvres par l'instrument le plus faible, pourvu qu'il soit entièrement docile. Aussi saint Ignace veut-il que les supérieurs de son Ordre considèrent comme leur premier devoir de porter, en quelque sorte, et de soutenir, par leurs prières, les communautés dont ils sont les chefs. Telle est également l'obligation de tout homme qui a une charge quelconque, surtout dans l'ordre surnaturel. L'exercice de charges semblables est un apostolat, puisque l'ordre surnaturel et tout ce qui s'y rapporte a pour fin le salut des âmes ; et, pour féconder l'exercice de ces apostolats, quels qu'ils soient, l'Apostolat de la Prière est indispensable.

3. Cet apostolat est le premier encore, au point de vue de *l'universalité;* car, s'il est obligatoire pour ceux qui sont revêtus des fonctions les plus sublimes, il est accessible aux âmes placées dans les conditions les plus humbles. Il ne requiert, pour son exercice, aucune des qualités exigées pour les apostolats extérieurs. Pour bien prier et pour sauver beaucoup d'âmes par la ferveur de ses prières, il n'est point nécessaire d'être savant,

ni d'avoir le don de la parole, ni de posséder une grande autorité. Tandis que le prédicateur se donne beaucoup de peine pour composer et faire ses discours, la femme la plus ignorante de son auditoire travaille plus efficacement que lui au salut des âmes, si, embrasée d'un zèle plus ardent, elle prie avec plus de ferveur.

4. Cet apostolat est donc aussi le premier, au point de vue de la *facilité* et de la *perpétuité,* car tous peuvent l'exercer, et ils peuvent l'exercer toujours. Le prêtre le plus zélé ne peut toujours, ni annoncer la parole divine, ni administrer les sacrements; mais tous, prêtres et fidèles, peuvent exercer, sans interruption, l'Apostolat de la Prière; car cette prière, à laquelle est promise la grâce qui sauve les âmes, n'est pas seulement celle qu'on fait de bouche, à genoux et les mains jointes, au pied de l'autel ou dans le secret de sa demeure; c'est la prière du cœur, qu'on peut faire partout, même en travaillant ou en conversant avec les hommes; c'est la prière de Nazareth, qui sanctifiait et rendait apostoliques les travaux de cette sainte maison, celle dont le Seigneur dit qu'il faut prier toujours et ne jamais se lasser.

5. Enfin, l'Apostolat de la Prière est le premier, au point de vue du *mérite*. Il l'emporte, en effet, sur les apostolats extérieurs, plus encore sous le rapport du mérite que sous les autres rapports.

Précisément parce que ceux-ci sont extérieurs,

parce que leurs succès sont visibles, et parce qu'ils
supposent l'usage et la manifestation des qualités
naturelles, ils peuvent offrir à l'amour-propre un
aliment dangereux, et perdre en mérite tout ce
qu'ils gagnent en gloire et en consolations terrestres. Aussi saint Paul ne regardait-il pas comme
chimérique pour lui-même, le danger auquel est
exposé le prédicateur de se perdre, en sauvant les
autres : *Ne forte, cum aliis prædicaverim, ipse
reprobus efficiar.*

L'Apostolat de la Prière est, pour le prêtre, le
préservatif le plus efficace contre ce péril, et, à
tous ceux qui l'exercent, il ouvre une source inépuisable de mérites sans aucun danger. Invisible
par elle-même, la prière n'offre aucune prise à
l'amour-propre; bien plus, elle tend, par sa propre vertu, à le détruire, puisqu'elle implique
l'aveu de notre néant et nous humilie en présence
de la divine Majesté. D'un autre côté, la prière
faite dans l'esprit de l'Apostolat est méritoire par
elle-même, et elle renferme, de tous les mérites,
les plus excellents. Car le mérite naît de la charité, et il est d'autant plus grand que la charité
est plus parfaite, plus désintéressée, plus semblable à celle dont brûle le Cœur de JÉSUS.

Or, comment concevoir une charité plus pure et
plus désintéressée que celle qui donne pour motif,
à toutes nos œuvres, la gloire de DIEU et le salut
des âmes? Quel exercice plus propre à rendre nos

sentiments conformes à ceux de Jésus-Christ, que celui qui nous pousse à nous approprier les intentions même de son divin Cœur ? Nous ne prétendons pas, sans doute, que par là même qu'on pratique cet exercice, on puisse se flatter d'avoir atteint la perfection ; il y a des degrés infinis dans cette assimilation de nos sentiments à ceux de Jésus-Christ ; mais nous disons, en nous appuyant sur le dogme le plus fondamental du christianisme, que, puisque l'Homme-Dieu est pour nous le modèle, le principe et le terme de la perfection, puisqu'il a été fait, suivant la parole de saint Paul, « notre sagesse, notre justice, notre sanctification et notre rédemption ; » il n'est pas de voie qui nous conduise plus directement à la sainteté que l'union intime de notre cœur avec son Cœur, et la parfaite fusion de nos sentiments avec les siens.

Marchons donc résolument et généreusement dans cette voie que nous trace l'Apostolat de la Prière, et ne craignons pas de faire trop d'efforts pour y entraîner, avec nous, tous les vrais amis de Jésus-Christ [1].

[1] *Messager*, t. XXIX, p. 217 à 229.

HISTOIRE

Il y a déjà quelques années, les Carmélites de Reims nous écrivaient :

« A Reims, par une circonstance providentielle, une Zélatrice de l'Apostolat, toute dévouée au Cœur de Jésus, eut la pensée de répandre des images de ce divin Cœur, en aussi grand nombre qu'il lui serait possible, de les semer en quelque sorte partout, et particulièrement chez les pauvres. Son désir était, de plus, d'arracher à des millions de bouches et de cœurs, et de tous les points de la France, ce cri de détresse et d'espérance : « Cœur de Jésus, sauvez la « France ! »

« Mais elle tenait à rester inconnue. Nous nous chargeâmes, avec l'approbation de Monseigneur notre bon Archevêque et supérieur immédiat, des démarches à faire pour mettre à exécution le dessein de la Zélatrice. Mais cette approbation de notre vénéré prélat nous fut donnée d'une manière si encourageante, la bénédiction qu'il répandit sur le projet et sur les images fut si cordiale et si spontanée, qu'il nous fut impossible de ne pas y voir une marque de la volonté du bon Dieu, et nous nous livrâmes à l'œuvre de tout cœur. La Zélatrice, très pauvre, ne pouvait faire aucune dépense pour les images, ni nous non plus ; elle s'arrangea de manière à pouvoir en donner aux pauvres, avec le prix, très modique cependant, qu'elle demandait aux personnes un peu plus aisées, et, appuyée sur la Providence, elle commanda ses images, par tirages de vingt mille à la fois.

« Dans moins de deux mois, mon Révérend Père, en voici plus de cinquante mille distribuées ; il y en a dans tous les départements de la France, ne fût-ce qu'un cent. A Reims, il s'en est bien répandu une vingtaine de mille, et beaucoup dans le diocèse.

« Les moyens de diffusion que nous avons semblent si restreints à la pauvre Zélatrice, relativement à son désir ! On lui a dit que son entreprise était opportune, mais très difficile, et qu'on lui aurait conseillé d'attendre un peu. Elle est loin de vouloir attendre ; elle ne trouve pas que ce soit le temps de dormir. Le *très difficile* ne fait qu'exciter son zèle. Elle eût voulu encore faire distribuer quelques-unes de ces images par les mains d'hommes influents, non pour trouver en eux l'appui qu'elle cherche dans la Providence, mais afin que ce fût, de leur part, comme un acte ostensible de foi et de dévouement au divin Cœur. On lui a répondu que ces hommes n'oseraient pas, de peur de se compromettre : « Il faut donc, « a-t-elle réparti, que ce soient les femmes, les « enfants et les pauvres qui osent ! »

« Et elle ose..., et Dieu récompense largement sa pieuse audace. Quelles merveilles peut réaliser un véritable zèle qui s'appuie sur le secours de Dieu ! »

VINGT-NEUVIÈME JOUR

Leçons du Cœur du JÉSUS priant

PRIER AU NOM DE JÉSUS [1]

> *Si quid petieritis Patrem in nomine*
> *meo, dabit vobis.*
>
> Si vous demandez quelque chose à mon
> Père en mon nom, il vous le donnera.
> (Jo. XVI, 24.)

I

Chacun de nous peut et doit se dire : Il dépend de moi que les grâces émanées du Cœur de Jésus se répandent avec plus ou moins d'abondance en moi et autour de moi. La source elle-même jaillit avec une impétuosité susceptible d'inonder la terre, et de laver toutes les souillures qui attristent et déshonorent la cité de Dieu ; mais elle a besoin de canaux pour répandre ses eaux vivifiantes ; et je suis un de ces canaux. Oh ! si je laissais à cette eau divine un libre cours ! Si je ne mettais aucun

---

[1] *Messager du Cœur de Jésus*, t. XXVII, p. 317 à 327.

obstacle à l'action de la grâce ; si, par l'ardeur de mes prières, je l'aspirais et la faisais monter, des profondeurs du Cœur de Jésus, jusqu'au niveau de cette terre qu'elle doit purifier et rafraîchir ; si, ensuite, je la conduisais, par le bon usage de mon influence jusqu'aux âmes à qui elle doit rendre la vie ! Combien de ces âmes refleuriraient, comme les plantes, desséchées par les ardeurs de l'été, refleurissent après une pluie abondante ! [1]

Mais, hélas ! Jésus n'aurait que trop sujet de nous faire le paternel reproche qu'il adressait à ses Apôtres, la veille de sa mort : « Jusqu'à ce jour, vous n'avez pas su prier en mon nom. Demandez et vous obtiendrez, et votre joie sera pleine. » (Jo. XIV, 25.) Il faut l'avouer, la plus grande partie des chrétiens ne prient pas ou prient mal ; et c'est pour cela que les bénédictions divines ne se répandent pas, sur nous, avec une abondance proportionnée à l'amour et aux desseins du divin Sauveur ; c'est pour cela que notre joie est si loin d'être pleine, et, qu'au lieu de la consolation sans mélange et sans mesure qui devrait être le fruit de notre prière, nous nous condamnons à boire l'eau de l'angoisse et le vin amer de la colère céleste.

Il est donc infiniment important que nous apprenions à bien prier. Aussi, après avoir humble-

[1] *Messager,* t. XXVII, p. 268.

ment reconnu la justesse du reproche que vient de nous faire notre charitable Sauveur, faisons notre profit de la leçon miséricordieuse dont il l'accompagne.

II

Jésus, en effet, ne se contente pas de constater l'insuffisance des prières que nous avons faites jusqu'à ce jour; mais, en même temps, il nous indique la condition à remplir, pour qu'elles soient plus efficaces à l'avenir. « Jusqu'à présent, nous dit-il, vous n'avez rien demandé en mon nom. Demandez, et vous recevrez. » Si donc nous voulons obtenir toutes les grâces dont nous avons besoin, il faut, avant tout, que nos prières se fassent *au nom de* Jésus-Christ.

Qu'est-ce à dire? Pour être infailliblement exaucé suffit-il de prononcer de bouche le nom de Jésus? Telle n'est pas, évidemment, la pensée du Sauveur. Pour la comprendre, il faut considérer le mystère de son divin nom.

Il n'est personne qui, en lisant les Saintes Écritures, n'ait été frappé des louanges décernées au nom de Dieu. Toutes les prérogatives de la divinité elle-même sont attribuées à ce saint nom. C'est à sa vertu que les fidèles Israélites rapportaient leurs victoires sur des ennemis bien plus nombreux. « Ceux-là, disaient-ils, se confient dans leurs chevaux et dans leurs chars ; mais nous, nous plaçons toute notre confiance dans le nom du Seigneur. » Aussi, se reconnaissaient-ils obligés à sanctifier ce nom adorable ; et ils avaient pour lui le même respect que pour l'Arche où le Seigneur reposait entre les chérubins. De même que celle-ci était soustraite aux regards par un voile mystérieux, ainsi le nom de Jéhovah ne pouvait être prononcé par les lèvres des fils d'Israël, ni retentir à leurs oreilles. Il demeurait caché dans le livre saint comme dans un sanctuaire impénétrable.

Pour nous, chrétiens, le voile a été déchiré. Dieu a pris un nom qui le rapproche de nous davantage. Il ne s'appelle plus Jéhovah, l'Être infini et inaccessible, il se nomme Jésus, Sauveur, Dieu incarné. Aussi, loin de nous interdire la prononciation de ce nouveau nom, il veut que nous l'ayons toujours sur les lèvres : « Tout ce que vous faites, nous dit saint Paul, toutes vos paroles, toutes vos œuvres, tout doit être sanctifié par le nom de Jésus. » (Col. III, 16.) Et ce n'était pas en paroles seulement, mais encore plus par leurs exemples que les Apôtres recommandaient aux chrétiens cette invocation du nom de Jésus. C'est par la vertu de ce nom divin que saint Pierre et saint Jean accomplirent leur premier grand miracle, en rendant le mouvement au paralytique assis à la porte du temple. Et quand les prêtres

juifs leur demandèrent compte de leur conduite,
ils ne se contentèrent pas de rapporter au nom
de Jésus la gloire de ce prodige, mais ils déclarèrent hautement que, semblables à ce paralytique,
les âmes et les peuples ne pouvaient obtenir leur
salut que du nom de Jésus. (Act. III.)

III

D'où vient cette puissance attribuée à un nom?
Comment un signe matériel formé de la réunion
de cinq lettres, comment la prononciation de deux
syllabes peut-elle produire des effets aussi prodi-
gieux? En vertu de la même loi qui fait du corps
matériel de Jésus-Christ le miroir et l'organe de
son âme et de sa divinité; de l'eau du baptême et
de l'huile de la confirmation, les signes sensibles
de la grâce invisible. Dieu, qui a enveloppé notre
âme d'un corps, proportionne à cette double
substance tous les moyens qu'il nous donne pour
aller à lui; et, adaptant avec une parfaite harmonie la grâce à la nature, il attache à des signes
matériels ses opérations les plus spirituelles.

Le nom de Jésus est un de ces sacrements qui
incarnent la grâce dans des signes empruntés à
l'ordre humain. Les sacrements proprement dits
confèrent la grâce habituelle et sanctifiante, par
une efficacité indépendante des actes de l'âme,

bien que souvent elle suppose ces actes comme dispositions : la parole sainte, dont le nom de Jésus est en quelque sorte le résumé, a une vertu différente : c'est une grâce actuelle de lumière et d'amour qu'elle apporte avec elle, et elle ne donne à l'âme le mérite qu'en la poussant à l'acquérir.

Mais, quoique différente de celle des sacrements, la vertu du nom de Jésus n'en est pas moins divine. Ce qu'on dit en général de la parole de Dieu s'applique tout particulièrement à ce divin nom : c'est comme une seconde incarnation du Verbe, par laquelle il se rend présent à tous les hommes, aussi souvent qu'il leur plaît de l'invoquer avec foi; c'est une extension de la sainte Eucharistie, par laquelle nous pouvons cent fois et mille fois communier au divin Sauveur; c'est l'expression, par des sons articulés, de la même vérité et du même amour que l'image du Cœur de Jésus exprime par des formes visibles. .

IV

Il y a, en effet, entre le nom de Jésus et le Cœur de Jésus la ressemblance la plus grande et la liaison la plus intime. Tous les symboles par lesquels le divin Sauveur a voulu nous rendre sensibles l'ardeur, l'abnégation, la force de son amour, les flammes qui entourent son Cœur, la

plaie dont il est percé, le sang qui en découle, les
épines qui le couronnent, la croix qui le surmonte,
tout cela nous est rappelé par le nom de Jésus.

Ce nom, en effet, nous dit que le DIEU tout-puissant, le DIEU juste, le DIEU trois fois saint, a aimé
les hommes pécheurs jusqu'à se charger de leurs
iniquités et à se livrer pour eux à la mort. Ce
nom est donc comme un tableau en miniature,
qui, au moyen de cinq lettres, nous met sous les
yeux toute l'histoire du Verbe incarné, tous les
rapports de la terre avec le ciel, du temps avec
l'éternité; tous les objets de notre foi, de nos
espérances et de notre amour. Les mystères de la
Sainte Trinité, de l'Incarnation, de la Rédemption; le péché, dont la mort du Fils de DIEU nous
a délivrés; l'enfer, dont elle nous préserve; le ciel,
qu'elle nous ouvre; la grâce, qu'elle nous mérite :
tout cela est résumé dans ce nom si court. Et
pour écrire ce résumé de la science divine, pour
peindre ce tableau merveilleux, il ne faut ni pinceau, ni plume. Un simple mouvement des lèvres
évoque devant nos yeux ces grands mystères, et
un mouvement correspondant du cœur nous en
fait recueillir les fruits.

Ce simple aperçu nous aidera à nous rendre
raison de la vertu infinie du nom de Jésus; mais,
en même temps, il nous fera comprendre le sens
de la recommandation que le Sauveur nous adresse
quand il nous exhorte à prier en son nom.

Nous l'avons déjà dit : l'invocation de ce divin nom, si elle est faite avec foi et amour, est une communion véritable, qui, sans égaler la communion eucharistique, a les plus grandes analogies avec elle, et a sur elle l'avantage de pouvoir être indéfiniment renouvelée. Apportons-y les mêmes dispositions, et nous en retirerons les plus grands fruits.

Quelles sont les principales dispositions qui rendent la communion fructueuse ? C'est d'abord la foi, par laquelle notre intelligence s'unit au Verbe de Dieu, réellement présent sous les espèces eucharistiques ; c'est, en second lieu, l'espérance, par laquelle notre cœur va au devant du Sauveur descendant du ciel pour s'unir à nous ; c'est surtout l'amour, par lequel nous nous donnons à celui qui se donne sans réserve ; c'est enfin le repentir des fautes par lesquelles nous avons blessé le Cœur de cet ami si généreux. Or, le nom de Jésus provoque ces mêmes sentiments, et peut dès lors devenir, entre notre âme et le Fils de Dieu, le lien d'une semblable union.

Quand je dis avec piété : Jésus! le Verbe incarné se rend présent à moi par sa vérité, et je m'unis à lui par l'adhésion de mon intelligence ; il se montre à moi dans sa bonté, et rien ne m'est plus facile que de m'élancer vers lui par le mouvement d'une confiance sans bornes ; il me révèle son amour ; et si peu qu'il y ait en moi de générosité et de reconnaissance, je me sentirai pénétré du désir de l'aimer et du regret des offenses dont je me suis rendu coupable. Il suffit donc de savoir ce que je dis, quand je prononce ce nom divin, pour qu'il soit dans moi la plus expressive de toutes les formules de prières; le meilleur de tous les actes de foi, d'espérance, de charité, de contrition; pour qu'il unisse à Jésus-Christ mon âme tout entière, et qu'il la remplisse de lui.

N'est-ce pas là, de toutes les dispositions, la plus propre à rendre mes demandes agréables à Dieu le Père? Comment pourrait-il repousser les désirs d'un cœur qu'il voit tout plein de Jésus-Christ, tout éclairé de sa clarté, tout imprégné de son Esprit, tout embrasé de son amour? Dieu le Père n'a pas lui-même de plus grande joie que de prononcer le nom de Jésus. Il ne vit que de la production et de l'éternelle affirmation de son Verbe; et puisque ce Verbe a résolu, dès l'éternité, de s'unir à notre nature par un lien indissoluble, l'amour de cette sainte humanité est inséparable, en Dieu le Père, de l'amour essentiel qu'il a pour le Verbe. On peut donc dire que c'est la prononciation amoureuse du nom de Jésus qui fait toute la vie et le bonheur de Dieu le Père, et que nous ne pouvons mieux nous mettre d'accord avec lui qu'en prononçant nous-mêmes avec amour ce divin nom.

V

Il y a donc là pour nous une source inépuisable de lumières, de grâces, de consolations, dans laquelle il nous est facile de puiser à chaque instant. Combien de miracles les saints n'ont-ils pas faits par le nom de Jésus! Quelle force n'ont-ils pas trouvée dans ce saint nom, pour repousser les tentations de l'ennemi? Quel adoucissement dans leurs douleurs; quelle joie dans les tribulations; quelle paix à l'heure de la mort! Pourquoi n'a-t-il pas pour nous la même vertu? Parce que nous ne le prononçons pas avec les mêmes dispositions.

C'est une grande science que celle de prononcer comme il faut le nom de Jésus; une science qui s'acquiert, comme toutes les autres, par l'étude et l'exercice. Exerçons-nous donc à bien dire cette parole, qui résume tout et perfectionne tout : *Verbum consummans et abrevians.* (Rom. IX, 28.) Savourons-la, comme on fait pour un mets délicieux; car, mieux que la manne, elle offre toutes les saveurs à ceux qui sont dignes de la goûter. Faisons-la pénétrer, comme une onction surnaturelle, dans toutes les facultés de notre âme; car, mieux que l'huile, elle assouplira le jeu de nos organes spirituels et nous fortifiera pour la lutte.

Mais, comprenons que cet art de prononcer
avec fruit le nom de Jésus est un art tout surnaturel, et que, par conséquent, il est avant tout le
résultat de la grâce et de la prière. JÉSUS-CHRIST
seul peut nous faire comprendre et goûter les
splendeurs, les charmes, les douceurs infinies de
son nom. Ceux-là seuls peuvent bien prononcer
ce nom divin dont le cœur est en communication
avec le Cœur de Jésus. Unissons donc ensemble
ces deux dévotions inséparables : que l'amour du
Cœur de Jésus nous pousse à invoquer fréquemment son saint nom, et que l'invocation fréquente
du nom de Jésus nous fasse pénétrer toujours
plus avant dans la connaissance et l'intimité de
son divin Cœur.

Nous serons, dès ce moment, dans la condition
exigée par le Sauveur pour assurer l'efficacité de
nos prières. Nous obtiendrons tout ce que nous
demanderons, parce que nous demanderons au
nom de Jésus; et rien ne manquera à la plénitude
de notre joie [1].

HISTOIRE

« On se plaint parfois, écrivait le P. Desjardins,
que la dévotion au sacré Cœur est trop mystique
pour le peuple : il n'en est absolument rien, et

---

[1] *Messager,* t. XXVII, p. 317 à 327.

l'on est étonné de voir, au contraire, avec quelle facilité le peuple la saisit. La meilleure pratique, pour répandre cette dévotion, c'est de propager les images, parce que, quand on voit un cœur, on sent que c'est pour aimer. Un vieillard, habitant la campagne, me disait un jour : « Mon Père, « j'ai cette dévotion depuis mon enfance. Dans la « maison, il y avait appendue au mur une grande « image du Sacré-Cœur ; notre père nous disait à « tous en montrant cette image : « — Il faut bien « aimer ce Cœur ; voyez cette couronne d'épines, « ces flammes, cette croix, cette plaie ; tout cela « me dit que ce n'est pas pour rien. »

Étant à Lyon, un jeune homme vint me trouver, tout affligé de ce que Notre-Seigneur n'était pas assez connu.

« Prenez ces images du Sacré-Cœur, lui dis-je, « distribuez-les, et vous ferez ainsi connaître No- « tre-Seigneur. »

Il accepte avec joie, et commence sa distribution. Il entre dans la maison d'un ouvrier connu de tous par ses idées antireligieuses et par sa haine pour les prêtres, poussée jusqu'au fanatisme. Sa femme seule se trouvait à la maison. Le jeune homme lui propose d'attacher une image du Sacré-Cœur au-dessus de la cheminée, dans le lieu le plus apparent de la chambre. La pauvre femme hésite, elle connaît le caractère emporté de son mari ; quelle ne serait pas sa fureur s'il

13.

voyait cet objet de dévotion ! Sur les sollicitations
du jeune apôtre, qui lui rappelle les promesses du
sacré Cœur, elle cède enfin. L'image est placée.

Le soir, l'ouvrier rentre, et ne fait d'abord nulle
attention à l'image. Au bout de quelques instants,
il s'approche de la cheminée. La pauvre femme
tremble déjà. Tout à coup l'ouvrier jette les yeux
sur l'image, la considère quelques instants en
silence ; puis se retournant du côté de sa femme :

« Qui a mis cette image là ? »

Sa femme lui raconte avec simplicité tout ce
qui est arrivé. L'ouvrier reste un moment si-
lencieux. Que se passait-il dans ce cœur haineux ? L'amour du Cœur de Jésus y remportait
une victoire, car cet ouvrier, s'approchant de sa
femme, lui dit doucement :

« A partir d'aujourd'hui, nous réciterons notre
prière ensemble. »

Et il a tenu parole, et la prière l'a conduit à la
pratique des sacrements.

TRENTIÈME JOUR

Leçons du Cœur de JÉSUS priant.

PRIER PAR JÉSUS-CHRIST, AVEC JÉSUS-CHRIST
ET EN JÉSUS-CHRIST [1].

> *Per Ipsum, et cum Ipso et in Ipso.*
> Par Lui, et avec Lui et en Lui.

L'Église met chaque jour, à la sainte Messe
ces trois paroles sur les lèvres de ses prêtres, au
moment où, tenant en main le corps de JÉSUS-
CHRIST, ils se préparent à prononcer, en union
avec lui, la prière que lui-même nous a enseignée. Par là, l'Épouse du Sauveur indique à tous
ses enfants trois conditions de l'efficacité de leurs
prières : elles seront infailliblement écoutées de
DIEU si, en les lui offrant, nous avons JÉSUS-
CHRIST pour médiateur, pour associé, pour inspi-
rateur. Unis à lui par ce triple lien, nous demeu-
rerons parfaitement en lui ; et nous verrons
s'accomplir la promesse qu'il nous a faite : « Si
vous demeurez en moi, et si mes paroles demeu-

---

[1] *Messager du Cœur de* JÉSUS, t. XXVIII, p. 5 à 15.

rent en vous, vous demanderez tout ce que vous voudrez et cela vous sera accordé. » (Jo. xv, 7.)

Dieu, en effet, ne peut rien refuser à de semblables prières, qui sont, à trois titres différents, les prières de son Fils.

I

Elles sont d'abord les prières de Jésus-Christ, parce qu'il en est le médiateur ; elles passent par son Cœur et par ses lèvres, et sont par lui présentées à la Majesté divine : *Per Ipsum*.

Nous savons quelle fut jadis la puissance de la médiation d'Abraham et de Moïse, lorsque, la Justice divine s'apprêtant à châtier les iniquités de Sodome et la rébellion du peuple d'Israël, ces deux saints personnages s'interposèrent entre les coupables et la main qui allait les frapper.

Dans ces deux circonstances, Dieu ne céda pas immédiatement, et, par les difficultés même qu'il opposa à l'intercession de ses serviteurs, il montra bien le pouvoir qu'elle avait sur lui. Les crimes étaient si révoltants, qu'un grand exemple semblait indispensable. Le juge irrité refuse d'abord de révoquer sa sentence ; mais il semble ne point oser l'exécuter, si ses amis n'y consentent. Il prie donc Moïse de se désister de son opposition. Avec Abraham, il négocie et se laisse pousser, de concession en concession, jusqu'à promettre de sauver les cités coupables, si au milieu d'innombrables criminels, elles peuvent lui offrir dix innocents. La parole de saint Jacques est donc bien vraie : « L'intercession constante d'un juste a beaucoup de pouvoir. » (Jac. v, 16.)

Mais alors quel sera le pouvoir du Juste par excellence; de celui qui, Dieu comme son Père, en même temps qu'il est homme comme nous, partage comme homme tous nos intérêts, et n'a comme Dieu qu'une même volonté et même puissance avec son Père? Voilà le médiateur parfait, le médiateur unique entre Dieu et les hommes (1 Tim. ii, 5), celui qui, touchant par ses deux natures l'immensité de notre misère et l'immensité de la divine bonté, joint ensemble ces deux abîmes et peut, par la vertu de sa prière, remplir le vide de l'un par la plénitude de l'autre. Or, ce qu'il peut par nature, il le veut par le penchant de son Cœur; et nous ne craignons pas d'ajouter qu'il le doit, en vertu de la mission qu'il a librement acceptée. Il pouvait ne pas se faire notre médiateur; mais du moment qu'il a pris ce titre, il ne peut refuser d'en réaliser tout le sens. Nous savons ce qu'il lui en a coûté, durant sa vie mortelle, pour être médiateur de satisfaction et de mérite, pour expier nos péchés et nous acquérir la grâce. La partie la plus difficile de sa tâche est maintenant accomplie, mais tout n'est pourtant pas fait. Il reste à nous appliquer la vertu du sang répandu et le mérite des travaux endurés pour nous.

Jésus-Christ est donc encore notre médiateur d'intercession et de prière, et il ne s'acquitte pas avec moins de zèle de cette dernière partie de son office. Saint Jean nous le représente dans le ciel, non comme un triomphateur qui se repose de ses luttes, ni comme un roi qui siège sur son trône, mais comme un avocat sans cesse occupé à plaider notre cause au tribunal de son Père : « Mes petits enfants, je vous conjure de ne point pécher ; mais si quelqu'un a ce malheur, qu'il n'oublie pas que nous avons pour avocat, auprès du Père, Jésus-Christ, le Juste. Il est la victime de propitiation pour nos péchés, et non seulement pour les nôtres, mais pour ceux de tout l'univers. » (1 Jo. ii, 1.)

II

A nous de voir si nous saurons tirer parti d'une médiation aussi puissante et faire agir, en notre faveur, un intercesseur aussi dévoué. Il est là toujours à notre disposition, attendant que nous lui confiions nos intérêts pour les faire valoir, nos soucis pour les partager, nos craintes pour les dissiper, nos fautes pour en obtenir le pardon. Pourquoi avons-nous si rarement recours à lui ?

Nous prions rarement; et, lorsque nous prions, nous nous approchons seuls du trône de la Majesté divine, alors que Jésus-Christ serait tout disposé à nous servir d'intermédiaire. Désormais, nous suivrons les indications et les exemples de l'Église, qui ne fait pas une prière sans la faire passer par le divin Médiateur : *Per Christum Dominum nostrum.*

Cet exemple, du reste, écarte une illusion que pourrait faire naître la toute-puissance de la médiation de Jésus-Christ. On pourrait se persuader que le divin avocat se chargeant de plaider notre cause, il ne nous reste plus que d'en attendre le succès avec une parfaite sécurité. Il n'en est pas ainsi : le Sauveur lui-même nous a cent fois déclaré que s'il se chargeait de prier pour nous, il ne nous dispensait pas de prier avec lui. Il suppléera volontiers à notre impuissance, mais il veut qu'avec sa grâce nous fassions tout ce qui est en notre pouvoir; or, le moins que puisse faire le misérable tombé par sa faute dans l'abime, c'est d'appeler au secours. Jésus-Christ veut donc que nous priions avec lui : *Cum Ipso.* Il est le médiateur de notre prière, mais il en veut être aussi l'associé; et par le sentiment de notre union avec lui, il nous met en état d'ajouter à nos prières un nouveau degré de ferveur, de confiance et partant d'efficacité.

On nous permettra de rappeler ici, après l'avoir

développée ailleurs [1], une supposition bien propre à nous faire saisir tout ce qu'il y a de consolant et d'encourageant dans cette union de nos prières avec celles de Jésus-Christ. Supposons qu'un jour ce divin Sauveur nous apparût, et nous dît ce qu'il disait à ses Apôtres, la veille de sa mort : « Jusqu'à ce jour, vous n'avez pas su prier ; je vais vous l'apprendre en priant avec vous. Prosternez-vous à côté de moi, et récitez avec moi chacune des paroles de la prière que je vous ai enseignée, de telle sorte que votre voix se confonde avec la mienne et que nos deux prières, ainsi confondues, montent ensemble vers le ciel. »

De quelle piété ne serait pas animée cette prière, faite de moitié avec Jésus-Christ! Avec quelle foi nous prononcerions ces paroles « Notre Père, » en imitant autant que possible l'accent du Fils unique ! Quels heureux résultats n'attendrions-nous pas d'une requête présentée, conjointement, par nous et par Celui qui disait un jour à son Père : « *Je sais que vous m'écoutez toujours.* » (Jo. XI, 42.)

Eh bien! à quoi tient-il que nous ayons toujours la même foi, la même ferveur et la même assurance? Ce que nous ne voyons pas de nos yeux, n'en sommes-nous pas absolument certains,

---

[1] Voir l'*Apostolat du Cœur de Jésus*, première partie, deuxième neuvaine, huitième méditation.

à savoir que Jésus-Christ prie toujours avec nous?
A quelque moment du jour ou de la nuit que nous
fassions monter vers le ciel nos supplications, ne
le voyons-nous pas priant de son côté et priant
pour nous? *Semper vivens ad interpellandum
pro nobis.* La distance qui nous sépare corporel-
lement de lui n'est rien pour son esprit; il nous
voit, il nous entend, il entre dans nos intérêts et
dans nos préoccupations, il unit sa prière à la
nôtre, aussi réellement que si nous le voyions à
côté de nous. Les désirs résumés dans la prière
qu'il enseignait à ses Apôtres, il y a dix-huit siècles, animent encore son Cœur, et, aujourd'hui
comme alors, il ne cesse de les exprimer à son
Père.

Nous pouvons donc être assurés que nous ne
disons pas une fois le *Pater*, sans que Jésus-
Christ le dise avec nous; et, pour que toutes nos
prières soient parfaites et revêtent une complète
efficacité, il suffit que l'œil de notre foi devienne
assez clairvoyant pour nous révéler cette vérité
consolante : Oui, nous prions avec Jésus-Christ :
Cum Ipso.

III

Nous devons de plus prier en Jésus-Christ :
In Ipso. Qu'est-ce à dire? C'est-à-dire que, lorsque nous prions, nous ne devons pas seulement

voir Jésus-Christ à côté de nous et priant avec
nous, ni le considérer seulement comme l'intermédiaire miséricordieux entre la Majesté divine
et notre misère ; il est en nous, et c'est lui qui
nous inspire par son Esprit toutes nos prières,
comme le souffle du musicien donne une voix à
l'instrument, muet par lui-même. Cette comparaison est familière aux saints docteurs, et elle est
parfaitement juste. Le cœur de l'homme est aussi
incapable de produire, par sa propre vertu, une
prière surnaturelle qu'une flûte ou une harpe de
faire entendre par elle-même des sons mélodieux.
« Prier comme il faut, dit saint Paul, est au-dessus
de notre capacité. » (Rom., viii, 26.) La prière est
la langue de Dieu, que nul ne saurait parler si
Dieu lui-même ne la lui a apprise. « Mais, ajoute
saint Paul, nous avons en nous l'Esprit-Saint qui
prie pour nous par d'inénarrables gémissements. »

C'est lui qui met dans notre cœur le désir des
biens éternels, que par nous-même nous sommes
incapables soit d'acquérir, soit même d'apprécier.
La prière, en effet, est une des principales fonctions que remplit, dans le cœur des chrétiens, ce
divin Esprit que Jésus-Christ a communiqué à
tous les membres vivants de son corps mystique.

Il ne reste pas oisif dans ces âmes, dont il fait
son temple vivant ; il travaille sans cesse à les
orner de grâces. Comme âme du grand corps de
l'Église, il a pour mission de perfectionner, dans

chacun des membres, la ressemblance de leur divin Chef ; « de leur faire ressentir tout ce que sent le Christ Jésus. » (Phil., II, 5.) De même que notre âme, présente dans notre tête et dans nos membres, les anime tous d'une même vie et leur fait partager les mêmes impressions, ainsi l'Esprit-Saint répand sans cesse, dans toutes les âmes qui vivent de la vie de la grâce, l'impression des sentiments et des désirs du Cœur de Jésus.

C'est par lui que nous sommes capables d'appeler Dieu notre Père ; comme hommes, nous n'aurions pas ce droit. La création nous a constitués les serviteurs de Dieu et non ses enfants, puisque l'enfant participe à la nature et à la vie de son père et que nul être créé ne saurait, en vertu de sa création, participer à la nature et à la vie de Dieu.

Toutefois, ce que nous ne possédions point par nature, Dieu nous l'a accordé par grâce ; il nous a appelés à devenir ses enfants, en nous incorporant à son Fils unique. Et ce n'est pas de nom seulement qu'il nous a fait ses enfants, c'est en réalité. (1 Jo., III, 1.) Car nous n'avons pas seulement, avec son Fils unique, une relation morale ; nous avons contracté avec lui la parenté la plus étroite, puisqu'en participant à notre chair, il nous a donné son Esprit, et maintenant « cet esprit de Jésus-Christ est dans notre esprit, rendant témoignage à la vérité de notre filiation divine. » (Rom., VIII, 16). Il est là, nous enseignant à parler la langue de Dieu, suppléant à l'impuissance où nous sommes de prier comme il faut, et mettant sur nos lèvres cette parole qui, sur les lèvres de Jésus-Christ, est toute puissante sur le Cœur de Dieu : « Père ! Père ! » (Rom., viii, 15.)

Comment n'aurait-elle pas en notre bouche la même efficacité, alors qu'elle est prononcée dans notre cœur par l'Esprit même du Fils unique ! (Gal., iv, 5.)

IV

Cette belle doctrine de saint Paul achève de nous faire comprendre ce que signifie : prier en Jésus-Christ : *In Ipso*. C'est rentrer en soi-même, y reconnaître, par un fervent acte de foi, la présence réelle de l'Esprit de Jésus-Christ, s'unir par un acte d'amour énergique à tous les sentiments et à tous les desseins du divin Sauveur, relativement à l'objet que l'on se propose de demander, et former ensuite un acte d'ardent désir et de ferme espérance à l'égard de la pleine réalisation de ces desseins du Cœur de Jésus. Évidemment, si nous sommes pleinement dévoués à ce divin Cœur, nous ne pouvons, en toutes choses, rien désirer de mieux que le parfait accomplissement de ses désirs ; et d'un autre côté, lorsque nous ne demandons à Dieu le Père autre chose que la pleine réalisation des désirs de son Fils, et lorsque nous le lui demandons sous l'inspiration de l'Esprit de ce divin Sauveur, il est impossible que nos prières n'aient pas une pleine efficacité.

« Celui, dit saint Paul, qui sonde les cœurs ne peut se méprendre sur les désirs inspirés par son Esprit; et puisque cet Esprit ne demande pour les saints que ce que Dieu est disposé à leur accorder, on ne saurait supposer qu'il éprouve jamais aucun refus. » (Rom., VIII, 27.)

Cette pratique est sûrement une des plus salutaires que la dévotion au Cœur de Jésus puisse nous inspirer. Dès avant la venue du divin Sauveur, les patriarches s'appuyaient sur sa médiation pour fléchir la majesté divine. « Seigneur, disaient-ils, regardez le visage de votre Christ. *Respice in faciem Christi tui.* » (Ps. LXXXIII, 10.) Ce visage qu'ils ne pouvaient encore voir, ils le savaient si beau, qu'ils ne doutaient pas que Dieu en y fixant ses regards ne se laissât toucher. Plus heureux que ces saints, nous ne pouvons pas seulement présenter à Dieu le visage de son Fils, mais encore les sentiments de son Cœur, bien plus propres encore à captiver toutes ses affections.

Dans quelques difficultés que nous puissions nous rencontrer, il nous suffit de pénétrer dans ce Cœur divin, qui est toujours à notre disposition; et, alors même qu'il nous est impossible de deviner quels sont ses desseins, nous pouvons dire à Dieu :

Mon Dieu ! regardez, je vous prie, ce que veut en ce moment ce Cœur de votre Fils, dont vous vous êtes engagé à accomplir toutes les volontés. Ce qu'il veut, je le veux également, et je suis pleinement déterminé à me contenter de ce qui le contentera. O mon Dieu ! vous ne pouvez plus rien me refuser, puisque, vous priant toujours en Jésus-Christ, je ne vous demande que ce que vous êtes résolu d'avance à m'accorder. [1]

HISTOIRE

Une mission avait lieu dans une localité importante, au pied des Alpes tyroliennes. A la fin des exercices, le missionnaire reçut la lettre suivante :

Mon Révérend Père, — Avant votre départ, je dois vous exprimer ma profonde reconnaissance, pour la grâce inestimable que la divine Miséricorde m'a accordée par votre intermédiaire.

Depuis trente-cinq ans, je ne m'étais pas approché des sacrements ; j'étais bien résolu de ne pas le faire pendant cette mission. Je ne voulais même pas mettre le pied à l'église. Cependant, un jour, poussé par la curiosité et une influence secrète, j'allai écouter un de vos sermons. Vous prêchiez sur le Cœur de Jésus et l'Apostolat de la Prière.

[1] *Messager*, t. XXVIII, p. 5 à 15.

Je demeurai tout ce temps-là dans une disposition de critique, et il me tardait de voir arriver la fin pour sortir. Lorsque vous eûtes terminé, les personnes qui m'entouraient se mirent à genoux, tournées vers l'autel de la sainte Vierge ; je fis de même sans trop savoir ce que je faisais, car depuis bien longtemps je ne m'étais plus agenouillé.

A peine à genoux, je me sens vivement touché, ému : j'entends une voix intérieure qui me dit :

« Il faut te convertir et te confesser. »

Je voulais partir, je me sens retenu, je me mets à prier. Alors je vous vois descendre du chœur et venir vous asseoir dans un confessionnal près de moi. Personne ne se lève pour aller à vous.

« C'est donc pour moi, me dis-je, que le confesseur est là. »

Et sans trop me rendre compte de ce que je faisais, je vais m'agenouiller à vos pieds. Vous m'avez aidé paternellement. Je sortis du confessionnal, déchargé, consolé, pardonné ; et maintenant je suis heureux au delà de toute expression. Mille actions de grâces à l'infinie miséricorde du Cœur de Jésus! Puissent tous les pécheurs obtenir la même grâce!

TRENTE-UNIÈME JOUR

Leçons du Cœur de JÉSUS priant

PRIER AUX INTENTIONS DE CE DIVIN CŒUR [1]

> *Hoc sentite in vobis quod et in Christo Jesu.*
>
> Appropriez-vous les sentiments du Christ Jésus.
>
> (Ph. II, 5.)

En priant par JÉSUS-CHRIST, avec JÉSUS-CHRIST et en JÉSUS-CHRIST, ne faisons-nous pas tout ce qui est en notre pouvoir, pour que nos prières soient reconnues et agréées de DIEU le Père, comme les prières de son Fils? Reste-t-il encore quelque autre lien par lequel nous puissions nous unir et, en quelque sorte, nous identifier avec le divin Médiateur, lorsque nous remplissons, d'après ses ordres et ses exemples, le grand devoir de la Prière? Oui, il faut que JÉSUS-CHRIST soit encore l'objet principal et, dans un sens, l'objet unique de nos prières. Nous ne devons pas seulement prier *par lui, avec lui,* et *en lui,* nous devons en-

---

[1] *Messager du Cœur de JÉSUS,* t. XXVIII, p. 105 à 117.

core prier *pour lui*. Quelque étrange que paraisse cette expression, nous la maintenons, et nous allons tout à la fois en expliquer le sens et en démontrer la vérité.

I

Que signifient ces paroles? JÉSUS-CHRIST, dans la plénitude de sa gloire, a-t-il encore des besoins auxquels nous puissions subvenir du sein de notre misère? Ses intentions ne sont-elles pas suffisamment appuyées par le mérite infini de ses prières; et nos prières si imparfaites peuvent-elles ajouter quelque efficacité à ses prières divines?

Avant tout, il faut nous rappeler que JÉSUS-CHRIST n'a pas seulement, comme DIEU et comme homme, deux natures parfaitement distinctes, bien qu'unies en une seule personne : il a encore, comme Homme-DIEU, deux existences et deux vies, dont la seconde est l'extension et le complément de la première. Il a d'abord une existence et une vie *individuelle* qui résulte, pour lui, comme pour les autres hommes, de l'union naturelle de son corps avec son âme, subsistant ensemble par la personnalité du Verbe. Mais il a de plus une existence et une vie *collective*, qui consiste dans l'union surnaturelle de son âme et de son corps avec les âmes et les corps de tous les chrétiens qu'il anime de son Esprit.

Ces deux vies sont également réelles et appartiennent au divin Sauveur. Par la première, il vit en lui-même; par la seconde, il vit en nous. Dans la première, il possède la plénitude de la divinité; par la seconde, il nous fait participer à cette plénitude et nous rend partenaires de la nature divine : *Divinæ consortes naturæ*. La première est la vie du Chef considéré isolément; la seconde est la vie du Chef considéré dans ses relations avec ses membres.

Dès lors, pour connaître JÉSUS-CHRIST tout entier, et pour nous faire une idée juste de son état, de ses intérêts, de ses désirs, de ses droits sur nous et de nos devoirs envers lui, il faut nécessairement le considérer sous ces deux aspects et l'étudier dans sa double vie. C'est ce qu'ont fait les saints docteurs, et à quoi saint Augustin, en particulier, nous exhorte sans cesse dans son Commentaire sur les Psaumes.

II

Or, voici le fait évident, palpable, que cette considération nous révèle : c'est que, autant la première de ces deux vies de l'Homme-Dieu est parfaite, heureuse, entourée de gloire et d'honneur, autant la seconde est humiliée, douloureuse, en proie à toute sorte de misères et de besoins.

Le corps mystique de Jésus-Christ, qui est l'Église envisagée dans ses membres, est dans un état plus lamentable que ne l'était le corps physique du Sauveur à l'heure de sa Passion. De celui-là comme de celui-ci, on peut dire que, depuis la plante des pieds jusqu'au sommet de la tête, il n'y a pas une partie saine. Les membres les plus nobles sont meurtris et déchirés par les fouets de la persécution; d'autres, hélas! sont en proie à des infirmités bien plus graves, atteints de plaies bien plus profondes, dévorés par la lèpre du péché, rongés par la pourriture de tous les vices.

Oui, dans la personne du plus grand nombre de ses membres, Jésus, si riche et si heureux en lui-même, éprouve toutes les misères et toutes les douleurs à la fois : il est pauvre, puisque ces âmes sont dénuées de tous les biens véritables; il est nu, puisqu'elles sont dépouillées de leur robe d'innocence; il est captif, puisqu'elles sont asservies à l'esclavage de leurs passions et de Satan ; il est malade, puisque leurs vices sont des infirmités plus graves et plus douloureuses que toutes les maladies corporelles; il est mort, puisque les âmes, tout en appartenant encore au corps du Sauveur par le caractère baptismal et par la foi, sont pourtant privées de la vie surnaturelle et condamnées à l'éternelle mort de l'enfer. On peut dire avec une égale vérité qu'elles sont mortes à Jésus-Christ et que Jésus-Christ est mort en elles, parce que la vie de la grâce dont elles se sont privées leur était commune avec leur divin Chef; elles vivaient de Jésus-Christ et Jésus-Christ vivait en elles; quand donc elles ont perdu cette vie, il n'a pu manquer de la perdre avec elles.

Cette perte n'altère en rien, sans doute, ni sa sainteté infinie, ni sa gloire substantielle; mais elle lui ôte une partie de la gloire accidentelle qui résulte de la perfection de son corps mystique; elle le blesse dans ses plus chères affections, et compromet gravement un intérêt qu'il ne sépare pas, dans son estime et dans son zèle, de l'intérêt suprême de la gloire divine.

III

Il n'est pas besoin d'en dire davantage pour faire comprendre ce que signifient ces paroles: les intérêts de Jésus-Christ, les besoins de ce divin Sauveur. Il n'y a, dans ces expressions, rien de métaphorique, il n'y a rien surtout qui ne soit parfaitement conforme à la plus rigoureuse orthodoxie. Quand nous employons ce langage, nous n'oublions pas ce que la foi nous enseigne de la gloire et du bonheur dont le Fils de Dieu jouit au ciel.

Nous savons que, dans sa propre personne, il

est placé au-dessus de toute principauté et de toute puissance ; qu'il ne lui manque rien, pas même cette gloire et ce bonheur sensible dont il avait été momentanément privé, durant sa carrière terrestre ; et que, par conséquent, il n'a que faire de tout ce que nous pourrions lui donner.

Tout cela est parfaitement vrai ; mais ce n'est qu'une partie de la vérité ; l'autre partie, que nous venons d'exposer, n'est pas moins certaine. Puisque les deux vies de l'Homme-Dieu sont également réelles et lui appartiennent également, sa pauvreté est aussi certaine que son infinie richesse, et, tout en sachant qu'il ne peut rien recevoir de nous, nous devons le voir sollicitant sans cesse notre charité. Il la sollicite, en effet, aussi réellement qu'il sollicitait, aux jours de sa chair, l'assistance de Marie et de saint Joseph, pour le soutien de sa vie corporelle ; et nous devons, par conséquent, venir à son aide avec tout l'empressement que nous eussions mis à lui donner du pain, si nous eussions vécu à l'époque où il souffrait la faim, comme le dernier des hommes.

Disons mieux encore : notre empressement doit être bien plus grand, puisque la vie dont il sollicite de nous la conservation, ou la restauration, a beaucoup plus de prix, à ses yeux, que sa vie corporelle. Comment en douter, alors que nous le voyons sacrifier, si volontiers, sa vie corporelle

pour acquérir cette autre vie, par laquelle il vit
dans les âmes? Pouvait-il mieux nous prouver la
préférence qu'il donne à celle-ci sur celle-là?

IV

Mais il n'est pas besoin de chercher, dans le
passé, la mesure du prix que le divin Sauveur
attache à la vie de son corps mystique, et du zèle
dont il brûle pour la guérison de ses infirmités.

N'avons-nous pas sous les yeux un mystère
bien propre à rendre sensible l'ardeur immense
de ce zèle? De quoi s'occupe ce divin captif, dans
la réclusion à laquelle son amour pour nous l'a
condamné? Qu'est-ce qui le retient dans l'obscurité et les délaissements du Tabernacle, lui qui
aurait toute sorte de droits à demeurer dans les
splendeurs et les délices des cieux? Quelle est sa
vie dans le ciel même, là où tout l'invite à se reposer et à jouir? Saint Paul nous l'affirme : au
lieu de se livrer au repos, Jésus-Christ prie sans
relâche; et pour qui prie-t-il? Pour nous, c'est-
à-dire pour les membres de son corps mystique,
pour son salut et son accroissement. *Semper
vivens ad interpellandum pro nobis.*

Nous sommes donc fixés sur les intentions de
cette supplication perpétuelle. Toujours les mêmes,
quant au fond, parce que les intérêts généraux de

l'Église ne varient pas, ces intentions de la prière du Sauveur se modifient, dans leurs applications différentes, avec les besoins spéciaux des âmes dont se compose, à chaque époque, le corps de l'Église. JÉSUS-CHRIST, qui s'est offert sur le Calvaire pour toutes ces âmes, renouvelle à tous les moments de la durée, et applique à chacune d'elles son oblation unique; il prie pour elles avec la même charité qu'au jardin des Olives et sur la croix. Et ce n'est pas pendant quelques heures, c'est pendant des siècles que se prolonge cette supplication non interrompue. Rien n'en refroidit l'ardeur, rien n'en rebute la constance : ni la résistance de ceux pour qui elle est offerte, ni la lâcheté et l'indifférence de ceux qui sont invités à s'y unir, ni le retard que cette double infidélité apporte à la pleine réussite de cette miséricordieuse médiation. Et nous savons qu'il en sera ainsi jusqu'à la fin des siècles; tant que l'Église sera sujette aux nécessités qui accompagnent son existence terrestre, tant que ses membres seront infirmes et exposés au danger de périr, JÉSUS-CHRIST ne se relâchera en rien de sa persistance à prier.

Pouvons-nous donc douter qu'il ait vraiment à cœur des intérêts qui l'absorbent ainsi tout entier, depuis tant de siècles? Et, lorsque nous le voyons attacher tant d'importance à ces intérêts, animer de ces intentions et sa vie sacramentelle et sa vie glorieuse elle-même, pouvons-nous demeurer indifférents et ne pas animer de ces intentions divines nos prières, nos œuvres, nos souffrances, toute notre vie terrestre?

V

Peut-être serons-nous tentés de nous laisser arrêter par la difficulté que nous avons signalée plus haut : il nous semblera que nos prières ne peuvent rien ajouter à l'efficacité infinie des prières de JÉSUS-CHRIST, et qu'il y aurait, de notre part, une présomption aussi absurde qu'impie à prétendre obtenir, pour l'Église et pour les âmes, des grâces que n'aurait point obtenues l'intercession du divin Médiateur. Oui, sans doute, cette prétention serait impie et absurde, s'il s'agissait de venir au secours du divin Sauveur avec une autre force que celle dont il nous revêt; si les prières, qu'il nous invite à joindre aux siennes, n'étaient pas siennes, autant que celles dont son Cœur est le principe immédiat, nos prières alors seraient purement humaines; et il serait trois fois absurde et trois fois impie d'attribuer à des prières humaines le pouvoir d'accroître, en quelque manière que ce soit, l'efficacité des prières de l'Homme-DIEU.

Mais telle n'est pas assurément notre situa-

tion vis-à-vis de Jésus-Christ, nous l'avons déjà
compris. Les prières qu'il nous invite à unir aux
siennes sont formées dans notre cœur par son
Esprit. Cet Esprit, par lequel il prie lui-même,
prie également en nous; il nous inspire les désirs
dont il anime le Cœur de Jésus, et nous apprend
à exprimer ces désirs dans le même langage. Il
nous fait dire : Père, Père, avec l'accent filial qui
donne à cette parole, prononcée par les lèvres du
Fils unique, une puissance sans bornes sur le
cœur du Père céleste. Dès lors, quoi d'étonnant
que Dieu ait attaché à ces prières le pouvoir, non
pas d'accroître, mais de déterminer et d'appliquer la vertu des prières de son Fils?

Jésus-Christ n'en reste pas moins l'auteur unique de toute grâce, l'unique Sauveur et l'unique
Médiateur, puisque de lui seul émane et la grâce
qui nous fait prier, et celle que nous obtenons par
notre prière; mais ces grâces, dont il est l'unique
principe, il ne veut pas en être l'unique dispen-
sateur.

VI

Afin d'établir, dans l'ordre surnaturel, la même
unité et la même harmonie que dans l'ordre naturel, il a voulu que les âmes dépendissent les
unes des autres, dans leur marche vers la sainteté, comme les corps dépendent les uns des

autres, dans leur gravitation au sein de l'espace. Chacun de nous doit, sans doute, opérer son propre salut; mais chacun est également appelé à coopérer au salut de tous les autres. Chacun pour tous et tous pour chacun : telle est la loi de la société divine, plus encore que des sociétés humaines.

Jésus-Christ met à la disposition de cette société le trésor infini de ses mérites, et il invite tous les citoyens à puiser dans ce trésor et à enrichir la société entière, en s'enrichissant eux-même. Ce divin Chef possède, dans toute sa plénitude, la vie de Dieu ; mais cette vie ne se répand dans le corps que suivant la mesure dans laquelle les membres lui prêtent leur concours ; et il n'est pas un seul de ces membres qui, par son union avec le Chef, ne puisse, selon sa mesure, contribuer à l'accroissement du corps entier. C'est dans ce sens très vrai que nous sommes tous appelés à être, comme les Apôtres, les aides de Dieu, parce que tous nous sommes appelés à exercer un certain apostolat.

Tous les ministres qui exercent l'apostolat officiel et sacramentel coopèrent à l'action de Dieu, en accomplissant les conditions requises pour l'effusion de la grâce dans les âmes, et ce pouvoir n'est donné qu'à un petit nombre ; mais il n'est pas un seul chrétien qui ne puisse et qui ne doive coopérer à l'œuvre de Jésus-Christ, en posant la condition requise pour obtenir la grâce. Cette condition est la prière. Du moment que JÉSUS-CHRIST nous a promis de nous accorder tout ce que nous demanderons en son nom, il a attaché, à chacune de nos prières, la vertu d'obtenir, non seulement pour nous, mais encore pour nos frères, certaines grâces qui ne leur seraient point assurées, si nous ne les eussions démandées pour eux. Et comme la grâce est le principe du salut, il est très possible que nos prières ouvrent l'entrée du ciel à des âmes qui, sans nous, seraient tombées dans l'abîme.

Toutes les âmes seront, sans nul doute, redevables de leur salut à JÉSUS-CHRIST, par qui seul a été méritée toute grâce; elles auront coopéré elles-mêmes à leur justification, en prêtant à la grâce leur libre concours; mais elles ne pourront s'empêcher de nous reconnaître aussi pour leurs sauveurs, puisque c'est en considération de nos prières que JÉSUS-CHRIST leur a accordé la grâce qui a déterminé leur salut.

Nous comprenons maintenant la portée de cette parole : prier aux intentions de JÉSUS-CHRIST. Elle ne tend à rien moins qu'à faire de nous tous les auxiliaires du Fils de DIEU, dans son œuvre la plus divine, qui est le salut des âmes; à nous investir du plus méritoire et du plus fécond de tous les apostolats; et, pour l'exercice de cet apostolat, elle nous fournit un moyen facile et à la portée de tous.

Tous, en effet, nous pouvons prier, et nous pouvons prier toujours, puisque, par une simple direction d'intention, nous pouvons changer toutes nos œuvres en prières. Ce pouvoir n'a pas de limites, car il ne tient qu'à nous d'unir, tous les jours plus intimement, nos prières et nos intentions aux intentions et aux prières du Cœur de Jésus, et, par là même, nous accroissons de plus en plus leur efficacité et leur vertu apostolique ; nous les rendons, tout à la fois, plus méritoires pour nous et plus fécondes pour les âmes ; nous nous identifions de plus en plus avec le Sauveur, et, quelles que soient nos occupations extérieures, nous rendons notre vie intérieure toute semblable à celle du Cœur de Jésus : *Semper vivens ad interpellandum pro nobis.*[1]

HISTOIRE

Au mois de juin 1873, une jeune fille, nommée Lucie, à peine âgée de dix-huit ans, désirait vivement aller en pèlerinage à Paray-le-Monial. Sa mère lui en eût volontiers donné la permission ; mais il n'en était pas de même de son père, homme éloigné de toute pratique religieuse. Lucie s'en était aperçue en grandissant, et plusieurs fois elle en avait demandé le motif à sa mère. Un jour

---

[1] *Messager,* t. XXVII, p. 105 à 117.

enfin, celle-ci lui déclara, les larmes aux yeux, que son époux faisait partie d'une société secrète, appelée Franc-maçonnerie. A cette nouvelle, Lucie se mit à pleurer, en s'écriant :

« Comment, mon père est Franc-maçon ! mon père est excommunié ! Il faut solliciter sa conversion du Cœur de Jésus, et, pour l'obtenir plus facilement, nous l'engagerons à nous accompagner à Paray. »

A partir de ce moment, la pieuse jeune fille ne négligea rien pour réussir dans son noble projet. De temps en temps, elle parlait de son désir d'aller au sanctuaire du Cœur de Jésus. Le père disait qu'elle pouvait y aller en compagnie de sa mère.

« Cette permission ne me suffit pas, répondait-elle ; il faut que vous veniez avec nous. »

La pieuse enfant mit tout en œuvre pour éclairer l'esprit de son père, qu'elle aimait tant ; elle sut même lui procurer un auteur solide, dans lequel les criminels projets de la Franc-maçonnerie étaient dévoilés. A cette lecture, cet homme, doué d'un cœur droit, comprit qu'il s'était laissé affilier, sans connaissance de cause, à une secte abominable. Mais que faire maintenant ? Pourrait-il rompre ses serments sans danger ? Sur ces entrefaites, les journaux annoncèrent l'arrivée prochaine, à Paray, d'un grand nombre de députés. Lucie aussitôt dit à son père :

« Oh! quel beau jour pour aller à Paray! Que nous serions heureuses, si vous vouliez y venir avec nous! »

Le père consentit enfin à les accompagner; il se laissa même mettre, à son habit, un Sacré-Cœur doré. La vue des députés, portant sur leur poitrine l'image du Sacré-Cœur, et la piété qu'ils montrèrent dans le sanctuaire de Paray émut profondément le Franc-maçon. D'ailleurs, depuis qu'il portait lui-même sur la poitrine l'image du Cœur de Jésus, il se sentait poussé vers Dieu par une influence irrésistible. Une voix ne cessait de lui dire au fond de l'âme :

« Confesse-toi et communie. »

Notre pèlerin eût bien désiré le faire tout de suite; mais il dut attendre que le prêtre auquel il s'était adressé eût reçu de son Évêque le pouvoir de l'absoudre de l'excommunication. Le moment étant arrivé, il laissa sa famille pour aller voir, disait-il, un ami. Quand il revint, il était si épanoui que Lucie s'écria :

« Oh! père, que vous paraissez content! »

« Je le suis réellement, répondit-il ; tout ce que nous voyons ici est si beau! »

Le soir du même jour, il demanda à sa fille :

« Lucie, est-ce que tu communies demain? »

« Oui, papa, j'ai communié ce matin, je communierai encore demain; nous communierons, ma mère et moi, tous les matins durant notre séjour »

« Eh bien! nous irons ensemble, je veux communier aussi. »

A ces mots, Lucie et sa mère tressaillirent, et elles s'écrièrent en pleurant de joie ;

« Que le Cœur de Jésus est bon! nous voilà donc exaucées! »

Puis tombant à genoux, elles ajoutèrent :

« Cœur de Jésus, soyez à jamais béni, aimé et adoré! »

« Oui, reprit à son tour le père, vivement ému oui, amour au Cœur de Jésus! c'est lui qui a triomphé. »

Le lendemain, tous les trois communiaient ensemble, et ils sortirent du divin banquet, l'âme enivrée des plus douces consolations qu'elle puisse goûter sur la terre.

TRENTE-DEUXIÈME JOUR

Leçons du Cœur de JÉSUS priant.

PRIER AVEC RESPECT, PERSÉVÉRANCE ET SAINTE VIOLENCE [1]

> *Preces supplicationesque ad eum, cum clamore valido et lacrymis offerens.*
> Il lui a présenté ses prières et ses supplications avec une clameur puissante et avec ses larmes. (Heb. v, 7.)

« Seigneur Jésus, qui, au Jardin, nous avez, par vos paroles et par votre exemple, enseigné à prier... »

C'est en ces termes que s'exprime l'Église, dans l'Oraison de la fête instituée pour honorer la prière du Sauveur au jardin des Olives. Ces paroles nous rappellent que, lorsqu'il s'est agi de nous apprendre le grand art de la prière, le divin Maître ne s'est point départi de la règle qu'il s'est imposée à l'égard de ses autres enseignements. Il a fait ce qu'il nous commandait, *cœpit facere et docere.*

Plus ce devoir est important, plus il était né-

[1] *Messager du Cœur de Jésus,* t. XXVIII, p. 213 à 217.

cessaire que Jésus-Christ nous en mît sous les
yeux la pratique, en même temps qu'il nous en
exposait la théorie. C'est ce qu'il a fait surtout au
Jardin des Olives. Là s'est produite extérieure-
ment, avec tous ses admirables caractères, cette
intéressante supplication dont le Cœur de Jésus
est le théâtre intérieur. N'imitons pas les trois
Apôtres que le Sauveur invita vainement à contempler ce touchant mystère. Suivons-le dans la
grotte qui fut témoin de son agonie sanglante, et,
en le voyant prier, apprenons comment nous devons prier nous-mêmes.

I

La première qualité de la prière est le *respect*.
Voyez Jésus-Christ à genoux, la face contre terre,
en présence de la Majesté divine, comme s'il voulait se confondre avec la poussière et s'enfoncer
dans l'abîme du néant. Et pourtant, il est Dieu,
Dieu comme son Père, et il sait qu'il n'y aurait,
de sa part, aucun larcin à se poser comme l'égal
de son infinie majesté. Oui, il est Dieu, mais il
est homme aussi, et, dans ce moment, il se considère et agit comme le représentant des hommes.
Si, en effet, Jésus-Christ connaît parfaitement
la dignité infinie, à laquelle son humanité a été
élevée par grâce, il a une connaissance égale-

ment parfaite de l'infinie misère, qui était l'apanage naturel de cette humanité. C'est de cette double connaissance que naît l'incomparable humilité du Cœur de Jésus. Il est le plus humble de tous les cœurs, parce qu'il mesure mieux que tous les autres la distance incommensurable qui sépare son origine de sa destinée ; le point d'où il est parti, de celui où il est arrivé ; ce qu'il a en propre, de ce qu'il a reçu. Nous aussi, nous deviendrons d'autant plus humbles que nous deviendrons plus saints et que la lumière céleste, brillant en nous d'un plus vif éclat, nous fera mieux apprécier la grandeur de Dieu et notre propre néant.

De ce double sentiment naîtra le profond respect dont nous serons pénétrés en présence de la Majesté divine, et qui assurera l'efficacité de nos prières.

Combien il s'en faut que les prières des chrétiens soient toujours marquées de ce caractère ! Comment prient la plupart de ceux qui n'ont pas complètement renoncé à l'accomplissement du devoir, qui veulent bien consacrer, à leur Créateur, quelques minutes chaque jour, une heure chaque dimanche ? A voir leur attitude nonchalante, à juger des sentiments de leur cœur par l'expression de leur visage et la divagation de leurs regards, soupçonnerait-on qu'ils se croient en présence de leur Dieu ? Tandis que Jésus-

CHRIST, le Roi des rois et le souverain Seigneur de toutes choses, se prosterne humblement le visage dans la poussière, ces créatures misérables, qui auraient tant à demander et tant à expier, gardent, devant leur Créateur, une attitude qu'ils regarderaient comme une insulte, si un de leurs inférieurs se la permettait en leur présence; et ils s'étonnent ensuite que DIEU ne les exauce pas! N'y aurait-il pas lieu de s'étonner plutôt qu'il ne les frappe point, comme des contempteurs de sa souveraine Majesté?

Nous venons d'entendre saint Paul attribuer, en partie, l'efficacité de la prière du Sauveur au respect avec lequel elle a été faite : *Exauditus est pro sua reverentia.* Dans le texte original, cette parole se prête à une double interprétation, et elle nous suggère, par son ambiguïté même, une très utile leçon. Elle peut signifier également que JÉSUS-CHRIST a été exaucé à cause du respect qu'il a témoigné à son Père, et à cause du respect qui lui était dû à lui-même. Ces deux sens sont également vrais et, loin de s'exclure, ils sont en parfaite harmonie. Plusieurs saints Pères les ont, en effet, simultanément adoptés. Si JÉSUS-CHRIST, en tant qu'homme, a pu s'humilier en présence de DIEU, son Père, sa prière n'en était pas moins la prière d'un DIEU; comme telle, elle avait une dignité infinie. En abaissant sa nature humaine devant la Divinité, cet Homme-DIEU ne perdait

rien de l'élévation de sa nature divine ; il méritait,
au contraire, de recevoir de son Père un honneur
proportionné à celui qu'il lui décernait.

Si un hommage est d'autant plus glorieux, que
celui qui le rend est plus élevé en dignité et
s'abaisse davantage, DIEU le Père ne fut jamais
autant glorifié que le jour où il vit prosterné, devant lui, son Fils, DIEU comme lui. Jamais, par
conséquent, il ne fut plus obligé de glorifier, à
son tour, ce Fils bien aimé ; jamais il ne lui dut
plus de considération et d'honneur. Le respect que
nous témoignerons à DIEU dans nos prières aura,
par rapport à nous, un effet semblable : il nous
élèvera d'autant plus, qu'il nous abaissera davantage. En offrant à DIEU la reconnaissance extérieure de la dignité infinie qu'il possède essentiellement, il nous fera acquérir réellement une
dignité que nous ne possédions pas, et il rendra,
à ce double titre, nos prières infailliblement efficaces. DIEU nous exaucera à cause du respect que
nous lui témoignerons, et à cause de celui que
nous mériterons nous-mêmes par notre humilité.

II

Un second caractère de la prière du Sauveur
est *la persévérance*. Nous avons déjà admiré la
persistance infatigable de la supplication invisi-

ble du Cœur de Jésus. Mais en se manifestant visiblement au jardin des Olives, ce caractère devient, s'il est possible, plus éclatant et plus touchant encore.

Ici, en effet, Jésus-Christ notre divin Médiateur nous apparaît comme un suppliant qui, craignant de n'être pas exaucé, revient à la charge, renouvelle sans se lasser les plus humbles instances, et se tient à la porte frappant toujours, jusqu'à ce qu'on lui ait ouvert. Il avait déjà prié longtemps, lorsqu'il vint trouver ses Apôtres et les exhorta à prier avec lui. Les trouvant endormis, il retourne au lieu où il s'était retiré, et il y reprend sa prière. Une seconde et une troisième fois il vient solliciter la même consolation, qui lui est toujours refusée; et chaque fois, il recommence, dit l'Écriture, à répéter dans les mêmes termes la même demande. Comment expliquer cette conduite?

Jésus-Christ ne serait-il plus le bien-aimé de son Père, et peut-il demander quoi que ce soit, qui ne lui soit immédiatement accordé? A-t-il oublié ce qu'il disait naguère :

« Mon Père, je sais que vous m'écoutez toujours ! »

Ne sait-il pas que tout a été remis entre ses mains? (Jo., XIII, 3.) Ignore-t-il que tout ce qui existe, au ciel comme sur la terre, a été fait en vue de lui? (Col. I, 16); et que sa gloire est l'uni-

14.

que but vers lequel la Providence de son Père dirige tous les événements? Quel motif peut-il donc avoir pour réitérer une supplication qu'il sait être infailliblement exaucée? Nul autre motif que celui de nous servir de modèle. Il nous avait dit :

« Demandez et vous recevrez, frappez et on vous ouvrira. » (Mat. vii, 7.) « Il faut prier toujours et ne jamais se lasser. » (Luc, xviii, 1.)

Et pour que nul ne fût tenté de se croire exempt de cette obligation, il veut bien s'y soumettre tout le premier. Son exemple sera désormais la règle de notre conduite. Comme lui, nous serons, dès notre première demande, animés d'une confiance absolue dans la bonté divine ; nous ne douterons pas que Dieu ne nous exauce dans la mesure de notre ferveur; mais pour agrandir cette mesure, pour obtenir davantage en demandant davantage, il faut persévérer dans la prière. Dieu semblera souvent ne pas nous entendre : ne prenons pas le change; c'est une pure feinte. Puisqu'il en a usé à l'égard même de son Fils, il lui est bien permis de l'employer également à notre égard.

La prière étant la source la plus féconde de la grâce, et la grâce étant le principe de notre sainteté, il n'est pas de moyen que ce Dieu infiniment bon ne prenne, il n'est pas d'artifice qu'il n'emploie pour nous amener et nous contraindre, en quelque sorte, à puiser à cette source.

N'oublions pas, du reste, qu'en sus des grâces qu'elle nous obtient, la prière constitue par elle-même un acte surnaturel et, partant, méritoire. A chacun des actes dont elle est composée, à chaque soupir de notre cœur, est attaché un degré d'éternelle gloire. C'est là un fruit infiniment précieux, qu'elle porte infailliblement et par elle-même, indépendamment des objets qu'elle poursuit. Ces objets, qui ne sauraient jamais être d'un plus grand prix, n'ont souvent qu'une valeur infiniment moindre ; en nous les refusant ou en nous les faisant attendre pour nous obliger à persévérer dans la prière et à en acquérir les mérites, DIEU nous donne infiniment plus que nous ne lui demandons. Notre persévérance, en nous assurant la réalisation de nos désirs, supposé que ces désirs soient conformes à nos intérêts, est par elle-même la garantie la plus infaillible de nos intérêts éternels.

III

Nous avons attribué à la prière du Sauveur un troisième caractère, dont l'expression inusitée aura peut-être étonné quelques lecteurs : cette prière n'a pas été seulement humble et persévérante, mais encore *violente*. C'est au divin Maître lui-même que nous avons emprunté cette parole : « Le royaume des cieux souffre *violence*, nous

a-t-il dit, et ce sont les violents qui le ravissent. »
(Mat. xi, 12.)

Il fallait que notre adorable Sauveur confirmât
cette leçon, comme toutes les autres, par son
exemple ; et nous ne connaissons aucune circonstance de sa vie où il l'ait mieux mise en pratique
qu'au Jardin des Olives. Ces grands cris dont
nous parle saint Paul, ces larmes abondantes,
cette prodigieuse sueur de sang sont les indices
évidents d'une lutte violente entre la volonté libre
et la sensibilité.

Ce drame sanglant et mystérieux de Gethsémani se divise en deux actes : dans le premier,
nous voyons la tristesse, la frayeur, l'ennui en-
vahir l'âme de l'Homme-Dieu ; c'est la période
de l'abattement marquée par ces paroles : « Mon
âme est triste jusqu'à la mort. » Ce ne sont pas
ces sentiments qui ont fait jaillir le sang à travers
les pores du Sauveur ; leur effet a dû être plutôt
de ralentir la circulation dans ses veines et de
produire la défaillance, qui l'a fait tomber la face
contre terre.

Mais voilà que soudain, au défaut de ses disciples endormis, un ange du ciel vient porter au
divin Sauveur la consolation dont, par un excès
de condescendance pour notre infirmité, il voulut
éprouver le besoin. Fortifié alors, il réagit contre
son immense tristesse par un immense effort
d'amour, par l'effort le plus violent que jamais

l'énergie humaine ait opposé aux impressions de la sensibilité; et c'est la violence de cette lutte qui, activant la circulation du sang au delà de toutes les bornes fixées par la nature, le fit sortir des veines, traverser les pores, baigner les vêtements du Sauveur et inonder le sol autour de lui.

C'est ici que la grande loi de notre condition présente nous est révélée dans toute sa rigueur.

Si l'homme n'eût pas péché, il aurait été poussé à la sainteté et au bonheur, comme toutes les autres créatures sont conduites à leur fin, par un doux et puissant attrait. Sauf quelques légères épreuves imposées à notre obéissance, notre volonté n'eût eu qu'à suivre notre sensibilité, de même que, dans un navire poussé par un vent favorable, le gouvernail n'a qu'à maintenir l'impulsion donnée par les voiles. Mais le péché a mis en lutte ces deux principes de nos mouvements intérieurs : notre sensibilité, au lieu de nous porter constamment au bien, nous en détourne trop souvent, ou nous arrête sur la voie qui nous y conduit. Pour atteindre ce but, il faut que la volonté libre lutte constamment soit contre les désirs qui l'entraînent au mal, soit contre les craintes qui la détournent du bien. C'est ce que le divin Maître a voulu dire, quand il nous a déclaré que le royaume des cieux souffre violence; et c'est ce qu'il lui a plu de nous montrer dans sa propre personne.

Son âme, dont toutes les facultés étaient en parfait équilibre, n'était susceptible d'aucun entraînement désordonné; mais il n'en a pas moins éprouvé, dans ses puissances affectives, une répugnance violente à l'égard des conditions qu'il devait remplir pour nous sauver : répugnance de ses puissances sensibles pour la mort et les tourments de la Passion; répugnance incomparablement plus vive de la partie spirituelle de son âme pour les péchés des hommes, qu'il devait s'approprier en qualité de notre Chef, pour pouvoir les expier rigoureusement. La première de ses répugnances a produit la peur, sentiment qui a pour objet les maux sensibles : *Cœpit pavere;* la seconde a produit la tristesse, qui se rapporte plus spécialement aux maux de l'ordre spirituel : *Tristis est anima mea usque ad mortem.*

Jésus a dû vaincre cette double répugnance, pour accepter les conditions de notre salut; mais il n'a pu remporter cette victoire, qu'au prix d'une lutte dont la violence est égale à celle de son aversion naturelle pour la mort et de sa haine surnaturelle contre le péché. Tel est le sens des deux parties de sa prière au Jardin des Olives :

« Mon Père, si cela est possible, que ce calice s'éloigne de moi. » Voilà la double répugnance de la sensibilité.

« Cependant que votre volonté se fasse, et non

la mienne! » Voilà l'effort et la victoire de la volonté libre.

IV

Ce mystère, si douloureux pour notre Sauveur, est plein de consolation pour ses disciples. Il n'est pas de chrétien qui n'ait, dans une certaine mesure, à subir l'épreuve de Gethsémani. Un moment vient où les meilleurs amis de Dieu n'éprouvent, dans leurs rapports avec lui, que dégoûts et répugnance. A la lumière qui, jusqu'alors, éclairait leurs pas dans la carrière de la vertu, succède soudain une nuit obscure. Dieu leur cache son visage, et semble s'éloigner d'autant plus, qu'ils font plus d'efforts pour s'approcher de lui.

Au dehors ils ne trouvent aucun appui ; au dedans ils ne voient que des sujets de crainte. Ils se voient à la fois dépouillés de leurs habitudes surnaturelles et de leurs puissances naturelles, tandis que leurs inclinations mauvaises se réveillent dans toute leur violence. Leur esprit ne leur fournit aucune bonne pensée ; leur cœur, aucun sentiment ; leur âme est un désert sans eau ; et ils n'ont plus même la force d'appeler à leur secours.

Que faire au sein de cette dure agonie ? Se persuader que tout est perdu, et renoncer à une prière devenue en apparence impossible ? A Dieu ne plaise. Il faut au contraire s'encourager par le souvenir du Jardin des Olives, et comprendre que l'heure est venue d'offrir à Dieu la plus efficace de toutes les prières, le plus méritoire de tous les sacrifices.

La vie tout entière du divin Sauveur n'a été, nous le savons, qu'une prière non interrompue ; et il n'est pas un seul des soupirs émanés de son Cœur, durant cette longue oraison, qui n'ait eu une vertu infaillible et un mérite infini. Et pourtant, saint Paul ne mentionne comme plus complètement exaucée par Dieu le Père que la supplication du Jardin, celle qui fut accompagnée de cris et de larmes. Comprenons que, nous aussi, nous acquerrons d'autant plus de mérite, dans nos prières, qu'elles nous coûteront plus d'efforts.

S'il fallait y être toujours portés par un attrait sensible, il ne resterait plus qu'à effacer de l'Évangile le précepte qui nous ordonne de nous faire violence ; car Jésus-Christ ayant attaché à la prière la vertu de tout obtenir, si nous devions remplir toujours ce devoir par pur attrait, notre sanctification cesserait d'être le résultat de l'effort et de la vertu véritables. Mais il n'en saurait être ainsi. Notre sanctification sera le fruit infaillible de la prière ; mais la prière elle-même exigera souvent de grands efforts, et elle sera d'autant meilleure que ces efforts seront plus violents.

L'effort, en effet, est la meilleure preuve de

l'amour; et l'amour est le lien par lequel l'âme forme, avec DIEU, cette union qui est le but de la prière. Pour prier par attrait sensible, il suffit de s'aimer soi-même; mais pour prier malgré de vives répugnaces, il faut aimer DIEU.

Il n'est pas, dans la vie spirituelle, de leçon plus importante que celle-là, comme il n'est pas de danger plus grand que celui auquel s'exposent les âmes qui, dans cette voie, prennent pour guide les impressions de leur sensibilité. Se porter à la prière et aux pratiques de la piété quand on y éprouve de douces émotions, et s'en éloigner quand on n'y trouve qu'ennui et dégoût, c'est imiter le voyageur qui, pour marcher vers son but, considérerait uniquement les agréments de la route et les fleurs dont elle est bordée.

Soyons plus sages et mieux avisés; soyons surtout plus généreux. Cueillons les fleurs, lorsqu'elles se trouvent sur notre chemin; mais n'hésitons pas à marcher par la voie la plus aride et la plus raboteuse lorsqu'elle nous conduit plus directement à notre but. Acceptons avec action de grâces l'attrait sensible, quand DIEU nous l'envoie; mais ne nous arrêtons pas, lorsqu'il lui plaît de nous en priver. Soyons assurés, au contraire, que nous pouvons alors marcher bien plus rapidement vers notre but. Et quand même nous nous sentirions complètement défaillir; quand, incapables de prier, nous ne pourrions que répéter toujours les mêmes paroles, tenons ferme ; ne nous laissons décourager ni par les divagations de l'esprit, ni par les répugnances de la sensibilité ; poussons vers le Ciel de ces cris du cœur auxquels les oreilles de Dieu ne peuvent rester sourdes.

Si nous ne pouvons crier, proférons au moins d'humbles gémissements. Pourvu que nous ne nous lassions pas, Dieu finira par se laisser vaincre ; et, comme Jacob luttant contre l'Ange, nous lui ferons violence et le contraindrons de nous bénir.

Nous en avons pour garants l'exemple et les enseignements du Cœur de Jésus.

HISTOIRE

Le 13 novembre 1857, une pieuse mère de famille tomba gravement malade d'une fièvre pernicieuse.

Pendant trois semaines, un habile médecin employa les remèdes les plus énergiques sans succès. Il déclara enfin qu'il n'y avait plus d'espoir de guérison. Dans ces douloureuses circonstances, une seule consolation restait aux amis de la malade. Souvent, quand une crise plus violente faisait appréhender le dernier moment, tous les membres de cette famille affligée se réunissaient devant un tableau du Sacré-Cœur, pour réciter les litanies de ce Cœur adorable, l'espoir des mourants.

La pieuse malade, de son côté, fixait avec amour ses yeux sur l'image vénérée, quand la fièvre lui laissait le libre usage de ses facultés.

Déjà le 7 décembre, la mourante, sentant ses forces épuisées, avait réuni ses enfants autour d'elle, et leur avait adressé ses derniers et maternels avis. La nuit suivante ne fut qu'une longue agonie. Le 8 décembre, la famille désolée terminait une neuvaine au Cœur de Jésus, par l'intercession de Marie Immaculée.

Le matin de ce même jour, vers les six heures, la patiente, désirant s'unir au Saint Sacrifice que l'on célébrait pour elle, se fait un peu relever sur sa couche ; mais sa faiblesse est tellement grande, que sa tête retombe ; en vain les personnes présentes essaient-elles de la soutenir :

« Ce n'est pas la peine, murmure la mourante, je m'en vais, je sens que c'est fini. » Mais voilà que tout à coup, une douleur aiguë la saisit ; la malade se relève en s'écriant :

« Je suis guérie ! »

Les personnes qui la soignaient, croient tout d'abord à un accès de délire ; mais à peine est-elle habillée, qu'elle va se jeter à genoux devant le tableau du Sacré-Cœur et devant la statue de Marie-Immaculée.

Comment dépeindre la surprise, la joie, l'admiration de ses enfants! Ils ne peuvent trouver que des larmes pour remercier Jésus et MARIE.

Pendant plusieurs jours, les visites se succédèrent sans interruption auprès de la miraculée. A tous les visiteurs, l'heureuse femme allait montrer le tableau vénéré, et, indiquant du doigt le Cœur de Jésus, elle leur disait :

« C'est lui qui m'a guérie! »

Elle accomplit avec bonheur les conditions d'un vœu qui la liait à ce divin Cœur; ce vœu, bien connu par les guérisons sans nombre qu'il obtient, consiste à promettre de communier pendant *neuf fois de suite* le premier vendredi de chaque mois.

TRENTE-TROISIÈME JOUR

La grande promesse du Cœur de JÉSUS [1]

*Per quem maxima et pretiosa nobis
promissa donavit.*

Par JÉSUS-CHRIST, DIEU nous a fait de
grandes et précieuses promesses.

(2 Pet. I, 4.)

I

La dévotion au Cœur de Jésus, qui l'emporte
par la dignité de son objet sur la plupart des
autres pratiques de piété, ne s'en distingue pas
moins par la magnificence des promesses attachées par le divin Maître à son exercice.

Ces promesses nous sont attestées par celle que
Jésus-Christ choisit, il y a deux siècles, pour
manifester les richesses de son divin Cœur, con-
nues jusque-là par un petit nombre d'âmes privilégiées seulement. Appelée à nous découvrir ce
trésor caché, la B. Marguerite-Marie fut chargée

[1] *Messager du Cœur de* Jésus, t. XLIII, p. 182 à 184 et
p. 188 à 194.

en même temps de nous faire connaître les précieux avantages dont il devait être pour nous la source. La révélation des promesses fait donc partie intégrante de sa mission; et lorsqu'elle nous les redit, telles qu'elle les a reçues de Jésus-Christ lui-même, son témoignage n'a pas moins d'autorité que lorsqu'elle nous fait connaître, de sa part, le culte qu'il demande pour son divin Cœur.

Aussi a-t-on pris soin d'extraire, des œuvres de la B. Marguerite-Marie, les plus remarquables parmi ces promesses. Les voici telles qu'on les a groupées dans l'usage et avec les expressions mêmes de la Bienheureuse :

1° Je leur donnerai toutes les grâces nécessaires dans leur état;

2° Je mettrai la paix dans leurs familles;

3° Je les consolerai dans leurs peines;

4° Je serai leur refuge assuré pendant la vie et surtout à la mort;

5° Je répandrai d'abondantes bénédictions sur toutes leurs entreprises;

6° Les pécheurs trouveront dans mon Cœur la source de l'océan infini de la miséricorde;

7° Les âmes tièdes deviendront ferventes;

8° Les âmes ferventes s'élèveront rapidement à une grande perfection;

9° Je bénirai tous les lieux où l'image de mon divin Cœur sera exposée et honorée;

10° Je donnerai à ceux qui travaillent au salut

des âmes le talent de toucher les cœurs les plus endurcis;

11° Les personnes qui propageront cette dévotion auront leur nom écrit dans mon Cœur, et il n'en sera jamais effacé.

Chose étonnante! C'est là que s'arrêtent la plupart des textes, omettant la promesse qu'on peut appeler, à bon droit, la grande promesse, et qui est ainsi conçue:

12° Je te promets, dans l'excessive miséricorde de mon Cœur, que son amour tout-puissant accordera à tous ceux qui communieront neuf premiers vendredis du mois, tout de suite, la grâce finale de la pénitence: ils ne mourront point en sa disgrâce ni sans recevoir leurs sacrements, mon divin Cœur se rendant leur asile assuré en ce dernier moment.

La suppression d'une promesse aussi remarquable a dû avoir un motif; car, on ne peut admettre qu'elle ait été omise par pure inadvertance. Par sa précision et par l'importance de l'avantage qu'elle assure aux serviteurs du Cœur de Jésus, elle l'emporte sur toutes celles que nous venons de mentionner. Il s'agit, en effet, ici, de la grâce des grâces, du bienfait inestimable de la persévérance finale. Il a plu au divin Maître de donner aux chrétiens, relativement à cet intérêt capital, une nouvelle assurance; on ne peut admettre qu'elle ait passé inaperçue, et qu'elle ait été jugée trop insignifiante pour être rangée parmi les privilèges que le Cœur de Jésus garantit à ses adorateurs.

Quelques esprits ont donc craint de publier cette promesse. Eh bien, cette crainte, nous voulons la combattre, parce qu'elle nous semble injurieuse à la sagesse et à la miséricorde du Cœur de Jésus, et souverainement nuisible aux âmes. Daigne le divin Maître accorder aux quelques courtes réflexions que nous allons faire, la grâce de dissiper toute crainte, tout préjugé, et rendre tous les chrétiens défenseurs et propagateurs de cette magnifique promesse.

II

1° Elle est parfaitement authentique. Son authenticité a subi le même contrôle que celle des autres écrits de la Bienheureuse, et elle est entourée des mêmes garanties. La lettre à la Mère de Saumaise (mai 1689), dans laquelle la promesse en question est renfermée, n'a été insérée dans le recueil, publié par les Religieuses de Paray-le-Monial, qu'après avoir été soumise à l'examen de l'Évêché d'Autun. L'original de cette même lettre avait, du reste, passé déjà sous les yeux des contemporaines de la Bienheureuse, qui, aussitôt après sa mort, écrivirent le récit détaillé de sa vie ; et elles eurent soin d'en extraire et d'insérer dans ce récit le passage que nous venons de rapporter.

2° Elle est en parfait accord avec la doctrine du Concile de Trente. Quand celui-ci enseigne que nul homme ne peut être assuré de sa prédestination, il prétend parler d'une certitude absolue, que la révélation faite à la B. Marguerite-Marie ne saurait nous donner. Cette révélation, en effet, ne nous rend pas impeccables et ne peut nous contraindre de nous sauver malgré nous. Dieu promet de nous accorder des secours efficaces qui nous faciliteront la pénitence finale ; mais ces secours n'obtiendront leur effet qu'autant que nous consentirons librement à les mettre à profit. Et comme nul homme ne peut compter avec une certitude absolue sur ses déterminations à venir, notre confiance dans la réalisation de la promesse divine ne saurait nous délivrer entièrement de la crainte salutaire avec laquelle nous devons, tous et toujours, opérer notre salut.

3° Mais les faits ne semblent-ils pas donner un démenti à cette promesse ? N'a-t-on pas vu atteints de mort subite, et sans avoir pu recevoir les derniers sacrements, des chrétiens qui avaient accompli avec ferveur la pratique par laquelle ils auraient dû être préservés de ce danger ? Il est vrai : néanmoins, ces faits n'enlèvent rien à la vérité de la promesse. Il faut, en effet, distinguer en elle deux objets très différents.

14..

A la pratique qu'il nous recommande, le Sauveur attache deux grâces, dont l'une est la fin, l'autre le moyen : la grâce de la persévérance finale et la grâce de recevoir les sacrements, qui sont les garanties de cette persévérance. Or, ces sacrements n'étant que des moyens, il est évident que Dieu peut les remplacer par d'autres moyens également efficaces, ou plus efficaces encore. A celui de ses serviteurs qu'il frappe d'une mort subite, pour le délivrer des angoisses de la dernière heure, il peut accorder invisiblement les secours que l'action visible des derniers sacrements lui aurait apportés : et, dans ce cas, il aura rempli surabondamment sa promesse, puisque, sans le priver d'aucune des grâces promises, il l'a délivré d'une épreuve redoutée.

4° Quelques-uns regardent la prédication de cette promesse comme inopportune, parce que, sans donner aux chrétiens, par rapport à leur salut éternel, une certitude absolue évidemment impossible, elle en attache l'assurance morale à une pratique de pure surérogation. N'est-ce pas détruire l'ordre des choses et faire passer l'accessoire avant le principal? N'est-ce pas faire naître dans le cœur des chrétiens une présomption funeste, en les portant à attendre, d'une pratique arbitraire et transitoire, une garantie de salut qu'ils ne peuvent trouver que dans le constant accomplissement des devoirs essentiels de la loi chrétienne?

Il en serait ainsi, peut-être, si la pratique accessoire dont il s'agit était distincte de l'accomplissement des devoirs essentiels ; mais l'objection tombera d'elle-même et se changera même en preuve, s'il est démontré que, grâce à la promesse du divin Maître, cette pratique ramène à l'accomplissement des devoirs essentiels les chrétiens qui les avaient complètement abandonnés, ou qui, s'en acquittant trop rarement, leur avaient enlevé leur salutaire efficacité.

C'est un point qu'il est facile de démontrer, non seulement par des raisonnements, mais par des faits.

III

Quel est, en ce moment, le plus grand fléau de la société chrétienne? N'est-ce pas l'éloignement des sacrements? Rétablir la fréquentation des sacrements et la remettre surtout en vigueur parmi les hommes, voilà le suprême intérêt de la société chrétienne, à l'heure actuelle. Eh bien, l'expérience démontre que la prédication de la grande promesse est un des moyens les plus efficaces, sinon le plus efficace de tous, pour ramener des paroisses entières, y compris les hommes, à la fréquentation de la Table sainte.

Écoutons ce que nous racontent les lettres des missionnaires vivant au milieu des infidèles :

Timoupattou. — En décembre dernier, je fus invité à me rendre chaque mois dans ce village, pour les neuf premiers vendredis. Chaque mois, j'ai là cent soixante-dix communiants de toutes castes : vellages, odéages, sanars, pallers, parias, et je suis émerveillé des grâces que le Cœur de Notre-Seigneur répand dans ces âmes simples. Souvent, *je ne trouve plus matière à absolution.* Notre bon Maître me réconforte aussi visiblement pour confesser tant de monde. Deux fois, en arrivant à Timoupattou, je me suis trouvé malade. Alors, ma prière à Notre-Seigneur est bientôt trouvée : « Mon Dieu, qui fera ce travail ? Ces pauvres gens auront fait un voyage inutile, et les neuf premiers vendredis seront compromis. » Je me mets à confesser, et je me trouve guéri.

Trichinopoly. — Les chrétiens acceptent avec joie et empressement la pratique des neuf premiers vendredis du mois. Une fois qu'ils ont ainsi communié pendant neuf vendredis consécutifs, *tout naturellement ils continuent ensuite à garder cette pieuse habitude.* Ici, dans la seule paroisse du Saint-Sauveur, chaque premier vendredi, on voit environ cinq cents fidèles s'approcher de la sainte Table.

Tuticorin. — La dévotion au divin Cœur de Jésus a été bien comprise de nos chrétiens : elle a pris pleine possession de leurs cœurs et de leurs âmes, elle a opéré déjà de véritables merveilles dans beaucoup de familles. Elle a été, pour toutes, la source de grandes faveurs célestes, et, cette année en particulier, la source d'une protection visiblement divine contre le choléra. Car, tandis que le terrible fléau a ravagé des mois entiers les environs de Tuticorin, pas un seul de nos chrétiens d'ici n'a été attaqué. Mais aussi, avec quelle confiance ils priaient le sacré Cœur!

Pour eux, le premier vendredi du mois est le « grand vendredi; » ils le célèbrent avec une pompe et une piété touchantes. Ce jour-là, l'église, à toutes les messes, est remplie de monde : il y a jusqu'à huit cents communions. Le jeudi soir, le Saint-Sacrement est exposé et, durant toute la nuit, des groupes d'hommes se succèdent pour adorer et chanter des prières. Le sacré Cœur, en retour, les comble de bénédictions tout à fait extraordinaires.

IV

Grâce à Dieu, ce n'est pas seulement dans les pays étrangers que la communion des neuf premiers vendredis du mois produit ces fruits admirables, c'est partout où elle s'établit. Dans bien des lettres adressées par des prêtres respectables de France, nous avons lu : « C'est la communion des premiers vendredis qui a enflammé notre zèle et celui de nos ouailles; depuis que nous

l'avons établie, *nos paroisses sont renouvelées.*
Qui comptera les conversions frappantes, inespé-
rées, obtenues le premier vendredi? Qui comptera les malades guéris, les fléaux écartés, les
larmes taries? Qui comptera les âmes arrachées
à l'enfer, au moment même où elles allaient y
descendre? Que cette communion a de force sur
le Cœur de Jésus! »

En Belgique, la communion du premier vendredi ne porte pas des fruits moins consolants.
Aussi, naguère, l'Évêque de Namur a-t-il pu
dire : « La dévotion au sacré Cœur s'est développée de nos jours d'une manière merveilleuse.
*La piété a reçu de nombreux accroissements, et le
nombre des communions a considérablement aug-
menté.* Dans la plupart des paroisses, on voit, le
premier vendredi de chaque mois, au moins un
tiers des paroissiens s'approcher de la Table
sainte, et dans un certain nombre la moitié et au
delà. »

Dans bien des endroits, les prêtres confessent
jour et nuit. Il y en a d'infatigables : « J'ai quatre-
vingts ans, écrivait un vénérable curé. Je rajeunis
à l'approche du premier vendredi. Je ne me lasse
pas de confesser. » Un autre, après avoir confessé
bien tard le jeudi, se fait éveiller le lendemain à
deux ou trois heures du matin, pour confesser encore jusqu'à la messe. Aussi, grâce à plusieurs
prêtres qu'il appelle à son secours, il voit, depuis

quatre ans, quatre cents personnes prendre part au festin eucharistique. Et ce qui est consolant, c'est que, sur ce nombre, les hommes et les jeunes gens sont pour une grande part.

Combien nous regrettons de ne pouvoir entrer dans le détail des faits, aussi nombreux que frappants, qui démontrent la vérité de notre assertion, à savoir que la prédication de la grande promesse, loin de favoriser le relâchement, ranime partout la ferveur ! Nous voulons, du moins, indiquer brièvement, d'après les plus graves autorités s'appuyant sur l'expérience d'un long ministère, les résultats généraux qui, avec des circonstances diverses, se reproduisent partout où ce moyen de salut est mis en œuvre avec zèle et intelligence.

1° La grande promesse est d'ordinaire le coup de grâce qui décide le succès d'une mission, pourvu toutefois que ce succès ait été préparé par le soin qu'aura eu le missionnaire d'entremêler, à l'exposé des grandes vérités, les motifs de repentir, de confiance et de générosité tirés de la dévotion au sacré Cœur ;

2° Elle amène à la communion du premier vendredi du mois un très grand nombre de personnes ; le mouvement imprimé continue à entraîner des âmes qui resteraient, sans cela, dans leur indolence ;

3° La confession, renouvelée pendant neuf mois

à de courts intervalles, perd son aspect effrayant ;
on se prend à aimer ce qui pesait autrefois, sur
l'âme, comme un pénible cauchemar ;

4° Le fruit de ces confessions et de ces communions réitérées est très grand et durable. Les
personnes asservies à des habitudes coupables
arrivent rarement au neuvième mois sans s'être
corrigées ;

5° Cette communion mensuelle ramène, dans un
grand nombre de familles divisées, la paix et
l'union ;

6° Ceux qui ont fait cette communion ne se
contentent plus de la communion pascale ; ils
s'approchent ensuite de la Table sainte aux principales fêtes ; et plusieurs conservent même, pour
le reste de leur vie, l'excellente coutume de la
communion mensuelle ;

7° Cette institution produit dans la paroisse entière les fruits les plus précieux. Elle renouvelle
la ferveur des congrégations et des associations
de piété ; fait refleurir toutes les bonnes œuvres,
et ranime l'esprit de dévouement, qui est le véritable esprit de la dévotion au Cœur de Jésus [1].

1 *Messager*, t. XLIII, p. 122 à 184 et 188 à 194.

V

« Soyons tous, redirons-nous avec un infatigable apôtre du sacré Cœur qui, pendant douze ans,
n'a cessé de prêcher cette pratique dans le nord
de la France et dans la Belgique, soyons tous,
prêtres ou laïques, les Zélateurs, les défenseurs,
les propagateurs de la grand promesse, et nous
consolerons le divin Cœur. On verra s'approcher
de la Table Eucharistique, où il se donne avec tant
d'amour, des pécheurs qu'il convertira par sa
grâce, des tièdes qu'il rendra fervents, des fervents qu'il élèvera promptement à la plus haute
perfection. Il l'a promis.

« Les cœurs nourris du Pain des forts aimeront
la patrie. Faudra-t-il mourir pour la sauver? On
tombera sur un champ de bataille. On verra encore, comme à Patay, des braves déployer devant
l'ennemi le fanion brodé par des mains virginales,
et mourir plutôt que de le livrer.

« Les cœurs nourris du Pain des forts aimeront
la sainte Église. Faudra-t-il la défendre? De nouveaux Machabées verseront leur sang pour elle;
et la terre qui le boira n'empêchera pas ce sang
de parler mieux que celui d'Abel. Sa voix s'élèvera vers le trône de la miséricorde et criera:
Pitié, mon DIEU, miséricorde et pardon!

« Les cœurs nourris du Pain des forts aimeront surtout JÉSUS-CHRIST ; et s'il est aimé, il sera imité.

« Oui, j'en ai la douce confiance, par la communion fréquente et réparatrice, on verra renaître ces beaux jours de l'Église où les païens disaient, en voyant l'union des chrétiens et leurs admirables vertus : « Voyez comme ils s'aiment, et « comme ils sont prêts à mourir les uns pour les « autres [1] ! »

HISTOIRE

Une grande Zélatrice du sacré Cœur est morte en odeur de sainteté en 1872, et son éloge a retenti partout. Cette dame n'aurait pas reçu les derniers sacrements, si, pour la récompenser de son zèle à communier le vendredi, Jésus ne lui eût fait connaître l'heure de sa mort. Voici le fait.

Elle m'écrivit à Gand : « Je suis malade. Les médecins ne trouvent aucun danger, mais le premier vendredi est proche, et vous savez combien je tiens à communier ce jour-là, veuillez donc me confesser mercredi ou jeudi. »

J'arrivai le mercredi ; je la trouvai si bien, que je me contentai de la confesser. Le lendemain

[1] Rapport lu au Congrès eucharistique sur les merveilles que le sacré Cœur opère par l'Apostolat de la Prière. (R. P. Dufau, S. J.)

jeudi, M. Lefèbvre, le plus grand médecin de notre Université, arriva : « Docteur, lui dit-elle, c'est la fin, il faut qu'on me donne les sacrements. » Le médecin l'examina attentivement et déclara qu'il n'y avait pas de danger. « Si, docteur, répéta-t-elle, c'est la fin. »

Minuit sonne, c'est le premier vendredi du mois ; on lui donne la sainte communion. A peine a-t-elle reçu Notre-Seigneur, qu'elle se trouve mal et s'évanouit. On se hâta de lui administrer l'extrême-onction.

Quand elle revint à elle, elle n'eut que le temps de dire ces paroles sublimes. « Il faut tout quitter pour Jésus! C'est la volonté de Dieu! Le ciel en est le prix. » Elle quittait beaucoup, en effet : une fortune immense, un époux d'une vertu antique, des enfants purs et pieux comme des anges. Il faut tout quitter! Mais elle paraissait devant le Cœur de Jésus qu'elle avait tant aimé, munie de tous les sacrements!

EXERCICES

EN

L'HONNEUR DU CŒUR DE JÉSUS

I

PRIÈRES AU CŒUR DE JÉSUS

Devant une image du Sacré-Cœur de JÉSUS.

Mon aimable JÉSUS, pour vous témoigner ma reconnaissance et en réparation de mes infidélités, je vous donne mon cœur, je me consacre entièrement à vous, et je me propose, avec votre grâce, de ne plus vous offenser.

(100 jours, une fois le jour ; plénière, une fois le mois.)

Prière au Cœur adorable de JÉSUS-CHRIST.

C'est donc à un tel excès que vous m'avez aimé, ô très aimant JÉSUS ! Pour vous donner tout à moi, vous m'avez fait un festin divin de votre chair adorable et de votre sang précieux. Et qui vous pousse à de tels excès d'amour ; qui, sinon votre Cœur très aimant ? O Cœur adorable de mon

15

Jésus, fournaise ardente du divin amour, recevez mon âme dans votre plaie sacrée, afin qu'à cette école de la charité j'apprenne à aimer, à mon tour, un DIEU qui me donne de si admirables gages de son amour. Ainsi soit-il.

Un décret de Pie VII (9 février 1818) accorde 100 jours d'indulgence, une fois le jour, à ceux qui récitent pieusement cette prière. Applicable aux défunts.

Prière au sacré Cœur de JÉSUS que sainte Gertrude récitait chaque jour.

Je vous salue, ô Cœur bienheureux de Jésus, mon Sauveur! source vive et inaltérable de joie et de vie éternelle, trésor infini de la divinité, fournaise ardente du divin amour. Vous êtes mon refuge, vous êtes le lieu de mon repos, vous êtes mon tout. O Cœur embrasé d'amour! enflammez mon pauvre cœur de cet amour dont vous brûlez. Répandez dans mon cœur les grâces précieuses dont vous êtes la source. Faites que mon âme soit toujours unie à la vôtre, et ma volonté toujours conforme à vos désirs. Je ne désire autre chose, sinon que votre très sainte volonté soit la règle unique et le but de toutes mes pensées, de toutes mes affections et de toutes mes actions. J'espère qu'il en sera ainsi. *Amen.*

Prière de saint Bonaventure au sacré Cœur de JÉSUS.

Cœur très doux et miséricordieux de Jésus, pénétrez mon âme et mes sens des feux salutaires de votre amour; enivrez-moi de la vraie, de la divine charité, afin que, dans une douce et sainte ivresse, je ne désire que vous, je ne soupire qu'après le moment où il me sera donné de vous posséder. Faites, ô Jésus! que j'aie faim de vous, qui êtes le pain des Anges et notre pain quotidien; de vous qui offrez aux âmes saintes les plus délicieuses et les plus ravissantes douceurs.

Les Anges, heureux de votre vue dans le Paradis, ne peuvent se lasser de vous contempler. Ah! que mon cœur et mes sens soient transportés sans cesse de l'insatiable désir de vous voir et de vous aimer; qu'une soif ardente me porte vers vous, source de vie et de sagesse, foyer de lumière éternelle, torrent de la plus pure volupté! Que je vous cherche et que je vous trouve; que j'aille à vous et que je vous atteigne; que je pense à vous, que je parle de vous, que je fasse tout à la louange et à la gloire de votre nom, avec amour et humilité, avec joie et persévérance!

Soyez, divin Cœur, mon espoir et ma confiance, mes affections et mes plaisirs, ma paix et mon allégresse, mon bonheur et mes délices, mon aliment et mon remède, mon secours et mon refuge, ma sagesse et mon conseil, mon trésor et mon héritage, et que mon esprit et mon cœur soient à jamais et irrévocablement fixés en vous. Ainsi soit-il.

Prière au Cœur de JÉSUS, en souvenir des principales manifestations de son amour.

I. — INCARNATION.

Verbum caro factum est, et habitavit in nobis.	Le Verbe s'est fait chair, et il a habité parmi nous.

Verbe éternel, fait homme pour notre amour, nous nous prosternons humblement à vos pieds, et nous vous adorons avec le plus profond respect, afin de réparer l'ingratitude par laquelle nous avons répondu, jusqu'ici, à l'insigne bienfait de votre Incarnation. Nous nous unissons aux cœurs de tous ceux qui vous aiment, et nous vous offrons nos plus humbles et nos plus tendres actions de grâces. Profondément touchés de l'excès d'humilité, de bonté et de douceur que nous trouvons dans votre Cœur divin, nous vous conjurons de nous accorder la grâce d'imiter ces vertus qui vous sont si chères.

Pater, Ave, Gloria Patri.

II. — MORT ET RÉDEMPTION.

Crucifixus etiam pro nobis, sub Pontio Pilato passus et sepultus est.	Jésus a été aussi crucifié pour nous, il a souffert sous Ponce-Pilate, et a été enseveli.

O JÉSUS, notre aimable Rédempteur, nous nous prosternons humblement à vos pieds, et nous vous adorons du fond de notre cœur avec le plus profond respect. Afin de vous donner un témoignage de la douleur que nous ressentons, en nous voyant si peu sensibles aux outrages et aux souffrances que votre Cœur tout aimant vous a fait endurer pour notre salut, pendant votre douloureuse Passion et à votre mort, nous nous unissons aux cœurs de tous ceux qui vous aiment, pour vous en rendre les plus vives actions de grâces. Nous admirons la patience et la générosité sans bornes de votre divin Cœur, et nous vous supplions de remplir nos cœurs de cet esprit de mortification chrétienne qui fait embrasser les souffrances avec courage, et mettre sa plus grande consolation et toute sa gloire dans votre croix.

Pater, Ave, Gloria Patri.

III. — EUCHARISTIE.

Panem de cœlo præstitisti eis, omne delectamentum in se habentem.	Vous leur avez donné le pain descendu du ciel, qui réunit en lui toutes les saveurs.

O JÉSUS tout embrasé d'amour pour nous, nous nous prosternons humblement à vos pieds et nous vous adorons avec le plus profond respect. Afin de vous offrir quelque réparation pour tous les outrages que reçoit chaque jour votre divin Cœur dans le très Saint-Sacrement de l'autel, nous nous unissons aux cœurs de tous ceux qui vous aiment et qui vous rendent les plus tendres actions de grâces. Nous chérissons dans votre divin Cœur cette flamme d'amour incompréhensible dont il brûle pour votre Père éternel, et nous vous supplions d'allumer dans les nôtres une ardente charité pour vous et pour notre prochain.

Pater, Ave, Gloria Patri.

Enfin, ô très aimable JÉSUS! nous vous supplions, par la douceur de votre Cœur divin, de convertir les pécheurs, de consoler les affligés, de secourir les agonisants, de soulager les saintes âmes du Purgatoire. Unissez-vous nos cœurs par les liens de la charité et d'une paix véritable; délivrez-nous de la mort imprévue et accordez-nous une mort sainte et paisible. Ainsi soit-il.

℣. Cor Jesu, flagrans amore nostri.

℟. Inflamma cor nostrum amore tui.

Oremus. Concede, quæsumus, omnipotens DEUS, ut qui in sanctissimo dilecti Filii tui Corde gloriantes, præcipua in nos charitatis ejus beneficia recolimus, eorum pariter et actu delectemur et fructu. Per eumdem Christum Dominum nostrum.

℣. Cœur de JÉSUS, brûlant d'amour pour nous.

℟. Embrasez notre cœur d'amour pour vous.

Oraison. O DIEU tout puissant, nous vous conjurons de nous accorder, à nous qui nous faisons gloire d'honorer le Cœur très saint de JÉSUS, votre cher Fils, et qui célébrons la mémoire des bienfaits de son amour, de jouir tout ensemble et de ses dons et des fruits qu'ils doivent produire en nous. Par JÉSUS-CHRIST Notre-Seigneur.

O divin Cœur de mon JÉSUS! je vous adore de toutes les puissances de mon âme; je vous les consacre pour toujours avec mes pensées, mes paroles, mes actions et tout moi-même. Je voudrais vous offrir, autant qu'il m'est possible, des actes d'adoration, d'amour et de louange semblables à ceux que vous offrez à votre Père éternel. Soyez, je vous en supplie, le réparateur de mes fautes, le protecteur de ma vie, mon refuge et mon asile à l'heure de la mort. Par les gémissements et les amertumes qui ont accompagné tout le cours de votre vie mortelle, accordez-moi la vraie contrition de mes péchés, le mépris des choses de la terre, le désir ardent de la gloire céleste, la confiance en vos mérites infinis et la persévérance finale dans votre grâce.

O Cœur de mon JÉSUS tout amour ! je vous offre ces humbles prières pour moi et pour tous ceux qui s'unissent d'intention avec moi pour vous adorer ; daignez, par votre infinie bonté, les écouter, les exaucer, surtout pour celui d'entre nous qui terminera le premier sa vie mortelle. Cœur très doux de mon Sauveur, répandez sur lui, pendant son agonie, l'abondance de vos consolations intérieures ; recevez-le dans vos plaies sacrées ; purifiez-le de toute souillure dans cette fournaise d'amour, afin que vous lui accordiez l'entrée de votre gloire, où il deviendra auprès de vous l'intercesseur de tous ceux qui restent encore dans cet exil. Cœur très saint de mon aimable JÉSUS, je voudrais renouveler et vous offrir ces actes d'adoration pour moi et pour tous ceux qui sont associés avec moi, à tous les instants de ma vie, jusqu'à mon dernier soupir.

Je vous recommande, ô mon JÉSUS, la sainte Église, votre Épouse bien-aimée et notre tendre mère, les âmes justes, tous les pauvres pécheurs, les affligés, les agonisants et tous les hommes. Ne souffrez pas que le sang répandu pour eux leur devienne inutile ; enfin, daignez l'appliquer pour le soulagement des âmes du Purgatoire et de celles surtout qui ont pratiqué, pendant leur vie, la sainte dévotion à votre Cœur.

Cœur très aimable de MARIE, le plus pur de tous les cœurs créés, le plus dévoué au Cœur de JÉSUS, et aussi le plus compatissant pour les pauvres pécheurs, obtenez-nous du Cœur de JÉSUS, notre Rédempteur, les grâces que nous vous demandons. Mère de miséricorde, une seule aspiration, un seul mouvement de votre Cœur enflammé vers celui de JÉSUS, votre divin Fils, peut nous consoler parfaitement. Daignez nous accorder cette faveur, et le divin Cœur de JÉSUS, touché par l'amour filial qu'il a et qu'il aura toujours pour vous, ne saura rien nous refuser. Ainsi soit-il.

Les fidèles qui récitent dévotement ces prières avec trois *Pater*, *Ave* et *Gloria*, gagnent : 1° une indulgence de 300 jours, une fois le jour ; 2° une indulgence plénière une fois le mois, s'ils les récitent chaque jour du mois. Elles sont applicables aux défunts. (Pie VII, 1817.)

Supplication au sacré Cœur de JÉSUS, pour obtenir la délivrance des maux présents.

O Cœur adorable de JÉSUS, fournaise du divin amour, organe de cette ineffable miséricorde qui a porté le Fils de DIEU à endurer pour les hommes de si pénibles travaux, des souffrances si amères, une mort si cruelle ; ô Cœur infiniment tendre et infiniment compatissant, qui fûtes jadis si vivement ému, à la vue du corps inanimé de Lazare et du chagrin d'une mère privée de son Fils unique, voici une mère bien plus désolée et bien plus digne de votre compassion : voici l'Église, votre Épouse, qui a recours à vous dans sa détresse, et qui vous conjure de la consoler dans son immense douleur.

Elle voit un grand nombre des enfants que vous lui avez donnés se livrant eux-mêmes à la mort la plus affreuse, et s'efforçant d'entraîner avec eux leurs frères dans l'abîme. Elle les voit, ô JÉSUS, se tourner contre vous, se liguer ensemble pour détruire votre règne, et tarir sur la terre la source de vos grâces.

Elle voit son Chef visible, votre Vicaire sur la terre, dépouillé du patrimoine qu'il avait hérité de ses prédécesseurs, privé de la liberté indispensable à l'exercice de son divin ministère, captif dans sa capitale, et indignement outragé jusque dans son propre palais.

Et pour la délivrer des maux qu'elle souffre, pour écarter les dangers qui la menacent, l'Église, votre Épouse, ô Jésus, n'a plus sur la terre aucune ressource. Parmi les pouvoirs humains, elle trouve des ennemis acharnés, mais c'est en vain qu'elle y cherche un défenseur.

Nous n'avons donc d'espoir, ô divin Sauveur, que dans l'immensité de votre miséricorde. Nous ne pouvons être sauvés que par un miracle de votre Cœur. O Jésus, glorifiez par ce miracle parfaitement gratuit la puissance de ce Cœur très aimant. Faites, pour la régénération du monde chrétien, un effort de bonté plus grand encore que celui auquel le monde païen a été redevable de sa conversion. Remplissez les promesses que vous avez faites jadis à l'une de vos servantes les plus dévouées ; réchauffez des flammes de votre divin Cœur notre société vieillie, qui se meurt dans les glaces de l'indifférence et de l'égoïsme ; et puisque l'Église a réalisé les désirs que vous manifestiez, il y a deux siècles, en révélant la dévotion à ce Cœur adorable, ne tardez pas davantage à répandre sur la terre les abondantes bénédictions dont cette dévotion doit être la source.

Et afin que sa vivifiante influence puisse éclairer et régénérer les âmes qui n'ont pas encore le bonheur de vous connaître et de vous aimer, faites, ô Jésus, qu'elle s'exerce d'abord sur ceux qui, au milieu de la défection générale, vous sont demeurés fidèles. Accroissez en nous la foi, la charité, le courage ; apprenez-nous à nous liguer intimement ensemble, pour résister avec plus d'avantage à la ligue si étroite de vos ennemis.

Embrasez de plus en plus nos cœurs de l'esprit du zèle dont ce divin Cœur est animé. Faites-nous tous, prêtres et fidèles, les apôtres de votre amour, afin que nous puissions tous contribuer, dans la mesure de notre influence, à rétablir le règne de votre Cœur sur les cœurs de tous les hommes. Ainsi soit-il.

Petite Couronne du divin Cœur de JÉSUS.

1. O mon très aimant JÉSUS, quand je pense à la bonté de votre Cœur plein de compassion et de bienveillance pour les pécheurs, la joie inonde mon âme, et je me sens plein de la douce confiance que je serai bien accueilli par vous. Hélas! que de péchés j'ai commis! Mais aujourd'hui, comme Pierre, comme Madeleine repentante, je les déplore, je les déteste, parce qu'ils vous ont offensé, vous, mon souverain bien. Oh! oui, pardonnez-les moi tous, et faites que je meure, je vous en conjure par votre Cœur si bon, faites que je meure plutôt que de vous offenser; faites que je ne vive que pour vous aimer.

Récitez un Pater et cinq Gloria en l'honneur des cinq plaies et du divin Cœur.

> Cœur aimable de mon Jésus,
> Faites que je vous aime de plus en plus.

2. Je bénis, ô mon JÉSUS, votre Cœur très humble, et je vous remercie de ce qu'en le donnant pour modèle, non seulement vous m'invitez de la manière la plus pressante à l'imiter, mais encore, par vos ineffables abaissements, vous me montrez comment on peut marcher facilement dans la voie de cette imitation. Insensé et ingrat que j'ai été! Combien je me suis écarté du bon chemin! Pardonnez-moi. Non, non, à l'avenir il n'y aura plus de place dans mon cœur pour l'orgueil et la jactance; mais je veux humblement vous suivre à travers les humiliations, et obtenir ainsi la paix et le salut.

15.

Donnez-moi, ô JÉSUS, le courage dont j'ai besoin, et je bénirai éternellement votre divin Cœur.

Un Pater, *cinq* Gloria. Cœur aimable, etc.

3. J'admire, ô mon JÉSUS, votre Cœur très patient, et je vous remercie des grands exemples d'invincible courage que vous nous avez laissés. Je regrette que, jusqu'à ce jour, ils m'aient reproché inutilement ma délicatesse qui ne sait rien souffrir. Ah ! mon bien-aimé JÉSUS, répandez dans mon cœur l'amour ardent et inaltérable des tribulations, des croix, des mortifications, de la pénitence, afin que, vous suivant au Calvaire, j'arrive avec vous à la gloire et au bonheur dans le ciel.

Un Pater, *cinq* Gloria. Cœur aimable, etc.

4. En présence de votre cœur très doux, bien-aimé JÉSUS, j'ai horreur de mes sentiments si peu semblables aux vôtres. Hélas ! trop souvent un rien, un geste, une parole blessante m'irrite et me désole. Pardonnez-moi mes mouvements de colère, et faites-moi la grâce d'imiter en toute rencontre fâcheuse votre inaltérable douceur, et de jouir ainsi pour toujours de votre sainte paix.

Un Pater, *cinq* Gloria. Cœur aimable, etc.

5. Que l'on chante, ô JÉSUS, les louanges qu'a si bien méritées votre Cœur très généreux en triomphant de la mort et de l'enfer ; pour moi, je suis plus confus que jamais à la vue de mon cœur si pusillanime, qu'une injure révolte, que tout épouvante ; mais il n'en sera plus ainsi. Donnez-moi, je vous en conjure, tant de force et de courage, qu'après avoir combattu et vaincu sur la terre, j'aie la joie de triompher avec vous dans le Ciel.

Un Pater, *cinq* Gloria. Cœur aimable, etc.

Tournez-vous vers MARIE, *consacrez-vous encore à elle et, plein de confiance en son Cœur de Mère, dites-lui :*

Par les singulières prérogatives de votre très doux Cœur, obtenez-moi, ô puissante Mère de DIEU et ma

Mère, une vraie et solide dévotion au sacré Cœur de Jésus, votre bien-aimé Fils, afin que, lui étant uni par mes pensées et mes affections, je remplisse tous mes devoirs ; faites, ô Marie, qu'avec un cœur plein de courage, je serve Jésus aujourd'hui et tous les jours de ma vie.

℣. Cœur de Jésus, brûlant d'amour pour nous.

℟. Enflammez notre cœur d'amour pour vous.

PRIONS

Nous vous demandons, Seigneur, que l'Esprit-Saint nous enflamme de ce feu que Notre-Seigneur Jésus-Christ tira du sanctuaire de son Cœur pour le répandre sur la terre, et qu'il désire voir embraser tout de ses flammes. Par ce même Jésus-Christ Notre-Seigneur, qui vit et règne avec vous en l'unité du Saint-Esprit, dans tous les siècles des siècles. Ainsi soit-il.

Le Souverain Pontife Pie VII, par un décret du 20 mars 1815 et par un Rescrit du 26 septembre 1817, a accordé à perpétuité, à tous les fidèles qui réciteront dévotement et avec un cœur contrit les prières ci-dessus, une indulgence de 300 jours chaque fois, et une indulgence plénière une fois le mois, à ceux qui les auront récitées, au moins une fois le jour, durant le mois. Ces indulgences sont applicables aux âmes du Purgatoire.

Prière des Associés de l'Apostolat de la Prière au sacré Cœur de JÉSUS.

O Cœur très aimant et très aimable de mon Jésus, j'adore votre vie cachée et souverainement active dans le Saint-Sacrement. C'est là que, depuis plus de dix-huit cents ans, vous vous immolez et priez sans cesse votre Père céleste pour nous et pour notre salut. C'est là qu'en ce jour même, vous êtes en toute vérité l'hostie de propitiation, qui s'offre pour nous d'un bout du monde à l'autre. De là vous nous criez sans cesse : Ayez pitié de moi, vous qui êtes mes amis; vous du moins, aidez-moi dans cet apostolat que j'exerce à l'égard des âmes qui se perdent, afin d'établir en elles le règne de mon amour.

Ah! mon JÉSUS, comment pourrais-je me flatter de vous aimer, si je demeurais indifférent à vos intérêts, si mes désirs ne s'unissaient pas à vos désirs, et mes prières à vos prières? S'il ne faut que cela pour être votre apôtre, considérez-moi dès ce moment comme enrôlé dans votre Apostolat.

Dès ce moment, je ne veux avoir d'autres intentions ni d'autres intérêts que les vôtres. O Père éternel ! toutes mes actions, toutes mes souffrances, mes prières, ma vie tout entière, je vous les offre pour réaliser les intentions du Cœur de votre Fils. Je veux m'unir dans chacune de mes actions aux sacrifices que cette divine victime ne cesse de vous offrir pour la conversion des pécheurs, l'avancement des justes et le triomphe de l'Église. Jetez les yeux sur cet innocent Agneau qui ne cesse de s'immoler pour votre gloire; écoutez les prières que vous offrent, par son entremise, MARIE, sa Mère immaculée, les Anges, les Bienheureux, les saintes âmes du Purgatoire et les justes qui combattent encore sur la terre. Mettez donc fin aux épreuves de l'Église, votre Épouse; faites que les princes chrétiens coopèrent à vos desseins de miséricorde sur les peuples, que les Évêques et le clergé répondent à la sublimité de leur vocation; que, dans toutes les maisons où s'élève la jeunesse, fleurisse la science alliée à la vertu; que les ordres religieux remplissent fidèlement leur mission; que les infidèles, les hérétiques et les schismatiques reviennent au chemin de la vérité; que les pécheurs de toutes les classes et conditions se convertissent à votre amour; que les âmes justes s'unissent plus intimement au Cœur de leur DIEU; que les pauvres âmes affligées et tentées cherchent uniquement, dans ce Cœur si riche et si compatissant, le soulagement à leurs maux; que tous ceux

dont la vie doit se terminer aujourd'hui meurent saintement. Enfin que, partout et toujours, le divin Cœur règne
sur les cœurs des hommes. Ainsi soit-il.

Prière au Cœur de JÉSUS agonisant.

O très miséricordieux JÉSUS, qui brûlez d'un si ardent
amour pour les âmes, je vous en conjure par l'amour de
votre très saint Cœur et par les douleurs de votre Mère
immaculée, purifiez dans votre sang tous les pécheurs
qui sont à l'agonie et qui doivent aujourd'hui mourir.

Ainsi soit-il.

Cœur agonisant de JÉSUS, ayez pitié des mourants.

Prière à saint JOSEPH.

O saint JOSEPH, ô mon père! vous qui avez eu l'ineffable consolation de mourir entre les bras de JÉSUS et de
MARIE, secourez-moi en ce moment où mon âme sera sur
le point de quitter mon corps et de commencer son éternité, et obtenez-moi la grâce d'expirer, comme vous,
entre les bras de JÉSUS et de MARIE.

O JÉSUS! ô MARIE! ô JOSEPH! à la vie comme à la
mort, je remets mon âme entre vos mains.

II

AMENDES HONORABLES AU CŒUR DE JÉSUS

Amende honorable à JÉSUS dans le Sacrement
de l'autel.

O mon DIEU, JÉSUS, mon Sauveur, vrai DIEU et vrai homme ! avec le profond respect que m'inspire la foi, je vous adore et je vous aime de tout mon cœur dans l'auguste Sacrement de l'autel, où vous êtes caché pour mon amour. Je désire réparer toutes les irrévérences, les profanations et les sacriléges dont j'aurais eu le malheur de me rendre coupable, ainsi que tous ceux qui ont été commis jusqu'à ce jour et qui seront, hélas ! commis encore à l'avenir.

Je vous adore donc, ô mon DIEU ! non pas autant, il est vrai, que vous le méritez et que je le devrais, mais du moins autant que je le puis, et je voudrais pouvoir le faire avec toute la perfection dont sont capables toutes les créatures raisonnables ensemble. J'ai l'intention de vous adorer maintenant et toujours, non seulement pour ces catholiques indignes qui ne vous adorent ni ne vous aiment, mais encore pour vous dédommager de l'oubli et obtenir la conversion de tous les hérétiques, schismatiques, athées, impies blasphémateurs, serviteurs de Satan, mahométans, Juifs et idolâtres.

Ah! mon Jésus, que n'êtes-vous connu de tous, adoré, aimé et remercié à chaque instant dans le très saint et divin Sacrement!

Le Pape Léon XII a accordé une indulgence de 200 jours, applicable aux âmes du Purgatoire, à tous les fidèles qui réciteront cette amende honorable avec un cœur contrit.

Autre amende honorable au sacré Cœur de JÉSUS.

O Cœur adorable de mon Seigneur et de mon Dieu! pénétré de la plus vive douleur à la vue des outrages que vous avez reçus et que vous recevez encore tous les jours dans le Sacrement de votre amour, me voici prosterné au pied de vos autels, pour vous en faire amende honorable.

Que ne puis-je, par mes hommages et mon amour, réparer votre honneur méprisé! Que ne puis-je effacer de mes larmes et de mon sang tant d'irrévérences, de profanations et de sacrilèges qui outragent votre grandeur infinie! Pardonnez-moi, divin Sauveur, toutes les infidélités et les ingratitudes dont je me suis rendu coupable envers votre souveraine Majesté; souvenez-vous que votre Cœur adorable, portant le poids de mes péchés dans les jours de sa vie mortelle, en a été affligé jusqu'à la mort; ne permettez pas que vos souffrances et votre sang me soient inutiles; anéantissez en moi mon cœur criminel, et daignez m'en donner un selon le vôtre : un cœur contrit et humilié, un cœur pur et sans tache, un cœur qui ne soit plus désormais qu'une victime consacrée à votre gloire et embrasée du feu sacré de votre amour. Je veux réparer dans la suite, par ma modestie dans les églises, par mon assiduité à vous visiter, par ma dévotion et ma ferveur à vous recevoir, les outrages que je vous ai faits, et aussi les irrévérences et les sacrilèges qui sont commis envers vous dans le monde entier.

Mais afin que mes humbles adorations puissent vous être plus agréables, je les unis à celles que vous rendent, dans nos temples, les esprits bienheureux qui sont au pied de vos tabernacles sacrés. Daignez exaucer les vœux et agréer les hommages d'un cœur qui revient à vous, ô mon DIEU, dans le dessein de n'aimer que vous, et d'agir en tout et pour tout selon votre amour et pour votre gloire !

O Cœur sacré de JÉSUS! soyez connu, aimé, adoré par toutes les créatures, dans tout l'univers, maintenant et dans tous les siècles des siècles. Ainsi soit-il.

Autre amende honorable au sacré Cœur de JÉSUS.

O Cœur sacré de mon aimable Sauveur! combien votre amour vous a rendu sensible à nos misères! O mon DIEU! quelle bonté de vous être mis pour nous en état de victime dans l'adorable Eucharistie! Et cependant, que voyez-vous dans le cœur de la plupart des hommes, si ce n'est révolte contre vos volontés et ingratitude pour vos bienfaits!

N'est-ce donc pas assez, ô JÉSUS, de vous être jadis abandonné à une cruelle agonie au Jardin des Oliviers, où vous portiez le poids de nos péchés? N'est-ce pas assez d'avoir racheté nos âmes au prix de votre sang et de votre mort? Fallait-il que vos enfants ingrats et infidèles osassent, chaque jour, renouveler les injures que vous avez endurées durant le cours de votre Passion, et déchirer par de nouvelles plaies votre divin Cœur? Comment se trouve-t-il des cœurs assez durs pour ne pas être touchés des outrages qui vous sont faits? Permettez, ô mon Rédempteur! que, prosterné et anéanti devant vous, je vous fasse aujourd'hui amende honorable pour toutes les injures dont les hommes ne cessent de vous accabler, et pour toutes les amertumes dont ils abreuvent votre Cœur.

Je voudrais arroser de mes larmes tous les lieux où l'on vous offense indignement, et, par les sentiments du plus ardent amour, réparer l'abus et le mépris que l'on fait de vos grâces, ainsi que les scandales, les profanations, les sacrilèges qui se commettent parmi vos enfants; je voudrais surtout pouvoir disposer de tous les cœurs, pour vous les offrir en sacrifice, et vous consoler, par cet hommage, de la coupable insensibilité de ceux qui n'ont pas voulu vous connaître, ou qui, vous ayant connu, ne vous ont pas aimé. Du moins, Seigneur, je m'offrirai moi-même; immolez-moi, consumez-moi comme votre victime : faites que je commence à n'aimer que vous, que je ne reprenne jamais mon cœur après vous l'avoir consacré; faites que je trouve dans votre Cœur mon asile en tout temps, ma paix à l'heure de ma mort et ma béatitude dans l'éternité.

O Cœur de Jésus ! soyez connu, loué, adoré et aimé par toutes les créatures, dans tout l'univers, maintenant et dans les siècles des siècles. Ainsi soit-il.

Amende honorable au sacré Cœur de JÉSUS appropriée aux circonstances présentes.

Seigneur Jésus, qui avez tant aimé les hommes et qui en êtes si peu aimé, daignez accueillir avec bonté vos indignes serviteurs, qui viennent vous faire amende honorable pour les outrages dont votre divin Cœur est sans cesse abreuvé.

Nous sommes arrivés, divin Sauveur, au terme de cette criminelle apostasie qui commençait, lorsque vous avez daigné révéler au monde la dévotion à ce divin Cœur. Toutes les nations chrétiennes ont secoué le joug de votre bienfaisante royauté. Dans cette Europe qui vous doit tout, il n'est plus une seule cité où votre nom ne soit blasphémé, où votre foi ne soit combattue, où l'Église, votre Épouse,

ne soit outragée. Aux profanations dont vous vous plai-
gniez amèrement, il y a deux siècles, se joignent partout,
jusque dans votre Cité sainte, des sacrilèges nouveaux bien
plus scandaleux et plus révoltants. Vos prêtres, vos religieux, vos chastes épouses sont violemment chassés des
asiles où ils s'étaient réfugiés pour vous mieux servir;
vos autels sont renversés; vos temples sont convertis aux
usages les plus criminels; la Capitale de votre terrestre
empire est souillée par toute sorte de crimes; votre Vicaire
est réduit en captivité.

Et ce sont des chrétiens, ô Jésus, qui se rendent coupables de ces horribles attentats : ce sont des catholiques
marqués, au baptême, de votre sceau, nourris de votre
chair, comblés de vos bienfaits!

O Jésus, combien vous avez plus de sujet aujourd'hui
qu'il y a deux siècles, d'attendre de vos fidèles serviteurs
des satisfactions proportionnées à de pareils outrages!
Comment pourrions-nous nous dire vos amis, si notre
cœur ne partageait pas toutes les douleurs du vôtre, et si
nous demeurions indifférents aux attaques livrées à votre
Église ?

Divin Sauveur, agréez nos gémissements et nos larmes
en expiation de tant d'iniquités. Nous voulons faire tout
ce qu'il sera en notre pouvoir pour dédommager votre
Cœur; nous voulons réparer par un redoublement d'amour
la recrudescence de la haine, les outrages dont on vous
accable par des hommages plus empressés, les blasphèmes
des impies par nos bénédictions et nos louanges.

O Jésus, nous voudrions faire plus encore; et c'est de
votre Cœur que nous attendons la grâce nécessaire pour
réaliser ce désir : nous voudrions ramener à vos pieds les
enfants ingrats qui se perdent en s'éloignant de vous;
nous voudrions leur apprendre à vous connaître; car s'ils
vous connaissaient, Bonté infinie, comment pourraient-ils
vous haïr ? Nous voudrions surtout leur faire comprendre
combien il est doux de vous aimer.

Mais pour que nous ayons ce pouvoir, ô bon Maître, donnez-nous de connaître nous-mêmes, d'aimer tous les jours davantage votre divin Cœur, et de répondre, par une reconnaissance et une générosité toujours croissantes, aux bienfaits sans cesse renouvelés de son amour. Ainsi soit-il.

III

CONSÉCRATIONS AU CŒUR DE JÉSUS

Consécrations au Cœur de JÉSUS.

Consécration universelle de Pie IX (juin 1875) et Consécration pratique
des Associés de l'Apostolat.

En 1870, à l'époque du Concile œcuménique, le
R. P. Ramière, présent à Rome et théologien d'un des
évêques du Concile, conçut le magnifique dessein de faire
consacrer le monde entier au divin Cœur de Jésus. Son
ardente initiative recueillit dès lors les signatures de 272
prélats. En 1875, son infatigable activité avait fini par
obtenir les adhésions écrites de 534 évêques, archevêques
ou cardinaux; de 23 généraux d'Ordres religieux et d'un
nombre extrêmement considérable de prêtres, de religieux et de fidèles. De retour à Rome au mois d'avril
1875, le P. Ramière pouvait dire à Pie IX, dans une
audience privée :

« — Saint-Père, nous venons vous apporter des millions
de cœurs, heureux de se mettre entre vos mains pour
que vous les offriez au Cœur de Jésus.

« — Oui, répondit Pie IX, je ferai ce que vous désirez. »

De concert avec le R. P. Vasco, S. J., le P. Ramière
présenta à la Sacrée-Congrégation des Rites une formule

de Consécration. Cette formule reçut quelques modifications de la main de Pie IX, et, à la date du 21 avril, la Sacrée-Congrégation des Rites rendait un décret portant :

« Sa Sainteté approuve cet *Acte de consécration* et le « propose à tous les fidèles. »

En même temps, par une faveur insigne et peut-être sans précédent, le R. P. Ramière était chargé, à titre de *Directeur général de l'Apostolat de la Prière*, de transmettre *officiellement* à tous les évêques du monde catholique l'Acte de consécration et le Décret qui l'accompagnait. Cette notification devait se faire par les *Directeurs de l'Apostolat de la Prière*. C'est là un honneur exceptionnel pour cette Œuvre, qui prit l'initiative de la Consécration universelle et la mena à bonne fin.

Voici cette belle Consécration qui convie tous les chrétiens à conclure, avec le Cœur du divin Maître, une alliance éternelle, et à constituer la *Ligue du Cœur de* JÉSUS par la pratique *fondamentale* de l'Apostolat de la Prière : *L'union de nos désirs et de nos intentions aux désirs et aux intentions du Cœur de* JÉSUS.

ACTE DE CONSÉCRATION AU DIVIN CŒUR DE JÉSUS

Proposé à tous les chrétiens par Sa Sainteté Pie IX (16 juin 1875).

O JÉSUS, mon Rédempteur et mon DIEU, malgré le grand amour qui vous a porté à répandre tout votre sang précieux pour les hommes, ils vous refusent leur cœur; bien plus, ils vous offensent, ils vous outragent, ils blasphèment votre nom et profanent les jours consacrés à votre culte. Ah ! puissé-je offrir quelque satisfaction à votre Cœur divin ! puissé-je réparer l'ingratitude dont vous êtes la victime de la part du plus grand nombre des hommes ! Je voudrais pouvoir vous prouver combien je désire, en présence de tous, honorer votre Cœur adorable, répondre par l'amour à son immense amour et accroître de plus en plus votre gloire !

Je voudrais pouvoir obtenir la conversion des pécheurs et secouer l'indifférence de tant de chrétiens qui, peu sensibles au bonheur d'être les enfants de l'Église votre Épouse, n'ont à cœur ni ses intérêts, ni ceux de votre gloire. Je voudrais pouvoir désabuser ces catholiques qui, tout en se distinguant par les œuvres extérieures de charité, demeurent trop attachés à leurs opinions, répugnent à se soumettre aux décisions du Saint-Siège, ou nourrissent des sentiments peu conformes à son enseignement; je voudrais qu'ils comprissent enfin que celui qui, en toutes choses, n'écoute pas l'Église, n'écoute pas DIEU, toujours présent en elle.

Pour atteindre ce but si auguste, pour obtenir le triomphe et une paix durable à l'Église, votre Épouse sans tache, *la conservation et la prospérité du Souverain Pontife*, l'accomplissement de ses saintes intentions, la sanctification et la perfection toujours croissante du clergé, la réalisation de vos desseins, ô mon JÉSUS, et la pleine satisfaction de votre divine volonté, la conversion des pécheurs et le progrès des justes, pour assurer le salut de nos âmes, enfin pour plaire à votre très humble Cœur :

Prosterné à vos pieds en la présence de la très sainte Vierge MARIE et de toute la Cour céleste, je reconnais solennellement que, par tous les titres de justice et de reconnaissance, je vous appartiens entièrement et uniquement, ô JÉSUS, mon Rédempteur, unique source de bonheur spirituel et temporel ; et, m'unissant à l'intention du Souverain Pontife, je me consacre moi-même avec tout ce qui m'appartient à votre Cœur sacré, que je m'engage à aimer et à servir de toute mon âme, de tout mon cœur et de toutes mes forces, en *unissant tous mes désirs aux vôtres et rendant miennes toutes vos volontés*.

Pour vous donner une marque publique de la sincérité de cette Consécration, je déclare solennellement devant vous, ô mon DIEU, que je veux, à l'avenir, honorer votre divin Cœur, en observant, suivant les règles de l'Église, les fêtes de précepte, et en usant de toute mon autorité pour en assurer autour de moi l'observance.

C'est dans votre aimable Cœur, ô JÉSUS, que je dépose tous ces saints désirs et les résolutions que votre grâce m'a inspirées, dans l'espoir de pouvoir par là compenser, en quelque manière, les injures que vous recevez de l'ingratitude des hommes, et trouver, pour mon âme et les âmes de tous les miens, la félicité dans cette vie et dans l'autre. Ainsi soit-il.

La belle Consécration de Pie IX, que nous venons de lire, contient *expressément* toute l'essence de l'Apostolat de la Prière. C'est beaucoup pour notre Œuvre. Mais nos Associés seront encore bien aises d'avoir une Consécration qui, calquée sur la formule officielle de Pie IX, renferme *explicitement* les trois Degrés de l'Apostolat. Pour répondre à ce désir, nous leur proposons la formule suivante, qui s'appuie sur la Consécration de Pie IX et le commentaire autorisé qu'en a donné le R. P. Ramière :

CONSÉCRATION PRATIQUE ET PACTE D'UNION PERMANENTE AVEC LE DIVIN CŒUR DE JÉSUS

O JÉSUS, mon Rédempteur et mon DIEU, malgré le grand amour qui vous a porté à répandre pour les hommes tout votre sang précieux, ils vous refusent leur cœur; bien plus, ils vous outragent, ils blasphèment votre nom, ils profanent les jours consacrés à votre culte. Ah ! puissé-je offrir quelque satisfaction à votre Cœur divin ! Puissé-je *réparer* l'ingratitude dont vous êtes victime, répondre par l'amour à votre immense amour et accroître de plus en plus votre gloire divine.

Pour atteindre ce but si auguste, pour obtenir le triomphe de l'Église, la *conservation et la prospérité du Souverain Pontife*, la pleine réalisation de vos desseins, ô mon JÉSUS, pour plaire enfin à votre aimable Cœur, je prends les trois engagements suivants :

Premier engagement. — Prosterné à vos pieds, en présence de la très sainte Vierge et de toute la Cour céleste, je reconnais solennellement que, par tous les titres de justice et de reconnaissance, je vous appartiens entièrement et uniquement, ô JÉSUS, mon Rédempteur, unique source de bonheur spirituel et temporel. Aussi m'unissant à l'intention du Souverain Pontife, je me consacre moi-même avec tout ce qui m'appartient à votre Cœur sacré. Je m'engage à l'aimer, à le servir de toute mon âme, de tout mon cœur et de toutes mes forces ; *je veux, chaque jour, unir tous mes désirs aux vôtres et rendre miennes toutes vos intentions*, ô Cœur sacré de JÉSUS.

Deuxième engagement. — Avec vous, ô JÉSUS, le Souverain Pontife nous dit : « Celui qui, en toutes choses, n'écoute pas l'Église, n'écoute pas DIEU toujours présent en elle. » Comprenant donc qu'à l'égard d'une autorité divine, la première condition du dévouement c'est l'*obéissance*, je me soumettrai toujours, d'esprit et de Cœur, aux décisions du Saint-Siège, je ne défendrai jamais des sentiments peu conformes à ses enseignements, et, pour renouveler cet engagement de soumission toute filiale, j'offrirai chaque jour, au Cœur immaculé de MARIE, une *Dizaine du Rosaire* pour la *conservation et la prospérité du Souverain Pontife*[1].

Troisième engagement. — Afin de vous donner une marque publique de la sincérité de cette Consécration, je déclare solennellement devant vous, ô mon DIEU, que je

---

[1] La Dizaine du Rosaire ainsi offerte répond du même coup au vœu de la Consécration de Pie IX et aux obligations du 2e Degré de l'Apostolat. (Statuts, art. 4.)

veux, à l'avenir, honorer votre divin Cœur en sanctifiant les *dimanches* et les *fêtes de précepte* par l'assistance aux *saints offices*, par l'audition de la *divine parole* et par la réception de l'*Eucharistie*, aussi fréquente que possible et toujours accomplie en esprit de *réparation* et d'amour. J'userai encore de toute mon autorité pour assurer autour de moi l'observance de votre sainte loi et des règles de l'Église.

C'est dans votre aimable Cœur, ô JÉSUS, que je dépose tous ces saints désirs et les résolutions que votre grâce m'a inspirées. J'espère par là compenser en quelque manière les injures que vous recevez de l'ingratitude des hommes, et trouver pour mon âme et les âmes de tous les miens la félicité dans cette vie et dans l'autre. Ainsi soit-il.

Qu'il nous soit permis de conclure cette Consécration par ces paroles du cardinal-patriarche de Lisbonne :

« Pour recueillir les fruits de notre Consécration solennelle au sacré Cœur de JÉSUS (16 juin 1875), un *moyen efficace* entre tous est de nous enrôler, sans exception, *Prêtres*, *Religieux* et *Laïques*, dans cette admirable Ligue de l'Apostolat de la Prière, qui a déjà produit dans tout l'univers catholique des fruits si abondants de bénédictions. »

Courte consécration au Cœur de JÉSUS.

Mon aimable JÉSUS, pour vous témoigner ma reconnaissance et en réparation de mes infidélités, je vous donne mon cœur. Je me consacre entièrement en vous, et je me propose, avec votre grâce, de ne plus vous offenser.

Indulgence de 100 jours, une fois le jour, si on récite cette consécration avec un cœur contrit devant une image du Sacré-

15..

Cœur. Indulgence plénière, une fois le mois, aux conditions ordinaires, à ceux qui l'auront récitée de la sorte tous les jours du mois. Applicable aux défunts. (Pie VII, 26 septembre 1817.)

Petite Consécration de la bienheureuse Marguerite-Marie au divin Cœur de Notre-Seigneur JÉSUS-CHRIST.

Je N... N... me donne et consacre au divin Cœur de Notre-Seigneur Jésus-Christ, ma personne et ma vie, mes actions, peines et souffrances, pour ne plus vouloir me servir d'aucune partie de mon être que pour l'honorer, aimer et glorifier. C'est ici ma volonté irrévocable d'être tout à lui et faire tout pour son amour, en renonçant de tout mon cœur à tout ce qui pourrait lui déplaire. Je vous prends, ô sacré Cœur, pour l'unique objet de mon amour, la protection de ma vie, l'assurance de mon salut, le remède de ma fragilité et de mon inconstance, le réparateur de tous les défauts de ma vie et mon asile assuré à l'heure de ma mort; soyez donc, ô Cœur de bonté! ma justification envers Dieu votre Père, et détournez de moi les traits de sa juste colère. O Cœur d'amour, je mets toute ma confiance en vous, car je crains tout de ma malice et de ma faiblesse, mais j'espère tout de votre bonté. Consumez donc en moi tout ce qui peut vous déplaire ou résister! Que votre pur amour vous imprime si avant dans mon cœur, que jamais je ne vous puisse oublier, ni être séparé de vous. Je vous conjure, par toutes vos bontés, que mon nom soit écrit en vous, puisque je veux faire consister tout mon bonheur et toute ma gloire à vivre et mourir en qualité de votre esclave. Ainsi soit-il.

Acte de consécration au divin Cœur de JÉSUS [1]

Adorable JÉSUS, mon Sauveur et mon DIEU, humblement prosterné en votre présence, je viens me consacrer à votre sacré Cœur, en reconnaissance de tous les bienfaits que vous avez accordés aux hommes, et particulièrement de la grâce inestimable que vous nous faites en demeurant dans le Sacrement de l'autel. Je me consacre encore à votre Cœur adorable pour réparer, autant qu'il est en moi, les outrages qu'on vous a faits et qu'on vous fera jusqu'à la fin des siècles. Je veux m'acquitter désormais de toutes mes actions dans cet esprit de reconnaissance et de réparation.

Recevez, ô Cœur sacré! toutes mes pensées, mes désirs, ma liberté, ma mémoire, ma volonté, mes actions, ma vie. Recevez mes souffrances et mes peines, je me donne tout à vous et pour toujours. Que ne puis-je vous offrir davantage! Que ne suis-je maître des cœurs de tous les hommes pour en faire hommage! Seigneur, tous les instants de ma vie vous appartiennent, toutes mes actions sont à vous; ne permettez pas qu'il s'y glisse rien qui les rende indignes de votre Cœur; mais faites que je les commence, que je les continue et que je les finisse par votre grâce, et uniquement dans la vue de vous plaire et de vous servir. Pour cela, je les unis aux vôtres, et je désire entrer dans les dispositions saintes et divines dont votre sacré Cœur fut animé.

O mon aimable Jésus! régnez absolument sur moi; que je dépende entièrement de vous, et que tout mon soin soit d'imiter votre Cœur adorable, dans lequel je trouve le modèle parfait de toute sainteté, ma force et mon asile, ma consolation et mon espérance. Ainsi soit-il.

[1] Emprunté au *Mois du Sacré-Cœur de* JÉSUS, du P. Gautrelet, p. 227.

Autre consécration au Cœur de JÉSUS.

Adorable JÉSUS, à quel excès vous m'avez aimé! Pour me rendre semblable à vous, vous vous êtes fait homme semblable à moi; pour me sauver de la mort éternelle et de l'enfer, vous vous êtes livré à la mort, et à la mort de la croix; pour me mettre à l'abri de la justice de votre Père, vous avez permis que la lance m'ouvrît votre sacré Cœur; enfin, par le plus ineffable des prodiges, vous devenez chaque jour ma victime sur l'autel, et ma nourriture dans la sainte Communion. O excès d'amour et de tendresse! et pour tant de bienfaits, qu'exigez-vous de moi, mon DIEU? Vous me demandez mon cœur. Ne vous est-il pas dû, Cœur adorable? Oserais-je vous le refuser? O DIEU de mon cœur! pour vous l'offrir, ce pauvre cœur, me voici prosterné à vos pieds, à la face du ciel et de la terre, que je prends à témoin de mon engagement. DIEU de bonté, voici un cœur coupable que je viens vous présenter, puisque vous voulez bien l'agréer; le voilà au pied de votre croix, tout pénétré de vos grâces, tout inondé de vos larmes et de votre sang; ma seule peine, ma vive douleur, est de vous l'offrir si peu digne de vous, couvert de tant de blessures et souillé de tant de péchés.

Je vous offre mon âme, ô JÉSUS! et je vous l'offre dans toute son étendue; je vous consacre tous ses sentiments, toutes ses affections, tous ses désirs; je vous la donne sans retour, sans réserve; et, peu content de vous consacrer tout mon être, ô mon DIEU! je voudrais posséder les cœurs de tous les hommes pour vous les offrir aussi. Je n'ai qu'un cœur, ô mon DIEU! du moins sera-t-il à vous, à vous seul : le monde et les créatures n'y auront plus de part; vous seul serez désormais mon partage; vous seul serez mon DIEU, le DIEU de mon cœur.

Recevez-le donc, ce cœur, ô mon JÉSUS! ou plutôt prenez-le vous-même; changez-le et remplissez-le de vos grâces et de votre saint amour. Donnez-moi un cœur reconnaissant de vos dons, pénitent et contrit de ses péchés, humble, doux et soumis à votre sainte volonté. Qu'en ce jour, toute ma vie, à ma mort, et pendant l'éternité, il ne soit occupé qu'à vous aimer et à vous bénir. Ainsi soit-il.

Autre consécration au divin Cœur de JÉSUS.

O Cœur adorable de JÉSUS! le plus tendre, le plus aimable et le plus généreux de tous les cœurs, qui vous consumez d'amour sur nos autels; pénétré de reconnaissance et de douleur à la vue de vos bienfaits et de l'ingratitude des hommes, je viens me consacrer à vous sans réserve, et consoler par ma ferveur votre amour affligé. Je viens me dévouer comme une victime chargée de mes péchés et de ceux de mes frères, et réparer par mes hommages les outrages commis contre le Sacrement de votre amour. Je vous promets d'employer ma vie à propager votre culte et à vous gagner, s'il se peut, tous les cœurs. Vous serez désormais mon refuge, ma lumière, mon espérance, ma force et mon salut : c'est à vous et par vous seul que j'offrirai à DIEU mes prières, mes actions et toutes mes souffrances; désormais vos sentiments et vos désirs seront les sentiments et les désirs de mon cœur. Recevez-le donc, ce cœur, ô doux JÉSUS! et, pour le rendre digne de vous, rendez-le humble, doux, patient, généreux comme le vôtre, et faites qu'unissant mes hommages à ceux du Cœur immaculé de MARIE, et à ceux de tous les Associés, je loue, je bénisse et j'aime sur la terre votre divin Cœur au saint Sacrement de l'autel, pour mériter de le louer, de le bénir et de l'aimer éternellement dans le ciel. Ainsi soit-il.

Acte de commune consécration au Cœur de JÉSUS, pour une réunion de personnes, une famille [1].

Seigneur JÉSUS, Sauveur de nos âmes, qui avez promis de vous trouver là où deux ou trois seront assemblés en votre nom, voici nos cœurs unis et d'un même accord pour vous adorer, louer, aimer et pour plaire au vôtre très saint et sacré, auquel nous dédions ensemble les nôtres pour le temps et pour l'éternité. Nous renonçons pour jamais à toutes les affections qui ne sont pas dans l'amour et dépendance de votre Cœur adorable, désirant que tous les souhaits, aspirations et désirs de nos cœurs soient toujours conformes au bon plaisir du vôtre. Nous voulons le contenter autant que nous en sommes capables. Mais comme nous ne pouvons rien de bon de nous-mêmes, nous vous supplions, ô très adorable JÉSUS, par l'infinie bonté et douceur de votre très sacré Cœur, de soutenir les nôtres, en les confirmant dans votre amour et service, afin que jamais rien ne les sépare de vous, sacrifiant pour cela, à l'amour de votre sacré Cœur, tous les vains plaisirs et amusements d'ici-bas. Nous confessons que tout est vanité et affliction d'esprit hors de vous aimer et servir, ô très aimable Sauveur, et nous ne voulons désormais d'autre gloire que celle de vous appartenir, ni d'autre bonheur que celui de vous plaire et de vous contenter, aux dépens même de notre vie.

Et puisque vous avez tout pouvoir, ô Vierge sainte, auprès de ce divin Cœur, faites qu'il accepte notre consécration, avec les protestations de notre fidélité, qui ne se démentira pas, si nous sommes soutenus par sa grâce et par votre secours. Ainsi soit-il.

---

[1] Cette formule est, à peu de chose près, celle que la Bienheureuse Marguerite-Marie avait composée pour les Sœurs du noviciat qu'elle dirigeait.

Consécration au Cœur de JÉSUS, recommandée particulièrement aux Zélateurs de l'Apostolat de la Prière.

Très doux JÉSUS, source inépuisable d'amour, Père des miséricordes et DIEU de toute consolation, ô vous qui, malgré nos misères et notre indignité, avez daigné nous découvrir les richesses ineffables de votre Cœur, moi N..., en actions de grâces des bienfaits sans nombre que vous avez répandu sur moi et sur les autres hommes, en reconnaissance surtout de l'institution de la divine Eucharistie, et de l'amour ineffable qui vous porte à vous immoler chaque jour pour le salut du monde, en réparation des outrages dont nous avons abreuvé votre Cœur très aimant, dans ce mystère de votre immense charité pour nous, et en union du divin Apostolat que vous exercez sans cesse au saint Tabernacle pour le progrès des justes et pour la conversion des infidèles, des hérétiques et des pécheurs, je me voue tout entier à votre très sacré Cœur pour le salut de ces âmes; je lui consacre dans ce but tout ce qui m'appartient, tous mes biens, tous les mérites que j'ai acquis ou que je pourrai acquérir par votre grâce, et je promets de propager le culte et de seconder l'Apostolat de votre divin Cœur autant que ma faiblesse pourra me le permettre.

De plus, je choisis la Bienheureuse Vierge MARIE, reine des Apôtres et refuge des pécheurs, pour qu'elle soit ma Mère d'une manière toute spéciale. Je me consacre et me voue, avec tout ce qui m'appartient, à son Cœur très pur, me proposant spécialement d'imiter son amour si tendre pour les pécheurs; et, afin de les secourir plus efficacement, je promets de répandre, de tout mon pouvoir et selon l'esprit de l'Église, le culte de sa Conception immaculée et de son Cœur compatissant.

Je supplie donc, ô mon très doux JÉSUS! votre bonté infinie, qu'il vous plaise de recevoir cet holocauste en

odeur de suavité ; et comme vous m'avez inspiré le désir
de vous l'offrir, accordez-moi encore une grâce abondante
pour l'accomplir. Ainsi soit-il.

Fait le   du mois de   année 18

N. B. — Cette consécration, chère aux âmes dévouées au sacré Cœur, est faite par un grand nombre d'entre elles par forme
de vœu ; et parmi les personnes qui l'ont faite de la sorte, il n'en
est pas une qui n'avoue qu'elle a été pour elle la source des plus
grandes grâces ; aussi est-elle généralement connue sous le nom
de *Trésor de la vraie sainteté.* Ce vœu, du reste, n'a rien qui
puisse effrayer, puisqu'il n'impose pas d'autre obligation que de
produire, dans le courant de l'année, quelques actes intérieurs en
l'honneur du sacré Cœur de Jésus et du Cœur immaculé de Marie
et dans l'intention d'obtenir la conversion des pécheurs. Si à cela
on ajoute quelques pratiques extérieures, comme serait par exemple, de distribuer des images ou des petits livres du sacré Cœur,
parler de cette dévotion en public ou en particulier, répandre la
médaille miraculeuse, engager quelques personnes à entrer dans
l'Archiconfrérie ou dans l'Apostolat de la Prière, etc., on peut
être certain d'avoir fait plus que ne renferme l'obligation qu'on a
contractée par ce vœu.

Du reste, pour prévenir et dissiper les doutes et les scrupules
qui naîtraient à ce sujet, la personne qui désire faire ce vœu peut
consulter son directeur, et savoir de lui la durée du temps que
doit embrasser son vœu et la manière de l'accomplir dans sa
position.

Afin de recueillir avec plus d'abondance les fruits de cette dévotion, on pourra renouveler ce vœu le premier vendredi de chaque mois.

Consécration d'une paroisse au Cœur de JÉSUS.

O JÉSUS, qui, pour consoler les douleurs de votre Église
et pour guérir les maux de la société, avez daigné nous
révéler avec plus d'éclat, en ces temps mauvais, l'immense
bonté de votre Cœur ; divin Chef de l'armée des élus, qui
avez fait de ce Cœur, symbole et organe de votre amour,

le signe de salut autour duquel vos fidèles serviteurs doivent se rallier, pour combattre avec succès la ligue de vos ennemis, daignez recevoir les hommages et les vœux de vos serviteurs, désireux de répondre à votre invitation et de concourir à la réalisation de vos miséricordieux desseins.

Nous venons donc nous consacrer entièrement à votre divin Cœur, nous, nos familles, nos habitations, tout ce que nous sommes et tout ce que nous possédons. Déjà, ô JÉSUS, nous vous appartenions tout entiers, puisque nous n'avons rien dont nous ne fussions redevables à votre amour. Mais nous voulons désormais vous appartenir à un titre nouveau; nous mettre plus que jamais sous votre heureux empire; tenir plus constamment les yeux fixés sur votre Cœur, pour imiter ses vertus, reproduire en nous ses sentiments, prendre ses désirs pour règle de notre vie, et faire servir toutes notre influence au triomphe de ses divins intérêts.

Si, auprès de nous, un trop grand nombre de ceux que vous avez comblés de vos bienfaits ne vous récompensent que par la plus noire ingratitude, méconnaissent votre bonté, et luttent contre votre amour, nous voulons réparer leur coupable infidélité par une fidélité plus généreuse, et vous dédommager de leurs outrages par des hommages plus empressés.

O MARIE, douce Mère de JÉSUS et notre tendre Mère, vous qui seule connaissez parfaitement et honorez dignement le Cœur de votre Fils, aidez-nous à mettre en pratique, avec une générosité sans bornes et une inébranlable constance, la consécration que nous lui faisons en ce moment. Consacrez-nous vous-même à lui; offrez-lui le pasteur et le troupeau; et obtenez-nous la grâce de ne vivre plus désormais, comme vous, que de l'amour de JÉSUS, pour mourir dans ce saint amour, et en goûter tous ensemble avec vous les délices durant l'éternité. Ainsi soit-il.

N. B. — On trouvera dans le *Manuel des Prêtres* et dans

le *Manuel des Enfants* les Consécrations des familles et des enfants au divin Cœur de Jésus, Consécrations très touchantes, que l'*Apostolat de la Prière* a proposées et provoquées en tout pays pendant les deux centenaires de 1889 et 1890.

Offrande du Cœur de JÉSUS au Cœur de MARIE
révélée à sainte Gertrude.

Très saint Cœur de MARIE, je n'ai rien à vous offrir de moi qui mérite de vous plaire. Cependant, quelles actions de grâces n'ai-je pas à vous rendre pour toutes les faveurs que vous m'avez obtenues du Cœur de Jésus, et pour tous les bienfaits dont vous ne cessez de me combler! Quelle satisfaction ne vous dois-je pas pour mon ingratitude et ma langueur à vous servir! Je voudrais vous rendre amour pour amour, et vous en donner des preuves par un présent digne de vous. Le seul bien que je possède est le trésor que vous m'avez donné vous-même, le Cœur sacré de Jésus, votre divin Fils. C'est lui que je vous offre; il est d'un prix infini; je ne puis rien faire de plus, et vous ne méritez rien de moins. En recevant ce don, qui vous plaît, agréez aussi mon cœur, qui vous le présente.

IV

LITANIES

___

Litanies du Sacré-Cœur de JÉSUS.

Seigneur, ayez pitié de nous.
Jésus-Christ, ayez pitié de nous.
Seigneur, ayez pitié de nous.
Jésus-Christ, écoutez-nous.
Jésus-Christ, exaucez-nous.
Dieu le Père, du haut des cieux, ayez pitié de nous.
Dieu le Fils, Rédempteur du monde,
Dieu le Saint-Esprit,
Trinité sainte qui êtes un seul Dieu,
Cœur de Jésus uni substantiellement au Verbe,
Cœur de Jésus, sanctuaire de la divinité,
Cœur de Jésus, temple de la sainte Trinité,
Cœur de Jésus, trésor de sagesse,
Cœur de Jésus, maison de Dieu et porte du ciel,
Cœur de Jésus, siège de la grandeur et de la majesté
   de Dieu,
Cœur de Jésus, le désir des collines éternelles,
Cœur de Jésus, qui vous reposez parmi les lis,
Cœur de Jésus, océan de bonté,
Cœur de Jésus, trône de miséricorde,

Ayez pitié de nous.

Cœur de Jésus, trésor qui ne s'épuise jamais,

Cœur de Jésus, magnifique envers ceux qui vous invoquent,

Cœur de Jésus, de la plénitude duquel nous avons tous été enrichis,

Cœur de Jésus, notre vie et notre résurrection,

Cœur de Jésus, notre paix et notre réconciliation,

Cœur de Jésus modèle de toutes les vertus,

Cœur de Jésus infiniment aimant et infiniment aimable,

Cœur de Jésus, source d'eau qui jaillit jusqu'à la vie éternelle,

Cœur de Jésus, objet des complaisances du Père céleste,

Cœur de Jésus, hostie vivante, sainte et agréable à Dieu,

Cœur de Jésus, propitiation pour nos péchés,

Cœur de Jésus, rempli d'amertume à cause de nous,

Cœur de Jésus, triste jusqu'à la mort au jardin des Oliviers,

Cœur de Jésus, rassasié d'opprobres,

Cœur de Jésus, blessé d'amour,

Cœur de Jésus, obéissant jusqu'à la mort de la croix,

Cœur de Jésus, épuisé de sang sur la croix,

Cœur de Jésus, percé par la lance,

Cœur de Jésus, brisé de douleurs à cause de nos péchés,

Cœur de Jésus, maintenant encore outragé par des ingrats dans le Très-Saint-Sacrement de votre amour,

Cœur de Jésus, refuge des pécheurs,

Cœur de Jésus, force des faibles,

Cœur de Jésus, consolation des affligés,

Cœur de Jésus, persévérance des justes,

Cœur de Jésus, salut de ceux qui espèrent en vous,

Cœur de Jésus, espérance des mourants,

Ayez pitié de nous.

Ayez pitié de nous.

Cœur de Jésus, doux appui de tous vos adorateurs,
Cœur de Jésus, délices des Saints,
Cœur de Jésus, notre aide dans les tribulations qui ont fondu sur nous,
Agneau de Dieu, qui effacez les péchés du monde,
Agneau de Dieu, qui effacez les péchés du monde,
Agneau de Dieu, qui effacez les péchés du monde,
Jésus-Christ, écoutez-nous.
Jésus-Christ, exaucez-nous.

Ayez pitié de nous.

℣. Jésus, doux et humble de Cœur,
℟. Rendez mon cœur semblable au vôtre.

ORAISON

Seigneur Jésus, qui, par un nouveau bienfait, avez daigné ouvrir à votre Église les richesses ineffables de votre Cœur, faites que nous puissions rendre amour pour amour à ce Cœur adorable, et, par de dignes hommages, réparer les outrages dont l'ingratitude des hommes ne cesse de l'affliger.

Trente-trois salutations de la B. Marguerite-Marie au sacré Cœur de JÉSUS.

Je vous salue, Cœur de mon Jésus, sauvez-moi.
Je vous salue, Cœur de mon Créateur, perfectionnez-moi.
Je vous salue, Cœur de mon Sauveur, délivrez-moi.
Je vous salue, Cœur de mon Juge, pardonnez-moi.
Je vous salue, Cœur de mon Père, gouvernez-moi.
Je vous salue, Cœur de mon Époux, aimez-moi.
Je vous salue, Cœur de mon Maître, enseignez-moi.
Je vous salue, Cœur de mon Roi, couronnez-moi.
Je vous salue, Cœur de mon Bienfaiteur, enrichissez-moi.
Je vous salue, Cœur de mon Pasteur, gardez-moi.

16

Je vous salue, Cœur de mon Ami, caressez-moi.

Je vous salue, Cœur de mon Jésus Enfant, attirez-moi.

Je vous salue, Cœur de Jésus mourant en croix, payez pour moi.

Je vous salue, Cœur de Jésus, en tous vos états, donnez-vous à moi.

Je vous salue, Cœur de mon Frère, demeurez avec moi.

Je vous salue, Cœur d'incomparable bonté, pardonnez-moi.

Je vous salue, Cœur magnifique, éclatez en moi.

Je vous salue, Cœur tant aimable, embrasez-moi.

Je vous salue, Cœur charitable, opérez en moi.

Je vous salue, Cœur miséricordieux, répondez pour moi.

Je vous salue, Cœur très humble, reposez en moi.

Je vous salue, Cœur très patient, supportez-moi.

Je vous salue, Cœur très fidèle, répondez pour moi.

Je vous salue, Cœur admirable et très digne, bénissez-moi.

Je vous salue, Cœur pacifique, calmez-moi.

Je vous salue, Cœur désirable et très beau, ravissez-moi.

Je vous salue, Cœur illustre et parfait, ennoblissez-moi.

Je vous salue, Cœur sacré, baume précieux, conservez-moi.

Je vous salue, Cœur très saint et profitable, meilleurez moi (1).

Je vous salue, Cœur béni, médecin et remède à nos maux, guérissez-moi.

Je vous salue, Cœur de Jésus, soulagement des affligés, consolez-moi.

Je vous salue, Cœur tout aimant, fournaise ardente, consumez-moi.

Je vous salue, Cœur de Jésus, modèle de perfection, éclairez-moi.

(1) Améliorez-moi.

Je vous salue, Cœur divin, origine de tout bonheur, fortifiez-moi.

Je vous salue, Cœur des bénédictions éternelles, appelez-moi.

Ces trente-trois salutations sont extraites de la vie et des œuvres de la bienheureuse Marguerite-Marie, publiées par le monastère de Paray-le-Monial.

A. M. D. G.

V

PETIT OFFICE DU SACRÉ-CŒUR DE JÉSUS [1]

--- --- ---

AD MATUTINUM

In virtute cordis, et animæ, et Verbi æterni.
℣ Cor Jesu Christi Cordi Patris æterni.
℟. Cum meo corde devoveo in æternum.
Cor Jesu Christi, labia mea aperies.
Et os meum annuntiabit laudem tuam.
Cor Jesu, in adjutorium meum intende.
Cor Jesu, ad inflammandum me festina.
Gloria Patri, et Filio et Spiritui sancto. Sicut erat in principio, etc.

HYMNUS

Venite, Cor adoremus,
Jesu Nostri, summi Dei,
Toto corde exaltemus
Cor dulce, amoris mei.

Cor dulcissimum Jesu illuminet sensus et inflammet corda nostra!

OREMUS

Da nobis Domine Jesu Cor Tuum, ut illud Cordi Patris æterni offerentes, Cordi ejus per omnia placeamus. Qui

---

[1] Par le P. Gaspar Druzbicki, S. J., précurseur de la B. Marguerite-Marie.

vivis et regnas cum eodem Deo Patre et Spiritu sancto, Deus, in sæcula seculorum. Amen.

———

AD PRIMAM

℣. Cor Jesu Christi Cordi Patris æterni.
℟. Cum meo corde devoveo in æternum.
Cor Jesu, in adjutorium meum intende.
Cor Jesu, ad inflammandum me festina.
Gloria Patri, et Filio et Spiritui Sancto. Sicut erat in principio, etc.

HYMNUS

Salve, Cor Dei Hominis,
Cor humanum, Cor divinum,
Salve Cor Nati Virginis,
Cor salve meta cordium.

Cor dulcissimi Jesu illuminet sensus, et inflammet corda nostra.

OREMUS

Da nobis Domine Jesu Cor tuum, ut illud Cordi Patris æterni offerentes, Cordi ejus per omnia placeamus. Qui vivis et regnas cum eodem Deo Patre et Spiritu Sancto, Deus in sæcula sæculorum. Amen.

———

AD TERTIAM

℣ Cor Jesu Christi Cordi Patris æterni.
℟ Cum meo corde devoveo in æternum.
Cor Jesu in adjutorium meum intende.
Cor Jesu ad inflammandum me festina.
Gloria Patri, et Filio et Spiritui sancto. Sicut erat in principio, etc.

HYMNUS

Cor divinæ voluntati,
Cor divinæ dignitati,
Divinæ Cor caritati
Sacrum atque bonitati.

Cor dulcissimi JESU illuminet sensus, et inflammet corda nostra.

OREMUS

Da nobis, Domine JESU, Cor tuum, ut illud Cordi Patris æterni offerentes, Cordi ejus per omnia placeamus. Qui vivis et regnas, etc.

AD SEXTAM

℣. Cor JESU Christi Cordi Patris æterni,
℟. Cum meo corde devoveo in æternum.
Cor JESU, in adjutorium meum intende.
Cor JESU, ad inflammandum me festina.
Gloria Patri, et Filio, et Spiritui sancto. Sicut erat in principio, et nunc et semper, etc.

HYMNUS

Cor amore Patris vivens,
Cor nostrarum lux mentium,
Cor vitam nostram sitiens,
Cor nostrorum fax cordium.

Cor dulcissimum JESU illuminet sensus, et inflammet corda nostra.

OREMUS

Da nobis, Domine JESU, Cor tuum, ut illud Patris æterni offerentes, Cordi ejus per omnia placeamus. Qui vivis et regnas cum eodem DEO Patre, etc.

AD NONAM

℣. Cor Jesu Christi Cordi Patris æterni,
℟. Cum meo corde devoveo in æternum.
Cor Jesu, in adjutorium meum intende.
Cor Jesu, ad inflammandum me festina.
Gloria Patri et Filio, et Spiritui sancto. Sicut erat in
principio etc.

HYMNUS

Cor nos Deo sanctificans,
Cor gratiarum pelagus,
Cor homines justificans,
Aureus vitæ Tagus.

Cor dulcissimum Jesu illuminet sensus et inflammet
corda nostra.

OREMUS

Da nobis, Domine Jesu, Cor tuum, ut illud Cordi Patris
æterni offerentes, Cordi ejus per omnia placeamus. Qui
vivis et regnas.

————

AD VESPERAS

℣. Cor Jesu Christi, Cordi Patris æterni,
℟. Cum meo corde devoveo in æternum.
Cor Jesu, in adjutorium meum intende.
Cor Jesu, ad inflammandum me festina.
Gloria Patri, et Filio, et Spiritui sancto. Sicut erat in
principio, etc.

HYMNUS

Ave Cor princeps cordium,
Ave Cor centrum votorum,
Ave Cor pharos mentium,
Ave pignus salvandorum.

Cor dulcissimum Jesu illuminet sensus, et inflammet corda nostra.

OREMUS

Da nobis, Domine Jesu, Cor tuum, ut illud Cordi Patris æterni offerentes, Cordi ejus per omnia placeamus. Qui vivis et regnas.

AD COMPLETORIUM

℣. Cor Jesu Christi cordi Patris æterni.

℞. Cum meo corde devoveo in æternum.

Cor Jesu, in adjutorium meum intende.

Cor Jesu, ad inflammandum me festina.

Gloria Patri, et Filio, et Spiritui sancto. Sicut erat in principio, etc.

Converte nos ad Cor tuum, Jesu, salutaris noster.

Et averte iram tuam a nobis.

HYMNUS

Tuis nos flammis exure,
Tuam nobis vitam dona,
Tua luce mentes ure,
Et nos in cœlis corona.

Cor dulcissimum Jesu illuminet sensus et inflammet corda nostra.

OREMUS

Da nobis, Domine Jesu, Cor tuum, ut illud Cordi Patris æterni offerentes, Cordi ejus per omnia placeamus. Qui vivis et regnas cum eodem Deo Patre, et Spiritu sancto Deus in sæcula sæculorum. Amen.

COMMENDATIO

O Cor Jesu, mel suave,
Has tui laudes accipe,
Vale dulce Cor et ave,
Ac morientes suscipe.

PETIT OFFICE DU CŒUR DE MARIE

AD MATUTINUM

Cor MARIÆ, flagrans amore mei, inflamma cor meum amore tui.

℣. DEUS in adjutorium meum intende.

℟. Domine ad adjuvandum me festina.

Gloria Patri, etc.

HYMNUS

JESU, MARIÆ gloria,
Miranda Cordis Virginis
Cor inchoat præconia :
Nostris adesto canticis.

Quid Corde Matris Virginis
Cani potest suavius ?
Quid Corde Matris numinis
Cani potest augustius ?

Per Cor Matris purissimum,
Templum DEI dignissimum,
JESU, tibi sit gloria
In sempiterna sæcula. Amen.

Ant. Ego Mater pulchræ dilectionis, et timoris, et agni-

16.

tionis, et sanctæ spei. In me gratia omnis viæ et veritatis, in me omnis spes vitæ et virtutis.

℣. Benedictum sit in æternum Christi Cor sanctissimum.

℟. Et laudabile Cor etiam MARIÆ.

OREMUS

Clementissime DEUS, qui ad miserorum omnium salutem et totius mundi refugium immaculatum et sanctissimum Cor MARIÆ divinissimo Cordi Filii sui caritate et misericordia simillimum esse voluisti : concede, ut, qui suavissimi hujus et vere materni Cordis memoriam agimus, ejus intercessione et meritis secundum Cor tuum inveniri mereamur. Per eumdem D. N. J. Ch.

AD LAUDES

Cor MARIÆ, flagrans amore mei, inflamma cor meum amore tui.

℣. DEUS in adjutorium meum intende.

℟. Domine ad adjuvandum me festina.

Gloria Patri, etc.

HYMNUS

Quam sancta matris viscera !
Quam sancta sunt et ubera !
Regale sed Cor omnibus
Miraculis præstantius.

Ave Cor admirabile,
Thesaurus orbis, omnia
Collata nobis cœlitus
Servans DEI mysteria.

Per Cor Matris purissimum,
Templum DEI dignissimum,
JESU, tibi sit gloria
In sempiterna sæcula. Amen.

Ant., ℣., ℟., Oratio ut supra.

AD PRIMAM

Cor MARIÆ, flagrans amore mei, inflamma cor meum amore tui.

℣. DEUS, in adjutorium meum intende.

℟. Domine, ad adjuvandum me festina.

Gloria Patri, etc.

HYMNUS

Cor labis expers patriæ,
Cor labis expers propriæ,
Fons puritatis integræ,
Omnisque sedes gratiæ!

Te candidata lilia,
Nardus rosæque fulciunt :
Te mala cœli dulcia,
Amore languens, ambiunt.

Per Cor Matris purissimum,
Templum DEI dignissimum,
JESU, tibi sit gloria.
In sempiterna sæcula. Amen.

Ant., ℣., ℟., Oratio *ut supra*.

—

AD TERTIAM

Cor MARIÆ, flagrans amore mei, inflamma cor meum amore tui.

℣. DEUS, in adjutorium meum intende.

℟. Domine, ad adjuvandum me festina.

Gloria Patri, etc.

HYMNUS

Cor aula Regum Principis,
Dignum Dei sacrarium,
Arca superna fœderis,
Altare pacis aureum !

Tu fons perennis gratiæ,
Spes et salus clientibus :
Tu sinus indulgentiæ,
Portusque naufragantibus.

Per Cor Matris purissimum,
Templum Dei dignissimum,
Jesu, tibi sit gloria
In sempiterna sæcula. Amen.

Ant., ℣., ℟., Oratio *ut supra.*

—

AD SEXTAM

Cor Mariæ, flagrans amore mei, inflamma cor meum amore tui.

℣. Deus, in adjutorium meum intende.
℟. Domine, ad adjuvandum me festina.
Gloria Patri, etc.

HYMNUS

Cor melle dulci dulcius,
Cœleste manna proferens,
Cor sole puro purius,
Incomprehensa continens !

Tu sanctitatis formula,
Vitæ Dei compendium,
Cordis fidelis regula,
Jesu cubile floridum.

Per Cor Matris purissimum,
Templum Dei dignissimum,
Jesu, tibi sit gloria
In sempiterna sæcula. Amen.

Ant., ẏ., ꞧ., Oratio *ut supra.*

———

AD NONAM

Cor Mariæ, flagrans amore mei, inflamma cor meum amore tui.

ẏ. Deus, in adjutorium meum intende.
ꞧ. Domine, ad adjuvandum me festina.
Gloria Patri, etc.

HYMNUS

Cor Matris ardentissimum,
Jucunda spes mortalium,
Pars nostra, vita, gaudium,
Dulcedo, lux, solatium !

Sidus micans amantium,
Sol esto duxque mentium,
Fornax amoris, omnium
Accende flammas cordium.

Per Cor Matris purissimum,
Templum Dei dignissimum,
Jesu, tibi sit gloria
In sempiterna sæcula. Amen.

Ant., ẏ., ꞧ., Oratio *ut supra.*

———

AD VESPERAS

Cor Mariæ, flagrans amore mei, inflamma cor meum amore tui.

ẏ. Deus, in adjutorium meum intende.
ꞧ. Domine, ad adjuvandum me festina.
Gloria Patri, etc.

HYMNUS

Cor Matris ad Cor Filii
Amoris ardens impetu,
Indesinente anhelitu,
Suspirat oblitum sui.

Utrumque amoris vinculum
Conjungit arctis nexibus :
Hoc ardet hujus ignibus,
Ignemque reddit æmulum.

Per Cor Matris purissimum,
Templum DEI dignissimum,
JESU, tibi sit gloria
In sempiterna sæcula. Amen.

Ant., ℣., ℞., Oratio *ut supra*.

AD COMPLETORIUM

Cor MARIÆ, flagrans amore mei, inflamma cor meum amore tui.

℣. DEUS, in adjutorium meum intende.
℞. Domine, ad adjuvandum me festina.
Gloria Patri, etc.

HYMNUS

DEI parentis optimæ
Cor! o precamur, impetres,
Quo tu flagrasti maxime,
Nostris amorem cordibus.

Hoc sontis Evæ filios
Nunc, Virgo, Corde protege :
Hoc et tuos jam filios
Mortis sub horam suscipe.

Per Cor Matris purissimum,
Templum Dei dignissimum,
Jesu, tibi sit gloria
In sempiterna sæcula. Amen.

Ant. Ego Mater pulchræ dilectionis et timoris et agnitionis, et sanctæ spei. In me gratia omnis viæ et veritatis, in me omnis spes vitæ et virtutis.

℣. Benedictum sit in æternum Christi Cor sanctissimum.
℟. Et laudabile Cor etiam Mariæ.

OREMUS

Clementissime Deus, qui, ad miserorum omnium salutem et totius mundi refugium, immaculatum et sanctissimum Cor Mariæ divinissimo Cordi Filii sui caritate et misericordia similimum esse voluisti : concede, ut, qui suavissimi hujus et vere materni Cordis memoriam agimus, ejus intercessione et meritis secundum Cor tuum inveniri mereamur. Per eumdem Dominum Jesum Christum.

PETIT OFFICE DU CŒUR DE MARIE

EN FRANÇAIS

A MATINES

Notre Père... Je vous salue, MARIE...

℣. JÉSUS, Fils de MARIE, ouvrez mes lèvres.

℟. Et ma bouche chantera les louanges du Cœur immaculé de votre incomparable Mère.

℣. Cœur immaculé de MARIE, venez à mon aide.

℟. Cœur miséricordieux, hâtez-vous de me secourir.

Gloire au Père, au Fils, et au Saint-Esprit, aujourd'hui et toujours, comme dès le commencement et dans tous les siècles des siècles. Ainsi soit-il.

Invitatoire. Le Cœur immaculé de MARIE est le sanctuaire du divin amour ; venez, honorons-le. *On répète :* Le Cœur de MARIE, etc.

HYMNE

Cœur immaculé de MARIE, tabernacle de la sainteté, c'est par vous que nous arrivons au Cœur de JÉSUS.

Que j'aime à contempler vos beautés ravissantes, saint asile du Verbe incarné ! vous êtes ma joie et mon trésor

O JÉSUS, que le Cœur très pur de votre Mère, ce temple véritablement digne de DIEU, vous glorifie dans les siècles des siècles. Ainsi soit-il.

Ant. Celui qui m'a créé a reposé dans mon tabernacle : je suis la Mère du bel amour.

℣. Le Tout-Puissant a fait en moi de grandes choses.

℟. Et son nom est saint.

℣. Cœur de JÉSUS, exaucez ma prière.

℟. Et que mes cris s'élèvent jusqu'à vous par le Cœur immaculé de MARIE.

Oraison. DIEU de bonté, qui avez rempli pour nous le Cœur immaculé de MARIE des sentiments de tendresse dont celui de JÉSUS fut toujours pénétré, accordez à ceux qui honorent ce Cœur virginal de conserver, jusqu'à la mort, une parfaite conformité de sentiments et d'inclinations avec le Cœur sacré de votre divin Fils, qui vit et règne avec vous et le Saint-Esprit dans les siècles des siècles. Ainsi soit-il.

℣. Cœur de JÉSUS, exaucez ma prière.

℟. Et que mes cris s'élèvent jusqu'à vous par le Cœur immaculé de MARIE.

℣. Bénissons le Cœur de MARIE.

℟ Rendons grâces au Cœur immaculé de MARIE.

Que les âmes des fidèles qui sont morts reposent en paix par la miséricorde de DIEU. Ainsi soit-il.

———

A LAUDES

℣. JÉSUS, etc. ℟. Cœur, etc. Gloire, etc.

HYMNE

Cœur immaculé, qui brûlez des feux les plus purs, recevez mes hommages, apprenez-moi à aimer JÉSUS.

Enseignez-moi la douceur, l'humilité, et toutes les sublimes vertus qui vous ont rendu l'objet des complaisances de l'adorable Trinité.

O JÉSUS, que le Cœur très pur de votre Mère, ce temple véritablement digne de DIEU, vous glorifie dans les siècles des siècles. Ainsi soit-il.

Ant. J'écouterai les prières de ceux qui me les adresseront dans ce saint lieu, car je l'ai choisi, et je l'ai sanctifié.

℣. Mon nom y sera béni dans tous les siècles.

℟. Et mon Cœur y demeurera à jamais.

Le verset, l'oraison, etc., comme à Matines.

A PRIME

℣. Jésus, etc. ℟. Cœur, etc. Gloire, etc.

HYMNE

C'est de votre Cœur immaculé, ô Marie ! que coule sur nous cette abondance de grâces dont le Cœur de Jésus est la source.

C'est par vous que tous les biens nous viennent : béni soit votre tout aimable Cœur.

O Jésus, que le Cœur très pur de votre Mère, ce temple véritablement digne de Dieu, vous glorifie dans les siècles des siècles. Ainsi soit-il.

Ant. D'où me vient ce bonheur que la Mère de mon Dieu vienne me visiter ?

℣. J'ai trouvé celui que mon Cœur aime.

℟. Je le possède, et je ne le quitterai jamais.

Le verset, l'oraison, etc., comme à Matines.

A TIERCE

℣. Jésus, etc. ℟. Cœur, etc. Gloire, etc.

HYMNE

Le fer cruel qui perça le côté de Jésus fit à votre Cœur immaculé, ô Marie ! une plaie douloureuse : c'est celle de l'amour.

Faites, ô Vierge sainte ! que nos cœurs éprouvent vos douleurs et aiment, comme vous, ce Cœur sacré, ouvert pour nous recevoir.

O Jésus, que le Cœur très pur de votre Mère, ce temple véritablement digne de Dieu, vous glorifie dans les siècles des siècles. Ainsi soit-il.

Ant. Dieu a placé son tabernacle au milieu des hommes, il fait sa demeure parmi eux.

℣. Tremblez à la vue de mon Sanctuaire.

℟. Je suis le Seigneur.

Le verset, l'oraison, etc., comme à Matines.

———

A SEXTE

℣. Jésus, etc. ℟. Cœur, etc. Gloire, etc.

HYMNE

Cœur immaculé de Marie, vous êtes la douce espérance des pécheurs et le refuge des malheureux.

Vous êtes la consolation de ceux qui pleurent, la force des faibles ; en vous je trouve tout ce que je dois désirer.

O Jésus, que le Cœur très pur de votre Mère, ce temple véritablement digne de Dieu, vous glorifie dans les siècles des siècles. Ainsi soit-il.

Ant. Mon âme tressaille d'allégresse à la pensée de couler mes jours au pied de cet admirable Tabernacle.

℣. C'est ici la maison de Dieu.

℟. Et la porte du ciel.

Le verset, l'oraison, etc., comme à Matines.

———

A NONE

℣. Jésus, etc. ℟. Cœur, etc. Gloire, etc.

HYMNE

Cœur immaculé de Marie, Cœur de ma tendre Mère, vous serez mon asile dans tous les dangers.

Vous êtes une forteresse, où je serai à l'abri des traits que l'ennemi lance contre moi : mon espérance est en vous.

O Jésus, que le Cœur très pur de votre Mère, ce temple véritablement digne de Dieu, vous glorifie dans les siècles des siècles. Ainsi soit-il.

Ant. Si je trouve grâce devant le Seigneur, il me conduira à Jérusalem, il me fera voir son arche sainte, et me montrera son Tabernacle.

℣. J'irai et je verrai cette grande merveille.

℟. Cette espérance repose dans mon cœur.

Le verset, l'oraison, etc., *comme à Matines.*

A VÊPRES

℣. Jésus, etc. ℟. Cœur, etc. Gloire, etc.

HYMNE

O Cœur immaculé dont Jésus fait ses délices, vous êtes paré des fleurs de toutes les vertus ! Beau lis entre les épines, votre pureté attira le Verbe de Dieu sur la terre.

O Cœur immaculé de Marie, qui pourra célébrer dignement vos louanges ? Venez, purs esprits ; à vous appartient cette faveur.

O Jésus, que le Cœur très pur de votre Mère, ce temple véritablement digne de Dieu, vous glorifie dans les siècles des siècles. Ainsi soit-il.

Ant. Dans le Saint des saints reposait l'arche d'alliance, et dans l'arche était renfermée l'urne d'or qui contenait la manne céleste, et deux Chérubins couvraient l'arche de leurs ailes.

℣. Que l'arche du Seigneur vienne au milieu de nous.

℟. Et qu'elle soit notre sauvegarde.

Le verset, l'oraison, etc., *comme à Matines.*

A COMPLIES

℣. Convertissez-nous, ô doux Cœur de Jésus !

℟. Cœur de Marie, détournez la colère de notre Juge de dessus nos têtes.

℣. Jésus, etc. ℣. Cœur, etc. Gloire, etc.

HYMNE

La nuit approche, la mort arrive à grands pas ; c'est dans votre Cœur immaculé, ô ma Mère ! que je veux rendre le dernier soupir.

Oh ! que ne puis-je mourir d'amour en contemplant vos divins attraits, et jouir de la vue de votre gloire dans le séjour des bienheureux !

O Jésus, que le Cœur très pur de votre Mère, ce temple véritablement digne de Dieu, vous glorifie dans les siècles des siècles. Ainsi soit-il.

Ant. Qu'il est doux pour les enfants d'occuper une place dans le Cœur immaculé de Marie leur Mère !

℣. C'est le Seigneur qui donne lui-même l'entrée de son Tabernacle.

℟. Mille fois heureux ceux auxquels il accorde cette faveur.

Le verset, l'oraison, etc., *comme à Matines.*

PRIÈRE

Cœur immaculé de Marie, nous déposons nos cœurs au pied de vos autels : formez-les vous-même à la piété ; défendez-les contre les dangers qui les environnent ; faites-leur aimer Jésus, et imiter vos admirables vertus.

Ant. Vous êtes notre Mère ; soyez bénie à jamais, et qu'une multitude de vierges imitent vos vertus.

℣. On amènera des vierges à sa suite.

℟. On les conduira dans le palais du Roi des rois.

ORAISON

Confiez-nous, ô mon Dieu, à la tendresse du Cœur immaculé de Marie; faites que nous soyons aussi nombreux que les étoiles du ciel, et que notre pureté soit semblable à celle des Anges ; nous vous demandons cette grâce par Jésus-Christ, votre Fils, Notre-Seigneur, qui vit et règne avec vous et le Saint-Esprit, dans tous les siècles des siècles. Ainsi soit-il.

A. M. D. G.

TABLE DES MATIÈRES

Pages.

Préface.. V-IX

Introduction. — La dévotion à Marie et à Joseph conduit
à la dévotion du Cœur de Jésus.................... 1

PREMIER JOUR. — Origine de la dévotion au Cœur de
Jésus.... 27

DEUXIÈME JOUR. — Objet et but de la dévotion au
Cœur de Jésus.................................... 42

TROISIÈME JOUR. — De l'objet spirituel dans la dévotion au Cœur de Jésus......................... 57

QUATRIÈME JOUR. — De l'objet spirituel dans la dévotion au Cœur de Jésus......................... 68

CINQUIÈME JOUR. — De l'objet matériel. — Le Cœur
de Jésus est la source du sang qui a sauvé le monde. 81

SIXIÈME JOUR. — De l'objet matériel. — Le Cœur de
Jésus est le symbole et l'organe de l'amour du
Sauveur 94

SEPTIÈME JOUR. — Le Cœur de Jésus est le lien de
l'Eglise triomphante et militante................. 106

HUITIÈME JOUR. — Le Cœur de Jésus est la consolation de l'Eglise souffrante....................... 119

NEUVIÈME JOUR. — Le Cœur de Jésus est la joie de
l'Eglise triomphante............................. 136

DIXIÈME JOUR. — Le Cœur de Jésus rend la loi de Dieu
aimable....................................... 148

ONZIÈME JOUR. — Le Cœur de Jésus réunit toutes les
amabilités du Ciel et de la terre.................. 164

Pages.

DOUZIÈME JOUR. — Les emblèmes du Cœur de Jésus.   179

TREIZIÈME JOUR. — De la vraie dévotion au Cœur de Jésus..   198

QUATORZIÈME JOUR. — De la vraie dévotion au Cœur de Jésus..   216

QUINZIÈME JOUR. — Leçon du Cœur de Jésus. — Il nous révèle la grandeur de Dieu   229

SEIZIÈME JOUR. — Leçon du Cœur de Jésus. — Il nous révèle la bonté de Dieu   240

DIX-SEPTIÈME JOUR. — Leçon du Cœur de Jésus — Il nous éclaire sur notre néant   250

DIX-HUITIÈME JOUR. — Leçon du Cœur de Jésus — Il nous révèle les destinées de l'homme..............   265

DIX-NEUVIÈME JOUR. — Leçon du Cœur de Jésus. — Il nous apprend à mépriser les choses d'ici-bas.....   278

VINGTIÈME JOUR. — Leçon du Cœur de Jésus. — La reconnaissance   295

VINGT ET UNIÈME JOUR. — Le Cœur de Jésus et l'Eucharistie......................................   310

VINGT-DEUXIÈME JOUR. — Le Cœur de Jésus et l'Eucharistie......................................   327

VINGT-TROISIÈME JOUR. — Leçon du Cœur de Jésus. — Il nous enseigne l'amour de la croix   339

VINGT-QUATRIÈME JOUR. — Leçon du Cœur de Jésus. — Il nous prêche l'esprit de pénitence.   356

VINGT-CINQUIÈME JOUR. — Leçon du Cœur de Jésus. — Le chrétien est rédempteur avec Jésus-Christ en souffrant avec Jésus-Christ......................   372

VINGT-SIXIÈME JOUR. — Le Cœur agonisant de Jésus.   388

VINGT-SEPTIÈME JOUR. — Leçon du Cœur de Jésus priant. — L'apostolat de la Prière est l'apostolat propre du Cœur de Jésus............................   399

VINGT-HUITIÈME JOUR. — Leçon du Cœur de Jésus priant. — L'apostolat de la prière est le premier apostolat de tout chrétien   412

VINGT-NEUVIÈME JOUR. — Leçon du Cœur de Jésus priant. — Prier au nom de Jésus   430

Pages.

TRENTIÈME JOUR. — Leçon du Cœur de Jésus priant. — Prier par Jésus-Christ, avec Jésus-Christ et en Jésus-Christ.................................... 443

TRENTE-UNIÈME JOUR. — Leçon du Cœur de Jésus priant. — Prier aux intentions de ce divin Cœur... 456

TRENTE-DEUXIÈME JOUR. — Leçon du Cœur de Jésus priant. — Prier avec respect, avec persévérance, avec sainte violence.................................... 472

TRENTE-TROISIÈME JOUR. — La grande Promesse... 489

EXERCICES EN L'HONNEUR DU CŒUR DE JÉSUS

Prières au Cœur de JÉSUS.

Prière devant une image du Cœur de Jésus........... 505

Prière au Cœur adorable de Jésus-Christ 505

Prière au Cœur de Jésus que sainte Gertrude récitait chaque jour.................................... 506

Prière de saint Bonaventure au sacré Cœur de Jésus.... 506

Prière au Cœur de Jésus, en souvenir des principales manifestations de son amour...................... 507

Supplication au sacré Cœur de Jésus, pour obtenir la délivrance des maux présents 511

Petite Couronne du divin Cœur de Jésus.............. 513

Prière des Associés de l'Apostolat de la Prière au sacré Cœur de Jésus.................................... 515

Prière au Cœur de Jésus agonisant........ 517

Prière à saint Joseph... 517

Amendes honorables au Cœur de JÉSUS.

Amende honorable à Jésus dans le Sacrement de l'autel. 518

Autre amende honorable au sacré Cœur de Jésus........ 519

Autre amende honorable au sacré Cœur de Jésus........ 520

Amende honorable au sacré Cœur de Jésus appropriée aux circonstances présentes 521

Consécrations au Cœur de JÉSUS

Consécration de Pie IX au Cœur de Jésus...... 524

Courte consécration au Cœur de Jésus 529

Pages.

Petite consécration de la bienheureuse Marguerite-Marie
au divin Cœur de Notre-Seigneur Jésus-Christ......   530

Acte de consécration au divin Cœur de Jésus...........   531

Autre consécration de Jésus.........   532

Autre consécration au divin Cœur de Jésus............   533

Acte de commune consécration au Cœur de Jésus, pour
une réunion de personnes, une famille...   534

Consécration au Cœur de Jésus, recommandée particulièrement aux Zélateurs de l'Apostolat de la Prière..   535

Consécration d'une paroisse au Cœur de Jésus   536

Offrande du Cœur de Jésus au Cœur de Marie, révélée à
sainte Gertrude................................   538

Litanies.

Litanies du Sacré-Cœur de Jésus....................   539

Trente-trois salutations de la B. Marguerite-Marie, au sacré Cœur de Jésus......   541

Offices.

Petit office du Sacré-Cœur de Jésus en latin..........   544

Petit office du Cœur de Marie en latin...............   549

Petit office du Cœur de Marie en français............   556

A. M. D. G.

Toulouse. — Imp. Hébrail. — A. Loubens, succ'. rue d'Aubuisson, 27.

...TIONS RECOMMANDÉES

...prix ci-dessous sont... franco par la poste

...du Cœur de JESUS...
...l'Apostolat, sous la direction du P. ...
...à la fin de chaque mois par brochure...
...chaque année deux très fort volumes...
...Union postale, 5 fr. 75. Autres pays, 7...

...ou Messager du Cœur de JESUS...
Prix de la collection, 141 fr. — Chaque...
...volume ne se vend pas séparément...
...les 44 premiers volumes, 9 fr...

...ager du Cœur de MARIE...
...l'Apostolat, paraît du milieu de l'août...
...pages... renfermant... illustrés chaque...
...1 fr. 80 par an. — Union postale...

...la Prière, par le P. H. Ramière, 1 fr...
...par chemin de fer 18 c. par la poste...
...du Cœur de JESUS, 2 vol. ; 4 fr. 50...

...la Souffrance, 3 francs...
...Cœur de JESUS (présent ouvrage)...

...broché... 50 cent...
...relié en toile... (Ligue du...
...première communion, 20 cent, relié, 18 cent...
...prix...

...à-propos (1er âge...

...première communion, mai...
...livre... orné d'une...

...pour la Communion, reliée...
...par chemin de fer...
...l'Apostolat du Messager...
...par an...
...l'Apostolat, orné...
...3 fr. par poste...
...page, avec trois riches chro...
...broché... relié en toile...

...la Prière, 3 cent...
...mille, 5 cent...
...du Rosaire...

www.ingramcontent.com/pod-product-compliance
Lightning Source LLC
Chambersburg PA
CBHW070346030726
47504CB00001B/85